일본도

일본도 하근찬 전집 3

초판 1쇄 발행 2021년 10월 15일

지은이 하근찬
펴낸이 강수걸
기획실장 이수현
편집장 권경옥
편집 신지은 김리연 윤소희 강나래
디자인 권문경 조은비
경영관리 공여진
펴낸곳 산지니
등록 2005년 2월 7일 제333-3370000251002005000001호
주소 부산시 해운대구 수영강변대로 140 BCC 613호
전화 051-504-7070 | 팩스 051-507-7543
홈페이지 www.sanzinibook.com
전자우편 sanzini@sanzinibook.com
블로그 http://sanzinibook.tistory.com

ISBN 978-89-6545-752-7 04810
ISBN 978-89-6545-749-7 (세트)

* 책값은 뒤표지에 있습니다.
* 잘못 만들어진 책은 구입처에서 교환해드립니다.
* 본 전집은 문화체육관광부가 주최하고 한국문화예술위원회가 주관하며 국민체육진흥공단에서 후원하는 2021년 한국작고문인선양사업의 일환으로 제작되었습니다.

하근찬 전집 3

일본도

산지니

발간사

밑바닥을 향한 진실한 시선

세상은 속도에 차이는 있겠지만 늘 변해왔다. 그 변화에 사람들은 순응하기도 하고 저항하기도 하면서 발걸음을 맞춰왔다. 좋은 작가에게 우리가 거는 기대가 있다면, '새로운 눈'으로 세상의 변화를 보여주는 것이다. 작가가 보여주는 세계는 새로운 세상의 창조와 같다. 작가가 개성적으로 바라보는 창조적 관점은 세계에 새로운 옷을 입히는 것과 같기 때문이다.

하근찬은 한국전쟁 이후의 상처를 민중의 관점에서 어루만지면서 '치유의 서사'를 펼쳐 보인 좋은 작가다. 그는 전쟁 이후의 혼란한 세계 속에서 '새로운 눈'으로 창조적 소설 작품을 써낸 존재다. 진실을 향한 집념을 가진 작가는 좋은 작품들을 남긴다. 하근찬은 '새로운 눈'과 '진실을 향한 집념'으로 사실의 기록자에 머물지 않고 진정한 창작자가 되었다.

작가는 맑고 정상적인 눈을 가져야 한다. 건강한 눈으로 항상 세상을 골고루 넓게, 그리고 똑바로 바라보아야 한다. 똑바로 바라본다는 것은 바꾸어 말하면 어떤 현상의 밑바닥에 흐르는 진실을 꿰뚫어 보아야 한다는 뜻이다.

세상을 골고루 넓게 바라보는 것도 중요하지만, 똑바로 바라보는, 즉 꿰뚫어 보는 안광이 작가에게는 더욱 중요하다. 그렇지 않고서는 세상이 빚어내는 갖가지 일들의 의미를 파악할 수가 없는 것이다.(하근찬, 「진실을 꿰뚫어야 하는 안광(眼光)」, 『내 안에 내가 있다』, 엔터, 1997, 274쪽.)

하근찬은 세상을 바라보는 '눈'에는 두 가지가 있다고 보았다. 하나는 '세상을 골고루 넓게' 바라보는 눈이고, 또 하나는 '세상을 똑바로' 바라보는 눈이다. 그렇다면 작가가 강조하는 '똑바로 바라보는 눈'이란 무엇일까? 그것은 나타나는 현상에만 머물지 않고, 그 현상의 밑바닥에 있는 원인을 꿰뚫는 혜안을 말한다. '사건이 있었네!'에서, '왜 이 사건이 일어났을까?'라고 질문하는 탐구정신이기도 하다. 하근찬은 '바로 본다는 것'은 보이는 것에만 시선을 두지 않고, "밑바닥에 흐르는 진실"을 밝히는 것이라고 했다. 진실을 위해서는 깊이, 그리고 많이 생각해야 하고, 현상 이면에 담긴 원리와 작용하는 힘을 밝혀내는 노력을 해야 한다.

하근찬은 밑바닥에 흐르는 진실을 탐구한 작가였다. 웅숭깊은 그의 이 시선과 거룩한 문학적 성취는 한국문단에서 보기 드문 문학적 자산이다. 그럼에도 그의 문학세계를 전체적으로 살필 수 있는 전집이 없었으며, 참고할 만한 좋은 선집도 간행되지 못했다는 것은 참으로 안타까운 일이었다.

하근찬 탄생 90주년을 맞아 구성된 '하근찬 문학전집' 간행위원회는 다음과 같은 목표를 설정하였다.

첫째, 하근찬 작품 세계 전체를 충실히 복원하고자 했다. 그간 하근찬의 소설세계는 단편적으로만 알려져 있었다. 하근찬의 등단작 「수난이대」는 일제강점기와 한국전쟁으로 이어져온 민중의 상처를 상징적으로 치유한 수작이다. 그러나 그의 문학세계는 「수난이대」로만 수렴되는 경향이 있었다. 하근찬은 「수난이대」 이후에도 2002년까지 집필 활동을 하면서, 단편집 6권과 장편소설 12편을 창작했고 미완의 장편소설 3편을 남겼다. 문업(文業)만으로도 45년을 이어온 큰 작가였다. '하근찬 문학전집' 간행위원회는 하근찬의 작품 세계를 '중단편 전집' 8권과 '장편 전집' 13권으로 나눠 총 21권을 간행함으로써, 초기의 하근찬 문학에 국한되지 않는 전체적 복원을 기획했다.

둘째, 하근찬 문학세계의 체계적 정리, 원본에 충실한 편집, 발굴 작품 수록을 통해 자료적 가치를 확보하려고 노력했다. 하근찬 문학전집은 '중단편 전집'과 '장편 전집'으로 구분하여 간행했다. 먼저 '중단편 전집'은 단행본 발표 순서인 『수난이대』, 『흰 종이수염』, 『일본도』, 『서울 개구리』, 『화가 남궁 씨의 수염』을 저본으로 삼았다. 이때 각 작품집에 중복 수록된 작품은 제외하여 편집하였다. 또한 단행본에 수록되지 않은 알려지지 않은 하근찬의 작품들도 발굴하여 별도로 엮어냈다. 이를 통해 전집의 자료적 가치를 높였다. 다음으로, 장편의 경우 하근찬 작가의 대표작인 『야호』, 『달섬 이야기』, 『월례소전』, 『산에 들에』 뿐만 아니라, 미완으로 남아 있는 『직녀기』, 『산중 눈보라』, 『은장도 이야기』까지 간행하여 전체 문학세계를 조망할 수 있도록 했다.

셋째, 젊은 세대들의 감각과 해석을 반영하여 그의 문학에 새로운 생명력을 불어넣고자 했다. 하근찬의 작품세계가 펼쳐 보이고 있는 한국현대사의 진실한 풍경들도 젊은 세대들에 의해 읽히지 않으면 의미가 반감될 수밖에 없다. 하근찬 문학의 새로운 해석의 발판을 마련하기 위해, 젊은 연구자들의 충실하고 의미 있는 해설을 덧붙였다. 또한, 개작, 제목 바뀜, 재수록 등을 작품 연보에서 제시하여 실증적 가치를 높이기 위해서도 노력했다.

한 작가의 문학적 평가는 전집이 간행되었을 때 비로소 그 발판이 마련된다고 한다. 1957년에 등단, 집필기간만도 45년의 문업을 이루어온 장인적 작가에 대한 본격적 연구의 발판이 60여 년이 지난 이제야 비로소 마련되었다는 것은 안타까운 일이다. 하근찬의 문학세계에 대한 새로운 조명이 2021년 문학전집 간행과 함께 활기를 띨 수 있기를 기대한다.

2021.10.

『하근찬 문학전집』 간행위원회

송주현 · 오창은 · 이정숙 · 이중기

일러두기

1) 『하근찬 중단편전집』과 『하근찬 장편전집』은 하근찬의 소설세계를 일반 독자들에게 널리 소개하고, 그 문학적 의미가 현대적으로 재해석되도록 하는 데 목적이 있다.

2) 이 책의 작품 수록 순서는 단행본으로 발간된 순서에 따랐으며, 출전을 작품의 끝부분에 밝혀두었다.

3) 작가가 지문에서 사용한 방언과 비표준어는 작품을 훼손하지 않는 범위 내에서 현대어로 바꾸었으며, 작가가 의도적으로 구분해서 사용한 '목덜미'와 '목줄기'는 그대로 살렸다.
   예 : 밑둥(밑동), 끄나불(끄나풀), 성냥곽(성냥갑), 넓데데한(넙데데한),
   아리숭(아리송), 열적어(열없어), 나꿔채다(낚아채다), 후줄그레한(후줄근한),
   열어제끼다(열어젖히다) 등.

4) 작가 고유의 표현은 그대로 살렸다.
   예 : 오리막(오르막), 고깃전(어물전), 변솟간(변소), 동넷방(동네 방),
   생각키는/생각히는(생각나는) 등.

5) 한 작품에서 같은 뜻의 단어를 표준어와 비표준어 또는 방언을 혼용해서 사용한 경우 하나로 통일했다.
   예 : 뒤안/뒤란 → 뒤안, 복받치는/북받치는 → 복받치는,
   홀홀단신/혈혈단신 → 혈혈단신, 질급/질겁 → 질겁,
   부시시/부스스 → 부스스, 돋우다/돋구다 → 돋우다 등.

6) 명백한 오류에 해당하는 표현과 문장은 바로잡았다.
   예 : 병신스럽게 → 병신같이, 고물스런 → 고물 같은,
   못지않는 것 → 못지않은 것, 엄청나는 → 엄청난, 마지못하는 듯 → 마지못한 듯,
   대추만씩한 열매 → 대추만큼씩 한 열매 등.

7) 영어 표현의 경우 현행 '외래어표기법'에 따르는 것을 원칙으로 했다.

차례

오동 열매

두 개의 국민학교가 있었다. 하나는 북쪽에 자리 잡고 있다 해서 북국민학교라고 했고, 하나는 남쪽에 놓여 있다 해서 남국민학교라고 불렀다.

북국민학교는 우리들이 다니는 학교였고, 남국민학교는 일본 아이들이 다니는 학교였다. 우리 북국민학교는 이십 학급 가까이 되어서 교사(校舍)도 제법 의젓했고, 운동장도 꽤 넓었다. 남국민학교는 생도 수가 불과 서른 남짓밖에 되지 않았다. 그러니 학교인들 클 까닭이 없었다. 교사라는 것이 꼭 성냥갑을 세워놓은 것 같았다. 운동장도 여간 좁지가 않았다. 우리 학교 운동장에는 이백 미터의 트랙선이 여유 있게 그려져 있는데 비해서 이 학교에는 육십 미턴가 칠십 미터짜리가 간신히 그려져 있는 것이었다. 그러나 운동기구와 놀이기구는 우리 학교보다 여러 가지가 잘 갖추어져 있었다. 철봉을 비롯해서 평행봉, 사다리 틀, 미끄럼틀, 그리고 그네와 시소까지 마련되어 있었다. 우리 학교에는 그네와 시소가 없었다. 우리는 내심 그게 여간 부럽지가 않았다. 그러나 우리는 노상 이 학교를 얕잡아보았다. '오모짜노 각꼬'(노리갯감 학교)라느니 '센세이와 후다리, 세이도와 산쥬'(선생은 둘, 생도는 서른)라느니 하고 업신여겼다. 선생이 둘 뿐이었던 것이다.

남선생 하나와 여선생 하나, 그 가운데서 남선생이 교장이었다. '미야오까'(宮岡)라는 성이었다. 이 교장이 보통내기가 아니었다. 조선아이들이라고 하면 덮어놓고 아이 '아 쿠사이(아이 구린내야), '아 기다나이'(아이 더러워) 하고 상을 찡그리는 그런 작자였다. 그래서 어른들도 이 미야오까를 못된 왜놈이라고 고약하게 여겼다.

벌거숭이

3학년인가 4학년, 여름방학이었다고 기억된다. 어느 날 해거름 때, 대문 밖에서 기철이의 부르는 소리가 들렸다. 기철이는 바로 이웃에 사는 나와 같은 학급 아이였다. 나이는 나보다 한 살인가 두 살 위였다. 집이 가난해서 언제나 노오란 얼굴을 하고 있었고, 무릎이 해어진 옷을 입고 있었다.

내가 대문 밖으로 나가자 기철이는 싱글싱글 웃으면서,

"재미있는 구경 안 갈래? 참 재미있는 구경이다이."

하는 것이었다.

"무슨 구경인데?"

"빨가벗은 구경이다 아나. 참 우습더라. 빨리 가보자."

"누가 말이고?"

"가보면 안다. 빨리 가자. 빨리."

기철이는 신이 나는 듯 한쪽 팔을 빙빙 휘두르며 달리기 시작했다. 나도 얼른 그의 뒤를 따랐다. 앞장서서 달려가던 기철이는 학식이네 집 사립문 앞에 이르자 우뚝 멈추어 서더니

"학식아! 좋은 거 보러 가자—"

하고 고함을 질렀다.

학식이는 우리보다 한 학년 아래였다. 계집애 같은 아이였다. 기철이의 말이라고 하면 덮어놓고 고분고분했다. 마침 집에 있었다.

학식이와 나는 기철이의 뒤를 따라 골목길을 뛰었다. 남국민학교 쪽으로 가는 것이었다. 남국민학교의 교장 관사가 가까워지자 기철이는 달음질을 멈추고 뒤를 돌아보며,

"가만가만……."

하고 손짓을 했다. 그리고 허리를 구부리며 살금살금 걸어가는 것이었다. 학식이와 나도 덩달아 허리를 굽혔다. 관사는 골목길에서 신작로로 나가는 그 모서리에 자리 잡고 있었다. 울타리는 고노데가시아*(측백나무)였다. 두두룩한 둑 위에 심어진 고노데가시아의 밑줄기 사이로 들여다볼라치면 안이 훤하게 다 바라다보였다.

우리는 허리를 굽히고 둑 밑으로 숨어서 관사 쪽으로 다가갔다. 앞장 선 기철이가 둑에 딱 붙어 엎드리자, 학식이와 나도 기철이의 곁으로 가서 엎드렸다. 그리고 둑 위로 살며시 눈을 쳐들었다.

참 볼만한 광경이었다. 미야오까 교장이 '훈도시'(일인 남자들이 사타구니를 가리는 베) 바람으로 꽃밭에 물을 주고 있는 것이었다. 아이들도 죄다 발가숭이였다. 계집아이는 착 들어붙는 즈로스*(속바지,

팬츠. 드로어즈) 한 장이었고, 사내 녀석들은 불알이 달렸답시고 벌써부터 훈도시였다. 꼴불견이 아닐 수 없었다. 유독 우리의 시선을 끈 것은 미야오까 교장의 몸뚱어리에 돋아난 검은 털이었다. 배꼽 아래부터 시작한 털이 스멀스멀 기어올라 가슴패기에 가서는 온통 지저분하게 흩어져 있었다. 다리에도 털이 검실검실했다.

"햐— 저 털 봐라. 배꾸무에 다 털이 났대이."

학식이가 나지막한 소리로 감탄을 했다. 그러자 기철이는 두 눈을 크게 뜨며,

"쉿!"

하고 손가락으로 입을 막아 보였다. 나는 웃음을 참느라고 혓바닥을 꼭 물었다.

새끼 발가숭이들은 바께쓰에 물을 길어 나르고 있었고, 어른 벌거숭이는 그 물을 물뿌리개에 담아서 꽃밭에 주룩주룩 뿌리고 있었다. 시들어졌던 화초들이 파들파들 잎사귀를 떨며 살아나는 모습이 여간 시원해 보이지가 않았다. 우리는 숨을 죽이고 한참 동안 그렇게 바라보고 있었다.

얼마 후, 나는 하품이 나왔다. 딱 입을 벌리며 기철이를 돌아보자, 기철이도 이제 시들해진 듯 히죽 웃었다. 학식이만은 아직도 미야오까의 배꼽에 돋아난 털이 신기해서 못 견디겠는 듯 넋을 잃고 있었다.

하품을 하고 난 나는 그만 깜짝 놀라지 않을 수 없었다.

"털보—"

기철이란 놈이 별안간 소리를 꽥 내질렀던 것이다. 그리고 저는 어느덧 저만큼 몸을 날리고 있는 것이었다. 나도 후다닥 뛰어 일어

나 마구 내달으며,
"털보—"
하고 정신없이 소리를 질렀다. 그러자 기철이가 이번에는,
"긴따마(불알)—"
하고 외쳤다. 나도 덩달아서 고함을 질렀다.
"긴따마—"
"미야오까 긴따마—"
"미야오까 긴따마—"
기철이와 나는 뒤도 돌아보지 않고 신작로를 마구 달렸다. 마을로 꺾어서 들어가는 골목께 까지 와서야 숨을 돌리고 학식이를 기다렸다. 뒤늦게 헐레벌레 뛰어오는 학식이를 보니 물에 빠진 생쥐처럼 되어 있었다. 허둥지둥하다가 그만 미야오까의 물벼락을 뒤집어쓴 모양이었다. 그러나 그도 역시,
"미야오까 긴따마—"
하고 외치며 달려오고 있었다.
기철이와 나는 재미가 좋아서 자꾸 킬룩킬룩 웃었다.

달밤

매양 같은 동무들이지만 밤에 만나면 어쩐지 기분이 달랐다. 더 반가운 것 같았다. 그리고 밝은 대낮보다도 밤에 모여 노는 편이 훨씬 재미가 있고 신이 났다. 그래서 우리는 저녁을 먹고 나면 으레 신작로로 모였다. 모여서 술래잡기랄지 진 뺏기랄지 숨바꼭질 같

은 것을 하며 밤이 깊어가는 줄도 모르고 떠들어댔다.

어느 날 저녁, 기철이가,

"우리 오늘밤부터 남국민학교 운동장에 가서 놀자."

이런 제의를 했다. 대담한 제의가 아닐 수 없었다.

우리 북국민학교는 마을에서 꽤 떨어진 들판에 나가 앉아 있었기 때문에 밤 놀이터로는 마땅치가 않았다. 남국민학교 운동장이 십상이었다. 그러나 그놈의 미야오까가 겁이 나서 감히 아무도 거기 가서 놀 생각을 못 하는 터였다.

"교장한테 붙잡히면 우얄라꼬?"

누군가가 이런 소리를 하자 기철이는,

"붙잡히긴 와? 병신이던갑다. 막 내빼 오지. 문제없어. 문제……."

하고 주먹 하나를 휘둘러댔다. 나는 문득 그네와 시소 생각이 났다. 시소를 꼭 한 번 타보았으면 싶었다.

"그러자. 가자!"

찬성을 했다. 내가 찬성을 하자, 기철이는 힘을 얻은 듯,

"가기 싫은 사람은 그만 두고, 자아 가고 싶은 사람만 가자!"

하고 뛰기 시작했다. 나도 뛰었다. 학식이도 뛰었다. 그러자 모두 우루루 따라 붙이는 것이었다.

달이 참 밝았다.

남국민학교 교문이 가까워지자, 우리는 약속이라도 한 듯 모두 조용해졌다. 교문은 언제나처럼 활짝 열려 있었다. 문짝이 이지러져서 닫는다 해도 잘 이가 맞을 것 같지가 않았다. 우리는 기철이를 선두로 조심스럽게 교문을 들어섰다.

운동장에는 달빛이 호젓이 깔려 있었다. 육십 미턴가 칠십 미터짜

리 트랙 선이 달빛을 받아 선명하게 떠올라 보였다. 그리고 운동장가에 운동기구와 놀이기구가 귀물스럽게 놓여 있었다. 시소가 보였다. 그네도 보였다. 우리는 우루루 앞을 다투어 달려갔다.

기철이와 나, 그리고 몇몇이가 시소를 차지했다. 학식이는 어쩌다가 뒤떨어져서 시소에 오르지를 못했다. 서운한 얼굴을 하고 그네 쪽으로 걸어가는 것이었다. 양쪽으로 갈라져 앉은 우리 시소 패는 처음에는 호흡이 잘 맞지 않았으나, 쉬 익숙해져서 올라갔다 내려갔다 참 재미가 좋았다. 이렇게 재미있는 놀이기구가 어째서 우리 학교에는 없는 것일까 싶기도 했다.

그네도 신나게 흔들리고 있었다. 미끄럼틀에서 미끄럼을 타는 아이도 있었다. 이렇게 우리는 멋대로 놀고 있었으나 '미야오까' 교장은 나타나지가 않았다. 하늘에 떠 있는 달이 가만히 내려다보고 있을 따름이었다.

"인제 그만 가자."

기철이가 소리를 지르자, 시소가 서서히 멎었다. 그네도 멎었다. 기철이는 시소에서 내리더니 두 팔을 양쪽으로 쭉 뻗었다. 그리고,

"윙—"

소리를 지르며 트랙 선을 따라 달리기 시작하는 것이었다. 비행기라는 것이다. 킬룩 웃으며 나도 두 팔을 뻗고 그의 뒤를 따랐다. 그러자 다른 아이들도 모두 비행기가 되어 뒤를 이었다.

"윙 윙 윙—"

"부릉 부릉 부르릉—"

비행기 소리는 제법 우렁차게 밤하늘로 퍼져나갔다. 비행기의 대열이 트랙 선을 한 바퀴 돌고 교문 쪽으로 방향을 돌렸을 때, 교장

관사의 현관문이 요란하게 열렸다. 물론 미야오까였다.

"고노 쿠소다리메—"(이 똥뗑이 같은 새끼들—)

버럭 고함을 지르며 쫓아 나오는 것이 아닌가. 놀란 우리 비행기들은 일제히 날개를 주먹으로 바꾸어 가지고 앞을 다투어 죽어라 하고 뛰었다. 더러는 엎어졌다 일어나며 비명을 울리기도 했다. 질급을 하기는 했으나, 모두 무사히 교문 밖으로 도망쳐 나온 우리들은 누가 먼저인지도 모르게,

오모짜노 각꼬노 센세이와
이찌 다수 니모 시라나이데
고꾸방 다다이데 나이데 이루.
(노리갯감 학교의 선생님은
하나 더하기 둘도 할 줄 몰라서
흑판 두들기며 울고 있네.)

하고 남국민학교 아이들을 놀릴 때 외우는 가사를 가락을 맞추어 소리소리 질러댔다.

이튿날 저녁, 우리는 다시 남국민학교로 몰려갔다. 그러나 허사였다. 교문이 딱 닫혀 있는 것이었다. 어젯밤까지만 해도 그렇게 이지러져 있던 문짝이 하루 사이에 반듯하게 고쳐졌을 뿐 아니라, 까아만 페인트칠까지 해져 있었다. 채 마르지 아니한 페인트에 달빛이 젖어 온통 번들번들 빛나고 있었다. 지랄이 아닐 수 없었다.

"좀 들어가서 놀면 어떻노. 그쟈?"

"참 숭악타. 숭악해."

"여기 아니면 놀 데가 없을까 바. 잉?"

그러자 기철이는 무슨 생각이 떠올랐는지 호주머니에 손을 집어 넣었다. 백묵이었다. 백묵을 가지고 기철이는 문 앞으로 바싹 다가서는 것이었다. 우리는 모두 기철이의 하는 수작을 지켜보았다.

번들거리는 페인트칠 위에 아라비아 숫자의 8자가 크게 옆으로 눕혀졌다. 그리고 그 위에 거창한 송이버섯 같은 것이 하나 세워졌다. 수염 같은 것도 지저분하게 돋아났다. 그리고 그림 옆에다가 '미야오까 찜뽀 오우끼이'(미야오까 자지 크다)라고 쓰는 것이었다. 페인트가 채 덜 말라서 백묵의 빛깔이 선명하지는 않았으나 달빛이 곱게 비추어 주어서 잘 알아볼 수가 있었다.

우리는 미야오까의 그 거창한 물건을 바라보며,

"와—"

하고 환호성을 울렸다. 킬킬킬 웃으면서 손뼉을 치기도 했다.

나무열매

교장 관사 바로 곁에 오동나무가 한 그루 서 있었다. 꽤 오래된 나무인 듯 가지가 크게 뻗고 높이 솟아 있었다. 어른들은 이 나무를 왜오동나무라 했다. 보통 오동나무와 비슷했으나 열매가 달랐다. 보통 오동나무에는 굵은 대추만큼씩 한 열매가 주렁주렁 열리는데, 이 왜오동나무에는 흡사 무슨 잎사귀처럼 생긴 것에 콩알만큼씩 한 열매가 맺히는 것이었다. 그리고 그 콩알만 한 열매가 여간 맛이 나는 것이 아니었다. 입에 넣고 잘근 씹을라치면 약간 비릿

하면서도 고소한 맛이 혀끝을 녹이는 것이었다.

그 열매가 팔랑팔랑 나부껴 떨어지는 무렵이 되면 우리들의 관심은 그 나무가 서 있는 울타리께로 집중된다 해도 과언이 아니었다. 학교에 가는 길에나 학교에서 돌아오는 길에 우리는 결코 그 울타리께를 무심히 지나치지를 않았다.

아침나절부터 그 열매를 줍기 시작했으니까, 아마 일요일이었던 성싶다. 기철이는 큼직한 자루를 하나 들고 있었다. 본격적으로 수확을 올릴 셈인 것이었다. 여느 날보다 바람이 좀 센 편이어서 열매는 우수수 소리를 내며 쏟아져 내렸다.

열매를 주워가지고 나는 자꾸 입으로 집어넣었다. 기철이는 입에도 집어 넣으랴 자루에도 집어 담으랴 여간 분주하지가 않았다. 노오란 얼굴에 두 눈이 유난히 반짝거렸다. 학식이 역시 코를 들이마셔 가며 열심히 줍고 있었다. 이따금 손이 주머니로 들어가는 것을 보니 조금씩 주머니 속에 저축도 하는 모양이었다.

그렇게 한참을 줍고 있노라니까 하나둘 아이들이 모여들기 시작했다. 어릿거리다가는 이제 열매를 주울 수가 없게 되었고, 줍는다 해도 몫이 줄어들 수밖에 없었다. 기철이의 두 눈은 더욱 분주히 굴렁거렸다. 저만큼 떨어져오는 열매를 벌써부터 붙잡으려고 허공에다 대고 손을 내두르기도 했다.

얼마 후 나는 약간 당황하지 않을 수 없었다. 기철이가 울타리에 개구멍을 뚫기 시작했던 것이다. 울타리 밖에서는 수지가 안 맞겠다고 생각한 모양이었다. 사실 울타리 안으로 들어갈 수만 있으면 잠시 동안에 많은 수확을 올릴 수가 있는 것이었다. 땅에 까아맣게 떨어져 깔린 것이 죄다 열매였다. 그러나 어쩐지 모두 두려웠던 것이다.

기철이는 기어이 개구멍을 뚫고 안으로 기어들어 갔다. 나도 따라 들어갈까 하다가 그만 두었다. 혀끝이 까끌까끌하고 배에서 꼬르르 물소리가 났기 때문이었다. 그러자 기철이가 개구멍으로 바깥을 내다보며,

"아무도 들어오지 마래이. 교장한테 들키면 큰일이다이."

하는 것이었다. 학식이가 좀 서운한 듯 표정을 지었을 뿐, 다른 아이들은 아예 안으로 들어갈 생각을 하지 않았다.

기철이는 힐끗힐끗 사방을 살피면서 땅에 떨어진 열매를 부지런히 자루에 끌어 담았다. 잠시 동안은 아무 일이 없었다. 그러나 결국 미야오까가 나타나고야 말았다. 교사 쪽에서 나타난 미야오까는 인기척이 안 나도록 살금살금 다가오는 것이었다. 그런 줄을 모르고 기철이는 열매 줍기에만 여념이 없었다. 나는,

"온다—"

하고 냅다 고함을 질렀다. 기철이는 고개를 벌떡 들더니 미야오까를 보자 날쌔게 내달아왔다. 손에 발끈 거머쥔 자루가 춤을 추었다.

"고노야로— 소꼬니 줏도 오랑까!"(이 새끼야— 거기 좀 안 있을래!)

미야오까는 악을 쓰면서 뛰어왔다. 바깥에 있던 우리도 놀라서 와— 하고 사방으로 흩어졌다. 나는 신작로를 저만큼 달려가서 숨을 돌렸다.

기철이는 개구멍을 후닥닥 빠져나와 나 있는 쪽으로 뛰어왔다. 이마빼기에서 피가 한 줄기 지렁이처럼 기어내리고 있었다. 너무 급하게 빠져나오다가 다친 모양이었다. 우리는 종이를 꺼내어 상

처를 누르고, 끄나풀로 칭칭 동여매 주었다.

상처를 동여매고 나자, 기철이는 히죽 웃었다. 그러고 학교 쪽을 향해,

"요놈 먹어라!"

하고 감자를 한 개 내지르는 것이었다.

이튿날 학교에서 돌아오는 길이었다. 기철이와 나는 나란히 신작로를 걸었다.

"어제 주운 그 열매 다 우쨌노?"

"집에 안 갔다 줬나. 우라부지 묵어보고 그자, 참 꼬시다 카더라."

"이마빼기 다쳤다고 뭐라 안 카더나?"

"빈손으로 갔더라면 야단날 뻔 했어. 열매 줍다가 그랬다 카니 가슴패기를 콱 한 번밖에 안 쥐박더라."

"열매 또 주울래?"

"그럼, 안 주워."

"또 안으로 들어간다 말이가?"

"그럼."

이런 소리를 주고받으며 남국민학교 앞까지 와서였다.

"으?"

기철이가 우뚝 걸음을 멈추었다. 나도,

"아?"

두 눈을 크게 뜨지 않을 수 없었다.

기철이와 나는 시선을 마주쳤다. 기철이의 두 눈은 정말 놀라서 떨고 있었다. 기철이와 나는 다시 고노대가시아 울타리를 바라보았다. 정말 눈을 의심하지 않을 수 없었다.

고노대가시아 울타리 위가 텅 비어 있는 것이었다. 울타리 위로 높이 솟아 가지를 크게 드리우고 맛있는 열매를 떨어뜨려주던 그 좋은 나무가 보이질 않는 것이었다. 나무가 없어진 것이다.

기철이와 나는 얼른 가서 울타리 사이로 안을 들여다보았다. 입이 딱 벌어지지 않을 수 없었다. 그 큰 나무가 운동장 쪽으로 벌떡 넘어져 있는 것이 아닌가. 나무 밑동을 뭉텅 잘라버렸던 것이다. 그리고 소사가 톱으로 가지를 낱낱이 썰어내고 있는 중이었다. 그 곁에 미야오까란 놈이 팔짱을 끼고 서서 코언저리에 웃음을 흘리면서 바라보고 있었다. 미야오까의 코언저리에 감도는 웃음을 보자 나는 오스스 몸이 떨렸다. 기철이는 울상이 되어 나를 돌아보며,

"미야오까 저 놈의 털보를 우째버릴꼬구마. 잉?"

하고 분해서 못 견디었다.

그날 밤, 우리는 용감하다 할까, 무모하다 할까, 그런 엄청난 짓을 저질러버리고 말았다.

저녁을 먹고 나서 기철이와 나는 학식이를 불러내어 함께 남국민학교로 갔다. 학식이도 이미 나무가 베여 넘어진 것을 알고 있었다. 우리는 울타리 밖에 나란히 서서 아무 소리도 없이 안을 들여다보았다. 해는 어느덧 저물고, 땅거미가 좍 깔려오고 있었다. 땅거미가 깔리는 운동장에 나무는 마치 무슨 거창한 짐승의 주검처럼 넘어져 누워 있었다. 가지라는 가지는 죄다 떨어져나가고, 둥치도 크게 두 동강이 나 있었다. 그리고 잎사귀 하나, 열매 한 개가 없도록 그 근처를 깨끗하게 쓸어놓은 것이었다.

"저 나무 가지고 뭐 할라 카는고?"

학식이가 입을 열었다. 기철이와 나는 무슨 약속이라도 있었는

듯 아무 대꾸도 하지 않았다. 학식이는,

"농 만들라 카는가? 오동나무로 농 만들면 참 좋다지."

하고 자꾸 중얼거렸다. 그러자 기철이가

"짜식아 농은 무슨 농. 우리 미워서 안 베 버렸나."

하고 툭 쏘아붙였다.

잠시 후, 기철이는 땅에 떨어진 돌멩이를 한 손에 하나씩 두 개 집어 드는 것이었다. 그리고 나를 바라보며 눈으로 약간 웃었다. 나는 슬그머니 겁이 났다. 그러나 손은 어느덧 땅으로 내려가고 있었다. 나는 돌멩이를 한 개만 집어 들었다. 기철이와 내가 돌멩이를 집어 들자, 학식이도 따라서 한 개를 집어 들었다.

"하나— 둘—"

우리는 이를 악물었다.

"셋!"

세 개의 돌멩이는 일제히 교장 관사를 향해 날아갔다.

탕! 투당! 챙그랑! 분명히 유리창 깨어지는 소리가 들렸다. 순간 나는 가슴이 싸늘하게 얼어붙는 것 같았다. 학식이도 새파랗게 질려가지고 겁결에 마구 내빼고 있었다. 나도 후다닥 내달았다. 그러자 기철이는 남은 돌멩이 한 개마저 힘껏 팔매질을 치고는 달려오는 것이었다. 와장창! 무엇이 정통으로 맞아 무너져 내리는 소리가 났다. 그리고 미야오까의 악을 쓰는 소리가 요란하게 들려왔다.

우리는 죽어라 하고 달렸다. 가슴이 사정없이 펄떡거렸다. 마을 골무살*('골목'의 방언)으로 뛰어들어 왔으나, 가슴은 여전히 두근거리고 있었다. 기철이는 통쾌해서 못 견디겠다는 듯 콧구멍을 벌름거리며 웃었다. 학식이도 웃었다. 그러나 우리는 어쩐지 후련하지가 않았다. 어쩐지 좀 켕기는 것이었다. 그래서 그 길로 제각기 집으로 헤어지고 말았다.

다음 날 아침 조회 때였다. 지휘대 위로 올라서는 교장 선생의 표정은 험악했다. 대뜸 꺼내는 소리가,

"고노 와루이 야로다찌!"(이 나쁜 놈의 새끼들아!)

였다. 그리고 온 얼굴에 벌겋게 핏대를 세우며 도저히 용서할 수 없는 놈들이 우리 생도 가운데에 있다는 것이었다. 어젯밤에 남국민학교 교장 선생님 관사의 유리창이 얼마나 부서졌는지 모른다는 것이었다.

나는 온몸의 근육이 오그라들면서 얼굴이 화끈 달아올랐다. 교장 선생은 푸르락붉으락하면서 연신 뭐라고 떠들어대고 있었으나, 내 귀에는 그 소리가 하나도 들리질 않았다. 가벼운 현기증이 머리를 지나갔다.

다음은 주번 선생이었다. 주번 선생의 손에는 웬 돌멩이가 하나 쥐어져 있었다.

"곤나니 오우끼나 이시오 못데나……."(이렇게 큰 돌멩이를 가지고 말이지…….)

유리창을 부수었다는 것이었다. 이런 돌멩이를 몇 개나 던졌는지 모른다는 것이었다. 그 돌멩이를 힐끗 한 번 바라본 나는 우리가 던진 돌이 저렇게 컸던가 하고 새삼스럽게 놀라지 않을 수 없었다. 저렇게 크지 않았는데…… 싶기도 했다. 그러나 얼른 시선을 땅으로 떨어뜨렸다.

어젯밤에 그런 나쁜 짓을 한 사람은 정직하게 손을 들고 앞으로 나오라는 주번 선생의 목소리가 귀전을 울렸다. 나는 온몸이 굳어

져버린 듯 잠시 숨조차 쉴 수가 없었다.

아이들이 사방을 두리번거리며 시끌시끌 지껄여댈 뿐, 아무도 손을 들고 나오는 사람이 없자, 주번 선생은,

"소래자 요씨!"(그렇다면 좋다!)

어금니를 지래물며*(사리물다. 악물다) 고개를 두어 번 끄덕거렸다. 그리고는 그럼 ××리에 사는 생도들은 조회가 끝나면 전원 그 자리에 남아 있으라고 벌겋게 소리를 질렀다. 이제 죽었구나 싶었다. 뒤에 서 있는 기철이를 슬그머니 돌아보니 이마빼기에 헝겊을 칭칭 동여맨 그도 역시 시퍼렇게 질려 있었다. 콧등에는 송글송글 땀이 맺혀 있었다.

조회가 끝나고, 다른 생도들이 모두 교실로 들어간 다음 우리, ××리에 사는 아이들은 나란히 줄을 지어 운동장에 꿇어앉았다. 기철이와 나는 되도록 뒷줄 한쪽 편으로 비껴가서 앉았다. 학식이는 맨 앞줄에 조그맣게 웅크리고 앉아 있었다.

주번 선생의 두 눈은 무섭게 빛났다. 빨리 못 나오겠느냐고 호령이었다. 나는 불알이 다 겨들어가면서 무르팍이 자꾸 떨렸다.

"다 알고 있으니 빨리 나오란 말이다. 정직하게……."

그러자 그만 학식이란 놈이 힐끗 뒤를 돌아보는 것이 아닌가. 주번 선생은 얼른 눈치를 차리고,

"너 일어섯!"

고함을 질렀다.

학식이는 고양이 앞의 쥐처럼 달달 떨면서 일어났다.

"이놈아! 네가 그랬지. 바른대로 말해!"

주번 선생이 발로 땅을 구르며 떵 울리는 바람에 학식이는 그만

질겁을 하고

"선생님, 저는 한 개밖에 안 던졌심더."

하는 것이 아닌가. 그리고 겁에 질려,

"으으—"

울음을 터뜨리고 마는 것이었다.

《사상계》(1962. 2)

위령제

1

산에서 노오란 송홧가루를 묻힌 바람이 마을로 불어오고 있었다. 어디메*('어디'의 방언)서인지 쑤꾹새*('뻐꾸기'의 방언) 우는 소리가 한가롭게 들려오기도 했다. 화창한 일요일의 오후였다.

마을 한복판에 자리 잡고 있는 기와집 사랑채에서는 노랫소리가 흘러나오고 있었다. 술잔치가 무르익어가고 있는 것이었다. 오늘이 면장 임상호(林相鎬)의 쉰다섯 번째 생일인 것이다. 면내의 소위 유지라고 하는 사람들은 거의 모여 있었다. 널찍한 방 가운데에 교자상을 놓고 빙 둘러앉아서 주거니 받거니 벌겋게 익어가고들 있는 것이었다. 기생도 두 사람 불러 와서 어울려 있었다. 하나는 오이씨 같았고, 하나는 호박씨 같았다.

"자아 내가 불렀으니, 담은 누가 한 자리 불러 보소."

임 면장은 불그레 피어오른 두 눈으로 방 안을 한 바퀴 둘러본다. 오이씨는 입언저리에 연연한 웃음을 띠면서 두 손으로 잔 하나를 받쳐 들고 다음 노래 부를 사람을 대기하고 있다.

"면장이 했으니, 담은 교장이 한 자리 하는 기 순서지."

누군가가 말했다. 그러자 모두,

"옳지."

"그렇지."

"그기 순서지."

하고 떠들어댄다.

오이씨는 잔을 재빨리 국민학교 교장 한재명(韓在明) 앞으로 갖다 내밀며 연하게 웃었다. 박수들을 친다. 한 교장은 매우 난처했다.

한 교장은 오십이 넘는 오늘까지 줄곧 교원생활로 일관해오는 터였다. 그러면서도 그는 어찌된 영문인지 유행가니 노랫가락이니 하는 것은 고사하고, 창가 같은 것도 한 자리 변변하게 부르지를 못했다. 심지어 애국가까지도 고저를 맞추지 못하는 형편이었다. 술자리의 흥을 한층 돋구어놓던 오이씨 호박씨의 노래야 기생의 노래니까 말할 나위가 없지만, 방금 부른 면장의 시들한 노래에도 아예 갖다 댈 바가 못 되었다. 음치라고 해도 과언이 아니었다.

그렇다고 해서 잔을 안 받을 수는 없는 일이었다. 오이씨에게서 잔을 받아 들자, 호박씨는 재빨리 주전자를 들어 잔에 술이 넘치도록 따루었다. 한 교장은 술도 별로 신통치가 않았다. 고작 서너 잔이면 목덜미까지 벌겋게 물이 들었다.

그는 우선 찰찰 넘치는 잔에 입술을 갖다 대고 한 모금 쪽 빨았다. 그리고 잔을 앞에 놓으며,

"아 이거, 면장 때문에 큰 욕보는데……."

하고 허허 웃었다.

"나 때메 욕을 보다니. ……교장! 그 말 참 섭섭한데, 하하하, 이 사람아 면장도 노랠 부르는데, 하물며 교장이 노래 한 자릴 가지고 욕을 보다니…… 안 그런가들?"

"암 그렇지."

"그렇고말고."

방 안은 한바탕 웃음이었다.

"교장 선생님, 어서 한 자리 해 보이소예."

오이씨는 딸기빛 같은 입술 사이로 하이얀 앞니를 드러내 보인다. 한 교장은 하는 수가 없었다. 잔을 들어 두어 모금 억지로 마시고는 씨익 웃었다.

"교장 노래가 소원이라면 한 번 들려주지."

그리고 되는 대로 입을 벌려 소리를 지르기 시작했다.

—학교종이 땡땡 친다, 어서 가보세. 선생님이 문에서 기다리고 있구나.

참 멋진 노래인데, 아깝게도 곡조가 말이 아니었다. 노래를 부른다고 부르는 것인지, 목청을 돋우어 중얼거리는 것인지, 도무지 분간할 수가 없었다.

"야 참, 교장 명창일세."

면장이 말했다.

"그렇지, 이만하면 명창이지."

교장은 코를 쳐들며 힝 웃었다. 그러자 점잖은 체 앉아서 수염을 만작거리고 있던 국민학교 장학회 회장 양천풍(梁千豊)이 입을 열었다.

"접장은 정말 접장일세."

"와?"

한 교장은 얼굴이 약간 이지러졌다. 그러나 웃었다.

"늘품수가 없단 말일세. 늘품수가……."

"……."

"글쎄, 그걸 다 노래라고 내놓는가? 헛헛허……."

양 회장은 어이가 없다는 듯이 너털웃음을 웃었다. 몇 사람 따라서 웃기는 했으나, 자리가 어쩐지 서먹해지는 것 같았다.

한 교장의 얼굴에서는 어느덧 웃음이 가시고 표정이 차츰 굳어지고 있었다. 노상 점잖은 체 거동을 하는 품이랄지, 수염을 만작거리는 꼴이 눈에 거슬려오던 터인데, 오늘은 이런 여러 사람이 모인 자리에서 농담도 분수가 있지, 뭐 늘품수가 없는 접장이라고? 그게 다 무슨 노래냐고? 한 교장은 배에서 곰실곰실 벌레가 기기 시작했다.

'이 늙은 놈, 너는 어디 보자.'

너털웃음을 웃고 난 양 회장은 좀 지나쳤다는 생각이 들었는지 수염을 약간 신경질적으로 만지작거렸다. 그리고 잔을 들어 벌컥벌컥 술을 마신다.

"그럼 이번엔 양천풍 대선생께서 한 자리 해보시지."

서먹해진 방 안 공기를 면장이 휘저었다.

"이 사람, 갑자기 대선생이라니, 선생이면 선생이지."

"아 참 그렇지. 양천풍 선생께서 한 자리……."

"헛헛허……."

양 회장은 공허한 웃음을 또 너털너털 웃는다.

"자아 잔 받으이소."

오이씨가 잔을 양 회장 앞으로 내밀자, 투닥투닥 박수들을 친다. 호박씨는 양 회장의 잔에다가 술을 치고 나서, 한 교장을 한 번 힐끗 바라본다.

양 회장은 술이 넘치는 잔을 앞에 놓고는,

"한 자리 해?"

하고 상체를 쭉 뻗으며 지그시 눈을 감았다. 시조였다. 세월이 여류하여…… 어쩌고 하는 것이었다. 한 교장은 으으윽 크게 트림을 했다.

처음에는 시드렁했으나, 차츰 열이 올라 제법 유창한 가락이 흘러나오자 모두 양 회장의 꿈틀거리는 목줄기를 바라보았다. 그러나 한 교장만은 잔에 입을 갖다 대고 즐기지도 않는 술을 홀짝홀짝 빨고만 있었다.

방 안에 은은한 여운을 남기며 시조가 끝나자, 박수소리가 요란했다. 한 교장도 덩달아 박수를 몇 번 치기는 쳤다. 그러나 그는 음— 하고 가벼운 신음소리를 했다. 박수가 그치자, 재빨리 호박씨가 씨부렸다.

"영감님, 참 잘 하시네예. 틀림없는 대선생님이시구만……."

"헛헛허……."

양 회장은 잇몸까지 벌겋게 드러내놓으며 웃었다.

"우린 시조는 통통 부었어. 암만 배울라 캐도 안 된다니까."

오이씨가 혼잣말로 중얼거렸다.

"시졸 너희들 같은 어린애가 함부로 부르는 긴 줄 아나?"

면장이 웃었다.

"아이 참, 면장님도 어린앤 누가 어린애라예?"

곱게 눈을 흘긴다. 그러자 불쑥 한 교장이,

"시조는 늙은 영감쟁이들이나 부르는 기라."

했다. 킥 웃음이 나왔다. 그러나 자리는 이내 씻은 듯이 조용해지고 말았다.

"뭐? 늙은 영감쟁이?"

양 회장이 버럭 소리를 질렀던 것이다.

"늙은 영감쟁이나 부르는 기라?"

양 회장의 아래로 처진 두 눈썹이 파르르 떨렸다. 방 안 공기도 별안간 싸늘하게 식어지는 것 같았다. 잠시 아무도 말이 없었다. 오이씨는 눈을 대구 깜작거렸고, 호박씨는 곧장 눈을 껌적거렸다.

"허 내참, 별꼴을 다 보겠네."

자리가 고약하게 되었다. 아무래도 면장이 한마디 하는 수밖에 없었다.

"아 이 어른아! 글쎄 안 그런가? 시조는 영감들이 불러야 격에 맞는 거 앙이가?"

"글쎄, 영감이면 영감이지, 늙은 영감쟁이가 뭐고?"

"핫핫하……. 이 양반아, 그기 다 술자리의 재미 아닌가, 자아 한 잔 드소."

면장은 잔을 얼른 비워서 앞으로 쑥 내밀었다. 양 회장은 마지못해 잔을 받으며

"시조 한 자리 내놓았다가 코 다쳤네. 코 다쳤어."

했다. 그러자 모두 약속이라도 한 듯 부드럽게 웃었다. 잔에 입을

대고 곧장 훌쩍거리던 한 교장도 히죽 웃었다. 이제 속이 좀 편한 것이다. 한 교장이 웃는 것을 보자, 양 회장은 잔에 넘치는 술을 벌컥벌컥 소리를 내어 들이켰다. 그리고 젓가락으로 돼지고기를 쿡 찍으며,

'이놈! 어디 두고 보자. 객지에 와 있는 놈이 건방지게시리, 건방지게시리…….'

하고 속으로 뇌었다.

2

교사의 그늘이 차츰 운동장을 덮어나가고 있었다. 아이들이 다람쥐들처럼 굴러다니고 있었다. 한 교장은 창밖으로 넓은 운동장을 내다보며,

'오늘 회의에서는 추가 예산안을 꼭 통과시켜야지.'

하고 생각했다.

'그래서 오는 개교기념일까지는 어떠한 일이 있어도 낙성을 해야지. 옳다! 낙성식을 그날 거행해도 괜찮겠구나. 그날은 눈코 뜰 새 없겠는데, 보자…… 기념행사는 아무래도 학예회라야 될 기라?'

한 교장은 입언저리에 은근한 웃음을 띠었다. 그리고 벽에 걸린 시계를 돌아보았다. 세 시 십칠 분이었다.

'엽전들은 하는 수 없다니까. 십칠 분이나 지났는데, 아직 한 놈도 안 나타나다니……. 그런데 이상하다. 웬일로 한 사람도 나타나지 않을까?'

한 교장은 약간 불안해지기도 했다. 그러자 얼마 안 있어 교문으로 몇 사람 들어서는 게 보였다.

'옳지! 오는구나.'

뒤이어 또 두 사람, 또 서너 사람…… 두루마기자락을 점잖게 너풀거리며 들어서는 것은 양 회장이었다. 어디서 모두 모여서 함께 오는 듯했다. 한 교장은 얼른 제자리로 가서 의자에 반듯이 앉았다. 그리고 책상 위에 놓인 추가 예산안을 한 번 더 처음부터 훑어본다.

좁다란 교장실에 십여 명의 장학회 역원들이 빙 둘러 앉아서 회의를 시작한 것은 세 시 사십 분이 넘어서였다. 학교 측에서는 교장 외에 회계 담당 교사가 참석했다. 회계 담당 교사의 교실 증축비 지출 상황보고가 시작되자, 역원들은 모두 긴장을 하는 눈치였다. 양 회장은 상체를 뒤로 약간 제치더니 지그시 두 눈을 감는 것이었다. 회계가 보고하는 숫자를 되물어 가면서 종이에 일일이 적어가는 역원도 있었다. 양 회장네 마을 구장 최규달(崔圭達)이었다. 한 교장은 추가 예산안을 두 손으로 펴 들고 앉아서 보고가 빨리 끝났으면 싶었다. 그리고 얼른 추가 예산 심의로 들어갔으면 했다.

'누가 돈이라도 잘라 먹었는 줄 아나? 흥!'

가볍게 콧방귀를 뀌며 종이에 숫자를 적어 쌓고 있는 최 구장을 힐끗 아니꼬운 눈으로 바라보기도 했다.

보고가 끝났다. 그러나 한 교장이 희망하는 대로 쉽사리 다음 안건으로 넘어가주지는 않았다. 눈을 지그시 감고 앉아서 수염을 만지작거리고 있던 양 회장이 음— 하고 눈을 떴다. 최 구장과 시선이 마주치고 나자 양 회장은 다시 눈을 감았다.

“기타 잡비 지출이라니 뭘 말하는 건가요? 구체적으로 그 내용을 밝혀 주시오.”

물론 최 구장이었다. 예사로운 어조가 아니었다.

“그 세목을 하나하나 보고하란 말입니까?”

회계는 약간 어처구니가 없어 했다.

“물론이구마. 잡비 지출뿐 아니라, 출장비 지출은 또 뭔데 이렇게 많은가요? 이것도 구체적으로 밝혀 보시오.”

최 구장은 연필로 적어놓은 숫자를 들여다보며 말했다. 한 교장은 어느덧 얼굴빛이 달라져 있었다. 그러나 한 교장은 침착하려고 애를 썼다.

“그것은 나중 회계 감사 때에 할 성질의 것이라고 생각는데요.”

“감사 때는 감사 때고, 오늘이라고 못 물어볼 이유가 어디 있는교?”

“오늘은 추가 예산을 통과시켜서 하루 속히 교실을 낙성시키자는 기 목적이 아닌가요. 그래서 열린 회의가 아닌가요.”

그러자 의자에 비스듬히 기대앉았던 양 회장이 별안간,

“헛헛허…….”

크게 웃음을 터뜨렸다. 그리고 자세를 바로 고쳐 앉으며

“교장!”

하고 입을 떼었다.

“당신 지금 정신이 있소, 없소? 예산이 어떻게 해서 지출되었는가를 알아야만 추가 예산인동 뭔동 통과를 시키든지 말든지 할 기 아니요. 애초에 충분한 예산을 세워가지고 시작한 일인데, 우째서 추갈해야 하는지 내 참 알고도 모를 일이라니까.”

"아니 그럼 회장은 누가 돈을 떼먹었단 말이요, 우쨌단 말이요?"

한 교장은 발끈해지지 않을 수 없었다. 파르르 눈시울을 떨면서 말을 이었다.

"첨 예산을 세운 건 벌써 이 년 전이 아니요. 그동안에 물가 얼마나 올랐는지 회장은 모른단 말인가요?"

"물가사 올랐지. 그렇지만 예산이 다 나갔단 말인가? 맞기사 맞다. 출장비도 많이 올랐을 기고, 기타 잡비도 많이 올랐을 기고……."

혼잣말처럼 중얼거리는 양 회장의 말투는 이제 완연히 비꼬는 쪼였다. 그리고는 수염을 쓰다듬으며 껄껄껄 웃는 것이 아닌가. 몇몇 역원들도 따라 웃는다. 한 교장은 허파가 팍 뒤집어지고 말았다.

"뭐 어째?"

저도 모르게 발로 마룻바닥을 쾅 구르며 벌떡 일어섰다. 어느 결에 손은 책상 위에 놓인 재떨이를 집어 들고 있었다. 회계 담당 교사가 깜짝 놀라며 교장의 팔을 잡았을 때는 이미 재떨이는 양 회장을 향해 날아가고 있었다.

챙그랑!― 재떨이는 향회장의 귀때기를 스쳐 유리창 창살에 가서 부딪쳤다. 유리가 서너 장 보기 좋게 무너져 내렸다. 역원들은 모두 눈이 휘둥그레지며 자리에서 우르르 일어났다. 양 회장은 벌어진 입을 쉬 다물지 못하고 덜덜덜 떨었다.

별안간 교장실 유리가 깨어지는 바람에 운동장에서 놀고 있던 아이들이 다람쥐들처럼 모여 들었다. 모여와서는 유리창에 달라붙어서 교장실 안을 기웃거리느라고 법석을 떨었다.

"히야― 재떨이도 깨졌대이."

"교장 선생님 끼다. 아나?"

"교장 선생님 재떨이를 누가 깼노. 그쟈?"

아이들이 모여서 이렇게 재잘거리고 있는 것도 아랑곳없이 한 교장과 양 회장은 서로 핏대를 벌겋게 돋우어쌓는다.

"저 수염쟁이 영감, 교장 선생님한테 막 덤빈대이."

"교장 선생님한테 이기나?"

"못 이긴다. 봐라 교장 선생님 고함소리가 더 안 크나. 잉?"

"맞다. 히히히……."

회의가 이쯤 쑥대밭이 되었을 무렵에야 교문을 들어서는 사람이 있었다. 임 면장이었다.

임 면장은 팔뚝시계를 들여다보며,

"너무 늦어서 미안한데. 추가 예산이 어떻게 원만히 토의되고 있는지……?"

하고 중얼거렸다. 그리고 걸음을 빨리 했다.

3

면 북쪽의 산줄기가 우르르 우르르 울리기 시작했다. 전쟁이 터져 내려온다는 것이었다. 날이 갈수록 산울림 소리는 점점 가까워져 오는 듯했다. 그러나 한 교장은 도무지 믿어지지가 않는 이야기였다. 사흘이면 신의주까지 쳐 올라갈 수 있다던 국군이 그처럼 허무하게 쫓겨 내려올까 보냐, 설사 전세가 불리하여 밀리고 있다손 치더라도 미국이 가만히 보고 있을 리가 없다, 틀림없이 며칠 안으로 미군이 올라와서 단번에 압록강까지 밀어붙이고 말 거다, 한 교장은 이처럼 고지식하게만 생각하고 앉아 있었다. 한 교장뿐 아니라, 이 고장 사람들은 아무도 피난 갈 생각을 하지 않았다. 워낙 산간 지방인지라 이곳이 바로 피난지라고 생각하고들 있는지도 몰랐다. 그러는 사이에 어느덧 산울림 소리는 남쪽을 향해 멀어져 갔다.

"앗차! 이거 야단났구나."

했을 때는 이미 늦은 때였다. 지서의 순경들은 언제 사라졌는지 사전에 한마디 연락도 없이 저희들끼리만 깨끗하게 자취를 감추고 말았다. 경찰이 자취를 감추고 나자, 지방 청년들이 팔뚝에 붉은 완장을 두르고 나타났다. 지서의 지붕 위에는 낯선 깃발이 제멋대로 나부끼었다. 한 교장은 멀리 낯선 깃발을 처음 보았을 때, 반사적으로 목을 움츠렸다. 그러나 그는 이내 콧방귀를 뀌며,

"흥! 어디 두고 보지. 감히 어디라고 저희들이……."

하고 중얼거렸다. 그러나 한 교장이 생각한 것처럼 그렇게 쉽사리 전국(戰局)이 달라지지는 않았다. 대구를 점령했다느니, 진주를 휩쓸었다느니 혹은 선발 부대는 이미 부산으로 쳐들어갔다느니, 오히려 불길한 소문만 들려왔다. 한 교장은 그럴 때마다 머릿속에서 자꾸 무엇이 허물어지는 것 같았다. 가벼운 현기증을 느끼기도 했다. 학교가 흐지부지 되어버린 지도 벌써 한 달이 가까워 왔다. 짓다가 그만 둔 교실은 빗물에 젖어 눅눅하게 이끼가 끼어가고 있었다. 운동장 가에는 잡초가 무성하게 돋아 올랐고, 그 잡초들은 하루하루 운동장으로 번져 나왔다. 이끼가 끼고 있는 신축 교사, 잡초에 뒤덮이는 운동장— 한 교장은 안타깝고 허망했다. 살다가 보니 참 얄궂은 세상도 다 만나본다고 생각했다. 언제부터인지 한 교

장은 아침저녁 좀 선선한 때를 가려서 운동장으로 번져 나오는 풀을 뽑고 있었다. 풀을 뽑으면서 하염없이 생각에 잠기는 것으로 유일한 낙을 삼았다. 어떤 때는 하도 허망하고 어이가 없어서,

"사흘 만에 신의주라……?"

하고 혼자 실성한 사람처럼 웃기도 했다.

그런 어느 날이었다. 그날도 해거름이 되자, 한 교장은 호미를 들고 운동장에 나가 앉았다. 교사의 그늘이 운동장을 뒤덮기는 했으나, 아직 땅에서는 더운 기운이 피어오르고 있었다. 한 교장은 풀을 뜯으면서 삼십 여 년 전 사범학교에 입학하던 무렵을 회상하고 있었다. 사범학교에 합격이 못 되면 면청(面廳) 소사로 들어가기로 이야기가 되었던 일, 그 두 갈래 갈림길에서 어떻게 해서든지 합격이 되려고 밤마다 닭이 울 때까지 호롱불 밑에 붙어 앉아 있던 일, 석유가 어디 그렇게 많이 있느냐고 오히려 역정을 부리던 몰이해하고 수다스럽던 어머니, 시험 날의 떨리던 가슴, 합격통지서를 받았을 때의 어쩔 줄 모르게 기쁘면서도 눈물이 핑 돌던 일…….

한 교장은 호미로 캐 헤친 풀을 손으로 끌어 모았다. 손바닥이 뻐근했다. 그는 풀 위에 궁둥이를 놓고 앉아서 콧등에 맺힌 땀을 닦았다. 그리고 뻐근한 손바닥을 펴보았다. 손바닥에는 손금이 선명하게 그려져 있었다. 흙이 묻어든 데다가 땀이 배어서 손금이 그렇게 선명히 떠올랐던 것이다. 한 교장은 새삼스러운 것이라도 발견한 듯 그것을 가만히 들여다보았다.

"이게 생명선이라지. 보자……한 팔십까진 틀림없이 뻗쳤다니까."

한 교장은 손아귀로부터 시작해서 둥그런 선을 그으며 손목께로 흘러내린 금을 유심히 들여다보며 중얼거렸다.

"그렇지 뭐, 나에게 무슨 죄가 있겠노. 삼십 년 동안 코 흘리는 애들을 사람 만들어 준 그것이 무슨 죄가 될 턱은 없고……."

그는 낙관적인 웃음을 얼굴에 띠우며 가볍게 궁둥이를 들었다. 그리고 다시 호미를 잡았다.

뒤에서 인기척이 들려온 것은 잠시 후의 일이었다. 한 교장은 얼른 뒤를 돌아보았다. 교문 쪽으로부터 두 청년이 걸어오고 있었다. 얼른 보아도 붉은 완장을 두른 자위대 대원이라는 것을 알 수 있었다. 한 교장은 호미를 놓고 손을 털며 일어섰다. 두 청년이 가까이 다가오자, 한 교장은 저도 모르게 멋쩍은 웃음을 웃었다. 어쩌면 그것은 비굴한 웃음인지도 몰랐다. 그러자 그 중 한 청년이 고개를 까딱 숙이더니,

"뭐하시는교? 풀 뽑는교?"

하고는 코로 히쭉 웃는다. 알만한 얼굴이었다.

"아, 자네 백부님 잘 계시는가?"

한 교장은 별다른 생각도 없이 그저 입에서 나오는 대로 양 회장의 안부를 물었다. 그러자 청년의 얼굴에는 어떤 경멸의 빛이 역력히 떠올랐다. 콧구멍으로 힝 웃으며,

"예, 잘 있구마."

했다. 그리고 비꼬는 듯한 목소리로,

"안부를 자알 여쭤라 캅띠더."

한다. 다른 청년도 콧소리를 내며 히들히들 웃는다. 한 교장은 얼굴이 화끈했다. 무안하기도 했고, 괘씸하기도 했다. 세상은 참 더럽게 된 것이다.

"교장 선생님!"

히들히들 웃던 놈이 갑자기 상냥한 목소리로 부른다.

'별안간 웬 교장 선생은……'

한 교장은 약간 노여움이 서린 눈으로 청년을 바라보았다.

"저……잠간 저희들캉 자위대까지 좀 갑시더."

"뭐 자위대?"

한 교장은 순간 가슴이 철렁했다. 그러나 설마…… 하는 생각이 들었다.

"자위대에 뭐 하러……?"

"잠시 뭐 좀 물어볼 말이 있어서 그렇심더."

"무슨 말인데? 여기서 물어 보면 안 되나?"

"대장동무가 물어볼 말이 있답니더. 잠간만 갔다옵시더."

"대장동무가?"

한 교장은 아무래도 미심쩍었다. 그러나 감히 안 가겠다고 거절할 그런 세상이 아닌 것이다.

"그럼 집에 가서 손도 좀 씻고, 옷을 갈아입고 나오지."

"괜찮심더, 잠시 갔다가 오는데요 뭐, 한 이십 분이면 될 깁니더."

"그래? 그럼 가보세."

한 교장은 옷에 묻은 먼지를 대강 털었다. 그리고 호미는 그대로 놓아둔 채 그들을 따라 나섰다.

교문을 나서자, 두 청년은 한 교장의 앞뒤로 서는 것이었다. 한 교장은 두 자위대원의 가운데에 서서 걸으며,

'대장인가 뭔가가 도대체 누군고? 무슨 말을 물어 볼라고 그러는 거지?'

곧장 궁금해 하였다. 앞장서 가는 청년의 붉은 완장에 눈이 갈라

치면 절로 불안한 생각이 머리를 쳐들기도 했다. 그러나 한 교장은,
'무슨 죄진 일이 있어야 말이지. 아무리 빨갱이들이라고 하지만 아무 죄도 없는 사람을 설마 설마…….'
하고 속으로 뇌었다. 땅거미가 차츰 짙어오고 있었다.

4

그 길로 한 교장은 영 돌아오지 못하는 몸이 되고 말았다. 이십 분이면 용무가 끝날 게라던 말은 새빨간 거짓말이었다. 자위대 본부에 이르자, 두 청년의 태도는 눈에 보일 만큼 판이하게 달라졌다. 예사로 그냥 말을 텅텅 놓는 것이었다. 두 청년뿐이 아니었다. 다른 대원들도 역시 마차가지였다. 그제야 한 교장은 못 올 곳으로 오고야 말았구나 하는 생각이 머리를 때렸다. 눈앞이 노오래지는 것이었다. 그러나 한 교장은 끝내 나에게 무슨 죄가 있느냐 하고 배에 힘을 주곤 했다. 대장이라는 자는 째보였다. 전혀 안면이 없는 사이는 아니었다. 양 회장과 같은 양가로서 양 회장네 마을에 사는 자였다. 양 회장과 먼 척간이 되는 자라고 듣고 있었다. 시꺼먼 자가 배냇병신으로 날 때부터 째보였다. 그 자는 한 교장을 보자 대뜸 싱긋이 웃었다. 째보의 웃음은 징그러워서 볼 수가 없었다. 찢어진 인중이 더욱 벌어지며 뻘건 잇몸이 사정없이 드러나는 것이었다. 그리고는,
"교실을 못다 짓고 세상이 이렇게 돼서 미안하구마."
이따위 소리를 했다.

그날부터 여드레 동안 한 교장은 자위대 본부의 유치장에 갇혀 있었다. 그러나 그냥 갇혀만 있는 것이 아니라, 하루에 한 번, 때로는 두서너 번씩이나 불려나가 째보 녀석한테 심문을 받는 것이었다. 어처구니없는 심문이었다. 교실 증축비 중에서 얼마를 집어먹었느냐는 것이 심문의 골자였다. 그럴 때마다 한 교장은 따귀를 맞기도 했고, 발길로 채이기도 했다. 학교에 증빙서류가 있으니 갖다가 조사해보면 알 게 아니냐고 아무리 말을 해도 그런 서류 나부랭이야 아무라도 만들 수 있는 것이라고 막무가내였다. 기가 막힐 노릇이었다. 닷새가 엿새 되던 날 밤, 한 교장은 마침내 떡이 되고 말았다. 악질반동이라는 것이었다. 한 교장은 입으로 피거품을 내뿜으며 모든 것을 덮어놓고 시인하지 않을 수 없었다. 그리고 이틀인가 사흘 뒤, 한 교장은 인민의 피를 빤 악질반동이라는 어처구니없는 죄인이 되어 군(郡)으로 넘어갔다. 물론 혼자만은 아니었다.

한 교장이 죽은 것은 그로부터 달 반이 지난 후의 일이었다. 세상이 뒤바뀌는 날이었다. 그동안 한 교장은 내무서의 유치장 속에서 콩나물처럼 배겨 푹푹 썩고 있었다. 세상이 바뀌는 날 마침내 유치장은 아비규환의 생지옥이 되고 말았다. 따발총이 와서 무차별로 마구 불을 내뿜는 것이었다. 그리고는 휘발유를 뿌려서 불을 질러버리는 것이었다. 그런 지옥에서 더러는 살아서 기어 나왔다. 그러나 한 교장의 지칠 대로 지친 목숨은 다른 여러 몸뚱어리들과 함께 불바다 속에서 시꺼멓게 타버리고 말았던 것이다.

다시 그전 세상이 돌아오기는 했으나, 이 산간 지방은 쉽사리 치안이 확보되지가 않았다. 붉은 완장을 두르고 날뛰던 치들이 대부분 산으로 튀었고, 미처 북으로 달아나지 못한 인민군 패잔병들이 산으로 기어들었기 때문이었다.

그동안 용하게 어떻게 큰 화를 입지 않고 배겨난 임 면장은 면 행정을 바로잡기 위해서 두 어깨를 우쭐거리면서 나섰다. 그러나 양 회장은 두문불출이었다. 양 회장네 마을에서도 산으로 튄 사람이 너댓 명 되었다. 째보란 놈은 물론, 양 회장의 조카 녀석도 거기 끼어 있었다. 그런 녀석들이 이따금 어둠을 타고 마을로 내려왔다. 한번은 째보 녀석이 직접 앞장을 서서 양 회장을 찾아왔다. 쌀을 좀 내놓아야 되겠다는 것이었다. 양 회장은 아무 말도 못하고 쌀을 내주었다. 쌀가마를 짊어지고 사라져가는 그들의 뒷모습을 바라보며 양 회장은,

"째보 저놈이 빨리 죽어 없어져야 할 낀데……."

하고 이마를 찡그렸다. 퍽 근심스러운 듯한 얼굴이었다. 양 회장이 째보의 죽음을 그토록 바라는 것은 그가 이 고장의 빨갱이 두목이라거나 혹은 빼앗긴 쌀가마니가 아깝다거나 해서는 아닌 듯했다.

5

첫눈이라도 내릴 듯한 그런 날씨였다. 양 회장은 저녁상을 물리고 나자, 끌끌 트림을 하며 마루로 나와 섰다. 그리고 멀리 바라보이는 지서의 높다란 초소를 내다보며,

'째보란 놈이 아직 안 죽었을까?'

하고 또 째보를 머릿속에서 뒤적거리는 것이었다.

양 회장은 세상이 도로 바뀐 뒤로 하루도 마음 편한 날이 없었다. 그의 머릿속은 노상 한 교장과 째보 생각 때문에 어지러웠다. 밤으로 쉽사리 잠을 이루지 못하는 까닭도 거기에 있었다. 잠을 이루려고 눈을 감을라치면 죽은 한 교장의 얼굴이 커다랗게 육박해오는 것이었다. 그 불길한 환상을 겨우 떨어버렸는가 하면 이번에는 째보란 놈이 찢어진 인중을 더욱 크게 벌리며 히히히 웃어 오곤 하는 것이었다. 견딜 수 없는 일이었다. 이리 뒤척 저리 뒤척 하는 사이에 창문이 훤하게 밝아오는 수도 더러 있었다. 그런 날 아침이면 눈에 핏발이 서서 따가웠고, 머릿속에 돌멩이라도 한 개 들어앉은 듯 무거웠다. 밥맛이 있을 리 없었다. 꼭 모래를 씹는 것 같았다. 소화가 잘 되지 않으니 절로 광대뼈가 불거 오르고, 눈자위가 꺼져 들어갔다.

'그놈이 총에 맞아 없어져야지, 산 채로 잡힌다든지 자수라도 하는 날이면…….'

양 회장은 움푹 꺼진 두 눈자위에 어두운 그늘을 지었다. 그리고 끄을끄을 연신 생트림을 했다. 오늘 따라 뱃속이 더욱 지랄 같은 것이다.

방에 들어가 불을 밝히고 뜨뜻한 아랫목에 도사리고 앉았으나, 머릿속은 한결 뒤숭숭하기만 했다. 안채에서는 무슨 놈의 어린애가 저렇게 울어쌓는지…….

'연놈이 붙어서 애새끼만 싸질러 가지고…….'

공연히 이맛살을 찡그리며 짜증을 냈다.

결국 그날 밤도 양 회장은 잠을 이루지 못하고 애꿎은 이불만 이리 휘감고 저리 차 넘기고 있었다. 닭이 두 홰를 울었을 무렵이었다. 양 회장은 밑이 간질간질 해서 방문을 열고 기어나갔다. 설사가 나는 것이었다. 뒷간에 들어가 쭈그리고 앉아서 주룩주룩 얼마를 내갈겼는지 모른다. 눈앞이 빙 돌기까지 했다. 일어나려고 하면 또 밑이 무겁고 해서 그냥 그대로 쭈그리고 앉아 있었다. 그러고 있을 때였다. 쿵덕! 무엇이 떨어지는 소리가 났다. 양 회장은 목을 뽑아 올려 소리 나는 쪽을 바라보았다. 그림자였다. 시꺼먼 그림자가 담을 뛰어넘어온 것이다. 어깨에 작대기 같은 것을 메고 있다. 총에 틀림없다.

'익크! 째보다.'

양 회장은 하마터면 소리를 내지를 뻔했다. 온몸에 콩알 같은 소름이 흘렀다. 숨이 칵 멎는 듯했다.

'저놈이 아직 안 죽었구나. 안 죽었어. 그런데 저놈의 키가 와 저렇게 작아졌노?'

좀 이상하다는 생각이 들기는 했으나, 양 회장의 눈에는 그 그림자가 틀림없는 째보로만 보였다. 그림자는 대문을 가서 활짝 열어젖히는 것이었다. 그러자 밖에서 시꺼먼 그림자가 왈칵 들이닥치는 것이 아닌가. 잠시 후 온 집안은 발칵 뒤집히고 말았다. 어린애는 곧 찢어질 듯이 울어 젖혔고, 돼지 막에서는 돼지들까지 잠이 깨어서 꿀꿀거렸다. 양 회장이 거처하는 사랑채도 온통 짓밟히고 있었다.

'째보를 없애야지. 저놈을 안 없애고는…….'

양 회장은 어떻게 고의춤을 여몄는지 모른다. 옷을 여미기가 바쁘게 기어나가 담 그늘에 착 붙어 섰다. 그리고 저쪽 샛문이 있는 데로 살금살금 옮겨갔다. 간이 탱자만 했다. 안채에서는 온통 다락

위에 든 물건까지 끄집어내며 난리를 치고 있었다. 용케 그들의 눈에 띄지 않고 샛문을 빠져나온 양 회장은,

"째보를 없애야지 째보를……."

하고 헐떡거리며 골무샅을 냅다 뛰는 것이었다. 마을을 빠져나와 지서를 향해 달리는 그는 꼭 실성한 사람 같았다.

"째보가 왔다. 째보가 왔어. 째보를 없애라. 째보를……."

땀을 척척 흘리며 입 밖으로 곧장 소리를 내지르고 있었다. 언덕 모퉁이를 잡아 돌 때였다.

"누구야!"

언덕 위 소나무 그늘에서 고함을 지르며 뛰어내려오는 그림자가 있었다. 양 회장은 우뚝 그 자리에 멈추어 서고 말았다. 숨은 턱에 와 닿았고, 아랫두리*('아랫도리'의 방언)는 사정없이 흔들렸다.

"뭐얏!"

총대가 불쑥 앞으로 다가들자, 양 회장은 질급을 하고 뒤로 두어 걸음 물러섰다. 그리고 엉겁결에 한다는 소리가,

"째보가 왔심더."

였다.

"째보가 오다니, 게 무슨 소리야?"

"……."

"이 새끼 반동이군. 연락하루 가는 게지? 쌍!"

순간,

"으악!"

양 회장은 보기 좋게 뒤로 넉장거리를 쳤다. 등뼈가 돌에 부딪쳐 우지끈 부러지는 듯했다.

총대가 와서 아랫배를 냅다 찔렀던 것이다.

"개새끼, 맛 좀 보라우."

"아윽!"

이번에는 개머리판이 사정없이 마구 떨어져 왔다. 어깨가 부서지는 것 같았고, 대가리가 깨지는 듯했다.

"아윽! 아윽! 악! 윽! 윽!……."

양 회장은 썩은 통나무처럼 마구 무지러져*(중간 부분이 끊어져 동강나다. 무지러지다) 갔다. 마침내 아무 소리도 없이 쭉 뻗어져버리자,

"새끼, 뭐이 할 게 없어서 앞잡이 노릇을 하나 말이야. 늙은 새끼가……."

하면서 발길로 툭 걷어찼다. 그리고 그림자는 도로 언덕으로 올라가는 것이었다. 하늘에서 희끗희끗한 것이 묻어 내리기 시작했다.

양 회장의 시체가 발견된 것은 그로부터 잠시 후의 일이었다. 공비들이 물러가고 난 다음 마을 청년 두 사람이 지서에 연락을 하러 가다가였다. 언덕 모퉁이를 달려가다가 그만 그중 하나가 앞으로 보기 좋게 나가 뒹굴었던 것이다.

"아이고야!"

어찌나 되게 나둥그러졌는지 쉬 일어나질 못했다.

"히히히, 자식아, 뭐 그러노!"

"뭐 그런 기 아니라, 좀 보래. 그기 뭐고?"

"글쎄, 이기 뭐고?"

성냥을 꺼냈다. 불이 켜지는 순간 나가뒹굴었던 청년은 훌떡 뛰어 일어났고, 성냥을 켠 청년은 하마터면 뒤로 넘어 질 뻔했다.

"왑!"

"이기 뭐고?"
"양 생원 앙이가?"
"맞다, 양 생원이다."
"대가리가 깨졌네."
"맞아 죽었구나."
"어이구 몸서리야."
"뭐 하로 여기까지 나왔던고?"
"글쎄, 지서에 연락이라도 할라고 그랬는 모양이지."
"쯧쯧쯧……. 영감도 참 노망이다."

6

먼 산봉우리에는 아직 희끗희끗 눈이 남아 있긴 했으나, 이제 완연히 봄이었다. 얼어붙었던 학교 앞 시냇물도 어느덧 풀려 졸졸졸 속삭이듯 흘러내렸고, 산과 들도 부드러운 빛으로 물들어가고 있었다. 학교 교실에서 흘러나오는 노랫소리 혹은 글 읽는 소리까지도 긴 겨울 추위 때와는 달리 한결 명랑하고 즐거운 듯했다.

어느 날 오후, 학교 강당에서 박수소리가 일어났다. 강당이라고 하지만 교실도 제대로 갖추지 못한 이 산간 학교에 따로 강당이라는 건물이 있을 턱이 없다. 필요할 때면 교실 두 개를 터서 강당으로 사용하는 것이다. 이 임시강당에서 지금 장학회 총회가 개최되고 있는 것이다.

박수소리와 함께 단위로 올라서는 사람은 최규달이었다. 죽은 양 회장네 마을 구장 말이다. 이 최 구장이 오늘 총회에서 새로 장학회장으로 선출된 것이다. 단에 올라선 신임 최 회장은 두루마기 고름을 다시 한 번 바로 잡고 나서 절을 했다. 그리고 제법,

"에헴."

했다. 취임인사를 하는 것이다.

"에— 이 불초 소생이 오늘 여러분들 덕택으로 장학회장이 된 것을 무한한 영광으로 생각하는 바이올시다. 아무것도 모르는 소생이 에— 앞으로 새로 온 교장 선생과 일심합력을 해서 에—"

어쩌고 하면서 소감이랍시고 지껄여대기 시작했다.

창변의 따뜻한 햇빛 속에 자리 잡고 앉은 임 면장은 졸음이 오는 듯 얼굴을 돌려 크게 하품을 한 번 했다. 임 면장 옆에 도사리고 앉은, 이마가 멋없이 벗겨진 사람은 죽은 한 교장의 후임으로 온 박병수(朴炳洙) 교장이었다. 박 교장은 신임 인사를 하는 최 회장의 얼굴을 멀뚱히 바라보며,

'일심합력이라……흠.'

하고 고개를 끄덕이기도 했다. 실내에 가득 모여 앉은 부형들은 처음에는 무슨 대견한 소리라도 듣는 듯 최 회장의 얼굴로 시선들을 집중하고 있었으나, 얼마 안 가서 흥미가 풀리는지 천정을 향해 입을 딱 벌리기도 했고, 옆을 돌아보며 수군수군 지껄이기도 했다.

"에— 죽은 회장님과 교장 선생님이 서로 일심합력을 해서 학교의 발전을 에— 도모한 것과 마찬가지로 불초 소생도 새로 부임해 온 박 교장 선생과 에— 일심합력을 해서 우리 핵교를 발전시켜 나갈 기니까, 여러분들도 일심합력을 아끼지 말아 주시기 바라면서 에— 그럼 이만 인사를 그치는 바이올시다."

일심합력론을 거듭 강조하고 나서 최 회장의 인사가 끝나자, 모

두 투닥투닥 박수들을 한다. 꾸벅꾸벅 졸고 있던 면장도 깜짝 정신을 차리며 덩달아서 얼른 손뼉을 쳤다. 박 교장은 일심합력론이 제법 마음에 드는 듯 힘차게 박수를 하며 만족스러운 표정으로 부형들을 한 번 휘둘러본다.

회의가 끝난 다음 면사무소 앞 음식점에서 술자리가 벌어졌다. 신임 교장과 신임 회장을 환영하는 주연이었다. 장학회 역원들을 비롯해서 유지라는 사람들은 거의 빠짐없었다.

술잔은 주로 박 교장과 최 회장에게 집중되었다. 그러나 박 교장은 서슴지 않고 벌컥벌컥 비워내는 것이었다.

"이번엔 고래 교장일세그려."

술이 어지간히 되었을 무렵, 누군가가 말했다. 방 안은 웃음소리로 떠나갈 듯했다. 박 교장도 기분이 나쁘지가 않은 듯 벌겋게 웃어젖혔다. 그리고,

"아니 그럼 한 교장은 술을 못 했던가요?"

했다.

"잘 못했지요. 노래사 명창이었지마는……."

자리는 다시 웃음판이 되었다.

"술도 못하고, 노래도 못했다 그 말이구만? 하— 그처럼 얌전한 양반이 우짜다가 그런 변을 당했던고요?"

박 교장의 말을 최 회장이 얼른 받았다.

"그러니까 난리라 안 카는교. 양 회장님도 그렇게 점잖은 양반인데, 그만 그 꼴을 당하고……."

"그러고 보니 난리는 학교에서 도맡았소그려."

그러자 면장이 웃으며,

"그렇게 된 셈이구마 아마. 이런 변은 전국에서도 드물걸."

했다.

"전국적으론 모르지만 도내에선 교장과 장학회장이 다 죽은 학교는 이 학교뿐입디다. 교장만 죽은 학교는 여섯 군덴가 되지마는……."

"교장이 여섯 사람이나 죽었는가요?"

"그렇답니다. 도정월보(道政月報)에 나와 있습디다. 나 있던 이웃면 학교 교장도 죽었는데, 그 양반 참 억울하게 죽었어요. 아무 죄도 없는 양반인데……."

"우리 한 교장이나 양 회장도 다 안 그런 게. 아무 죄도 없는 양반들인데, 그렇게 불에 태워 죽이고, 때려죽여 놓았으니……."

"그 놈들 참 독종이지, 글쎄 사람이 사람을 어떻게 그렇게 모질게 죽이는지……."

"그러니까 빨갱이들 아닌교."

최 회장이었다. 그러자 박 교장은 무슨 생각이 떠올랐는지,

"그런데 저……."

하고 벌건 얼굴로 임 면장과 최 회장을 번갈아 바라본다.

"위령제를 지냈는가요?"

"위령제?"

임 면장은 약간 무안한 표정을 짓는다.

"하— 아직 안 지냈구만요. 나 있던 이웃 면에서는 교장의 위령젤 지냅디다."

"흠—"

"위령제를 지내야지요. 빨갱이들한테 억울하게 죽었는데……."

그러자 최 회장이 얼른 입을 열었다.

"그렇지, 그기 살아남은 우리들의 도리지."

면장도 고개를 끄덕이며,

"좋은 생각이고말고."

했다.

"암, 지내야지."

"지내야 되고말고."

"열 번이라도 지내야지."

자리에 모인 모두가 크게 찬성이었다.

"그러나 교장 위령제만 지내서는 안 되지, 양 회장님 위령제도 지내야지."

최 회장의 말에 박 교장은 허, 웃었다.

"뭐 그렇게 따로따로 지낼 기 있소. 합동으로 지내면 되는 기지. 한 분은 학교장이고, 한 분은 장학회장인데……. 합동으로 지내는 기 오히려 마땅하지."

"참 그렇구나. 그래도 되겠구나."

최 회장은 임 면장의 얼굴을 넌지시 바라본다.

"합동위령제라……. 흠— 그것도 좋지."

임 면장은 고개를 대고 끄덕거렸다. 그리고 잔을 들어 벌컥벌컥 들이키고는,

"으—"

하고 트림을 한다.

7

국민학교 교문 한쪽 기둥에,

고(故) 한재명 교장 고(故) 양천풍 회장	합동위령제

이러한 종이가 나붙은 것은 그로부터 한 달 남짓 지난 뒤의 일이었다. 유난스레 수꾹새가 울어쌓는 날이었다. 면내의 유지들은 물론 학부형 모자(母姉)들, 그리고 일반 면민들까지 수월찮은 사람들이 학교 운동장으로 모여들었다. 모여든 조위객(弔慰客)들과 학교 아동들이 뒤섞여 운동장은 아침부터 걷잡을 수 없이 들끓었다.

운동장 정면에 있는 국기게양대에는 검정 헝겊을 단 태극기가 올랐고, 그 앞에 조그마한 제단이 마련되어 있었다. 제단에는 검은 테를 두른 두 개의 사진이 나란히 안치되어 있었다. 물론 한 교장과 양 회장의 사진이었다. 한 교장의 사진은 젊었을 때 찍은 것인 듯 흰 앞니를 가지런히 드러내놓으며 벙글벙글 웃고 있는 모습이었고, 양 회장의 것은 언제나처럼 점잔을 잔뜩 빼고 있는데, 수염이 실제보다 훨씬 풍성해 보였다. 사진 앞에는 여러 가지 제사 음식이 차려져 있고, 술병과 술잔이 놓여 있었다. 커다란 향로도 놓여 있었다. 아이들의 걸상을 내다가 제단 양쪽으로 주최자석, 유가족석, 내빈석 따위도 마련되어 있었다. 그리고 넓게 트인 자리는 그대로 아동들과 일반 조위객들의 자리였다.

위령제가 시작된 것은 예정 시각인 열 시를 사십 분이나 지나서였다. 위령제가 시작되자 까마귀 떼처럼 떠들썩하던 사람들이 일제이 입을 다물었다. 그러나 잠시 후 아동들은 다시 시끌시끌해지고 말았다. 3학년 이상의 아이들만이 참석하기는 했으나 역시 어른들과는 달랐다. 담임선생이 곧장 눈을 부라리며 감시를 하고 있었으나 이내 주의가 산만해지곤 했다. 식순이 바뀔 때면 이번에는 무얼 하는가 싶어서 한참 주의가 집중되었다가도 곧 풀어져버리고 마는 것이었다. 아이들이란 도무지 한 자리에 가만히 머물러 있지를 못하는 동물인가 보다. 앞의 아이를 공연히 찔벅거리는가*(집적거리는가) 하면, 자잘한 돌멩이를 주워 가지고 누군가의 대가리를 향해 곧장 던지기도 하고, 개중에는 종이로 접은 비행기를 아이들 머리 위로 냅다 날려 보내는 녀석도 있었다. 그리고는 선생님한테 발각되어 꿀밤을 몇 개씩이나 얻어맞으며 호령을 듣는 것이다.

분향이 끝나고, 조사가 시작되었다. 맨 처음 군수의 조사 대독이 있었고, 다음은 경찰서장 조사 대독, 그리고 군 교육회장 조사가 있은 다음, 넷째번이 면장이었다.

임 면장은 제단 앞으로 걸어 나가며 품속에서 커다란 흰 봉투를 꺼내었다. 제단 앞에 가서 선 그는 공손히 절을 한 다음 봉투에서 알맹이를 꺼내어,

"에헴."

하고 읽기 시작했다.

—아아 슬프도다. 두 분의 영령이시어. 두 분이 가신 지 이미 칠팔 개월. 이 강산에 다시 태극기가 펄펄 날리니 실로 감개무량하나이다. 회고하건데, 작년 6월 25일 북한 괴뢰들의 불법 남침으로 인하야 조국은 빛을 잃고, 국민은 억압과 착취와 공포에 시달렸으니, 이

는 실로 민족적 일대 수난이요, 역사적 일대 오점이요, 세계적 일대 사건이라 아니 할 수 없나이다…….

조사는 이런 식으로 계속되어 갔다. 아이들은 벌써부터 지루해서 견딜 수가 없는 듯했다. 곧 주리를 트는 것이었다. 3학년 맨 앞의 흰 운동모자를 쓴 아이가 옆의 아이를 보고 속삭였다.

"야, 니 저기 저 사진 누군지 아나?"

"죽은 교장 선생님 앙이가."

"교장 선생님 말고 그 옆의 것 말이다."

"몰라. 니는 아나?"

"나는 안다."

"누구고?"

"히히히, 임마 니는 모르제. 나는 안다, 알아."

임 면장은 다음과 같은 구절을 읽어 가고 있다.

—영면하신 두 분의 영령이시어, 두 분이 생전에 본교의 발전을 위하야 협력하시고 노력하신 그 빛나는 업적을 저희들은 길이길이 잊을 수가 없나이다. 운동장을 넓힐 때의 여러 가지 애로점을 두 분이 협력하시와 극복하시던 일, 또 사변으로 인하야 원통하게도 낙성을 하지는 못했으나, 교실 증축을 위하야 두 분이 헌신적으로 노력하신 그 빛나는 정신을 잊을 수가 없나이다. 그 거룩하신 정신을 본받아서 저희들도 앞으로 본교의 발전과 본 면(本面)의 발전, 나아가서는 대한민국의 무궁한 발전을 위하야 극고면려(克苦勉勵)할까 하나이다. 위대하신 교육자이시며 애국자이신 두 분의 영령이시어…….

"누구고? 알켜 도고."

"알켜 주까?"

"그래."

"저 수염쟁이 영감이 누군고 하면 말이다……."

"그래……."

"교장 선생님하고 싸운 사람이다, 아나."

"뭐? 거짓말."

"참말이다, 짜식아."

"교장 선생님도 다 싸우나?"

"히히히, 임마 교장 선생님도 자알 싸운다. 저 수염쟁이 영감한테 이기더라 아나."

"정말이가?"

"그래, 재떨이도 깨고, 유리도 깨고……."

"히히히……."

그러자 뒤에서 꿀밤이 한 개 머리 위로 떨어져 왔다. 선생님이었다. 두 아이는 얼른 입을 다물고 목을 움츠렸다.

"와 웃노. 못됐구로. 웃으면 안 돼!"

선생님의 걸음이 다시 뒤켠으로 멀어져 가자, 둘이는 시선을 마주치며 찔끔 웃었다.

—끝으로 비노니 두 분의 영령이시어. 이 학교에 무궁한 번영이 오도록, 그리고 수많은 학동들의 전도가 사해(四海)에 명진(名振)토록 돌보아 주시옵소서. 두 분이 나란히 가시는 마지막 머나먼 길 부디 평안하시고, 길이길이 명복을 누리시옵기 절하고 빌어마지 않나이다. 단기 4284년 5월 10일 ××면장 임상호.

임 면장의 조사가 끝나자, 다음은 박 교장의 조사였고, 그 다음이

지서주임, 그리고 일곱 번째가 장학회장 최규달이었다. 아동들뿐 아니라, 일반 조위객들까지도 꼬리를 물고 나오는 지루한 조사에는 견딜 수가 없는 듯 입을 딱딱 벌리고 하품들을 하기도 했다. 뒤쪽에서는 두서너 사람 자리를 뜨기도 했다.

"저건 또 누군교?"

"새로 뽑힌 장학회장 아닌게, 전번 총회 때 안 왔던게?"

"못 왔었구마."

"말 참 잘 할디더. 글도 잘 읽을 기구마. 보소."

이런 소리를 주고받는 사람들도 더러는 있었다.

매우 긴장된 표정으로 제단 앞에 나와 선 최 회장은 허리를 구십도 가까이 꺾어서 절을 했다. 그리고 떨리는 목소리로 조사를 읽기 시작했다.

—오날 한 교장 선생과 양 장학회장님의 위령제를 올림에 당하야 두 분의 영령을 부름에 목이 메이노니, 혼이라도 이 자리에 오셨거든 한마디 응답이라도 하여 주옵소서. 사람은 없어지고 추억은 희미한데, 황성낙일(荒城落日) 흩어지는 낙엽만이 이 가슴을 쥐어뜯노니…….

최 회장의 조사는 이런 투로 흘러나갔다. 읽어 내려가는 음률이 어찌나 우스운지 여러 사람의 조사 가운데서 가장 인기가 있었다. 꼭 사랑방에서 옛날 이야기책을 읽는 것 같은 가락인 것이다. 앞에 선 아이들은 웃음을 못 참아서 킬룩거렸고, 어른들 중에도 히들히들 소리 없이 웃는 사람이 많았다.

최 회장의 조사가 한창 그렇게 구성지게 넘어가고 있을 때였다. 난데없이 비행기가 한 대 떠올랐다. 비행기는 아이들의 머리 위를 한 바퀴 돌더니, 용케 어떻게 제단 앞으로 날아가는 것이 아닌가.

"야—"

"핫핫하……."

"멋지다, 멋지다."

"와."

아이들은 그만 저도 모르게 소리를 내지르고 있었다. 흰 운동모자는 제 머리 위로 지나가는 비행기를 향해 두 손을 번쩍 쳐들며 고함을 질렀다. 종이비행기였던 것이다. 어떤 장난꾸러기가 날렸는지 그 종이비행기는 한창 열을 올려 조사를 읽어 내려가고 있는 최 회장의 뒤통수에 가서 살짝 부딪치고는 떨어졌다. 그러자,

"와."

"핫핫하……."

"왓핫하……."

아이들은 또 한 번 좋아서 못 견디었다. 그러나 선생님들의 퉁방울처럼 부릅뜬 눈과 핏대를 세운 호령에 질려 금세 조용해지고 말았다. 비행기를 날린 장난꾸러기는 선생님의 커다란 손아귀에 목덜미를 붙잡히었다. 그리고 뒤로 끌려갔다.

왁자그르 웃는 소리에 최 회장은 뒤를 돌아보았다. 콧등과 이마에 땀방울이 맺힌 그는 약간 노여운 표정이었다. 그러나 그는 다시 자세를 바로잡고 계속해서 조사를 읽어 내려갔다.

—아아 슬프도다. 분개하도다. 법 아닌 법, 죄 아닌 죄목으로 속절없이 가신 두 분의 원혼이시어, 그러나 안심하소서. 두 분의 애족의 높으신 지성(至誠)과 애향애교의 일편단심은 불멸의 불씨가 되야 영원히 저희들의 가슴에 남을지니. 저희들은 일심합력하여 대한 나

라로 하여금 낙토가 되도록 할 것을 맹세하오며, 일심합력하야 우리 학교로 하여금 낙원으로 꾸밀 것을 장담하노니, 이것저것 다 눈감아 안심하소서…….

제단에 안치된 한 교장의 사진은 과거의 일을 아무것도 모르는 체 벙글벙글 웃고만 있고, 양 회장의 사진 역시 지난날에 아무 일도 없었는 듯 잔뜩 점잔을 빼고만 있었다.

해는 어느덧 중천에 와 있었다.

《사상계》(1960. 9)

그해의 삽화

'아오야기'(青柳) 선생의 도시락은 타원형이었다. 그리고 그것이 어찌나 얇고 작은지, 마치 무슨 장난감 같았다. 아침 등교 때면 아오야기 선생의 도시락은 생도들 사이에 인기가 대단했다. 서로 그것을 들려고 애를 쓰는 것이었다.

남선생들의 도시락은 대개 거추장스러웠다. 밥그릇과 찬그릇이 따로였다. 밥그릇 위에 찬그릇을 얹어서 흰 보자기로 싼 남선생들의 도시락은 인기가 없었다. 혹은 반찬 국물이 흐르지나 않을까, 혹은 보자기에 때가 묻지나 않을까 조심해야 하고, 또 들고 가노라면 꽤 무겁게 느껴질 뿐 아니라, 들어다주어도 기껏해야 응, 거기 놓아, 이런 정도니 말이다.

아오야기 선생의 도시락은 들기에도 간편했다. 보자기에 싼 것이 아니라, 실로 오밀조밀 무늬를 놓아가며 짠 주머니에 도시락을 넣고 끈을 조인 것이었나. 그러니까 그 끈을 쥐기만 하면 되었다. 덜렁덜렁 흔들려도 상관없었다. 국물이 흐르는 일이 없었다. 늘 다꾸앙*(단무지) 몇 조각 아니면 '나라쯔께'(왜식김치)나 '우메보시'(매실반찬) 따위니, 국물이 있을 턱이 없었다. 아오야기 선생은 도시락을 들어다주는 생도에게 꼭 '아리가또'(고마워) 하고 웃는 얼굴을 잊지 않았고, 그 생도가 낯선 아이일 것 같으면 이름이 뭐냐고 물어주었다. 그러니까 남선생들 도시락의 반찬그릇 정도밖에 안 되는 것을 들어다주고 인사는 몇 갑절이나 따뜻하게 받는 터이니, 좋아하지 않는 아이가 없었다.

이렇게 생도들에게 인기가 대단한 아오야기 선생의 도시락이 얼마 전부터 그만 종대 혼자의 차지가 되어 버렸다.

종대는 6학년이었다. 그리고 급장이었다. 나이는 열넷. 그러나 그것은 학교 나이고, 집에서의 나이는 열여섯이었다. 학교 나이와 집에서의 나이가 다른 것은 말할 것도 없이 호적상의 나이와 실제 나이가 다르기 때문이다. 열여섯 살 먹은 시골 국민학교 6학년 급장— 이쯤만으로도 능히 종대가 어떤 생도라는 것을 짐작할 수 있을 것이다. 그리고 그는 마을의 애국소년대 대장이기도 했다.

애국소년대는 생도들의 교외생활 지도를 위한 부락단위 조직이었다. 마을청소를 하기도 했고, 퇴비용 잡초를 베기도 했고, 때로는 산에 가서 관솔을 따기도 했으며, 여름방학 때면 조기회 같은 것을 실시하기도 했다. 그리고 매일 아침 등교 시에는 반드시 일정한 장소에 모여서 열을 지어 대장의 지휘 하에 학교에 간다.

지난 4월, 6학년이 되면서 마을 소년대의 대장까지 겸하게 된 종대는 그러니까 늘 그 열의 앞장을 선다.

면 소재지 마을이기 때문에 거의 대부분의 선생이 한 마을에 있었다. 그래서 등교 때면 으레 서너 개의 도시락이 생도들 손에 들려지기 마련이었다. 혹 어떤 남선생이 종대에게 도시락을 맡기는 일이 있어도 4,5학년생도 중에서 재빨리 누군가가 굴러 나와 종대의 손에 들려진 도시락을 자기가 받아 드는 것이었다. 말하자면 대장 대우를 톡톡히 받는 셈이었다. 그러나 아오야기 선생의 도시락의 경우는 달랐다.

아직까지 아오야기 선생은 한 번도 도시락을 누구에게 먼저 맡긴 적이 없었다. 맡기고 어쩌고 할 건더기도 없었지만, 그러기도 전에 이미 누군가가 달려들어 그것을 차지해버리고 마는 것이었다.

설사 아오야기 선생이 도시락을 누구에게 맡기고 싶었다 하더라도 종대에게 맡길 생각은 못할 것 같았다. 종대의 이마에는 벌써 여드름이 제법 볼긋볼긋할 뿐 아니라, 키도 자기보다 컸으면 컸지 작아 보이지가 않았고, 나이도 실상 몇 살 차이가 아닌 것이었다.

그런데 어느 날 아침, 뜻밖에도 아오야기 선생은,

"리노이에상!"

하고 종대를 향해 싱글 웃어 보이며 도시락을 쳐들어 보였던 것이다.

리노이에(李家)는 종대의 창씨(創氏)였다.

뜻밖에도 아오야기 선생이 자기에게 도시락을 들어다달라는 것을 알자 종대는 약간 당황했다. 의외의 일이었던 것이다.

종대는 얼른 가서 도시락을 받아 들었다. 아오야기 선생은 여전히 상글상글 웃고 있었다. 종대는 어쩐지 쑥스러워 얼굴을 붉혔다. 아오야기 선생의 웃음은 어제 창가시간에 웃던 웃음과 비슷한 종류의 것이었다.

어제 창가 시간이었다. 처음으로 아오야기 선생이 6학년 교실에 들어왔다. 6학년 담임이 결근이었기 때문에 보결수업으로 들어온 것이었다.

아오야기 선생이 들어오자, 뜻밖의 일이라, 아이들은 좋아서 모두 떠들어댔다. 이 시간 참 재미있구나, 싶은 모양이었다. 종대도 이거 웬일이냐 싶었다. 그러나 그럴수록 떠들어서는 안 된다는 생각이 들어, 벌떡 자리에서 일어나기까지 하면서,

"조용히 해!"

일갈했다.

교실 안은 물을 끼얹은 듯 조용해졌다.

'기오쓰께'(차렷), '게이레이'(경례), 구령을 붙이는 종대의 목소리는 여느 때보다 갑절은 우렁찬 것 같았다. 아오야기 선생은 약간 얼떨떨한 듯 어쩐지 필요 이상으로 긴장이 되어 보였다. 처음으로 들어와 보는 6학년 교실은 아무래도 담임 학급인 2학년 교실과는 좀 다른 모양이었다.

그러나 아오야기 선생의 풍금 소리는 매끄러웠다. 지금까지 들어온 담임선생의 풍금소리와는 같은 풍금에서 나오는 소리면서도 희한하게 달랐다. 페달을 밟는 소리부터가 달랐다. 담임선생이 페달을 밟을 때는 오래 되어 이가 잘 맞지 않는 풀무처럼 곧장 비거덕 비거덕 소리가 나는데, 아오야기 선생은 같은 페달을 밟는데도 전혀 그런 소리가 나지 않고 부채질을 하는 것 같은 연한 소리가 났다. 그리고 담임선생은 악보와 건반을 번갈아 보느라고 애를 먹는데 아오야기 선생은 그게 아니었다. 눈은 그저 가만히 악보에 두고 있는 것이었다. 어떤 곡은 이미 머리에 잘 젖어 있는 듯 아예 악보

도 보지 않고 살그미 눈을 내리감기도 했다. 그러면서도 조금도 빗나가는 일이 없는 부드럽고 유창한 아오야기 선생의 풍금소리에 아이들은 모두 감탄하여 눈을 반짝거리지 않을 수 없었다. 참 놀랍고 희한한 일이었다. 그 음곡을 따라 부르는 아이들의 노랫소리도 여느 창가시간 때보다 월등히 생기가 넘쳤다.

6학년에 올라와서 배운 노래를 차례차례 교과서를 넘기며 불러나가는 것이었다. 한 시간 보결수업을 들어와서 새 노래를 가르칠 수는 없는 모양이었다.

그렇게 한 번 죽 내리 부르고 나서, 이번에는 독창이었다. 배운 노래 가운데서 마음대로 한 곡 골라 부르기였다. 부른 사람이 다음 사람을 지명하기로 했다. 맨 처음 부를 사람만 선생이 지명했다.

아오야기 선생은 잠시 망설이다가,

"규쪼상."

하고 급장을 지명했다.

종대는 빙글 웃으며 한쪽 손을 뒤통수로 가져갔다. 전과목이 다 우(優)였으나, 창가만은 양(良), 때로는 가(可)를 받기도 하는 터였다. 그러나 종대는 얼른 일어나 앞으로 나갔다. 역시 급장다웠다.

종대가 지적한 곡을 아오야기 선생은 풍금으로 타기 시작했다. '나노하나바다께니 이리히 우수레'(평지꽃밭에 해는 저물고)*('평지꽃'은 유채꽃)…… 어쩌고 하는 노래였다. 그러나 종대의 노랫소리는 서정적이긴 고사하고, 제대로 음정도 맞지가 않았다. 도무지 듣기가 거북할 지경인데도 종대는 중단을 하지 않고 제 딴은 음정을 맞추려고 열심히 고개를 까딱거리기까지 했다.

아오야기 선생은 곧 웃음이 터져 나오려는 것을 참으며 계속 삐빼삐빼…… 풍금을 눌러주고 있었다. 그러나 마침내 참지 못하고 웃음을 터뜨리고 말았다. 혼자만 웃음을 터뜨린 것이 아니라, 교실 전체가 웃음밭이 되고 만 것이었다. 종대의 목에서 난데없이 끽— 하고 이상한 소리가 나왔던 것이다. 꼭 무슨 돌아가던 팔랑개비가 찢어지는 듯한 소리였다. 그것도 제대로 음정이나 맞았으면 모르겠는데, 낮게 내려야 할 대목을 턱없이 높게 뽑아 올리다가 그런 얄궂은 소리가 나왔으니, 아무리 급장의 독창이지만 참아줄 수가 없는 듯 아이들도 그만 와— 웃음을 터뜨려 버렸던 것이다.

종대는 화끈 얼굴을 붉히며, 한쪽 손으로 슬그머니 뒤통수를 긁었다. 그리고 아오야기 선생을 힐끗 바라보았다.

"핫핫핫하……."

아오야기 선생은 무척 우스운 모양이었다. 하얀 이를 활짝 드러내며 웃고 있었다. 당자가 무색할 지경으로 깔깔깔 웃는 웃음이었지만, 조금도 남을 얕잡아 본다거나 비웃는 그런 기색은 없었다. 밝고 티 없는 웃음이었다. 양쪽 볼에 알맞게 파인 보조개와 치열의 한쪽 가에 살짝 자리 잡은 하얀 덧니가 인상적이었다.

그래 그런지 종대는 조금도 기분 나쁘지가 않았다. 오히려 어떤 화끈한 것이 기분 좋게 얼굴에 퍼부어지는 듯한 느낌이었다. 절로 종대도 웃음이 나와 버렸다.

"요로시이 요로시이."(좋아, 좋아)

아오야기 선생의 말에 종대는 얼른 웃음을 거두고 정색으로 돌아가 아이들을 한 번 휙 둘러보았다. 그리고 여전히 헬죽헬죽 웃고 있는 녀석 하나를 골라잡아 큰 소리로 지명을 했다. 어디 이번에는 네가 한 번 불러 보아라, 너는 얼마나 잘 부르는가 좀 보자는 듯이 말이다.

그런데 참 딱하게도 어찌 된 일인지 이번에도 끽— 하는 소리가 목에서 나왔던 것이다. 꽥 힘을 주어 소리를 지르면 그런 기성(奇聲)이 나오는 것 같았다. 또 한 바탕 웃음밭이 되지 않을 수 없었다. 그러나 이번 웃음은 좀 전의 웃음과는 어딘지 다른 데가 있었다. 아이들의 웃음은 급장의 위압에 약간 눌리는 듯한 조심스러운 구석이 있었고, 아오야기 선생의 웃음 역시 좀 전의 그 밝고 티 없는 웃음은 아닌 것 같았다. 어딘가 딱한 듯한, 그러면서도 단순히 선생이 생도에 대해서 웃는 것이 아니라, 갓 성숙한 여자가 바야흐로 성숙해지려는 남자의 어떤 특유한 일면을 보고 웃는 그런 야릇한 웃음인 듯도 했다.

종대는 바야흐로 변성기에 들어서고 있었던 것이다.

어제 창가 시간의 웃음이란 이런 것이었다. 밝고 티 없는 처음의 웃음과 어딘지 모르게 야릇한 것이 풍기는 나중의 웃음, 이 두 가지가 잘 혼합된 듯한 그런 미소를 아오야기 선생은 보조개와 함께 얼굴에 띠면서 도시락을 종대에게 맡겼던 것이다. 지금까지 그런 일이 없던 아오야기 선생이 난데없이 도시락을 종대에게 들어다 달라고 맡기게 된 것도 어제 창가시간에 그런 재미있는 웃음판이 있었기 때문이었다. 그래서 갑자기 종대에게 친밀감 같은 것이 가기 시작한 것이었다.

아오야기 선생이 리노이에상! 하고, 어떻게 알았는지 친절하게 성까지 부르며 도시락을 종대에게 맡기는 것을 보자, 아이들은 무척 부러운 모양이었다. 담임선생한테 '미꼬미'(특별 귀여움)를 받는 것보다 아오야기 선생의 도시락을 차지하는 편이 훨씬 기분 좋은 아이들이니 그럴 수밖에 없었다.

기윤이도 속으로는 무척 부러웠다. 그러나 겉으로는 히죽 웃었다. 기윤이 역시 6학년이었으나, 나이는 종대보다 세 살이나 아래였다. 키도 훨씬 작았고, 얼굴도 도리납작*(콧등이 푹 꺼져 납작한 모양새)하여 어린 티가 역력했다. 종대의 얼굴에 솟은 여드름 같은 것과는 아직 거리가 먼 데 있었다. 그렇지만 공부는 곧잘 해서 종대가 누리고 있는 수석의 영광을 위협하는 존재였다. 자연히 둘은 별로 사이가 좋다고 볼 수가 없었다. 그렇다고 뭐 사이가 나쁜 것까지는 아니었지만 아무튼 서로 지지 않으려는 듯한 그런 팽팽한 데가 있었다. 세 살이나 밑이고, 키도 작고, 얼굴도 도리납작한 기윤이지만, 결코 만만찮은 구석을 지니고 있는 것이었다. 속으로는 부러우면서도 히죽 웃는 그런 구석 말이다.

그렇게 한 번 아오야기 선생 스스로가 종대에게 도시락을 맡기게 되자, 그 뒤부터 그것은 줄곧 종대 혼자의 차지가 되어 버리고 말았다. 나중에는 애국소년대의 집합 장소에서 기다리는 것이 아니라, 아예 아오야기 선생네 집에 가서 도시락을 받아가지고 나오는 것이었다.

아오야기 선생네 집은 마을에서 제일 요지라고 할 수 있는 삼거리의 목에 자리 잡고 있었다. 가겟집이었다. 마을에서는 가장 큰 점포인 셈이었다. 그러나 그 무렵은 이미 그 소위 대동아전쟁이라는 것이 막바지에 이른 때여서 가게는 텅텅 비다시피 되어 있었다. 가게 바깥 기둥에 걸려 있는 빨간 우편통이 요긴하게 쓰일 따름이었다.

매일 아침 그 아오야기 선생네 집 가게에 들어서서,

"센세이!"(선생님!)

부르면 안에서,

"하야이네."(빠르군)

하고 아오야기 선생의 어머니가 도시락을 들고 나오기도 했고, 아오야기 선생이 직접,

"리노이에상!"

상글 웃으며 나오기도 했다.

말하자면 종대의 하루는 이런 즐거움으로부터 시작되게 된 셈이었다.

아이들 사이에 고약한 소문이 나돌기 시작했다. 아오야기 선생과 종대가 '랭가이'를 한다는 것이었다.

아이들은 '랭아이'(연애)를 '랭가이'라고 발음하며 저희들끼리 공연히 킬킬킬 웃어댔다. 그게 무슨 말인지 모르는 하급학년 녀석들까지 덩달아 좋아서 깝죽거렸다.

아오야기 선생과 종대가 연애를 한다는 소문을 퍼뜨린 것은 기윤이였다. 그러나 기윤이가 터무니없는 말을 지어서 퍼뜨린 것은 아니었다. 제 딴은 입 밖에 내놓을 만한 건더기를 눈으로 보았던 것이다.

어느 날, 방과 후였다.

기윤이는 토끼 당번이었다. 학교에서 토끼를 사육하고 있는데, 6학년생 하나와 5학년생 하나가 하루씩 돌아가며 당번이 되는 것이었다.

토끼 당번은 거의 해질 무렵까지 남아서 토끼를 돌보아야 했다.

그러니까 학교에서 가장 늦게 집으로 돌아가는 것이 토끼 당번이었다. 주번생도나 일직 교사보다도 오히려 늦게까지 남게 되는 셈이었다.

당번을 마치고 교실로 책보를 가지러 가다가 기윤이는 복도에서 가만히 걸음을 멈추었다. 석양이 창문으로 비껴 들어오고 있는 긴 복도는 마냥 호젓하기만 했다. 그런데 웬 웃음소리가 호젓한 복도로 흘러나오고 있었다. 저쪽 하급학년 교실 쪽에서였다. 지금까지 누가 교실에 남아서 이렇게 웃고 있는 것일까. 더구나 그것은 남자와 여자의 웃음소리인 것 같았다. 호기심이 동하지 않을 수 없었다.

기윤이는 먼저 뒤를 돌아보았다. 같이 당번을 한 5학년생을 찾는 것이었다. 함께 웃음소리 쪽으로 가보고 싶었던 것이다. 그러나 이미 복도에 5학년생의 모습은 보이지가 않았다.

살금살금 기윤이는 혼자 걸음을 떼놓기 시작했다. 발자국 소리가 나지 않도록 조심조심 그 웃음소리 쪽으로 접근해 가는 것이었다.

2학년 교실이었다. 아오야기 선생네 교실에서 웃음소리가 흘러나왔던 것이다. 그러나 기윤이가 가까이 갔을 때는 이미 웃음소리는 그쳐 있었고, 어찌된 영문인지 교실 안에 전혀 사람의 기척이 느껴지지가 않았다. 참 이상한 일이었다. 기윤이는 숨을 죽이며 고양이처럼 살그미 창문으로 기어 붙었다. 그리고 안을 살짝 들여다보았다.

아오야기 선생과 종대였다. 아오야기 선생과 종대가 분명히 교실 안에 있었다. 그러나 꼭 없는 것처럼 느껴졌다. 어찌 된 일인지 조금 전에는 그렇게 웃어쌓더니, 지금은 전혀 아무 말도, 아무 움직임도 없이 책상 하나를 사이에 두고 앉아 서로 마주보고만 있는 것이었다. 꼭 무슨 정물 같았다. 책상 위에는 시험지 같은 것이 흩어져 있었다. 얄궂은 일이었다.

그러나 곧 기윤이는 두 사람이 왜 그러고 있는지 알 수가 있었다. 킥 웃음이 나오려는 것을 참았다. 똑바로 앉아 서로 마주보고 있는 두 사람의 얼굴에 차츰 웃음이 떠오르고 있었다. 두 사람은 눈을 깜작거리지 않으려고 애를 쓰고 있는 것이었다. 눈싸움을 하고 있었던 것이다.

잠시 후, 와— 웃음소리가 터졌다. 그리고 이번에는 내가 이겼다고 종대가 좋아서 떠들어대며 오른손의 손가락 두 개를 입에 갖다 대고 호호 입김을 불어댔다. 아오야기 선생은 소매 한쪽을 걷어 팔목을 종대 앞으로 내놓으며 지레 겁을 먹은 것처럼 엄살스럽게 웃고 있었다. 아오야기 선생의 팔목은 유난히 희었다. 종대는 아오야기 선생의 손을 거머쥐고 그 흰 팔목을 향해 두 개의 손가락을 사정없이 내리쳤다.

"아! 이따이! 이따이!"(아이고! 아파! 아파!)

아오야기 선생은 팔목을 간들간들 흔들며 아파 죽겠다는 듯이 호들갑을 떨었다. 그러나 매운 음식을 먹었을 때처럼 기분이 화끈해서 좋은 듯,

"모노수고이네—"(굉장한데—)

하고 약간 상기까지 되며 보조개와 덧니를 유감없이 과시하는 것이었다.

종대도 재미가 좋아서 벙글벙글 곧장 웃고 있었다.

시험지를 종대와 함께 채점하다가 지루해서 이런 장난을 잠시 해보았는데, 여간 재미가 나지 않아서 그만 채점은 젖혀놓았던 것

이다.

기윤이는 어쩐지 엣헷헤…… 하고 크게 소리를 지르며 웃고 싶은 충동이 가슴속에 벌레처럼 기는 것 같았다. 그러나 그 자리에서 그렇게 웃다가는 재미가 없다는 것을 알기 때문에 살그미 창문에서 몸을 떼었다. 그리고 살금살금 발짝 소리 없이 그 자리를 떠나 6학년 교실 쪽으로 걸음을 옮겼다. 2학년 교실이 뒤로 꽤 멀어지자, 그제야 마음 놓고,

"엣헷헷헤…… 엣헷헷헤……."

참 별일 다 보았다는 듯이 큰 소리로 억지웃음을 웃어댔다.

그리고 이번에는 난데없이,

"나노하—나바다께—니 이리—히우수레—"

고래고래 노래를 불러대기 시작했다. 박자를 발로 쾅쾅 구르면서 말이다.

석양이 비낀 긴 복도에 기윤이의 심술궂은 노랫소리는 별나게도 크게 우렁우렁 울렸다.

아오야기 선생과 종대가 '랭가이'를 한다는 소문은 이렇게 해서 기윤이의 입에서 퍼져나간 것이었다. 기윤이의 눈에는 그것이 '랭가이'로 비쳤던 것이다.

기윤이가 그것을 '랭가이'라고 본 데에는 그럴 만한 뒷받침이 있었다. 단지 그 장면만을 처음 보았다면 '랭가이'라고까지 생각하지는 않았을 것이다. 기윤이는 벌써 여러 차례 그와 비슷한 장면을 보아왔던 것이다.

우선 아오야기 선생의 도시락이 종대의 독차지가 되어버린 것부터가 석연치 않은 일이었다. 그리고 아오야기 선생네 집엘 종대가

무상출입하게 된 것도 예삿일이 아니었다. 종대는 일요일이나 공휴일 같은 때, 심심하면 아오야기 선생네 집엘 놀러가는 것이었다. 그러나 누구하고 같이 가는 일은 절대 없었다. 언제나 혼자 살짝 갔다.

한 번은 기윤이가 어머니와 함께 저녁 늦게 삼거리에 나가 서 있었다. 읍내에 볼일을 보러 간 아버지가 저녁이 늦도록 돌아오지 않아 걱정이 되어 마중을 나갔던 것이다. 아오야기 선생네 가게 앞에 서 있는데, 집안에서 까르르 웃는 소리가 흘러나왔다. 두 사람의 웃음소리였다. 하나는 아오야기 선생의 웃음소리임에 틀림없고, 하나는 누구일까? 기윤이는 귀를 기울였다.

"아니!"

기윤이는 눈을 번쩍 떴다. 종대의 웃음소리인 것이었다. 틀림없었다. 참 놀랄 일이 아닐 수 없었다.

종대는 밤에도 아오야기 선생네 집엘 놀러가고 있었던 것이다. 종대가 일요일이나 공휴일 같은 때, 아오야기 선생네 집에 놀러간다는 것은 알고 있었으나, 이렇게 밤에까지 놀러 다니는 줄은 몰랐던 것이다.

무엇이 그렇게 재미있는지 곧장 까르르까르르 터져 나오는 웃음소리에 기윤이는 슬그머니 밸이 꼴렸다. 이런 때는 돌멩이라도 한 개 주워서 냅다 집어던지고 뺑소니를 치는 게 제일 기분 좋은 일이지만, 어머니와 함께 아버지를 기다리는 참이라 그럴 수도 없어, 기윤이는 킁! 킁! 자꾸 콧방귀만 뀌어댔다.

기윤이가 자꾸 콧방귀를 뀌자,

"야야, 니 와 자꾸 코똥*(콧방귀)을 끼노? 무신 같잖은 일 있나?"

기윤이 어머니는 얄궂다는 듯이 물었다.

"히히히……."

기윤이는 웃어버렸다.

"아도 참……."

기윤이 어머니도 웃었다.

그러고 있는데, 어두운 신작로를 덜렁덜렁 아버지가 돌아왔던 것이다. 그래서 기윤이는 애석하게도 아오야기 선생과 종대가 언제까지 그렇게 웃으며 노는지 지켜볼 수가 없게 되고 말았다.

한 번은 또 아오야기 선생네 집 밭에서 일을 하고 있는 종대를 보았다. 아오야기 선생네 집 울안에 넓은 채전이 있는데 그 채전에 아오야기 선생과 함께 물을 주고 있었다. 일요일이었다. 기윤이는 아오야기 선생네 집 울타리가 있는 골목길을 지나다가 안에서,

"리노이에상, 고레 미나사이."(리노이에상, 이것 봐요)

하는 아오야기 선생의 목소리를 듣고, 울타리 구멍으로 안을 들여다보았던 것이다.

바께쓰에 물을 길어다 놓고 종대는 물뿌리개로 카베쓰*(양배추)에 물을 주고 있었고, 아오야기 선생은 오이 밭에서 오이덩굴을 손질하다가 누렇게 쉰 팔뚝만 한 오이 하나를 따서 종대에게 쳐들어 보이며 상글상글 웃고 있는 것이었다.

"모노수고이데쇼?"(굉장하지요?)

아오야기 선생의 말에 종대도,

"혼또니 오끼데수네."(정말 크군요)

하고 벙그레 웃고 있었다.

이렇게 집에서 뿐 아니라, 학교에서도 방과 후에는 곧잘 아오야

기 선생과 종대는 함께 있었다. 아오야기 선생네 교실에서 시험지 채점을 하기도 하고, 교실의 환경정리를 함께 하기도 했다.

언젠가는 점심시간에 아오야기 선생이 자기 도시락을 종대에게 먹으라고 갖다 준 일까지 있었다. 아오야기 선생의 조그마한 도시락을 받아 까먹고 있는 종대를 부러운 눈으로 바라보는 아이들도 있었고, 속으로 킥킥 웃으며 치사스럽게 여기는 아이들도 있었다.

아무튼 이런 여러 가지 일을 보아왔기 때문에, 마침내 기윤이는 아오야기 선생과 종대가 호젓한 해질녘의 교실에서 눈싸움을 하며 팔목을 때리고 웃고 하는 광경을 다름 아닌 '랭가이'라고 보아버렸던 것이다. 그렇게 단정하고 나니, 혼자 헷헷헤…… 웃는 것만으로는, 또 노래를 불러대는 것만으로는 도저히 근질근질한 속이 가라앉지가 않아, 나발을 열고 마구 지껄여댔던 것이다.

그런 소문이 돌면 으레 뒤따르는 것은 낙서였다. '아오야기 리노이에 랭가이'라고 쓴 낙서가 맨 먼저 등장한 곳은 변소의 벽이었다. 지저분한 벽에 연필로 그렇게 써놓고, 그 곁에는 낯이 화끈해서 볼 수 없는 그런 그림을 마치 피카소인 양 거창하게 그려놓는 것이었다. 말하자면 이렇게 아오야기 선생과 리노이에가 연애를 했다는 듯이 말이다. 변소에 그런 낙서가 나타났을 때까지는 별일이 없었다. 주번생도들이 그것을 지우느라고 구린내깨나 맡았을 뿐이었다. 그러나 낙서는 변소에 국한되어 주지는 않았다. 슬슬 바깥에도 나타나기 시작하는 것이었다. 교실 출입구의 신 궤짝*(신발장) 옆구리 같은 데에 씌어 있기도 했고, 교사 뒤쪽 그늘진 벽에 씌어 있기도 했으며, 운동장 가의 철봉대에 씌어 있기도 했다. 변소에서는 연필이었으나, 바깥에 나와서는 분필이었다.

하얀 분필 낙서는 마침내 대담하게도 국기게양대 옆에 세워진 게시판에까지 번졌다. 이쯤 되면 문제는 달라지는 것이다. 가만히 그냥 보아 넘길 수는 도저히 없다. 더구나 그것을 맨 먼저 교장이 보았으니 말이다.

교장은 매일 아침 일찍 일어나 슬슬 운동장을 한 바퀴 돈다. 맑은 아침 공기를 즐기는 산책인 셈이다.

게시판 앞을 지나가던 교장은 걸음을 멈추었다. '아오야기 리노이에 랭가이'라고 쓴 낙서가 밤새 이슬에 젖어 있었던 것이다.

"흠—"

교장은 무슨 대단하고 야릇한 문구라도 발견한 듯 착잡한 표정이 되었다.

이런 게시판에 낙서를 하다니, 고약한 녀석들이라는 생각과 함께, 아오야기가 리노이에와 연애를 한다, 정말일까, 도무지 믿어지지가 않는데…… 싶은 모양이었다.

교장이 생각하는 리노이에는 생도가 아니라, 선생이었다. 교사에도 리노이에가 있었던 것이다. 그러니까 그 조센징 교사하고 아오야기가 연애를 하다니, 잘 믿어지지가 않는 이야기였다. 믿어지지가 않으면서도 슬그머니 화가 치미는 것이었다. 조센징하고 연애를 하다니, 더구나 교사의 몸으로 신성한 교육의 도장에서……. 교장은 마침내 눈꺼풀을 파르르 떨었다. 교장은 물론 일인이었다.

그날 아침, 직원조회는 여느 때보다도 길었고, 또 교장의 고함소리로 일관했다. 영문도 모르고 날벼락을 맞은 격이 된 리노이에 선생은 분풀이를 생도들에게 하는 도리밖에 없었다.

생도조회 때, 리노이에 선생은 아예 어디서 큼직한 몽둥이를 한 개 찾아 들고 구령대 위에 올라섰다. 그리고 다짜고짜 악을 써댔다. 누가 그따위 터무니없는 낙서를 했느냐, 낙서를 한 녀석은 정직하게 나오라는 것이었다. 안 나오면 이 몽둥이로 대가리를 여지없이 부수어버린다는 것이었다. 누가 했는지도 모르고 어떻게 대가리를 바술 참인지, 아무튼 벌겋게 흥분되어 어쩔 줄을 몰랐다.

아오야기 선생 역시 어이가 없어서 그저 입을 꼭 다문 채 약간 고개를 숙이고 가만히 굳어져 있을 따름이었다.

6학년 맨 앞에 서 있는 종대는 어떻게 된 일인지 어느 정도 짐작이 가는 바여서 마치 자기의 잘못이기나 한 것처럼 속으로 떨고 있었다. 그러나 자기는 쏙 빠지고, 대신 리노이에 선생이 애꿎게 걸려든 것이 죄송하면서도 한편 천만다행한 일이라 여겨져 안도의 숨을 조심스레 내쉬기도 했다. 리노이에라는 창씨(創氏)가 이런 때 얼마나 고마우냐 싶으면서 말이다.

범인이 나타나지 않자, 호주머니 검사가 시작되었다. 분필을 가지고 있는 녀석을 잡아내는 것이었다. 호주머니 속에 분필을 넣어가지고 다니는 애가 뜻밖에도 많았다. 1학년짜리로부터 6학년생까지 거의 삼사십 명이나 되었다. 그러니 그 가운데 어느 녀석이 진짜 범인인지 또 알 수가 없었다.

좀 전보다 흥분이 약간 가시기는 했으나, 리노이에 선생은 여전히 벌겋게 고함을 질러댔다. 그러나 결국 범인을 잡아내지 못하고 말았다.

개 잡는 몽둥이 같은 것을 들고 있었기 때문에 범인은 잘못을 뉘우치고 정직하게 손을 들고 나서려고 해도 도무지 대가리가 바스러질까봐 겁이 나서 나설 수가 없었을지도 모른다. 아무튼 그래서 용의자들은 도매가격으로 한데 묶여 한 시간 동안을 운동장에서 벌을 받았다. 비록 게시판의 낙서 범인이 아니었다 하더라도 분필을 가지고 있으니 별수 없었다. 토끼뜀을 뛰고, 엎드려뻗쳐를 하고, 맨땅에 꿇어앉아 있기도 했으나, 할 말이 없었다.

그 용의자들 속에는 기윤이도 섞여 있었다.

그런 일이 있은 뒤론 낙서는 싹 자취를 감추어버리고 말았다. 그리고 아오야기 선생과 종대가 '랭가이'를 한다는 소문도 시들해져 갔다.

그러나 그 소문이 시들해진 것은 반드시 그런 혼이 났기 때문만은 아니었다. 오히려 까닭은 다른 데 있었다. 아이들의 관심과 화제가 온통 집중되고도 남을 만한 새로운 일이 한 가지 닥쳐왔던 것이다.

어느 날, 아침나절이었다. 공부를 하고 있던 아이들은 일제히 교실 창밖으로 시선을 던졌다. 학교 앞 길에 먼지가 부옇게 피어오르더니, 난데없이 말들이 교문으로 들이닥쳤던 것이다. 말도 한두 마리가 아니었다. 줄줄이 떼를 지어서 발굽소리도 요란하게 운동장으로 뛰어 들어오는 것이었다. 그것도 그냥 조랑말이 아니라, 병정들이 탄 미끈미끈한 기마(騎馬)들이었다.

야—, 와—, 아이들은 공부고 뭐고 아랑곳없이 냅다 환호성을 울렸다. 선생들도 눈이 휘둥그레져서 어느새 창가에 서서 바깥을 내다보고 있었다.

빠가빡 빠가빡…… 기병들은 운동장을 한 바퀴 돌며 서서히 속도를 늦추더니, 대오를 풀고 운동장가로 흩어져 갔다. 대장인 듯한 젊은 장교 한 사람만 그대로 말을 타고 유유히 교무실 쪽을 향하는 것이었다. 교장은 마치 기다리고 있었다는 듯이 교무실을 나와 현관 앞에 서 있었다.

이렇게 해서 난데없는 기병 일개 소대가 학교에 주둔하게 되었던 것이다.

소위 그 대동아전쟁도 기울어질 대로 기울어져서, 본토는 연일 폭탄의 세례를 받고 있었다. 유황도를 비롯해서 오끼나와까지 연합군의 수중에 떨어지고 말았다. 그러니 본토 결전에 대비하지 않을 수가 없어, 관동군 일부가 조선반도로 이동해 내려오고 있었던 것이다.

아무튼 이렇게 난데없이 기병 일개 소대가 학교에 주둔하게 되었으니, 아이들의 관심과 화제가 거기에 집중될 것은 말할 필요도 없는 것이었다. 어쩌다가 '헤이따이상'(병정) 한 사람만 보아도 신이 나서 야단인 아이들인데, 이건 더구나 보통 헤이따이상도 아닌 기병들이 일개 소대나 눈앞에 쏟아져 왔으니 말이다. 아오야기 선생과 종대가 '랭가이'를 한다는 따위 소문은 이제 시들하기만 한 것이다.

학교에 별 흥미를 안 느끼던 아이들도 기병들이 주둔하게 된 뒤로는 매사가 그저 재미있고 즐겁기만 한 모양이었다. 학교에 공부를 하러 오는 것이 아니라, 기병들 구경을 하러 오는 기분이었다. 공부를 잘하는 아이들 역시 마찬가지였다. 공부보다는 어느 모로나 말을 탄 헤이따이상 구경이 더 흥미 있는 일이었다.

기병들은 두 개의 교실을 차지했고, 운동장도 말뚝을 박고 새끼를 쳐서 절반을 차지했다. 그리고 아침부터 저녁까지 자기들의 일과에 따라 모였다, 흩어졌다 수선을 떨어쌓는 것이었다. 모이면 모이는 대로 재미가 있었고, 흩어지면 흩어지는 대로 또 구경할만했다. 아무 일이 없을 때도 운동장 가에 줄줄이 지어놓은 마구간에 들어있는 말들을 그저 멀리서 구경하는 것만으로도 얼마든지 심심치가 않았다.

하루 중에서 가장 신명나는 구경은 오후 서너 시경에 있는 기마훈련이었다. 우선, 딴따따 딴따따— 울리는 나팔소리부터가 신이 났다. 그리고 미끈미끈한 말에 올라탄 병정들의 모습은 절로 가슴을 울렁거리게 했다.

그 많은 기병들을 지휘하는 젊은 장교의 모습은 더욱 늠름하기만 했다. 소위였다. 아직 임관을 한 지 얼마 되지 않는 듯 홍안이었다. 멀리서 보아도 콧대가 반듯하고 이마가 훤데다가, 눈썹이 유난히 짙어서 인상적인 얼굴이었다. 그 소위의 호령에 따라 기병들은 마치 곡예라도 하는 것처럼 가볍게 움직였다.

운동장에 장애물을 만들어 세워놓고 그것을 껑충 뛰어넘기도 했고, 마치 냇물이라도 건너는 것처럼 훌떡 넓이뛰기*('멀리뛰기' 이전의 말)를 하기도 했고, 원을 그리며 빙빙 돌다가는 앞발을 번쩍 들고 우뚝 솟구치기도 했으며, 그러다가 교문 밖으로 줄을 지어 나가 신작로를 마구 질주하기도 하는 것이었다. 아마도 그게 기병들의 본토 결전에 대비하는 훈련인 모양이었다.

이런 기마훈련이 시작되면 아이들은 말할 것도 없고, 선생들도 곧잘 구경을 하러 뛰어나왔다. 아오야기 선생도 운동장으로 뛰어나와 재미가 좋아서 곧장 상글거렸다.

아오야기 선생이 구경을 하러 나오면 기병들은 공연히 더 신이 나는 모양이었다. 꽥꽥 질러대는 기합소리가 여느 때보다도 한결 힘찬 것 같았다. 지휘를 하느라고 여념이 없는 젊은 소위도 아오야기 선생이 구경하러 나와 서 있는 것만은 용케 눈에 띄는 모양이었다. 어쩐지 그 호령부터가 더 쩌렁쩌렁 울리는 듯했고, 가슴도 더욱 쫙 펴는 듯했으며, 말을 모는 솜씨도 한결 능숙하고 늠름하기만 했다.

기병들의 훈련도 훈련이지만, 실상 아오야기 선생도 그 늠름한 젊은 소위에게 주로 관심이 가는 것 같았다. 그 소위의 말이 움직이는 방향으로 아오야기 선생의 시선도 곧장 따라 움직이는 것을 보니 아무래도 그게 분명했다.

한 번은 아오야기 선생이 서서 구경하고 있는 쪽으로 소위의 말이 무심히 다가오듯 다가왔다. 다른 기마들은 차례차례 열심히 장애물 뛰어넘기를 하고 있었다. 그때 종대도 거기 서 있었고, 기윤이도 가까이 서 있었다.

말이 멎자, 소위는 말 위에서 아오야기 선생을 내려다보며,

"난지데수까?"(몇 십니까?)

묻는 것이었다.

아오야기 선생은 살짝 얼굴을 붉히며 얼른 팔목시계를 보았다.

"요지한데수."(네 시 반입니다)

"아, 소테수까, 아리가또고자이마스."(아, 그렇습니까. 고맙습니다)

그리고 소위는 두 눈에 웃음을 담으며, 한 손을 번쩍 들어 멋있게 거수경례를 붙였다.

아오야기 선생도 활짝 웃었다. 그러나 여간 부끄럽지가 않다는 듯이 보조개와 하얀 덧니를 살짝 옆으로 돌렸다. 연연한 복사빛으

로 목덜미도 물들고 있었다.

소위도 물론 그녀의 그 아리땁고 수줍은 표정을 보았지만, 종대도 보았다. 아오야기 선생의 그런 표정을 본 종대는 기분이 이상했다. 처음 보는 표정이었다. 아직까지 한 번도 자기에게는 보이지 않던 그런 표정을 소위에게 서슴없이 내보였다는 것을 생각하니 어쩐 일인지 종대는 갑자기 무엇이 찍— 가슴을 긋고 지나가는 것 같았다. 생전 처음 느껴보는 짜릿한 아픔이었다. 그리고 이상하게 쓸쓸한 기분이 되는 것이었다. 참 당돌한 것이 종대 속에 머리를 쳐든 셈이었다.

기윤이는 종대의 그런 속을 대번에 눈치 채고, 아오야기 선생과 소위와 종대를 곧장 번갈아 보며 매우 재미가 나는 듯 싱글거렸다.

그날 밤, 종대는 공연히 잠을 이루지 못하고 이불을 똘똘 말아서,

"아—"

하며 불끈 휘감아 안아보기도 했다.

역시 처음 일이었다.

학교에 기병들이 주둔하게 된 것을 누구 못지않게 좋아했고, 재미있는 구경거리라고 생각했던 종대였으나, 그런 일이 있은 뒤로는 어쩐지 마음이 개운치가 않았다. 그렇게 늠름하고 멋있게 보이던 소위가 이젠 슬그머니 아니꼬운 존재로 여겨졌다. 쩌렁쩌렁 울리던 호령소리도 아니꼬웠고, 쫙 편 가슴도, 능숙하게 말을 모는 솜씨도 모든 게 그저 아니꼽고 비위에 거슬렸다. 괜히 자꾸 심사가 꼬여드는 것이었다.

그리고 그런 일이 있은 뒤로 아오야기 선생은 화장을 하기 시작했다. 지금까지 전혀 바르는 것 같지 않던 분을 바르기 시작했고,

입술에 '구찌베니'(루즈)를 연하게 칠하기 시작했으며, 머리카락에도 살짝 무엇을 묻히는 듯 반질반질 윤이 흘렀다. 옷맵시도 더 고와져서 전체적으로 자꾸 환하고 화사해지는 것이다.

그런 아오야기 선생을 보는 종대의 눈은 부셨다. 전에도 매우 아름다웠지만, 이제 더할 나위 없이 곱다는 생각이 들었다. 그러나 종대는 슬그머니 마음이 어두워지는 것을 어쩌지 못했다. 그렇게 화장을 시작한 까닭을 알기 때문이었다. 씁쓸한 것이었다. 마음대로 되는 일이라면 아오야기 선생의 얼굴에서 분을 지워내고, 구찌베니를 닦아내고, 머리카락에서 반질반질한 것을 없애버리고 싶었다. 그래서 종전의 그 화장기 없는 얼굴로 돌아가게 하고 싶었다. 그 얼굴이 자기의 차지인 것 같은 그런 당돌한 생각이 드는 것이었다.

어느 일요일 오후였다. 종대는 아오야기 선생네 집으로 놀러 갔다. 그러나 아오야기 선생은 없었다. 학교에 갔다는 것이었다. 종대는 그 길로 학교엘 갔다. 그러나 학교의 어디를 찾아보아도 아오야기 선생의 모습은 보이지 않았다. 교무실을 비롯해서 교실, 숙직실, 그리고 혹시 싶어서 변소까지 기웃거려 보았고, 실습지까지 둘러보았으나 없었다. 집에다가는 학교에 간다고 해놓고, 도대체 어딜 간 것일까. 궁금하고 안타깝기까지 했다. 참 알 수 없는 노릇이었다. 일요일이어서 기병들은 한가롭게 쉬고 있었다.

그날 해질 무렵, 종대는 산기슭에서 꼴을 베고 있었다. 낫으로 사빡사빡 한참 부지런히 베어나가고 있는데, 저쪽 산등성이에서 히히힝! 하고 말 코 부는 소리가 들려왔다. 야산인데다가 소나무가 듬성듬성해서 곧잘 산등성이가 바라보였다.

고개를 든 종대는 깜짝 놀랐다. 뜻밖에도 아오야기 선생이었다.

아오야기 선생이 말을 타고 있는 것이었다. 혼자 타고 있는 것이 아니라, 소위와 함께 타고 있었다. 아오야기 선생은 앞에 탔고, 소위는 뒤에 타고 있었다. 가지런히 두 발을 모으고 앞에 걸터앉은 아오야기 선생의 허리를 소위는 한 팔로 지그시 안고 있었고, 아오야기 선생은 상체를 소위의 가슴패기에 살포시 기대고 있었다. 두 사람은 마상(馬上)에서 은근히 체온을 나누고 있는 셈이었다.

그렇게 두 사람을 태운 말은 소나무를 가렸다 나타났다 하며 서서히 산등성이를 거닐고 있었다. 종대는 아찔했다. 마치 누구에게 보기 좋게 얻어맞은 것 같은 느낌이었다. 저도 모르게 손에서 낫을 떨어뜨리고 있었다. 얼마 전에 두 사람이 교실에서 이야기하고 있는 것을 보긴 했지만, 그들이 벌써 저처럼 가까운 사이가 된 줄은 몰랐던 것이다.

그날 저녁 종대는 아무래도 그냥 집에 있을 수가 없어 아오야기 선생네 집엘 또 찾아갔다. 그러나 역시 허사였다. 낮에처럼 아오야기 선생이 집에 없는 것은 아니었다. 집에 있긴 했으나, 아오야기 선생 어머니가 대신 나와서,

"곤야와 오갸꾸사마가……."(오늘 밤은 손님이……)

하는 것이었다.

종대가 머뭇거리고 서 있자,

"난노 고요가……?"(무슨 볼일이……?)

하고 물었다.

"이이예."(아니요)

그러자 아오야기 선생 어머니는 놀러왔는데 안 됐다는 듯이,

"수미마센네."(미안해요)

한 번 웃어 보이고는 안으로 들어가 버렸다.

종대는 돌아서 나오는 수밖에 없었다. 그러자 마당 한쪽 어둠속에서 말이 히히힝! 하고 코를 불었다. 마치 오늘 밤 손님을 알아 모시라는 듯이 말이다.

종대는 누구에게 배반을 당한 느낌이었다. 누구란 말할 것도 없이 아오야기 선생이었다. 울고 싶은 심정이었다. 비참하기까지 했다. 그들은 산등성이의 산책을 마치고, 집에까지 함께 온 모양이었다. 이제 그렇게 공공연한 사이가 되었다는 것일까.

종대는 한참 터벅터벅 걸어가다가 공연히 밤하늘을 향해 냅다,

"악—"

고함을 질렀다.

아오야기 선생과 종대가 '랭가이'를 한다는 소문은 어디론가 싹 가시고, 이번에는 아오야기 선생이 진짜 '랭가이'를 한다는 소문이 퍼졌다. 그냥 '랭가이'만 하는 것이 아니라, 아오야기 선생은 곧 소위한테 시집을 가서 소위의 '오까미상'(마누라)이 된다는 말까지 나돌았다. 어디서 나온 말인지 모르지만 전혀 터무니없는 소리는 아닌 것 같았다.

그리고 이번 소문은 종대와 '랭가이'를 한다는 소문 때처럼 그렇게 빈정거리고 비웃는 투가 아니라, 오히려 썩 멋진 일이라는 듯 선망의 빛이 역력한 그런 입놀림들이었다. 그런 소문을 들을 때마다 종대는 가슴에 무엇이 찍— 금을 긋는 듯했고, 쓸쓸했고, 울고 싶기까지 했다.

그러나 그런 소문도 오래 가지는 않았다. 어느 날, 천만 뜻밖의 일이 일어났던 것이다. 학교에 주둔하고 있던 기병들이 짐을 꾸려

가지고 어디론지 떠나가는 것이었다. 부대 이동의 명령이 하달된 모양이었다. 오래간만에 종대는 활짝 개인 얼굴로 기분 좋게 웃을 수가 있었다.

기병들이 떠나갈 때, 생도들은 교문 밖 신작로 가에 줄줄이 늘어서서 환송을 했다. 오랜 동안은 아니었지만 함께 지낸 정분이기도 했고, 그냥 헤이따이상들의 무운을 비는 뜻이기도 했다. 그런 것이야 어찌 됐건 좌우간 종대는 참으로 기분이 좋아서 기병들이 앞을 지나갈 때,

"반사이! 반사이!"(만세! 만세!)

가슴이 후련해지도록 만세를 불렀다.

특히 가슴을 쫙 펴고 늠름한 자세로 지나가는 소위를 향해 반사이 소리를 마구 질러주었다. 이 녀석아 잘 꺼져 라는 듯이 말이다.

히히힝! 마치 답례라도 하듯 말이 코를 불었다. 이놈의 말아, 너도 어서 꺼져라, 종대는 즐겁기만 했다. 변성기여서 목이 칼칼했으나 상관없었다. 해묵은 체증이 쑥 내려간 듯 이제 살 것 같았다.

여름방학이 오고, 그 방학이 절반을 넘어섰을 무렵, 엄청나고 놀라운 일이 일어났다. 해방이 된 것이다.

해방이 무엇인지, 아이들은 그저 얼떨떨하기만 했다. 일본이 아메리카, 이기리스(영국)에게 졌다는 바람에 겁을 집어먹고 이제 곧 아메리카, 이기리스 병정들이 와서 사람들을 모조리 잡아 죽일 것이 아닌가, 벌벌 떠는 아이들이 대부분이었다. 그만큼 일본 군국주의 교육은 아이들의 머릿속에 철저한 입김을 불어넣어 놓았던 것이다.

아이들은 아메리카, 이기리스 병정이라고 하면 털이 숭숭 나고,

눈깔이 노랗기도 하고 새파랗기도 한, 짐승이나 도깨비같이 무서운 것으로 생각하고 있었다. 그러나 하루 이틀이 감에 따라 그게 아니라는 것을 알게 되었다. 지금까지는 우리가 일본 놈들에게 먹혀 있었는데, 이제 그 일본 놈들 손에서 풀려났으며, 미국과 영국은 우리나라를 일본으로부터 해방시켜준 고마운 나라라는 것을 알게 되었다. 그리고 우리나라는 곧 독립이 된다는 것도 알게 되었다. 해방이니 독립이니 하는 말들이 확실히 무슨 뜻인지 이해할 수는 없었으나 아무튼 아이들은 참 재미가 나고, 신이 나고, 공연히 가슴이 울렁거리기도 했다.

무엇보다도 당장 묘한 쾌감을 느끼게 하는 것은 이제 일인 선생은 우리 선생이 아니니까 경례를 안 해도 상관없다는 사실이었다. 그렇게 겁나던 교장 선생도 일본인이니까, 이제 만나도 경례를 안 하고, 그냥 얼굴을 꼿꼿이 들고 쳐다보며 지나쳐도 무방하게 되었다니, 참 으스스 떨리도록 즐거운 일이었다. 그래서 아이들은 그 야릇한 쾌감을 맛보기 위해 일부러 일인 선생 집과 교장 집 근처에 가서 서성거리기도 했다.

그리고 지금까지 배운 것은 다 소용이 없게 되고, 앞으로는 옛날처럼 서당공부를 하게 될지도 모른다는 말도 나돌았다. 그래서 아이들은 교과서와 학습장을 마구 찢어버리다가 부모들에게 종이라도 쓰도록 놓아둘 일이지, 왜 그렇게 찢어버리느냐고, 호통을 맞기도 했다. 어쨌든 이런 일도 꽤 기분이 좋은 일이었다.

또 앞으로는 모심기니, 보리 베기니, 벼 베기니, 혹은 관솔 따기, 퇴비 만들기, 피마자 가꾸기 따위 지긋지긋한 근로봉사도 없어질 판이니, 여간 유쾌하지가 않았다. 물론 부락 애국소년대 같은 것도 싹 없어질 판이었다. 이미 그렇게 된 거나 마찬가지였다.

이렇게 해방을 맞이한 아이들은 매사가 그저 즐겁고 재미가 나서 곧장 우쭐거렸다.

그러나 종대는 그게 아니었다. 물론 종대도 해방의 감격은 다른 아이들과 다를 바가 없었다. 삼십육 년 동안 우리나라가 일본 놈들에게 먹혀 있었다는 사실을 알자, 그런데 그런 줄을 그렇게 몰랐던가 싶으며, 어처구니가 없기도 했다. 그동안 해외에 우리나라의 임시정부가 있었다는 사실을 알고는 더욱 놀랐다. 그 임시정부의 요인들이 곧 환국을 해서, 우리나라를 독립국가로 세운다는 소식은 정말 가슴을 벅차게 하는 것이었다.

그러나 일인 선생은 이제 우리 선생이 아니라는 사실 앞에 종대는 주춤하지 않을 수 없었다. 다른 일인 선생들이야 우리 선생이 아니거나 말거나 알 바 아니지만, 아오야기 선생도 이제 우리 학교 선생이 아니라는 사실은 예사로운 일이 아니었다. 슬그머니 충격으로 오는 것이었다.

그것으로 그치는 일이라면 또 괜찮았다. 그러나 우리학교 선생이 아니라는 것만으로 그치는 것이 아니었다.

어느 날, 기윤이는 특별한 무슨 기별이기나 한 듯 일부러 종대를 찾아와서,

“일본 사람들은 모두 보따릴 싼단다 아나.”

하는 것이었다.

“보따리를 싸다니……?”

종대가 약간 당황하는 빛을 보이자, 그럴 줄 알았다는 듯이 생글생글 웃으며,

"일본으로 돌아간단 말이다. 우리나라가 해방됐으니, 저거 나라로 돌아가는 기라. 인제 우리나라가 일본이 아니거든."

기윤이는 기분이 고소해 못 견디었다.

종대는 정통으로 한 대 얻어맞은 것처럼 얼얼했다.

그렇다면 아오야기 선생도 일본으로 돌아가야 된단 말이 아닌가. 종대는 가벼운 현기증을 느꼈다. 왜 하필 아오야기 선생이 일본 사람이었을까, 안타깝기 그지없었다. 암담했다. 아오야기 선생이 떠나버리면 세상이 온통 허허벌판이 되어버릴 것만 같았다. 그런 허허벌판에 해방이 무슨 소용이며 독립이 무슨 필요인가 싶었다. 정말로 아오야기 선생이 떠나간다면 해방이고 독립이고 다 지랄이라고 생각하며, 종대는 냅다 아오야기 선생네 집을 향해 달렸다.

그러나 아오야기 선생네 집은 아무 일도 없는 듯 조용하기만 했다. 일본으로 돌아갈 채비 같은 것을 하는 눈치는 조금도 보이지가 않았다. 종대는 기윤이의 말이 빈말이 아닌가 싶으며, 얼굴에 활짝 생기가 돌았다. 그러나 그 생기는 곧 가셔져버렸다. 아오야기 선생이 나타나자, 종대는 대뜸 그 말부터 물어보았던 것이다.

"센세이, 혼또데수까?"(선생님, 정말입니까?)

"나니가……?"(무엇이……?)

"혼또니 니혼니 가에리마쑤까?"(정말로 일본에 돌아가십니까?)

그러자 아오야기 선생은 고개를 끄덕거려 보이며 힘없이 웃었다. 쓸쓸한 웃음이었다. 그래 그런지 얼굴도 좀 초췌해진 것 같았다.

종대는 그만 목이 칵 잠겨버렸다. 두 눈에는 눈물이 핑 괴어오르고 있었다.

아오야기 선생이 떠난 것은 그로부터 얼마 뒤의 일이었다. 면내의 일본 사람은 달구지를 두 대 세내어 가지고 둥실둥실한 봇짐을 싣고 모두 함께 떠나갔다.

그들이 떠나갈 때, 마을 사람들은 무슨 대단한 구경거리라도 생긴 듯이 삼거리에 몰려나와 히히덕거렸다. 아녀자들과 노인들은 달구지에 올라앉아 갔고, 남자들은 터벅터벅 달구지 뒤를 걸어서 갔다. 몇몇 아이들은 떠나가는 일인들 뒤를 자꾸 따라가기도 했다. 재미가 좋은 것이었다.

그러나 어찌 된 영문인지 종대의 모습은 보이지가 않았다. 달구지 한쪽 가에 조그맣게 웅크리고 앉은 아오야기 선생은 곧잘 뒤를 돌아보곤 했다. 아마 리노이에상을 찾는 모양이었다. 끝내 종대의 모습이 보이지 않자, 아오야기 선생은 체념을 한 듯 혼자 쓸쓸하게 웃었다.

이렇게 일인들이 떠난 그날 하루 종일 종대의 모습은 아무 데도 보이지가 않았다. 집에는 물론, 마을 어디에도 종대는 없었다. 밤이 되어도 종대는 나타나지 않았다. 종대네 집에서는 그제야 어찌된 일인가 하고 슬그머니 걱정이 되었다. 그런데 뜻밖에도 종대가 일인들과 함께 기차를 타고 떠나갔다는 소문이 들렸다. 참, 별 말 같지도 않은 소문이었다.

그 말을 들은 종대 아버지 이 생원은,

"머라고? 그기 말이라고 하나!"

대뜸 핏대부터 세웠다.

그러나 그건 틀림없는 이야기였다. 일인들을 읍내 정거장까지 실어다 준 달구지가 돌아왔던 것이다. 그 구루마꾼의 말이니 거짓말일 턱이 없었다. 더구나 구루마꾼이 두 사람이니 말이다.

읍 들머리에서 종대가 기다리고 있더라는 것이다. 종대를 보자 선생질을 하던 삼거리 가겟집 딸이 무척 반기더라는 것이다. 정거장에서 작별을 하는 것이려니 했는데, 끝내 종대는 그 여선생을 따라 기차에 오르고 말더라는 것이다. 종대 너 어디 가느냐고 물으니까, 나 일본 가요, 하더라는 것이다.

참 어처구니가 없었다. 별 미친놈이 다 있구나 하고, 마을 사람들은 허— 기가 막혀 웃음이 나오기도 했다. 돌아도 이만저만 돈 게 아니라고, 세상 살다보니 참 별 희한한 꼴도 다 본다고, 그러면서도 재미가 있는 듯 곧장 그 이야기를 가지고 늘어졌다. 그 여선생하고 종대가 그냥 선생과 생도 사이만은 아니었던 게 분명하다고, 그러니까 종대가 일본까지 따라간다고 나섰지, 그렇지 않다면 아무리 사제 간의 정이 깊다 하더라도 그럴 수는 도저히 없는 노릇이라고, 공연히 좋아서 킬킬거리는 사람도 있었다. 남선생이 여생도와 그러는 수는 더러 있을 법도 하지만, 여선생이 남생도하고 그러다니, 더구나 일본 여선생이 조선 남생도하고…… 참 그 조화는 알 수 없는 것이라고, 제법 뭐나 되는 것처럼 고개를 끄덕거리는 사람도 있었다. 그리고 어떤 사람은, 해방이 되지 않았더라면 이 생원 일본 며느리 볼 뻔했구나, 하고 좌중을 웃기기도 했다.

이 생원의 노여움은 이만저만이 아니었다. 이런 망신이 어디 있는가 싶었다. 1학년 때부터 노상 급장질을 했고, 마을에서도 착실하기로 이름이 있어서 은근히 아들에 대한 긍지를 느껴오는 터인데, 이게 도대체 뭐란 말인가. 이 생원은 창피해서 도무지 얼굴을 들고 밖엘 나갈 수가 없었다. 그리고 이 녀석이 정말로 부산에 가서 배까지 올라탔다면 이 일을 어쩔 것인가, 생각하니 기가 찼다. 무엇을 입에 넣어도 목구멍으로 잘 넘어가지가 않았고, 자리에 누워도 도무지 잠이 오지가 않았다. 더구나 이제 학교가 개학되어 우리글을 배우느라고 야단들인데 말이다.

소문은 학교에도 널리 퍼졌다. 선생들까지도 모두 알게 되어, 지난날의 모범생은 이제는 한낱 우스갯감이 되고 말았다. 그러니까 사랑에는 국경도 사제지간도 없다는 그 말씀이 아닌가, 헤헤헤…, 이런 식으로 말이다. 그리고 6학년 급장이 새로 선출되었다. 기윤이가 뽑혔다.

그러나 열흘이 채 못 된 어느 날 해질 무렵, 읍으로부터 오는 신작로를 종대는 을씨년스럽게 돌아왔다. 몰골이 말이 아니었다. 부산에 가서 아오야기 선생네 가족들 곁에 붙어 일본으로 떠나는 배를 기다리느라고 무척 고생을 한 모양이었다. 물론 배도 많이 곯았을 것이고, 잠도 옳게 자지 못했을 것이다.

그리고 처음에는 일본까지 따라가겠다는 철없는 그 마음이 아오야기 선생네 가족들에게 순정으로 비쳐 좋게 받아들여졌을는지 모르지만, 날이 감에 따라 귀찮은 존재로 여겨졌을 게 분명했다. 어쩌면 넋 빠진 녀석이라고 천더기가 되었을는지도 몰랐다.

마치 그것을 증명이라도 해주는 듯 한쪽 눈언저리가 푸르뎅뎅하게 멍까지 들어 있었다. 누구한테 보기 좋게 한 대 얻어맞은 게 분명했다. 참 꼴좋게 되어 가지고 돌아온 것이다.

그런데 손에는 웬 도리납작한 것을 하나 달랑달랑 들고 있었다. 도시락이었다. 아오야기 선생의 그 장난감 같은 타원형의 조그마한 도시락이었다. 도시락을 담은, 하얀 실로 오밀조밀 꽃무늬까지 놓은 그 주머니는 때가 묻어 새까맣다. 그것 하나를 무슨 소중한

선물인 양 달랑달랑 들고 돌아오는 것이었다. 참 가관이었다. 그래도 아오야기 선생은 끝까지 종대를 측은하게 여겨 주었던 모양이다. 그래서 도시락에다가 가면서 먹으라고, 자기들도 모자라는 밥을 담아주었던 모양이다. 아니면 큰 그릇에 담아 주는 것을 종대가 마다하고, 그 도시락을 선물로 달라고 했는지도 모른다. 아무튼 참 보통 일이 아니었다.

종대가 돌아오는 것을 보자, 세거리에서 놀고 있던 아이들은 모두 처음엔 아무 말도 없이 멀뚱한 표정을 지었다. 약간 긴장들이 되는 모양이었다. 그러나 누군가가 킥! 웃음을 터뜨리자, 서로 수군거리며 너도나도 킥킥킥…… 곧장 웃어댔다. 달랑달랑 들고 오는 그 도시락이 우스웠던 것이다. 지난날 그처럼 인기가 대단하던 도시락이 이제는 그저 킥킥 웃음을 자아내게 할 따름이었다.

도시락을 들고 타박타박 힘없이 집으로 걸음을 떼어놓는 종대의 뒤를 아이들도 따랐고, 어른들도 몇 사람 뒷짐을 지고 빙글빙글 웃으며 어정어정 따랐다.

사립을 들어서는 종대를 보자, 이 생원은 눈이 번쩍 띄었다. 우선, 이놈의 자식아, 돌아왔구나, 싶었다. 그리고 다음은 뿔이 돋아 오르는 것이었다. 이 생원은 꽤 성이 마른 사람이었다. 성이 마른 사람이 아니라 하더라도 이런 경우 그냥 가만히 있을 사람은 아마 없을 것이다. 더구나 아이들이랑 동네 어른들까지 우르르 따라와 사립 밖에서 보고 있는 판이니 말이다.

"이누묵 자식아! 썩 나가지 못하나!"

대뜸 이렇게 고함을 질렀다.

"썩 안 나갈 끼가!"

이 생원은 마당을 두리번거렸다. 무엇을 찾는 모양이었다. 마당가에 세워 놓은 지게를 보자 후다닥 그쪽으로 갔다. 지겟작대기를 뽑아 드는 것이었다. 서슬이 퍼랬다.

그러나 종대는 달아날 생각을 하지 않고, 그냥 그 자리에 멀뚱히 서서 두 눈을 끔벅거리기만 했다. 이미 그만한 정도는 각오를 한 것인지, 아니면 넋이 나간 것인지 알 수가 없었다.

달아나지 않고 뻣뻣이 서 있는 것이 더욱 화가 나서 이 생원은 달려오기가 무섭게,

"에라 이눔!"

냅다 작대기를 휘둘러 내리쳤다.

"어윽!"

한 대에 그만 종대는 풀썩 꺾어졌다.

무너지듯 마당에 퍽 쓰러지는 종대의 손에서 도시락이 떨그럭! 하고 땅바닥으로 떨어져나가 뒹굴었다. 작대기는 쓰러진 종대의 몸뚱어리를 사정없이 마구 조지고 있었다.

"뒤져라!"

"어윽!"

"뒤져!"

"윽!"

"뒤져!"

"윽!"

부엌에서 종대의 어머니가 쫓아 나와 작대기를 붙들고 늘어지지 않았더라면 무슨 일이 났을는지 모를 뻔했다.

이 생원은 제물에 새파랗게 질려가지고,

"이누묵 자식! 집안 망신을 시켜도 분수가 있지, 그래 왜년의 궁딩일 따라 일본꺼지 갈라 캤띠나? 이 쓸개가 썩어 문드러진 자식 같으니라구!"

곧장 뱉어 붙이며 씨근덕거렸다.

그러다가 마당에 나가떨어진 도시락을 보자,

"이건 또 머고? 머 말라비틀어진 기고?"

하고는 보기 좋게 가서 한쪽 발을 번쩍 들어 그만 뒤꿈치로 팍 내리 으깨어버렸다. 빠그락! 하고, 도시락은 여지없이 납작해지고 말았다.

사립 밖에서 구경하고 있던 아이들 가운데서 누군가가 또 킥! 웃음을 터뜨렸다. 기윤이였다. 기윤이는 납작해진 도시락을 그냥 가만히 보고 있을 수가 도저히 없었던 모양이다.

그러자 어른들도 히죽히죽 웃으며,

"이 생원 인제 그만 하소. 참으소."

하고 슬금슬금 마당으로 들어섰다.

그날 밤, 종대는 곧잘 헛소리를 하며 식은땀을 흘렸다. 곁에 앉아 식은땀을 닦아주고 있는 종대 어머니는 아들의 헛소리에 깜짝깜짝 놀라곤 했다.

"와 때리노! 와 때리!"

아버지에게 대들고 있는 모양이었다. 그런 헛소리를 할만도 하다고 생각했다. 때려도 이만저만 때려야 말이지, 작대기로 타작을 했으니, 싶으며 성질도 참 너무하지, 하고 혀를 찼다.

잠시 후에 이번에는,

"아이고— 때리라! 때리! '쇼이'(소위)면 젤이가? 쇼이면……."

이러는 것이 아닌가.

'쇼이'면 젤이가라니, 그게 무슨 소릴까. 쇼이가 무슨 말일까. 종대 어머니는 어리둥절했다.

"이누묵 새끼! 니가 말을 탔으면 젤이가? 말 탄 쇼이만 사람이가? 와 때리노! 와 때리!"

말 탄 쇼이라니, 도무지 알 수가 없었다. 아버지에게 대드는 게 아닌 것만은 분명했다. 그럼 부산에서 말 탄 쇼이라는 사람한테 얻어맞은 것일까. 한쪽 눈언저리에 푸르뎅뎅한 멍이 든 것이 아마 그런지도 모른다고 생각하며, 종대 어머니는 가만히 한숨을 쉬었다.

그렇게 쇼이라는 사람에게 악을 쓰다가 이번에는,

"센세—이. 센세—이."

하며 곧 울려고 드는 것이 아닌가.

일자무식인 종대 어머니였다. 그러나 '쇼이'가 무슨 말인지는 몰라도 센세이가 선생님이라는 일본말이라는 것은 귀동냥으로 알고 있었다. 그러니까, 헛소리 속에서도 종대가 그 일본 여선생이라는 처녀를 부르고 있다는 것을 알 수가 있었다.

부산 부두에서 배에 오르는 그 여선생을 부르고 있는 것일까. 종대 어머니는 가슴이 찌릿해지는 것을 어쩌지 못했다.

그러나,

"아이고 이놈아. 이놈아—"

하면서 혀를 찼다.

그리고 또 이마에 내배는 식은땀을 닦아주며, 아들의 얼굴에 수없이 돋아난 여드름을 어쩐지 딱하고 슬픈 것을 바라보듯 물기 어린 눈으로 측은하게 내려다보고 있었다.

가물거리는 등잔불 밑이었다.

《창작과비평》(1970. 가을)

일본도(日本刀)

제1화

'가다오까'(片岡) 교장 집에 커다란 일본도가 있다는 이야기는 아이들 사이에 여간 구미가 당기는 일이 아니었다. 일본도란 실지로 어떻게 생긴 물건이며, 얼마나 큰 것인지, 꼭 한 번 보았으면 싶었다. 그림이나 이야기로는 많이 보고, 많이 들었지만 말이다. 그럴수록 호기심은 더한 것이었다.

얼마나 크고 얼마나 잘 드는 칼이기에 단번에 사람의 모가지를 훽 날리고, 사람의 몸뚱어리를 보기 좋게 두 동강으로 만들어버리는 것인지, 정말 신나는 일이 아닐 수 없었다. 그런 그림을 수없이 보았고, 이야기를 많이 들었던 것이다. 짱꼴라(되놈)의 모가지를 그렇게 날려버린다는 것이며, '기찌꾸베이에이'(귀축미영鬼畜米英—태평양전쟁을 일으킨 일제가 미국, 영국을 귀신과 짐승에 빗댄 말)의 몸뚱어리를 그렇게 두 동강으로 내버린다는 것이었다.

그런 놀라운 일본도가 바로 교장 선생 집에도 있다니, 아이들은 어쩐지 무시무시하면서도 몹시 구미가 당기지 않을 수 없었다.

교장 선생 집에 있는 일본도 역시 겁나게 잘 든다는 것이었다. 단번에 매화나무가 댕강 잘라지더라는 것이다.

그런 이야기는 주로 급사 아이의 입에서 나왔다. 급사 아이는 하루에도 여러 차례 교장 관사를 출입하는 터이니까, 그럴 만도 했다. 맨 처음, 교장 집에 일본도가 있다는 이야기도 물론 그의 입에서 나왔다.

한 번은 급사 아이가 집에 돌아갈 시간이 되어 교무실을 잠그고, 그 열쇠를 교장 관사에 갖다놓으려고 관사의 대문을 막 들어서는 참인데, 안에서 교장의 고함소리가 고래고래 들려왔다. 누구를 몹시 윽박질러대는 소리였다. 급사 아이는 움찔 놀라며 걸음을 멈추었다. 그러자 이번에는 여자의 앙칼진 목소리가 일어났다. 부부싸움인 모양이었다.

급사 아이는 재미있다는 듯이 코로 싱글 웃으며 안으로 들어갈까 말까 잠시 망설이고 있었다. 그런데 우당탕 하는 소리와 함께,

"다수께데에!"(사람 살려!)

비명을 지르며 뛰어나온 것은 교장 부인이었다. 온통 겁에 질려 얼굴이 새파랬다.

그리고 뒤따라 교장이 뛰어나왔다. '유가다'(浴衣)를 입은 교장의 한 손에는 뜻밖에도 일본도가 번쩍이고 있는 것이 아닌가.

순간, 급사 아이는 온몸이 얼어붙는 듯한 느낌이었다.

'도꼬노마'(床間)에 안치되어 있는, 칼집에 든 일본도는 여러 차례

보았지만, 이렇게 칼집에서 뺀 시퍼런 칼날을 보기는 처음이었다. 정말 섬뜩하도록 서슬이 퍼렇고 기다란 칼이었다.

그 번쩍이는 칼을 가지고, 자기 부인의 목을 짱꼴라처럼 날려버릴 셈인지, 아니면 몸뚱어리를 '기찌꾸베이에이'처럼 두 동강으로 만들어놓을 작정인지, 교장의 두 눈은 무섭게 곤두서 있었다.

질급을 한 부인이,

"가내야마사앙!"

소리를 지르면서 냅다 대문으로 뛰어나오자, 급사 아이도 얼결에 겁을 집어먹고 후닥닥 몸을 날렸다. '가내야마'(金山)는 급사 아이의 창씨(創氏*('일본식 성명 강요' 이전의 말. 창씨 개명))였다.

그러자 교장은 차마 급사 아이도 있는데, 대문 밖까지 칼을 들고 뛰어나갈 수는 없었는지 닭 쫓던 개 울타리 쳐다보는 격으로 멈추어 서서 곧장 식식거리더니, 그만 칼을 휘둘러,

"칙쇼!"(개 같은 년!)

하고 곁에 있는 애꿎은 매화나무 가지 하나를 싹뚱 잘라버리는 것이었다.

고약한 성미였다. 이만저만 단기(短氣)가 아니었다.

우선 얼굴 생김새부터가 그래 보였다. 어찌된 셈인지, 가다오까 교장은 뾰족한 턱에 수염이 전혀 없었다. 면도로 밀어서 그런 것이 아니라, 애초부터 수염이라곤 한 오라기도 돋아나지가 않았다. 턱뿐이 아니라, 코밑도 그렇고, 양쪽 볼도 마찬가지였다. 온통 민숭했다.

오십이 넘은 터에 그런 민숭한 얼굴은 아무래도 말이 아니었다. 게다가 머리까지 빡빡 깎았으니, 영락없는 중이었다. 중이라도 고

승으로 보이는 게 아니라, 어쩐지 땡땡이중 같았다. 얼굴이 도리납작하고 턱이 뾰족한데다가, 이마까지 낮고 좁기 때문에 그런 모양이었다.

그런 얼굴에 두 눈썹만은 유난히 짙었다. 새까만 먹물을 붓으로 답삭 묻혀놓은 듯했다. 그런 새까맣고 답삭한 눈썹은 어쩐지 사람됨을 더 작아보이게 했고, 소가지가 말라보이게 했다.

애꿎은 매화나무 가지를 싹뚱 잘라버리고 나서 가다오까 교장은 그 새까맣고 답삭한 눈썹을 바르르 떨었던 것이다.

교장 선생이 부부싸움 끝에 일본도를 빼들고 부인을 뒤쫓다가 매화나무를 잘랐다는 소문은 곧 아이들 사이에 퍼졌다. 교장 선생이다 싸움을 하다니, 그리고 일본도를 빼들고 부인을 뒤쫓다니, 참 신나는 일이 아닐 수 없었다. 짱꼴라처럼 부인을 날려버리려고 그랬는지 '기찌꾸베이에이'처럼 몸뚱어리를 두 동강으로 만들어버리려고 그랬는지는 모르지만, 좌우간 몹시 재미가 좋은 일이었다. 한번 실지로 그래봤더라면 더 신났을 텐데 싶기도 했다. 그러나 매화나무를 자른 것만으로도 당분간 재미있는 이야깃거리는 되는 듯, 아이들은 그저 즐겁기만 했다.

처음 급사 아이의 입에서는 매화나무 '가지'가 대번에 싹뚱 잘리더라고 사실대로 나왔으나, 그 말이 이리저리 굴러감에 따라 가지는 어느새 '줄기'로, 그리고 '밑동'으로 바뀌어 있었다. 교장 선생의 일본도에 매화나무 줄기가, 혹은 밑동이 단번에 무처럼 싹뚱 잘려버리더라는 것이다.

매화나무 줄기가, 혹은 밑동이 단번에 잘려버리다니, 아이들은 입이 딱 벌어지지 않을 수 없었다. 짱꼴라의 모가지보다도, '기찌꾸베이에이'의 몸뚱어리보다도 훨씬 매화나무가 단단할 텐데 말이다 일본도란 그렇게 겁나는 것일까 싶으니, 아이들은 바짝 더 입에 침이 도는 것이었다.

원길이도 그 이야기를 듣자,

"햐— 매화나무가 단번에……? 한 번 해봤으면야. 닙뽄도(일본도)가 그렇게 잘 드는강?"

이렇게 바짝 구미가 당겼다.

원길이는 그때 6학년이었다. 해방되기 한 해 전의 일이었다.

바짝 호기심이 동한 원길이는 일본도에 잘린 매화나무나마 한 번 보았으면 싶었다. 교장 관사의 앞뜰에 매화나무가 세 그루 서 있는데, 어느 것이 잘려버렸는지 궁금했다. 몇 차례 심부름으로 관사에 들어가 본 일이 있어서 원길이도 매화나무가 세 그루라는 것은 알고 있었다.

그러나 아무 볼일도 없이 교장 관사에 함부로 들어갈 수는 없는 노릇이었다. 바깥에서 울타리 사이로 안을 들여다보는 도리밖에 없었다.

방과 후였다. 원길이는 책보를 끼고 하교를 하면서 교장 관사의 탱자나무 울타리 사이로 안을 들여다보았다. 그렇게 바깥에서 살짝 안을 들여다보는 것도 여간 켕기지가 않았다. 혹시 교장 선생의 눈에 띄기라도 하면 틀림없이,

"난다, 코노야롯!"(뭐야, 이 새끼!)

매서운 호통을 들을 것이며, 누군지 얼굴이라도 알려지는 날엔 이튿날을 단단히 각오해야 되는 것이다.

가다오까 교장은 성미가 말라서, 아이들의 조그마한 잘못도 결코

그냥 넘겨버리는 일이 없었다.

"난다, 코노야롯!"을 비롯해서,

"난다, 키사마!"(뭐야, 너!)

"고노 바카야롯!"(이 바보 같은 새끼!)

"고노 쿠소매!"(이 똥강아지!)

"칙쇼!"(개 같은 것!)

이런 욕지거리를 마치 전용어처럼 내뱉으며, 아이들의 빰을 찰싹 찰싹 갈기기가 일쑤였다. 화가 많이 났을 경우에는 신고 있던 슬리퍼를 벗어 들고 그것으로 냅다 갈기기도 했다. 훈계를 하는 법은 거의 없고, 노상 체벌이었다.

그런 교장의 눈에 띌까 봐 몹시 켕겼지만, 딴 선생들이 보아도 그냥 지나치지 않을 것이었다.

"나니 시도룬다?"(뭐하고 있는 거야?)

이런 말 한마디는 으레 던질 것이었다.

그러나 다행히 원길이는 아무의 눈에도 띄지 않고 한참 동안 울타리 안을 들여다볼 수가 있었다. 그런데 매화나무는 그대로 세 그루가 분명히 서 있는 게 아닌가. 어찌 된 셈일까. 아무리 살펴보아도 싹뚱 잘린 매화나무 가지나 밑동은 눈에 띄지가 않았다.

"순 거짓말이로구나."

원길이는 참 시시했다.

잘려나간 가지는 무성한 잎들에 가려서 눈에 띄지가 않았던 것이다.

"그러면 그렇지. 헤헤헤……."

원길이는 어쩐지 맥이 빠졌으나, 웃음이 나왔다. 아무리 일본도가 잘 든다고 하지만, 단번에 매화나무 줄기가 잘릴 턱이 없는 것이다.

원길이는 탱자나무에 열린, 아직 푸릇푸릇한 열매를 공연히 손에 닿는 대로 따서 내던져버렸다. 그리고 후닥닥 책보를 끼고 내달았다.

그렇게 궁금증을 돋우기만 하던 교장 선생의 일본도를 아이들이 직접 눈으로 보게 된 것은 그 해 가을의 일이었다.

초가을의 어느 날, 점심시간이었다. 원길이는 교실에서 도시락을 먹고 있었다.

도시락을 가져온 아이는 불과 몇밖에 되지가 않았다. 그것도 꽁보리밥이 아니면 콩깻묵이나 옥수수밥이었다. 대부분의 아이들은 점심 같은 것은 숫제 먹을 생각도 안 하는 것이었다. 그런 시절이었다.

옥수수밥을 열심히 끌어넣고 있던 원길이는 난데없는 사이렌소리에 고개를 들어 창밖을 내다보았다.

오우오우오우오우— 멀리 주재소의 망루에서 울려오는 소리였다.

그러자 곧 학교의 종도 요란하게 울리기 시작했다.

땡땡땡땡…….

끝없이 울리는 사이렌소리와 종소리.

원길이는 냅다,

"공습이다!"

소리를 질렀다.

그것은 틀림없는 공습경보였다. 경계경보도 없이 별안간 공습경보가 발해진 것이다.

학교 안은 발칵 뒤집혔다. 운동장에서 놀고 있던 아이들은 모두 방공호 속으로 뛰어 들어가느라고 야단법석이었다. 운동장 가에 방공호가 수없이 마련되어 있었다. 그러나 말이 방공호지, 그것은 덮개도 없이 그냥 땅을 기다랗게 파놓은 구덩이 같은 것에 불과했다. 그 구덩이 속으로 평소에 훈련받은 대로 너도나도 뛰어드는 것이었다.

교실에서 점심을 먹던 아이들도 도시락을 내버리고 밖으로 뛰어나가느라고 정신들이 없었다. 원길이도 입 안에 든 옥수수 알들을 불컥불컥 씹으면서 마구 달려 나갔다. 어느새 방공호는 대만원이었다. 방공호는 각 학년별로 지정되어 있었고, 평소의 훈련 때는 그것이 잘 지켜졌으나, 실지로 공습경보를 당하고 보니 엉망이었다. 학년의 구별 없이 마구 뒤죽박죽이 되었을 뿐 아니라, 남생도 여생도의 구별도 없었다. 4학년 이상은 남생도와 여생도의 방공호가 따로 마련되어 있는 것이었다.

원길이는 지정된 6학년 남생도들의 방공호 쪽으로 뛰어갔으나 이미 대만원이어서, 아무 데나 좀 덜 만원인 곳에 뛰어들어버렸다. 그런데 그곳이 마침 여생도들의 방공호였던지 거의가 단발머리들이었다. 그래도 여생도들은 대부분 자기네 방공호를 찾아들었던 것이다. 그러나 원길이는 하는 수 없었다. 곧 어디서 폭탄이 떨어지는 듯, 오우오우오우— 사이렌이 울려오고 땡땡땡땡땡…… 종이 울려대고 있는 판인데, 딴 방공호로 옮기고 어쩌고 할 수는 없는 노릇이었다. 자리가 남은 방공호가 있는 것도 아니었다. 원길이는 아무렇게나 여생도들 속에 푹 묻혀 앉아버렸다.

그런데 어찌 된 셈인지 도무지 폭탄이 떨어지지가 않는 것이었다. 공습경보가 나면 곧 폭탄이 떨어지는 줄 알았는데 말이다. 폭탄은 고사하고, 비행기도 나타나지가 않았다. 공연히 사이렌과 종만 지랄같이 자꾸 울려대고 있었다.

공습이 뭐 이렇게 시시해, 싶은 참인데,

"어머나! 저것 보래!"

여생도 하나가 하늘을 가리키며 소리를 질렀다.

모두 하늘을 쳐다보았다.

"어머나!"

"저기 뭐고?"

"햐—"

"햐—"

아이들은 절로 입이 딱 벌어졌다. 정말 희한한 광경이 아닐 수 없었다.

초가을 하늘은 높고 맑았다. 그 씻은 듯한 푸른 하늘에 구름인지 뭔지 하얗고 가느다란 줄기가 두 개 나란히 뻗어 있는 것이 아닌가. 마치 붓으로 곱게 그려 놓은 것 같았다. 그런데 가만히 보니 그 두 줄기 구름 같은 것이 조금씩 자꾸 그어져나가고 있었다. 그리고 그 맨 앞쪽에 은빛으로 반짝거리는 조그마한 물체가 보였다. 한 줄기에 하나씩 두 개였다.

"비행기다!"

"맞다, 맞다!"

"야— 비행기대이."

"두 개다, 두 개!"

"야—"

자세히 보니 그것은 틀림없는 비행기였다.

B29 두 대가 하얀 비행운을 그리며, 고공을 지나가고 있었던 것이다.

그림으로나 이야기로만 수없이 보고 들은 B29였다. 그 B29가 지금 눈앞을 지나가고 있는 것이다. 그런데 그렇게 무섭고 가증스럽게 여겨지던 B29를 막상 눈으로 보니 무섭기는 고사하고 가증스러운 생각도 조금도 일지가 않았다. 오히려 무슨 진귀한 물건이나 되는 듯 오래오래 바라보고 있고만 싶었다. 은빛으로 반짝거리는 비행기도 비행기지만, 그 꼬리에서 자꾸 내뿜어지는 듯한 기다랗고 하얀 구름 같은 것이 한없이 신기하고 곱게만 보였다.

아이들은 모두 그 희한한 광경에 넋을 잃고 있었다. 이런 것이 공습이라면 매일 좀 공습이 있었으면 좋겠는 것이었다. B29가 서서히 하늘을 가로질러 사라져가는 것이 몹시 안타깝기만 했다.

그때였다.

"어머나, 교장 선생님 보래!"

여생도 하나가 또 소리를 질렀다.

하늘을 바라보고 있던 아이들의 시선이 이번에는 교장 선생 쪽으로 쏠렸다.

교장 선생은 관사에서 막 운동장 쪽으로 걸어 나오고 있었다. 그런데 교장 선생의 한 손에 무엇인지 기다란 물건이 번쩍이고 있는 게 아닌가.

"닙뽄또다!"

"맞다, 맞다!"

"어머나아."

"우야꼬오."

여생도들은 비명에 가까운 소리를 질렀다.

"햐, 닙뽄또구나!"

원길이는 눈이 번쩍 띄는 듯했다.

그렇게도 구미가 당기고 궁금하던 일본도였다. 그 일본도가 뜻밖에도 불쑥 눈앞에 나타난 것이다. 더구나 칼집에서 뽑혀 시퍼런 알몸을 번쩍이며 말이다. 꽤 떨어진 거리였으나 으스스하도록 칼날은 서슬이 퍼랬다.

그 서슬이 퍼런 일본도를 들고 운동장으로 걸어 나온 교장 선생은 그 자리에 우뚝 버티고 서서는 B29를 무섭게 노려보는 것이었다. 그렇게 한참 노려보고 있더니만, 그만 분통이 터져 못 견디겠는 듯,

"칙쇼!"

소리를 지르면서 일본도를 번쩍 쳐드는 것이 아닌가. 마치 그것으로 B29를 싹뚱 잘라버리기라도 할 듯이 말이다.

"헷헷헷헷……."

원길이는 그만 웃음이 터져 나왔다.

텅 빈 운동장에 혼자 버티고 서서 B29를 향해 일본도를 번쩍 쳐든, 땡땡이중 같은 교장 선생. 그 까만 눈썹이 먼 데서도 바르르 떨리고 있는 것처럼 느껴졌다.

"헷헷헷헷……."

원길이는 자꾸 터져 나오는 웃음을 견딜 수가 없었다.

여생도들도 킥킥 웃고 있었다.

B29는 하얀 비행운과 함께 유유히 사라져가고 있었다.

제2화

이듬해 4월, 원길이는 중학생이 되었다.

중학생 모자를 쓰고, 중학생 가방을 메었으며, 다리에는 각반을 쳤다. 그러나 옷은 국민학교 때 입던 양복 그대로였다. 그러니까 즈봉*(바지)은 무릎까지 오는 짧은 것이었으며, 그 즈봉 밑으로 드러난 맨다리에 각반을 감았던 것이다.

원길이만 그랬던 것이 아니라, 신입생은 모두 마찬가지였다. 교복은 배급이 나오지 않았던 것이다. 신발 역시 배급이 없었다. 그래서 신은 국민학교 때 신던 운동화를 꿰맬 수 있는 데까지 꿰매어 신거나, 아니면 '게다'를 신었다. 그것도 없으면 숫제 맨발로 다녔다. 중학생이 맨발로 다녀도 조금도 창피하지가 않는 그런 때였다.

그러니 중학생이 되었다고는 하지만 어설프기 짝이 없었다. 몸차림만 그런 것이 아니라 모든 것이 그러했다.

우선 기숙사생활부터가 그러했다. 시내에 자택이 있는 사람 외는 모조리 기숙사에 집어넣는 것이었다. 신입생에게는 하숙이라는 것이 허락되지가 않았다. 원길이가 들어간 학교는 그런 점이 딴 학교보다 훨씬 엄격했다.

기숙사생활은 우선 배가 고파 견딜 수가 없었고, 상급생들의 성화에 정신을 차릴 수가 없었다. 마치 무슨 잘못이라도 저지른 사람처럼 노상 눈치를 보아야 했고, 굽신 거려야 했다. 그렇지 않으면 툭하면 기합이었다.

그리고 처음으로 부모 슬하를 떠나, 낯선 곳에서 시달리며 지내자니 못 견디게 고향 집이 그리웠다. 그래서 원길이는 남몰래 변소

속에 들어가 울기도 했다. 우는 것도 아무 데서나 울다가는 큰일인 것이었다.

"난다, 고노 아호메!"(뭐야, 이 머저리 같은 새끼!)

하고 기합을 당하기 꼭 알맞았다.

기숙사 생활뿐 아니라, 학교생활도 마찬가지였다. 학교라는 곳에서 공부는 거의 하는 일이 없고, 늘 일 뜸질이었다. 비가 오는 날 외에는 노상 근로봉사였다.

처음 얼마 동안은 주로 산에 가서 장작을 운반해 내려오는 일이었다. 그것도 하루 한두 번이 아니라, 세 번이고 네 번이고 일과가 끝나는 시간까지 계속이었다.

장작 운반이 끝나더니, 다음은 소나무뿌리 캐기였다. 학교에서 십 리가량이나 떨어진 곳에 수없이 많은 소나무가 잘려 나가고, 뿌리만 그대로 남아 있는 언덕이 있었다. 그 언덕에 가서, 그 수없이 많은 뿌리들을 캐내는 것이었다.

여간 힘 드는 작업이 아니었다. 몇 사람씩 조로 나누어 하루의 책임량을 할당하는 것이었다. 작은 것은 하루에 서너 뿌리까지 캘 수가 있었으나, 큰 것은 한 개도 제대로 정복하기가 어려웠다. 그러나 기어이 그 책임량을 완수해야만 일과가 끝났다. 삽이나 괭이로 흙을 파내고, 뻗어나간 뿌리들을 하나하나 잘라낸 다음, 그 거창한 놈을 땅 위로 들어 올린다는 것은 이만저만 한 중노동이 아니었다. 캐낸 뿌리를 그대로 그 자리에 놓아둔다면 또 모르겠는데, 그것을 다시 큰길 근처까지 운반해내야 되는 것이었다. 큰길 근처에 갖다 쌓아놓으면 수레가 와서 어디론지 싣고 가는 것이었다.

그런 중노동이지만, 배만 고프지 않으면 그래도 당해낼 수가 있을 것 같았다. 그런데 그놈의 허기 때문에 견딜 수가 없었다. 곧장 헉헉 헛심이 씌어져 일이 제대로 되지가 않고, 땀만 자꾸 흘렀다.

그런 작업이 열흘 가까이 계속되자, 학생들의 얼굴은 눈에 띌 정도로 초췌해졌다. 원길이도 눈이 기어들어가고, 얼굴빛이 노오랬다. 일과가 끝나고 기숙사로 돌아올 때는, 눈앞이 어질어질하기도 했다.

언덕의 소나무뿌리를 모조리 캐낸 다음, 이번에는 그곳을 밭으로 일구는 것이었다.

밭 만드는 일 역시 수월하지가 않았다. 소나무뿌리 캐내는 일에 비하면 좀 나은 편인지는 모르지만 말이다. 풀이랑 돌멩이, 작은 나무뿌리 같은 것을 모조리 거둬내고, 흙을 파 일구고, 고르고, 이랑을 지우고…… 마침내 야산은 밭으로 변모하고 말았다.

원길이가 고향집에 다니러 간 것은 밭 개간이 끝난 그 주의 토요일이었다. 학교에서 귀성 허가를 내주었던 것이다.

원길이 혼자만이 아니라, 농촌이 고향인 신입생 가운데 희망하는 사람은 전원이었다. 귀성이라 해야 고작 토요일에 갔다가 다음 일요일에 돌아오는 것이었다. 허가를 할 것도 뭐할 것도 없는 일이었다. 그러나 그때는 아무리 토요일 일요일이라 해도 학교의 허가 없이는 집으로 갈 수가 없었다. 우선 학교증명서가 없으면 기차표를 살 수가 없는 것이었다. 귀성은 고사하고 기숙사에서 잠시 외출을 하는 데도 사감의 허가를 맡아야 하고, 시간 안에 돌아와서 반드시 사감에게 돌아왔다는 보고까지 해야 하는 판국이었다. 군대 생활과 조금도 다를 바가 없었다.

실지로 그 무렵은 학교 편성도 군대 편제와 마찬가지로 되어 있었다. 학교가 하나의 연대인 것이었다. 학년은 중대, 학급은 소대였다. 그러니까 교장은 연대장이라고 불렀고, 학년 주임은 중대장, 학급 담임은 소대장이라 했다. 대대만 없는 것이었다.

신입생들은 비록 각반을 짧은 즈봉 밑의 맨다리에 감고 있긴 했지만, 어엿한 1중대 각 소대의 병사인 셈이었다. 그리고 운동장도 연병장이라고 불렀다.

아무튼 원길이는 하룻밤 자고 돌아오는 귀성이지만, 좋아서 어쩔 줄을 몰랐다. 곧 날을 듯한 기분이었다.

그러나 밭을 개간하느라고 수고가 많았으니, 일박이일이지만 집에 가서 좀 쉬고 오라는 그런 호의에서 나온 귀성 허가는 아니었다. 집에 가서 씨앗을 가져오라, 이것이었다. 개간한 밭에 뿌릴 씨앗을 마련하기 위한 방편인 것이었다. 콩이나 팥이나 메밀, 조, 수수 같은 것을 한 되 이상 가지고 온다는 조건부였다.

씨앗이 아니라, 송아지를 한 마리씩 가져오라 해도 가고 싶은 판국이니, 농촌출신으로 희망하지 않는 학생은 한 사람도 없었다. 씨앗이야 집에 있거나 말거나 우선 가놓고 보자고, 집에 가면 설마 그런 것 한 되쯤이야 못 구하겠느냐고, 농촌출신 아닌 학생들도 너도나도 희망해 나섰다.

토요일 오후, 귀성하는 학생들은 모두 한자리에 모여 학년 주임, 그러니까 중대장의 훈시를 들었다. 오늘 갔다가 내일 돌아오는 귀성인데, 어지간히 야단이었다. 요는 반드시 한 되 이상의 씨앗을 가져와야 된다는 것과, 내일 어떠한 일이 있어도 돌아와야 된다는 것이었다. 만일 씨앗을 가져오지 않거나, 내일 돌아오지 않는 사람이 있으면 용서하지 않는다고 중대장은 눈을 부릅떠 보이기도 했다.

중대장은 '아라끼'(荒木)라는 검도 선생이었다. 그래 그런지 얼굴 생김새부터가 어쩐지 '사무라이'(무사)를 연상시켰다. 홀렁 까져 올라간 이마의 가장자리가 선명했고, 두 눈썹의 꼬리가 위로 솟아 있었으며 입은 활처럼 양쪽이 아래로 휘어져 있었다. 언제나 화를 내고 있는 사람 같았다. 목소리도 그냥 굵은 것이 아니라, 성대에 몇 줄기 금이라도 간 듯한 저음이었다. 마치 찢어진 풀무소리 비슷했다.

그런 얼굴로 눈을 부릅떠 보이며, 그런 목소리로,

"와깟다까!"(알았나!)

냅다 고함을 지르는 데에는 모두 질리지 않을 수 없어,

"하이!"(예!)

힘껏 대답들을 했다.

그러나 이튿날 돌아오지 못한 아이가 몇 되었다. 그 중에 원길이도 끼어 있었다. 원길이는 설사 때문에 돌아오지 못한 것이었다.

사십여 일 만의 귀성이었으나, 마치 몇 해 만에 고향에 돌아간 듯한 기분이었다. 원길이는 감개가 무량하기까지 했다. 무엇보다도 밥그릇에 수북이 올라오도록 담아 주는 밥이 감개무량한 것이었다. 비록 꽁보리밥이기는 하지만 말이다. 학교고 뭐고 집어치워버리고 집에서 농사를 짓더라도, 이런 고봉으로 담아주는 밥이나 실컷 먹었으면 싶었다. 집에 있으면 그렇게 고봉으로 담아 줄 턱도 없지만.

"얼매나 배를 곯았길래 그새 이렇게 예빘노. 다 묵으래이."

어머니의 말에 원길이는 핑 눈물이 돌기도 했다. 그리고 그 많은 꽁보리밥을 다 먹어치웠던 것이다. 곯았던 배에 갑자기 그렇게 꽁보리밥이 들어가 놓았으니 제대로 소화가 될 턱이 없었다.

설사를 만난 원길이는 이튿날 도저히 집을 나설 수가 없었다. 아라끼 중대장의 찢어진 풀무 같은 목소리가 귀에 쟁쟁했으나, 할 수 없었다. 그리고 설사가 나서 하루라도 더 집에 머물게 된 것이 오히려 다행이라는 생각이 슬그머니 들기도 했다. 까짓 놈의 것 나중에야 학교에 가서 기합을 받거나 말거나 싶었다. 생각 같아서는 이대로 내내 설사가 계속되어 학교에 영영 돌아가지 못했으면 좋겠는 것이었다. 그렇게 학교생활, 기숙사 생활이 진절머리가 났다.

그러나 아버지 어머니는 학교에 얼른 못 돌아가면 큰일이라고 불이야불이야 한약을 지어 와서 달여 주는 것이었다. 근심스런 얼굴을 하면서. 남의 속도 모르고 말이다. 결국 안타깝게도 설사는 멎고 말았다.

그래서 월요일 아침 일찌감치 원길이는 집을 떠났다. 학교에 도착한 것은 오후였다.

하루 늦게 돌아온 것이었으나, 정문의 위병소에서부터 벌써 호통이었다. 그 무렵은 수위실도 위병소라고 불렀다. 수위가 지키고 있는 것이 아니라, 학생들이 목총(木銃)을 들고 지키고 있는 것이었다.

원길이는 위병소의 지시에 따라 가방을 메고 짐 꾸러미를 든 채 바로 교관실로 중대장을 찾아갔다. 교무실도 교관실이라고 했다. 짐 꾸러미에는 씨앗과 함께 떡이니 미숫가루 같은 것이 들어 있었다. 어머니가 배고픈데 기숙사에 가지고 가서 먹으라고, 밤을 새워 가며 만들어 준 것이었다.

원길이를 보자, 아라끼 중대장은 대뜸,

"난다, 코노야롯!"(뭐야, 이 새끼!)

소리를 질렀다. 그리고 위로 치솟은 눈썹을 꿈틀거리며,

"코노 후쯔고나 야롯!"(이 고얀 놈의 새끼!)

하면서 원길이를 교관실 옆에 붙어 있는 조그마한 방으로 데리고 들어갔다.

훈육실이었다. 한쪽 구석에 책상이 하나 놓여 있고, 목검과 '시나이'(竹刀)가 여기저기 벽에 세워져 있었다. 얼른 보아도 덜컥 겁이 먹어지는 방 안 분위기였다.

원길이도 여기가 훈육실이라는 것을 바로 짐작할 수가 있었다. '훈육실에 불려 가면 반 죽는다'는 말을 들었던 것이다. 원길이는 대뜸 울상이 되었다.

원길이를 꿇어앉히더니, 아라끼 중대장은 '시나이' 하나를 집어 들고 다짜고짜 마구 두들기는 것이었다. 머리, 어깨, 팔, 옆구리, 닥치는 대로였다. 한 손으로 가볍게 '시나이'를 들고 별로 힘도 안 들이고 치는 것 같았으나, 눈에서 불꽃이 번쩍번쩍 튀었다. 검도 선생이라 솜씨가 달랐다. 곧 원길이는 비명을 지르면서 나가 뒹굴었다.

원길이가 다시 일어나 앉자, 그제야 아라끼는 왜 늦게 왔느냐고 눈을 부릅떴다. 설사 때문에 그랬다고 하니까,

"나니? 게리?"(뭐? 설사?)

코언저리에 경멸에 찬 웃음을 띠었다. 그리고 돼지처럼 처먹어서 그렇다면서,

"다네와?"(씨앗은?)

하였다.

"못데기마시다. 니쇼 못데기마시다."(가져왔습니다. 두 되 가져왔습니다.)

"니쇼?"(두 되?)

"하이."(예.)

그러자 아라끼는 어디 내보라는 것이었다.

원길이는 짐 꾸러미를 끌러 콩 자루를 꺼내 보였다. 그리고 아버지가 하루 늦어서 미안하니, 콩이나 많이 가져가라고, 두 되를 주더라 했다.

자루 안의 것을 들여다보며 아라끼는 묘한 웃음을 지었다. 재미있는 듯한, 그러면서도 역시 경멸이 서린 듯한 그런 웃음이었다.

그런 웃음이거나 말거나 원길이는 아, 이제 살았구나, 싶었다.

아닌 게 아니라, 아라끼는 자루 안의 콩이 두 되가 된다는 것을 확인하자,

"공고와 주이세요!"(다음부턴 주의해!)

하고,

"이께!"(가!)

하였다.

콩을 두 되 가져오길 잘했다 싶었다. 훈육실을 나와 기숙사로 가면서 원길이는 역시 고마운 아버지라고 생각했다. 그러자 눈물이 핑 도는 것이었다.

이튿날은 우천이어서 근로봉사 하러 나가지 않고, 수업이었다. 넷째 시간은 검도였다. 1학년 전원 합동이었다.

비가 오기 때문인지, 5월 중순인데도 강당 안은 우중충하고 썰렁하기까지 했다. 모두 목검을 하나씩 들고 강당에 집합해서, 아라끼 교관이 나타나기를 기다리며 떠들어대고 있었다. 집에 다녀온 다음이라, 학생들의 이야기는 거의 이번 귀성에 관한 것이다. 아직 고

향에 갔던 기분이 가시지 않은 듯 어쩐지 모두 여느 때와는 달리 들떠있는 것 같았다.

아라끼 교관이 강당으로 들어와 단상에 올라섰을 때까지 모르고, 여전히 떠들어대고 있는 학생들이 많았다.

아라끼 교관은 손에 일본도를 들고 있었다. 전번의 첫 검도 시간 때는 '시나이'를 가지고 나오더니, 이번에는 진짜 일본도를 가지고 나온 것이었다.

아라끼는 일본도를 든 손에 불끈 힘을 주며, 대번에 일갈이었다.

"키사마라 민나 우데다데후세!"(이 자식들 모두 엎드려뻗쳐!)

그제야 강당 안은 조용해지며 모두 그 자리에 엎드려뻗쳤다.

아라끼는 눈을 부릅뜨고, 강당 가득히 엎드려뻗친 학생들을 노래보고 있었다. 눈썹은 더욱 위로 치올라가고, 입은 무섭게 아래로 휘어져 있었다.

원길이는 어제 얻어맞은 데가 아파서 엎드려뻗쳐를 하고 있는 게 여간 고역이 아니었다. 그래서 살짜기*('살짝'의 방언) 두 무릎을 바닥에 갖다 댔다.

그때였다.

"다래까!"(누구야!)

호통소리가 날아왔다.

원길이는 이크 뜨거라, 하고 얼른 다시 무릎을 들어 올렸다. 그리고 힐끗 교관을 바라보았다.

아라끼는 냅다 일본도를 쑥 잡아 뽑는 것이었다. 그리고 그 서슬이 뚝뚝 듣는 듯한 칼을 들고 단 아래를 뚜벅뚜벅 걸어 내려오면서, 이 새끼들 집에 갔다 오더니 정신상태가 글러버렸다는 것이었다.

원길이는 이제 죽었구나 싶었다. 틀림없이 자기가 무릎을 내리는 것을 보고 그러는 것이라 생각했다. 목이 움츠러들고, 불알이 오그라붙으며, 사지가 발발 떨리지 않을 수 없었다.

그러나 힐끗 보니, 단 아래로 내려온 시퍼런 일본도는 이쪽으로 향하는 것이 아니라, 저쪽으로 가는 것이었다. 그쪽에도 무릎을 바닥에 붙인 사람이 있었던 모양이라고, 원길이는 안도의 숨을 내쉬었다.

가만히 보니, 일본도는 어느 일정한 학생에게 다가가는 것이 아니라, 무릎을 바닥에 붙이거나, 궁둥이를 위로 불쑥 쳐들지 못하도록, 엎드려뻗친 사이를 이리저리 누비고 다니는 것이었다. 이 새끼들 정신 상태를 뜯어고쳐준다고 을러대면서.

원길이는 온몸이 부서지는 듯했다. 울고 싶었다. 그러나 울다니, 큰일 날 일이었다. 죽으나 사나 이를 악물고 견디는 수밖에 없었다.

원길이는 속으로,

'아이고 나 죽네. 아이고 나 죽어. 아이고 저놈의 아라끼. 저놈의 닙뽄또. 아이고 아이고…….'

이렇게 신음 소리를 내뱉고 있었다.

제3화

3·1운동 기념 학생 축구대회가 시내 K중학교 운동장에서 개최

되었다. 해방된 이듬해 3월 1일이었다. 그러니까 처음으로 맞이하는 3·1운동 기념일인 것이었다. 일제 시대에는 그런 것이 있을 수 없었으니까.

시내에 남자 중학교가 네 개 있었다. 그 네 학교 선수가 다 참가해서 우승을 겨루는 것이었다.

오전에는 예선이었고, 오후에는 결선이었다. 오전의 예선에서 이긴 두 팀이 오후에 붙는 것이었다.

오전의 예선에서 이긴 것은 원길이네 학교 팀과 K중학교 팀이었다. 그러니까 오후의 결승전에서 이 두 학교 팀이 자웅을 다투게 되었다.

원길이네 학교와 K중학교가 자웅을 결(決)하게 된 것은 결코 우연한 일이 아니었다. 처음부터 누구나 예측했던 일이었다. 예선에서 떨어져나간 두 학교는 학생 수부터가 이 두 학교에 비하면 절반도 못 되었다. 물론 역사도 얕았다. 그 가운데 하나는 해방 후에 생긴 학교였다. 그러니 문제가 될 턱이 없었다.

우선 선수들의 유니폼부터가 그러했다. 원길이네 학교 팀과 K중학교 팀은 제대로 통일된 유니폼을 갖추고 있었으나, 그 두 학교 선수들은 일정한 유니폼도 없이 제멋대로였다. 심지어 어떤 선수는 긴 교복 즈봉을 그대로 입고 경기에 임하기도 했다. 꼴불견이 아닐 수 없었다. 그러니 실력이야 보나마나 뻔한 것이었다.

져도 2대 1이니, 3대 2니, 그런 정도의 스코어로 진 것이 아니라, 한 학교는 K중학교에 6대 1로 물러났고, 한 학교는 원길이네 학교에 5대 0으로 납작해졌다.

그러니 그 두 학교 팀에 대해서는 논할 것도 없고, 문제는 원길이네 학교 팀과 K중학교 팀에 있었다.

원길이네 학교와 K중학교는 비단 운동경기에서만 맞서는 것이 아니라, 원래부터 모든 면에서 서로 은연중 어깨를 겨루는 그런 형편이었다. 두 학교는 역사도 비슷했고, 학생 수도 비슷했으며, 따라서 학교시설도 거의 비슷했다. 하나는 공립이고, 하나는 사립이라는 차이뿐이었다. 그러니 절로 경쟁이 될 수밖에 없었다. 원길이네 학교가 공립이고, K중학교가 사립이었다. 그러니까 일제 말엽에는 자연히 공립인 원길이네 학교가 득세를 하는 형편이었고, 해방이 되자, 어쩐지 이번에는 사립인 K중학교가 활발해지는 느낌이었다.

우선 이번 두 학교 팀의 유니폼부터가 그런 느낌을 주었다. K중학교 팀의 유니폼이 얼른 눈에 띄고, 비용도 훨씬 더 먹힌 것 같았다.

원길이네 학교 팀 유니폼은 상하가 그저 흰 것이었다. 광목통을 그저 썽뚱썽뚱 잘라서 만든 것이라 깨끗한 흰빛도 아니었다. 누르스름하다고 할 수 있었다. 그런 것이나마 선수들의 몸에 착 들어맞기라도 했으면 좋겠는데, 그것도 아니고, 대개가 벙벙해 보였다. 각자의 몸에 맞추어 만든 것이 아니라, 그저 적당히 일률적으로 만든 모양이었다. 그러니 날씬한 맛이 날 턱이 없었다. 운동선수들이라는 것이 촌닭처럼 꺼벙해 보이기만 했다.

K중학교 팀 선수들은 그렇지가 않았다. 모두가 몸에 착 맞는 유니폼을 입고 있어서 날씬하고 경쾌해 보이기만 했다. 위는 오렌지 빛깔이었고, 밑은 흰 팬츠에 자줏빛 선이 양쪽에 두 줄씩 선명했다. 팬츠는 광목인 듯했으나, 윗도리는 메리야스였다. 흰 메리야스에 오렌지 빛 물을 들인 모양이었다. 처음부터 빛깔이 있는 메리야스

는 만들어져 나오는 것이 없는 시절이었으니까. 그것 한 가지만 보아도 K중학교 쪽의 열성을 알 수가 있었다.

이렇게 유니폼부터가 어쩐지 기를 누르는 듯했고, 신도 마찬가지였다.

K중학교 팀은 전원이 축구화를 신고 있었다. 그러나 원길이네 학교 팀은 축구화를 신은 사람은 불과 서너 사람밖에 되지가 않고, 대개가 운동화 아니면 군화였다. 군화란 일본 군인들이 신던 것이었다. 그 무렵, 일본 군인들이 버리고 간 군화가 시장에 수없이 나돌고 있었다. 그것을 사서 검정 약칠을 해가지고 신는 것이 학생들 사이에도 유행이었다. 고급화에 속하는 셈이었다. 고급화에 속하거나 말거나, 그런 것을 신고 경기에 임하다니 말이 아니었다.

응원단 역시 원길이네 학교가 뒤지는 편이었다.

K중학교 쪽은 응원기가 온통 울긋불긋했고, 응원단장의 분장도 색달랐다. 춘향이 같은 옷차림에, 고깔모자를 쓰고 있었다. 그런 차림으로 마구 너울너울 춤까지 추어대는 것이었다.

그러나 원길이네 학교 응원단은 응원기도 몇 자루 되지 않았고, 단장도 학생복 그대로였다. 그저 모자를 벗어 거머쥐고, 착착착…… 몸짓을 해댈 뿐이었다. 그렇다고 학생들이 질러대는 고함소리나 불러대는 응원가 소리까지 뒤지는 것은 아니었다.

"자아, 힘차게! 힘찬 기백으로!"

단장의 지휘에 따라,

"이겨라! 이겨라! 우리 학교 이겨라!"

"빅토리! 빅토리! 브이아이시티오알와이!"

학생들은 목이 터져라 소리를 질러댔다.

착착착! 착착착! 착착착착착착착!……

힘껏 손뼉을 쳐댔다.

그리고 고래고래 응원가를 불러댔다.

북도 둥둥둥! 둥둥둥!…… 울려댔다.

원길이도 단장 말마따나 그야말로 '힘찬 기백'을 다해서 고함을 질러댔다. 원길이는 '브이아이시티오알와이'가 제일 신이 나고 재미가 있었다. '빅토리, 빅토리, 브이아이시티오알와이'가 3, 3, 7에 딱 들어맞다니, 그것 참 묘하고 재미가 나지 않을 수 없었다. 그래서 '브이아이시티오알와이'를 할 때는 온통 온몸을 우쭐거렸다. 정말 신나는 응원이었다.

생각하면 과연 해방이 좋은 것이었다. 해방이 되지 않았더라면 '빅토리'가 뭔지 알지도 못했을 것이며, 이런 신나는 응원 같은 것이 있을 턱도 만무했다. 중학교에 입학한 지 불과 사 개월 만에 해방이 되었지만, 그 사 개월 동안의 학교생활을 생각하면 지금도 머리가 절레절레 내둘리었다. 해방 전과 후의 학교생활을 비교해 볼 때, 천당과 지옥의 차이가 그런 것이 아닐까 싶었다. 해방과 자유— 정말 이렇게 좋은 것이 있는 줄은 미처 몰랐던 것이다.

경기는 처음부터 열전이었다. 시내의 여학생들까지 구경을 하러 떼를 지어 몰려와서 경기장은 더욱 성황을 이루었다. 여학생들이 보고 있는 앞에서 지면 큰일이라는 듯이 양쪽 팀 다 처음부터 결사적으로 덤비는 것이었다. 응원단 역시 마찬가지였다.

먼저 K중학교 팀이 한 골을 넣었다. 그러자 원길이네 학교 팀은 눈이 뒤집혀 가지고 결사적인 반공(反攻)을 감행했다. 그래서 결국 원길이네 학교 팀도 한 점을 얻어, 전반전은 1대 1로 끝났다.

양 팀의 실력이 비슷한 것이었다. 원길이네 학교 팀은 유니폼이 그래서 꺼벙해 보이기는 했지만, 날씬한 K중학교 선수들 못지않게 잘 뛰고, 잘 찼다.

후반전으로 들어서자, 경기장은 떠나갈 듯한 응원소리와 함께 팽팽한 긴장감이 감돌기까지 했다.

그런 긴장감이 감도는 가운데 한창 백열전(白熱戰)이 전개되고 있는데, 난데없이 K중학교 응원단 쪽에서 나팔소리가 일어났다. 트럼펫이었다. 트럼펫으로 빠앙빵 빠앙빵…… 하고 응원가를 불러대기 시작하는 것이었다. 자기네 학교운동장에서 경기가 진행되고 있기 때문에 얼른 가서 나팔을 가지고 나왔던 것이다.

원길이네 학교 학생들은 어이가 없었다. 아무리 그렇지마는 트럼펫까지 동원하다니 너무한 것이었다. 이럴 줄 알았더라면 자기들도 나팔을 가지고 올 것인데, 잘못했다 싶었다. 하는 수 없이 자기들은 가지고 온 북을 찢어져라 하고 마구 두들겨대는 수밖에 없었다.

후반전에도 역시 K중학교가 먼저 한 골을 넣었다. 그러자 그만 트럼펫은 응원가가 아니라, 천안 삼거리 흥!을 냅다 불어대는 것이 아닌가. 그 가락에 맞추어 덩실덩실 춤까지 추면서 말이다.

그러자 여학생들은 덩달아 좋아서 깔깔 웃으며 손뼉을 쳐댔다. 여학생들은 어느 편이든 이기는 편이 좋은 것이었다.

원길이네 학교 학생들은 분통이 터져 견딜 수가 없었다.

"집어 쳐라아!"

"나팔 걷어 쳐라!"

"이 새끼들!"

"천안 삼거리가 너거 교가가?"

이렇게 소리를 질러대기도 했다.

스코어가 2대 1이 되자, 원길이네 학교 팀은 정신이 아찔한 모양이었다. 그러나 사기를 잃지 않고, 다시 전의를 가다듬어 맹공격으로 나아갔다.

불상사가 일어난 것은 그로부터 잠시 후의 일이었다.

원길이네 학교 팀 선수 한 사람이 드리블을 하면서 마구 적진을 향해 돌진해가고 있는데, 상대방 선수 하나가 그만 다리를 걸어버렸던 것이다. 돌진해가던 선수는 대번에 공중으로 훌떡 솟구치더니 사정없이 땅바닥에 나가떨어져 버리고 말았다. 고의로 그렇게 다리를 건 게 분명했다.

심판의 호각이 요란하게 울렸다.

그러나 나가떨어진 선수는 일어나질 못하고 꿈틀꿈틀하다가, 그만 그 자리에 쭉 뻗어버리는 것이었다.

경기장은 난장판이 되고 말았다. 숨 막히도록 긴장된 판에 그런 사고가 일어났으니 그럴 수밖에 없었다. 원길이네 학교 학생들이 우루루 마구 경기장 안으로 뛰어들고 있었다. 심판이고 뭐고 아랑곳이 없었다. 가뜩이나 천안 삼거리 흥! 때문에 분통이 터지고 있는 판인데, 일부러 남의 선수 다리를 걸어 넘기다니, 더구나 골을 향해 드리블을 해가는 선수를 말이다. 전반에서 한 골을 넣은 바로 그 선수인데, 다리를 걸어 넘기지 않았더라면 이번에도 분명히 골인이 되었을 것인데 말이다.

"밟아라!"

"조져라!"

"저 새끼 도망간다!"

"잡아라! 잡아!"

"3번이다! 3번"

사태는 별안간 이렇게 험악해지고 말았다.

발을 걸었던 K중학교 팀 선수는 3번이었다. 3번은 상대교 학생들이 우루루 몰려오자 그만 저희 학교 학생들 쪽으로 뺑소니를 쳐버렸다.

그런 점으로 보아서도 고의로 저지른 반칙이 분명했다.

"저 새끼 헌병 동생이다!"

누군가가 이런 소리를 지르기도 했다. 3번을 잘 아는 학생인 모양이었다.

"뭐, 헌병 동생?"

"응, 저 새끼 형이 일본 헌병이었어."

"그래?"

"악질이었대."

"헌병 동생 놈 잡아라!"

"잡아라!"

"잡아 조져라!"

사태는 걷잡을 수 없이 되고 말았다. 일본 헌병 동생이라는 말에 학생들은 더욱 피가 치솟는 모양이었다.

원길이도 정신없이,

"잡아라! 밟아라!"

핏대를 세우면서 몰려가고 있었다.

K중학교 학생들도 자기네 선수가 잘못했지만, 그렇다고 그냥 가

만히 있진 않았다. 우루루 들고 일어나는 것이었다. 오히려 먼저 돌멩이를 핑! 날리는 것이었다.

마침내 축구시합은 투석전으로 변하고 말았다. 3.1운동기념 축구시합은 3·1운동기념 투석전이 되고 만 것이었다.

심판이 시합 중지를 선언한 것은 말할 것도 없다.

그날 해 질 무렵 원길이네 학교 학생 백여 명이 K중학교 팀 3번 선수 집으로 떼를 지어 몰려갔다. 원길이도 그 속에 끼어 있었다.

원길이는 어쩐지 신이 나고 재미가 있었다. 흥분된 백여 명의 무리 속에 섞여 떠들어대며 시비를 하러 남의 집을 찾아간다는 것은 여간 신나는 노릇이 아니었다. 이게 다 해방된 덕택인 것 같아 새삼 해방과 자유가 고맙게 여겨지기까지 했다.

3번 선수네 집 대문은 굳게 닫혀 있었다. 꽤 큰 기와집이었다. 아직 해도 지지 않았는데 벌써 대문을 안으로 굳게 걸어버린 것을 보니 이렇게 몰려올 줄을 미리 짐작한 모양이었다. 그리고 어쩌면 3번 녀석이 집에 있을지도 몰랐다.

"문 열어!"

"문 열어!"

"문 열라니까!"

"안 열 끼가?"

"안 열 끼가?"

냅다 대문을 발로 쾅쾅 내지르기 시작했다. 그러나 안에서는 아무런 기척이 없었다. 대문은 더욱 부서져 나가는 듯했다.

잠시 후, 쨍그랑! 하고, 안에서 유리 깨지는 소리가 났다. 누군가가 그만 돌을 던졌던 것이다.

그러자,

"이 죽일 놈 자식들! 이 자식들!"

고함을 지르면서 누군가가 우루루 뛰어나오는 것이었다.

학생들은 잠시 조용해졌다.

"어떤 놈의 자식들이!"

큼직한 대문짝이 와당탕 열렸다. 그리고 불쑥 나타난 것은 어른이었다. 물론 남자였다. 그런데 천만 뜻밖에도 그 남자의 손에 커다란 칼이 번쩍이고 있는 게 아닌가. 일본도인 것이었다.

그 커다란 일본도를 번쩍 쳐들며,

"이 자식들! 맛 좀 볼래!"

버럭 소리를 질렀다.

일본 헌병질을 했다는 3번의 형인 것이었다.

학생들은 질겁을 하고 우루루 마구 뺑소니를 쳤다. 원길이도 질겁을 하고 마구 내달았다.

그러나 잠시 후, 학생들은 도로 뒤돌아섰다. 돌멩이를 하나씩 주워들고 말이다. 누가 그러자고 입을 뗀 것도 아니었으나, 절로 의사가 그렇게 돌아간 것이었다.

물론 원길이도 돌멩이를 주워들었다. 원길이는 온몸이 떨리고 있었다. 참 이상한 것이었다. 해방이 되어 온통 세상이 우리 세상이 되었는데, 아직도 일본도를 집에 감추어 둔 사람이 있다니, 정말 알 수 없는 일이었다. 겁나는 일이었다.

"덤비라!"

"덤빌 테면 덤비라!"

"이 헌병 새끼!"

"왜놈 앞잽이!"

"쪽발이 앞잽이!"

다른 학생들이 냅다 고함을 지르면서 돌을 던지자, 원길이도,

"야, 이 앞잽이야!"

하면서 돌을 던졌다.

처음으로 남에게 돌을 던진 원길이는 걷잡을 수 없이 가슴이 뛰었다. 그리고 조금 얼떨떨하기도 했다.

《현대문학》(1971. 9)

모일(某日) 소묘

새벽 종소리에 나는 단잠이 깨었다. 만성이 되어 이제 욕이 나오지도 않는다. 참 더러운 새벽이다.

"아으으윽—"

나는 이불 속에서 커다랗게 기지개를 켰다.

깡, 깡, 깡, 깡…….

고요한 새벽하늘을 휘젓고 있는 종소리. 교회의 종소리다.

바로 집 뒤 언덕 위에 교회가 있기 때문에 새벽이면 으레 잠이 깨이게 마련이다. 종소리도 좀 먼 거리에서 들린다면 잠이 깨인다 하더라도 그래도 듣기가 괜찮을 것인데, 바로 지붕 위로부터 내리쏟아지는 판이니, 짜증이 나지 않을 도리가 없다. 이런 줄 알았더라면 이곳에 집을 마련하는 게 아닌데 하고 후회를 많이 했으나, 하는 수 없었다. 당장 또 집을 팔고 딴 데로 이사를 갈 그런 호강스런 처지가 못 되니 말이다.

나는,

“공해야, 공해, 공해…….”

이렇게 중얼거렸다.

일종의 공해가 아닐 수 없다는 생각이 드는 것이다. 매일 새벽 남의 단잠을 깨워놓는 판이니, 새벽의 공해라고 할 수밖에. 적어도 이 언덕 기슭의 비신자(非信者)들에게는 말이다.

창문으로 이지러진 달이 보인다. 나는 아내 쪽으로 돌아누웠다. 그런데 웬일인지 아내의 자리가 비어 있었다. 변소에라도 간 것일까. 나는 슬그머니 걱정이 된다. 그럴 수밖에 없는 것이, 아내는 지금 만삭의 몸이다. 오늘 내일 하고 있는 것이다.

그런데 어찌된 셈인지, 요즘 조금씩 하혈이 있다는 것이다. 그래서 가까운 곳에 있는 산부인과를 찾아가 보았더니, 약간 이상은 있으나 크게 염려할 것까지는 없다면서, 주사를 놓아주더라는 것이다. 매일 와서 주사를 맞고, 해산 기미가 있거든 우리 병원에 입원을 하라고 하더라는 것이다. 그래서 안심을 하고, 매일 가서 주사를 맞고 있는 터였다.

이곳으로 이사를 오기 전 육칠 개월 되었을 때도 한 번 피가 비쳐서, 그곳의 산부인과를 찾은 일이 있었다. 그때도 주사를 놓아주며 비슷한 말을 했었다.

아무튼 그런 상태에 있는 아내가 자리에 없으니, 걱정이 안 될 도리가 없다. 이 새벽에 말이다. 나는 부스스 자리에서 일어났다. 일어나 전깃불을 켰다. 승미만 혼자 이불을 걷어차고 저만큼 나가 뒹굴어 있다. 안아다가 제 자리에 눕혔다. 그리고 밖으로 나갔다. 변소에 가보는 것이다.

"으흠! 으흠!"

그러나 변소에서 아무런 기척이 없다.

문을 열어본다. 빈 변소다. 어딜 갔을까……. 나는 덜컥 걱정이 되면서도 내 볼일부터 좀 보자고 물건을 꺼냈다. 줄줄줄…… 소변을 누고 나서, 건넌방으로 가보았다.

건넌방엔 어머니와 승국이가 자고 있었다. 역시 거기에도 아내는 보이지 않는다. 이거 무슨 일이 난 게 틀림없구나 싶으며, 나는 잠시 마루에 멀뚱히 서 있었다. 그러고 있는데 골목길에 사람 발자국 소리가 나는 것 같았다. 나는 귀를 곤두세웠다. 틀림없다. 틀림없이 인기척이다.

잠시 후, 대문이 삐그득 열리며 아내가 들어섰다. 아랫배를 무척 조심하는 듯 가만가만 힘없이 마당으로 걸어 들어오는 아내를 보자, 나는 순간적으로 반가운 느낌과 함께 약간 화가 났다.

"어디 갔다 오는 거요? 병원에?"

"예."

아내는 겨우 대답이 나온다. 곧 주저앉을 것만 같다.

"나를 깨우지, 혼자 병원엘 가다니……. 이 밤중에……."

나는 마루로 올라오는 아내를 부축해주었다.

"왜? 해산기가 있는 거요?"

"……."

아내는 대답할 기운도 없는 듯 방으로 들어가 무너지듯, 그러나 조심스레 옆으로 드러누웠다.

드러누워 숨을 헐떡이는 아내를 잠시 지켜보고 있다가 나도 자리에 들었다.

내가 다시 잠이 들려 하자,

"여보."

아내가 찔벅*('집적'의 방언)했다.

"응?"

"아무래도 안 되겠어요."

"그래?"

나는 벌떡 일어났다.

"진통이 있소?"

"진통이 아니라, 자꾸 하혈이……. 그래서 병원엘 갔는데, 글쎄 아무리 문을 두들겨도 대꾸가 없잖아요. 하는 수 없이 딴 델 찾아가서 주사를 맞고 왔어요. 그런데 또……."

"또 피가?"

"예, 그리고 아무래도 이상해요. 진통은 심하지 않는데……."

"그럼 입원을 해야지."

나는 얼른 옷을 주워 입었다.

내가 앞서고, 아내는 뒤를 따라 집을 나섰다. 나는 요 이불을 싼 보퉁이를 어깨에 메고, 한쪽 손에는 백을 들었다. 입원 준비를 대강 해가지고 가는 것이다.

병원문은 여전히 굳게 닫혀 있었다. 나는 처음에는 문을 두들기다가, 나중에는 냅다 소리를 지르며 커덩커덩 문을 잡아 흔들었다. 그래도 소용이 없자, 이번에는 별수 없이 그만 발로 질러댔다.

잠시 후, 불이 켜지고, 안에서 사람이 나오는 기척이 났다.

"에이 잠들도 참……."

나는 안도의 숨을 내쉬었다.

커다랗게 하품을 하며 간호부가 문을 열었다.
나와 아내가 들어서자,
"문짝이 부서지는 줄 알았어요. 그냥 불러도 될 텐데……."
간호부는 말하는 것이었다.
나는 허— 웃음이 나왔다. 한마디 할까 하다가 그만두었다.
의사가 일어나 진찰실에 나오는데 아마 삼십 분은 걸렸을 것이다. 그동안 아내는 의자에 웅숭그리고 앉아, 마치 마려운 대소변을 참고 있는 듯한 표정을 짓고 있었다.
나는 서서 서성거리며, 자꾸 쓰디쓴 입맛을 다셨다. 이래서야 되겠느냐, 이래서야, 이래서야……. 슬그머니 고개를 쳐드는 어떤 분노 비슷한 것을 누르느라고 애를 먹었다. 얼마나 초조하고 지루한 시간인지 알 수 없었다.
기지개를 켜며 나타난 의사는 아내를 보자, 약간 긴장된 표정을 지으며,
"진통이 있나요?"
하고 물었다.
"진통은 그다지 심하지 않는데, 자꾸 하혈이……."
"언제부터요?"
"자다가 새벽부터 그래요. 조금 전에 찾아 왔었죠. 그런데 아무리 문을 두들겨도……."
"그래요? 간밤에 늦게 좀 왕진을 갔다 왔더니 어찌 고단한지……."
의사는 좀 미안한 듯 필요 이상으로 허— 웃었다. 그리고 간호부를 돌아보며,

"미스 김도 그렇게 잠귀가 어둡나?"

약간 핀잔을 주듯 말했다.

진찰을 해보고, 응급조치로 지혈제 주사를 놓고 난 의사는 미간에 주름을 잡으며 매우 난처한 듯 잠시 우물쭈물하다가 나를 보고 입을 열었다.

"아무래도 종합병원으로 가시는 게 좋을 것 같군요."

"그래요?"

나는 어쩐지 가슴이 덜컥 내려앉는 듯한 느낌이었다.

"만약의 경우를 생각해서 종합병원으로 가 보시도록 하세요. 여기서도 불가능한 것은 아니지만, 만약의 경우 혈액이 얼마나 들지 모르니까……."

"……."

"지금 우리 병원엔 혈액이 한 병인가 두 병밖에 안 남았군요. 피가 많이 있는 종합병원으로 가시는 게……."

"그럼 수술을 해야 된다는……?"

"글쎄요, 전치태반(前置胎盤)인 것 같습니다."

"전치태반이라뇨?"

전치태반이라는 말에 아내는 낯빛이 달라진다.

"태반이 정상 위치에 놓이질 않고, 아래쪽에 자리 잡은 걸 전치태반이라고 하죠. 그러나 아주머닌 완전한 전치태반은 아니고, 약간 그런 듯합니다. 뭐 크게 염려하실 건 없습니다. 자연분만도 가능하니까요."

"……."

"그러나 만약의 경울 생각해야 안 되겠어요?"

"……."

"만약의 경우 자연분만이 안 되면……."

의사는 '수술'이라는 말을 입 밖에 내길 무척 주저하는 것 같았다. 그러나 이미 그 말하는 투로 보아 수술은 결정적인 것이라고 나는 판단했다. 그리고 나는 어쩐지 배신을 당한 듯한 느낌이었다. 매일 와서 주사를 맞고, 진통이 오거든 자기네 병원에 입원을 하라고 한 것은 언젠데, 이제 와서 슬그머니 발을 빼려 하느냐 말이다. 그렇다고 왜 지금 와서 그런 소릴 하느냐고 대들 수도 없는 노릇이었다. 만약의 경우를 생각해서 종합병원으로 가라는데, 뭐라고 하느냐 말이다. 더구나 꽤 미안해하는 눈치가 역력한데……. 이런 경우, 나는 어느 편이냐 하면 속으로는 심히 언짢으면서도 겉으로는 웃는 편이다. 그러나 그 웃음이 자연스러울 턱은 없다.

"그럼 적십자병원으로 가면 되겠어요?"

"나는 약간 코로 웃으면서 물었다. 몇 해 전에 나 자신이 신병으로 적십자병원에 입원을 한 적이 있었던 것이다.

"아 좋죠. 그러세요. 그곳 산부인과 과장이 나와 잘 아는 사입니다. 소개장을 써 드리죠."

의사는 무척 기쁜 모양이었다. 자기가 잘 아는 사람이 있는 병원으로 가겠다고 해서 기쁜 것이 아니라, 무거운 짐을 덜어버려서 기쁜 것이었다. 미간의 주름을 활짝 펴며 얼른 메모지를 꺼내어 펜을 놀리기 시작했다.

의사가 써준 소개장을 호주머니에 넣고, 도로 이불 보퉁이와 백을 들고 병원을 나서는 나는 어쩐지 걸음이 무겁기만 했다. 암담한 느낌이었다. 아내 역시 풀이 죽어 그림자처럼 나를 따를 뿐이었다.

적십자병원을 향해 집을 떠난 것은 해가 돋을 무렵이었다. 날이 밝기를 기다려 아침을 해서 조금 먹고 집을 나선 것이다. 종합병원에 입원을 하는 것이니, 침구 같은 것은 필요 없고, 백에 대강 아내의 일용품만 챙겨 가지고서였다. 마침 돈이라곤 달달 긁어서 만 구천 원밖에 없어서, 그것을 가지고 출발을 했다.

상쾌한 초여름의 아침공기 속을 택시는 신나게 미끄러지고 있었으나, 나는 도무지 상쾌한 아침이고 뭐고 없었다. 만 구천 원으로 입원이 가능할 것인지 어떤지…… 아무리 생각해도 입맛이 쓰기만 했다. 일이 이렇게 될 줄 알았더라면 미리 어떻게든지 돈을 마련했을 것인데, 그놈의 의사 말만 믿고, 별일 없는 것으로 알고, 그 정도 돈이면 충분하리라 생각했는데 말이다. 아내의 말에 의하면, 그 산부인과에서 분만을 하는데 8천 원이라니, 만 구천 원이면 충분할 게 아닌가.

아내는 가만히 창밖으로 해 돋는 것을 바라보고 있었다. 어딘지 모르게 수심 같은 것이 느껴지면서도, 한편 모든 것을 하늘에 맡긴다는 듯한, 체념 비슷한 것이 얼굴에 조용히 감돌고 있었다.

나는 그런 아내가 얼마나 믿음직하고 고맙기까지 한지 몰랐다. 그럴수록 어쩐지 불안한 생각은 가중되는 느낌이었다. 나는 슬그머니 아랫배에 힘을 주었다. 그리고 가보자, 설마 어떻게 되겠지, 설마, 설마…… 하고 속으로 뇌었다. 앞이 꽉 막히는 듯, 벽에 부딪치는 듯 할 때면 나는 으레 설마, 설마 하고, 설마 어떻게 되겠지, 사람이 사는 세상에…… 이렇게 마음을 넉넉하게 먹으려고 애를 쓴다.

적십자병원에 도착해보니 문은 열려 있었으나, 아직 사무는 보지 않고 있었다. 소제부들이 한창 복도 소제를 하고 있는 중이었다. 빨리 입원수속을 밟았으면 좋겠는데, 직원들이 아직 출근을 하지 않아 헛일이었다. 그리고 안내판을 보니 입원수속은 열 시부터 시작되는 것으로 되어 있었다. 그렇다면 앞으로 서너 시간을 기다려야 된다는 이야기다

나는 허— 웃음이 나왔다. 아내는 또 마려운 대소변을 참고 있는 듯한 표정이었다.

"이거 참 야단났군. 열 시가 돼야 입원 사물 보는 모양인데……."

"여보, 또 하혈이……."

그러면서 아내는 그 자리에 주저앉으려다가 이를 악물며 가만히 눈을 감는다.

놀란 나는 허겁지겁 산부인과를 찾아가 급한 환자가 있는데 어떻게 하면 좋으냐고 물어보았다. 그러니까 간호부가 야근을 해서 졸음이 오는 듯 손으로 입을 가리고 하품을 하며 급한 환자는 응급치료실로 가라는 것이었다.

나는 아내를 부축해서 응급치료실을 찾아갔다. 그리고 그곳의 주임의사인 듯한 사람에게 소개장을 꺼내 보이며, 속히 좀 부탁한다고 했다. 소개장을 읽어보고 난 의사는

"요즘 과장님이 안 나오시는데……."

하고 약간 난처한 표정을 지었다.

"좌우간 빨리 좀 입원을 시켜 주세요. 자꾸 하혈이 있는 모양입니다."

"하혈이 있어요? 어디 진찰해 봅시다."

진찰실로 들어가 잠시 진찰을 마치고 나오더니, 의사는 매우 난처하고, 매우 미안한 듯한 얼굴로,

"속히 딴 곳으로 가 보시도록 하세요. 과장님이 요즘 출장 중이시라……. 급히 수술을 하기가……."

이렇게 말하는 것이 아닌가.

나는 순간 가벼운 현기증을 느꼈다. 여기서도 딴 곳으로 가보라니…… 그렇다면 절망적이란 이야긴가. 멍해지지 않을 수 없었다.

"여기서는 왜 안 되나요?"

"과장님이 계시면 문제가 없습니다만, 과장님이 요즘 지방에 출장 중이시라……. 하혈이 있기 때문에 급히 수술을 해야 하는데……. 아무래도……."

"세브란스병원으로 가면 되겠습니까?"

나는 얼른 머리에 떠오르는 대로 세브란스병원을 들먹였다.

"예, 좋고말고요. 여기서 별로 멀지도 않고……."

의사는 활짝 웃음까지 띠었다. 아마 세브란스 출신의 의사인 모양이었다.

아내를 부축하여 응급치료실을 나오니 마침 택시 한 대가 현관 앞에 와 닿았다. 마치 우리를 태우러 오기라도 하는 것처럼.

세브란스병원을 향해 달리면서 나는 어쩐지 좀 마음이 느긋해지는 느낌이었다. 낙관이 된다고나 할까. 택시가 그렇게 딱 시간을 맞춘 듯이 나타나 준다는 것은 어느 모로나 길조가 아닐 수 없었다. 만일 그렇게 택시가 나타나주지 않았더라면 또 얼마나 애를 태웠을지 모르며, 혹시 무슨 일이 있었을지 모르는 것이다.

세브란스병원의 현관에서 택시를 내리자, 나는 얼른 가서 진찰권을 끊으려고 했다. 그러나 역시 아직 시간이 되지 않은 듯 진찰권을 팔고 있지 않았다. 어떻게 하나 망설이고 있는데, 그때 참 난처하고 놀랄 일이 일어났다. 아내의 치마 밑으로 피가 주룩주룩 흐르기 시작한 것이다. 대합실 바닥에 온통 피가 벌겋게 떨어졌다. 사람들의 시선이 모두 아내와 나에게로 집중되고 있었다. 나는 정신이 하나도 없었다. 당자인 아내는 더 어쩔 줄을 모르며 곧 그 자리에 주저앉으려고 했다.

"빨리 응급실로 가세요! 응급실은 저쪽이에요."

지나가던 간호부가 쯧쯧쯧 혀를 찼다.

나는 아내를 부축하고 정신없이 응급치료실을 찾아갔다. 뚝뚝뚝…… 피가 계속 복도에 떨어지고 있었으나, 그런 것 상관할 때가 아니었다.

응급치료실에 들어서자, 인턴인 듯한 여자가,

"아이고 저런!"

놀라면서 얼른 아내를 침대에 갖다 눕히고, 피에 젖은 옷을 벗기기 시작했다.

"전치태반이군요."

어떻게 아는지, 그녀는 대뜸 이렇게 말했다. 그리고 출혈이 없도록 응급처치를 하면서,

"빨리 피 두 병 사 오세요."

하였다.

콧등에 땀방울이 맺히는 걸 보니 몹시 급한 모양이다.

"어디 가서 사나요?"

"창구에 가면 혈액 신청하는 데가 있어요. 거기 가서 돈을 내시고 티켓을 받아 오세요."

나는 얼른 뛰어나갔다.

혈액 두 병 값을 치르며 나는 속으로 혀를 내둘렀다. 혈액 값이 그처럼 고가인 줄은 몰랐던 것이다. 몰랐다기보다도 고가인 줄이야 짐작되는 바였지만, 그러나 막상 호주머니에 든 돈의 거의 절반가량이 나가고 보니 혀가 내둘리지 않을 수 없었다.

티켓을 가지고 돌아오니, 그녀는 이번에는 또 어느 창구에 가서 약대(藥代)를 지불하고 티켓을 받아오라는 것이었다. 모든 게 티켓으로 움직이고 있는 모양이었다. 그렇게 했다.

그렇게 티켓을 두 차례 끊었는데, 벌써 호주머니에 오륙천 원밖에 남질 않았다. 나는 눈앞이 서서히 노오래지는 것 같았다.

아내의 몸으로 들어가고 있는 혈액을 보니 그것은 피가 아니라, 노르스름한 액체였다. 대용 혈액이었다. 대용 혈액 두 병이 다 아내의 몸으로 들어가고, 응급처치가 끝나자, 인턴인 듯한 그녀는 내 앞에 한 통의 서류를 내밀었다. 보호자로서 서류에 도장을 찍으라는 것이었다. 수술 도중에 사망하는 일이 생겨도 책임을 묻지 않겠다는 일종의 서약서였다. 나는 기분이 이상했다. 도장을 찍는데 어쩐지 손가락이 가늘게 떨리는 듯했다.

그러고 나자, 그녀는 몇 장의 서류를 한데 철해서 주며, 가지고 가서 입원수속을 하라고 했다. 그리고 견습 중인 듯한 간호생들에게 침대를 밀고 수술실로 가라고 일렀다.

나는 침대를 따라 수술준비실까지 가보았다. 거기서부터는 보호자는 실내 출입을 못하게 했다. 보호자 대기소에 가 있으라는 것이다. 나는 보호자 대기소에 가만히 대기하고 앉아 있을 처지가 아니었다. 입원수속을 하는 창구로 갔다.

서류를 넣으니까,

"삼만 원이에요."

하는 것이었다.

"삼만 원요?"

"……."

"선금을 내야 하나요?"

"선금이 아니라 보증금이에요."

살결이 흰 아가씨였다. 아가씨는 주판을 놓고 있었다. 주판알을 찰가락거리면서 한 번 사람을 거들떠보지도 않고 기계처럼 입만 달싹거렸다.

나는 이런 경우, 견딜 수 없는 불쾌감을 느낀다. 그러나 꿀꺽 삼키고 만다.

"돈이 모자라는데……."

목구멍에 걸려 잘 안 나오는 말을 억지로 꺼내며,

"어떻게 하면 좋죠?"

얼굴에 웃음까지 띠었다. 산다는 것은 참 치사한 노릇이 아닐 수 없다.

그러자 아가씨는 힐끗 나를 거들떠보더니, 잠시 말이 없다가 어찌된 셈인지 몹시 상냥한 얼굴로 말했다.

"다섯 시까지 구해 오실 수 있겠어요?"

"예."

"그럼 우선 입원을 해 드리겠어요. 다섯 시까지 꼭 구해 오세요."

"예, 예, 감사합니다."

나는 고개를 꾸벅 숙이기까지 했다. 조금 전의 불쾌감 같은 것은 말끔히 씻겼다. 나는 호의 앞에는 어쩔 줄을 모른다. 더구나 이런 곤경에 말이다.

나는 우선 후유— 숨부터 내쉬고, 팔뚝시계를 보았다. 열 시가 조금 지나 있었다. 그러니까 아직 시간 여유는 얼마든지 있는 셈이었다. 나는 가벼운 피로감 같은 것을 느끼며 공중전화를 찾아갔다.

전화를 걸어볼만한 곳은 한 군데밖에 없었다. 잡지사였다. 내 연재소설이 나가고 있는 잡지사였다. 물론 그 밖에도 몇 군데 친척이랄지, 친구한테 걸어볼만한 곳이 없는 것은 아니었지만, 십중팔구는 불가능 할 게 뻔할 뿐 아니라, 남한테 돈을 꾸어달라는 말을 한다는 것은 여간 창피하고 힘 드는 노릇이 아닌 것이다. 그래서 최악의 경우엔 몰라도, 우선은 잡지사밖에 전화를 걸어볼 생각이 나질 않았다. 잡지사엔 원고를 가지고 가야 고료를 지불해준다. 그러나 오늘은 원고를 가지고 가는 게 아니라, 선불을 부탁해보는 것이다.

따르르…… 신호가 가자,

"아, 여보세요."

하고 전화를 받는 사람이 바로 내가 찾으려는 편집장 이형이었다, 목소리를 들으면 대번에 알 수가 있었다.

"이형이요? 나요, 나."

"아, 어떻게? 벌써 원고가 됐소?"

"원고가 된 게 아니라…… 저…… 여기 병원인데……."

"병원?"

약간 놀라는 듯한 목소리였다.

"예. 다름이 아니라, 집사람이 급히 입원을 해야겠는데……."

"……."

"입원비가 모자라서 야단났소. 미안하지만 저……."

"……."

"고료 좀 선불해 줄 수 없겠소? 어떻게 좀 편릴 봐줬으면 좋겠는데……."

무척 힘이 드는 말이었다. 그에 대한 답변은 너무나 간단했다.

"예. 그것 뭐……."

너무 수월해서 오히려 싱거울 정도였다.

"아이 감사합니다. 지금 곧 가겠소."

"예 그러쇼."

나는 날 듯한 기분이었다. 얼른 밖으로 뛰어나가 택시를 잡았다.

병원으로 돌아올 때도 나는 택시로 날았다. 시간이 오래 걸린 것도 아니고, 아직 오전 중이지만, 공연히 마음이 바빠서 도저히 버스를 탈 수가 없었다. 아내의 수술은 진행 중인지 무사히 끝이 났는지, 아니면 혹시…… 싶으니 도무지 택시도 느리기 짝이 없었다.

그러나 나는 시트에 편안히 기대어 창밖을 한가롭게 내다볼 수가 있었다. 어쩐지 세상이 몹시 밝은 것 같은 느낌이었다. 호주머니가 두둑하기 때문에 그런 모양이었다. 두둑하다고 해서 뭐 큰돈이 생긴 건 아니다. 입원보증금 삼만 원이 해결된 것이다. 지금의 나로서 그 이상 더 바랄 게 뭐 있는가. 영수증에 도장을 찍고, 원고료 삼만 원을 선불 받으면서 나는 속으로, 참 고맙구나, 고맙구나 했다. 그러니까 지금 호주머니 속에 삼만 오천 원가량의 돈이 들어있는 것이다.

병원에 도착하자, 나는 바로 수술실 쪽으로 갔다. 수술 준비실 문을 열어보았다. 그러나 거기에 지금까지 아내가 있을 턱이 없었다. 간호실에 가서 아무개의 수술이 어떻게 됐느냐고 물으니까,

"보호자세요?"

하더니 화를 대뜸 내며,

"어디 있었어요? 얼마나 찾았는지 아세요? 어서 수술실로 가보세요."

쏘아붙이듯 말했다. 뭐 이런 농땡이가 다 있느냐는 눈길로.

"왜, 어떻게 됐는데요?"

나는 당황해서 물었다.

"빨리 가보세요."

"수술실이 어딥니까?"

"저쪽이에요. 저쪽 분만실이에요."

나는 긴 복도를 황급히 걸어갔다. 도대체 무슨 일이 일어났단 말인가. 무슨 일이…… 정신이 하나도 없었다.

분만실 문을 서슴없이 밀고 들어섰다. 그러나 실내는 조용하게 가라앉은 분위기였다. 간호부들도 차분하게 움직이고 있는 것 같았다. 별다른 공기를 느낄 수가 없었다.

가위니 매스니 핀셋 같은 것들을 하나하나 닦고 있던 간호부가 나를 보고,

"이종례 씨 보호잡니까?"

하고 물었다.

"예."

"혈액이 더 있어야 되겠어요. 출혈이 많아서 수술을 할려면 두 병은 더 필요하군요."

"아직 수술 안 했어요?"

"곧 시작할 거예요. 혈액 두 병 티켓을 떼 오세요."

"예."

나는 얼른 분만실을 나왔다.

아까 그 간호부는 곧 누가 숨이라도 넘어가는 듯 화를 내가지고 야단이더니, 뭐 별로 그렇게 급한 것도 아닌 것 같은데 말이다. 나는 절로 웃음이 나왔다. 아무튼 별일이 아니어서 다행이었다. 그리고 사람은 아무래도 좀 얼굴이 너부데데하게 생겨야 한다고 생각했다. 아까 그 간호부는 살결이 희고 말쑥한 편이었지만, 생김새가 아무래도 뾰족하고 자잘해서 시원찮았다.

혈액 두 병 값을 치르고 나니 또 문제가 생겼다. 나머지가 삼만 원이 안 되는 것이다. 삼천 원가량이 모자랐다. 이 일을 어쩌나 싶었으나, 우선 혈액 티켓을 갖다 주었다.

그리고 공중전화 근처로 와서 우선 걸상에 좀 앉았다. 피로가 온몸을 엄습해 오는 것 같았다. 지그시 눈을 감았다. 어떻게 하나……. 삼천 원 때문에 또 누구에게 전화를 걸어야 하나……. 이런 생각을 하다가, 문득 나는 내가 지금까지 세상을 잘못 살아왔구나 하는 생각이 들었다. 너무 고지식하게 외길로만 살아온 것 같았다. 너무 세상이라는 것을 도외시하고, 나 하고 싶은 대로만 해 온 것이다. 다시 말하면 너무 경제관념이 희박했던 것이다. 그 결과가 오늘 같은 이런 꼴인 것이다. 나는 허망한 생각과 함께 가벼운 현기증 같은 것을 느꼈다. 도대체 소설나부랭이나 끌쩍거린다는 것이 무엇인가. 그런 것을 붙들고 늘어져서 무얼 어쩐다는 말인가. 입원비 삼만 원을 마련하지 못해서 쩔쩔 매는 주제에. 삼천 원이 모자라서 또 남에게 전화를 걸어야 하는 주제에 말이다. 나는 불현 듯 내 자신이 한심한 생각이 들었다. 혐오감이라고도 할 수 있었다.

내가 이런 자기 환멸에 빠져보기는 처음이었다. 나는 지금까지 세상을 적당히 얕잡아보면서, 산다는 것은 일종의 장난이다, 이런 약간 건방진 생각을 늘 가지고 살아온 것이다. 다시 말하면 근원적인 허무감이라 할까, 그런 것에 늘 젖어 있었다. 소설나부랭이나 끌쩍거리는 맛도 없다면, 그것이나마 물고 늘어져 있는 재미도 없다면, 산다는 것은 도무지 지루하고 지겨운 노릇이라는 생각이었다. 세상이 아무리 요란하고 눈부시게 돌아가고 있어도 나는 그런 것 별로 신통치도 않았고, 누가 뭐라고 지껄여대도 그저 그런가 보다 하고 속으로 히죽히죽 웃으면서 나는 나대로, 다시 말하면 나 하고 싶은 대로 살아왔던 것이다. 그런 삶의 방식에 대해 조금도 회의를 느끼거나, 환멸감 같은 것을 의식하지 않았었다. 그런데 나는 병원의 공중전화 앞에 앉아서, 뿌리로부터 송두리째 흔들리는 것 같은 허망감과 절망감 같은 것에 빠져들고 있는 것이다.

나는 감고 있던 눈을 떴다. 마침 공중전화에 사람이 한 사람도 없었다. 나는 일어섰다. 거의 무의식적인 동작이었다. 잘못 살아왔건 어쨌건, 허망하건 어떻건, 좌우간 그런 생각은 나중으로 밀어두고, 우선은 어떻게든지 삼천 원을 해결해야 하는 것이다.

나는 먼저 두어 군데 친척들에게 전화를 걸었다. 그러나 통화 중이 아니면 사람이 없었다. 이번에는 친구한테 걸어보았다. 친구는

마침 자리에 있었다. 그러나 그는 힉 웃는 것이었다. 내가 대뜸,

"돈 좀 삼천 원 없나?

했던 것이다.

힉 웃고 나더니,

"삼백 원은 있는데……."

하였다. 남의 답답한 사정을 알 턱이 없으니 농조였다.

"야, 시시하게 삼백 원은 나도 있다. 그러지 말고……."

"정말이여. 삼백 원 뿐이여. 왜 뭐할려고?"

"여기 병원인데……."

병원이 무슨 대단한 곳이나 되는 것처럼 나는 말했다.

"병원?"

"응. 집사람이 말이지……."

설명을 하려는데, 어찌된 셈인지 그만 삐이 삐이 삐이 혼선이 되더니, 전화가 뚝 끊어져버렸다. 다시 동전을 집어넣었으나 소용이 없었다. 떨어지지가 않았다. 자꾸 삐이 삐이 삐이 소음과 함께 남들의 대화소리가 가물가물 들릴 뿐이었다. 한참 실랑이를 했으나 허사였다. 고장인 모양이었다.

후유— 절로 한숨이 나왔다. 또 딴 데 어디 공중전화가 있는가 찾아보려다가 그만두기로 했다. 삼천 원을 선뜻 꾸어 줄만한, 그만한 돈을 호주머니에 지니고 있을 친구가 생각나지 않았다. 공연히 여기저기 궁상만 떨 것 같았다. 말하자면 나의 교우 범위 내에는 이마가 번질번질하고, 목에 기름기가 흐르는 그런 친구는 없는 셈이었다. 그만큼 나는 세상을 좁게 살아온 것이다.

나는 터벅터벅 병원을 걸어 나섰다. 초여름이지만 한낮이라 햇볕

이 제법 따가웠다. 나는 햇볕 속을 터벅터벅 걸어가면서 자꾸 사방을 두리번거렸다. 사방의 간판을 살피는 것이었다. 전당포를 찾고 있었다. 전당포에 팔뚝시계를 맡길 생각인 것이다.

전당포는 얼른 눈에 띄지 않았다. 신촌로터리까지 나와서야 비로소 발견할 수가 있었다. 큼직하게 쓴 '전당포'라는 붉은 글자가 눈에 띄자, 그것도 아쉬웠던 터이라 반가웠다. 그러나 막상 좁다란 계단을 올라가서 전당포의 문을 밀고 들어설 때는 결코 기분 좋은 것이 아니었다. 전당포 출입이란 어떤 경우에도 기분 좋은 것이 못 된다. 전에도 몇 차례 전당포를 찾은 경험이 있어서, 그 멋쩍고 수치스럽고 언짢은 기분을 잘 안다. 처음으로 전당포를 찾아갔을 때는 마치 인생의 패배자거나 타락자 같은 느낌이 들기도 했었다.

어쨌든 오늘 같은 경우엔 전당포란 요긴하고 고마운 존재가 아닐 수 없다.

어색하고 창피했지만, 나는 애써 태연한 체 팔뚝시계를 풀었다. 그리고,

"이거 좀 맡깁시다."

예사로 말했다.

그러자 전당포 직원은 시계를 받아 뒷뚜껑을 열어서 내부를 들여다보며,

"얼마 쓸려고 합니까?"

물었다.

"삼천 원이 필요한데요."

"……."

말없이 시계 뚜껑을 빠그락 하고 닫더니, 이번에는 시계를 뒤집어 문자판을 보며,

"이천 원만 쓰세요."

한다.

"급히 삼천 원이 필요해서 그러는데요."

"이천 원 이상은 안 되겠습니다. 시계가 낡아서."

눈썹 하나 까딱하지 않고 잘라 말하는 것이었다. 꽤 나이가 지긋한 남자였다. 그런데 어쩌면 그렇게 냉랭하게 기계처럼 말하는지 몰랐다. 그러면서 시계를 도로 창구에 내놓는다.

나는 시계를 쥐었다. 그리고 도로 팔뚝에 찼다. 그리고 돌아섰다. 겉으로 보기에는 아무렇지도 않은 것 같았을지 모르지만, 나는 참으로 비참한 심정이었다. 공연히 화가 끓어오르기도 했고, 견딜 수 없는 수치감과 자기연민감 때문에 아찔한 현기증 같은 것이 눈앞을 지나가기도 했다.

전당포를 나온 나는 휘청휘청 무작정 걸었다. 세상이 너무 눈부시다는 생각밖에 다른 아무 생각도 없었다. 한참 그렇게 걸어가던 나는 내가 전혀 엉뚱한 방향으로 가고 있다는 것을 알았다. 걸음을 멈추었다. 그리고 돌아서서 도로 오던 길을 걷기 시작했다.

다시 로터리에 이르렀을 때는 나는 꽤 가라앉아 있었다. 사노라면 그런 일도 있는 법이지…… 이렇게 제법 대범하게 생각하고 있었다. 그리고 나는 공중전화를 찾아갔다. 별수 없이 또 잡지사에 전화를 거는 것이었다. 염치고 뭐고 오늘만은 눈 찔끔 감기로 하고 말이다.

"어떻게…… 입원이 됐소?"

전화를 받은 이형은 이렇게 말했다.

"아직…… 못했어요."

"왜?"

"허헛헛……."

나는 웃기만 했다.

"왜? 돈이 모자라나요?"

"글쎄, 또 피 두 병을 샀지 뭡니까."

"하— 그럼……."

"미안하지만…… 헛헛허."

"예, 오쇼. 어떻게 해봐야죠 뭐."

"이거 정말…… 미안해서……."

정말 고맙고 미안해서, 나는 전화기 앞에서도 어쩔 줄을 몰랐다. 원고료 선불이란 쉬운 일이 아니다. 더구나 하루에 두 차례나 말이다. 나는 핑 눈에 어리는 뜨거운 기운을 어쩌지 못했다.

그렇게 해서 겨우 입원수속을 마치고 나니, 나는 무슨 거창한 일이라도 치르고 난 것처럼 두 어깨가 홀가분했다. 그러면서도 어쩐지 나른한 피로가 온몸을 휘감아오는 것 같았다. 그러잖아도 초여름의 오후이니 말이다. 그러나 나는 의자 같은 데 조금 앉아볼 생각도 않고, 바로 수술실로 잰걸음을 쳤다.

수술실 밖엔 두 사람의 남자가 서 있었다. 얼른 보아도 한 사람은 초조한 빛이었고, 한 사람은 비교적 평온한 얼굴이었다. 그들의 관계가 대개 어떻게 되는 것인지 짐작할 수가 있었다.

수술실 문은 육중하게 닫혀 있었다.

그리고 거기에 '수술 중, 관계 직원 외는 출입을 엄금함'이라는 패가 걸려 있었다. 나는 두 사람과 조금 떨어져 서서 가만히 뒷짐을 지고 있었다.

세 사람은 모두 아무 말이 없었다. 수술실이 여느 병실과는 동떨어진 곳에 있어서, 긴 복도에도 오가는 사람이 전혀 없었다. 고요하기 이를 데 없었다. 간혹 먼데서 빵— 하고 자동차의 클랙슨소리가 들려올 뿐이었다. 늘 소음의 소용돌이 같은 세상에 살아오다가 이렇게 호젓하고, 약간 엄숙하기까지 한 분위기 속에 서 있으니 기분이 이상했다. 더구나 사람들도 모두, 비록 세 사람밖에 안 되긴 하지만, 정물처럼 서 있기만 하니 말이다.

그렇게 약간은 어색하고, 약간은 초조한 상태로 서 있는데,

"아이고— 아야—"

하는 소리가 들려왔다. 물론 수술실 안에서였다.

나는 바짝 긴장이 되었다. 뒷짐을 지고 있던 손이 절로 앞으로 왔다. 다른 두 사람 역시 귀를 곤두세우고 있었다.

"음— 음—"

이번에는 신음소리가 들렸다. 그리고 잠시 후,

"아응 아응 아응……."

갓난아이 우는 소리가 일어났다. 고고(呱呱)의 성(聲)인 것이었다.

나는 묘한 기분이 되어 그 울음소리를 듣고 있었다. 새로운 생명 하나가 또 이 세상에 떨어진 것이다. 갓난아이의 울음소리는 곧 그쳤다.

그리고 얼마나 지났을까. 수술실 문이 열렸다. 얼굴에 큼지막한 마스크를 한 간호부가 하얀 포대기에 갓난아이를 싸안고 나왔다.

육아실로 옮겨가는 모양이었다.

얼굴이 너부데데하게 생긴 간호부는 묻지도 않는데,

"박선옥 씨 아들이에요."

하고 싱글 웃는다.

"야, 아들이구나."

한 사람이 활짝 웃자, 다른 한 사람 역시 입이 빙그레 찢어졌다. 그러나 그는,

"산모는?"

하고 산모 걱정을 하는 것이었다.

"안심하세요. 상태가 좋은 편이에요."

"예, 예……."

그리고 두 사람은 잠시 머뭇거리다가 가버렸다.

아내는 어떻게 된 것일까. 수술을 하고 있는 중일까. 아니면 이미 끝났는지……. 내가 입원비 때문에 나가 있는 사이 일이 어떻게 돌아갔는지 알 수가 없어 바짝 궁금해졌다. 간호원실에 가서 물어볼까 생각하는데, 아까 그 간호부가 긴 복도를 돌아오고 있었다.

그녀가 가까워지자, 나는 잠시 실례하자는 듯이,

"저……."

하고 그녀를 바라보았다.

그러자 얼굴이 너부데데한 그녀는 얼른 자기가 먼저,

"이종례 씨 보호자세요?"

묻는 것이었다.

"예. 어떻게 됐습니까?"

"곧 시작할 겁니다. 출혈이 많았기 때문에 수혈 관계로……. 지금

마취를 시키고 있을 거예요. 염려마세요."

"예, 감사합니다."

나는 어쩐지 가슴에 따뜻한 것이 고이는 느낌이었다. 수술실 안으로 사라지는 그녀의 뒷모습을 바라보며 나는, 여자는 모름지기 얼굴이 너부데데해야 된다고 생각했다. 특히 병자들을 상대로 하는 간호부는 그래야 되겠다고 생각했다.

잠시 후, 나는 팔짱을 끼었다. 너무 조용한 것이다. 지금쯤 아내의 하복부가 갈라지고 있는지도 모른다. 자궁에 메스가 닿고 있는지도 모른다. 피가 얼마나 흐를까. 숨은 제대로 쉬고 있는 것일까. 나는 걷기 시작했다. 팔짱을 끼고 복도를 걸어갔다 걸어왔다 했다.

그런 동작을 한참 반복하다가 창가로 가서 멈추어 섰다. 멀리 신록이 눈부셨다. 그리고 바로 눈 아래 뜰에서는 한 사람의 남자와 서너 사람의 아낙네들이 꽃모종을 심고 있었다. 뜰 한가운데에 동그란 화단이 있고, 그 원형의 화단을 중심으로 삼각형 사각형의 화단이 잘 조화를 이루고 있었다. 높은 데서 내려다보니 마치 무슨 모자이크를 보는 듯한 느낌이었다. 아직 꽃은 한 송이도 피어 있지 않고, 지금 모종을 하고 있는 중이지만, 그 뜰 전체가 커다란 한 송이의 꽃처럼 느껴졌다. 그리고 모종을 하고 있는 사람들은 흡사 커다란 꽃송이를 찾아온 나비나 벌인 것처럼 착각되기도 했다. 아름다운 광경이 아닐 수 없었다.

잠시 초조한 생각도 잊고 그 광경을 내려다보고 있는데, 갑자기 수술실 문이 열리며 한 사람의 젊은 의사가 뛰어나왔다. 인턴인 듯했다. 역시 커다란 마스크를 하고 있었고, 두 팔을 걷어붙이고 있었다. 이마에는 땀이 기름처럼 번지르르 했다. 수술 도중에 뛰어나온 게 틀림없었다. 뛰어나오더니, 정신없이 긴 복도를 달려가는 것이 아닌가.

나는 가슴이 철렁했다. 도대체 어떻게 된 일인가. 무슨 일인가. 무슨 일로 저렇게 정신없이 달려가는 것일까. 나는 속이 와들와들 떨리는 것 같았다.

인턴은 곧 뛰어 돌아왔다. 뒤따라 또 한 사람의 의사가 달려왔다. 어찌된 일인가 물어보려 했으나, 목구멍이 바짝 마른 듯 말이 나오지가 않았다. 그리고 물어볼 틈도 없었다.

그로부터 얼마 동안 나는 숨도 크게 쉬질 못했다. 마치 온몸이 굳어드는 듯한 느낌이었다. 그러면서도 심장만은 벌떡벌떡 유난히 뛰었다.

그리고 나는 참 묘하고 야릇한 심경이 되고 있었다. 누구에겐가 매달리고 싶은 것이었다. 매달려서 자꾸 사정을 하고 싶었다. 아내를 살려달라고, 그리고 뱃속의 어린 것도 무사히 이 세상에 보내달라고. 부디 두 가련한 생명을 지워버리지 말아달라고……."

내가 그런 심정이 되어보기는 처음이었다. 말하자면 기도를 하고 싶은 것 같은 심경 말이다. 나는 어떤 절대적인 존재가 있는가 없는가 하는 문제에 대해서는 늘 자신이 없는 상태로 살아왔다. 어떻게 생각하면 있는 것 같기도 하고, 어떻게 생각하면 없는 것 같기도 하고…… 말하자면 항상 애매한 상태였다고 할 수 있다. 그리고 그런 문제는 나에게 있어서는 그다지 중요한 문제가 아닌 것만 같았던 것이다. 영원에 관한 문제, 궁극에 관한 문제, 영혼이나 사후에 관한 문제, 그런 것보다도 지상의 문제, 인간들이 살아가는 데 있어서의 문제, 다시 말하면 눈에 보이는 문제가 더 중요하고 절실했던 것이다. 원거리보다는 근거리가 더 중요했다고나 할까.

그런데 이렇게 병원의 수술실 밖에서 나는 어떤 절대적인 존재에게 매달려 그의 손길을 바라고 싶은 심정이 되어 있는 것이다. 그것은 절대적인 존재의 긍정이라고밖에 볼 수 없다. 놀라운 사실이 아닐 수 없었다.

나는 눈을 지그시 감았다. 기도라도 드릴 듯이 말이다. 그러나 어찌된 셈인지 속으로나마 아내를 살려 달라, 뱃속의 어린 생명을 보살펴달라는 그런 말이 뇌어지지가 않았다. 아무래도 좀 멋쩍은 것이었다.

눈을 떴다. 그때였다.

"아앙 아앙 아앙……."

갓난아이 우는 소리였다.

나는 정신이 번쩍 들었다. 마침내 뱃속의 어린 생명은 무사히 이 세상에 나온 것이다. 우는 소리도 여간 다부지지가 않았다. 아앙 아앙 아앙…… 그 소리가 내 내부로 와서 쩌르르— 전류처럼 흐르는 듯했다. 순간 야릇하게 온몸이 떨렸다. 그리고 전신의 피가 후끈해진 것이었다. 나는 꿀컥 침을 삼켰다. 어쩐지 자꾸 미소가 지어지면서도 눈에는 눈물이 어렸다.

잠시 후, 아까 그 너부데데한 간호부가 나타났다. 물론 갓난아이를 안고 말이다. 그녀는 나를 보자 대뜸,

"아들이에요."

하고 싱글 웃었다. 그리고 좀 보라는 듯이 걸음을 멈추어주기까지

했다.

나는 아들이라는 말에 절로 입이 헤— 벌어졌다. 참 묘한 일이었다. 나는 평소에 아들이 더 소중하다는 그런 생각을 해본 일은 전혀 없다. 오히려 키우는데도 딸 쪽이 더 귀엽고, 나중에도 더 정이 가지 않을까, 그런 생각은 해본 적이 있지만 말이다. 딸만 가져도 뭐 별로 섭섭할 것도 뭐할 것도 없을 것 같았다. 그리고 이미 공평하게 일남일녀를 가지고 있는 터인데도, 아들이라는 말에 절로 입이 헤— 벌어지는 것이었다.

나는 멋쩍었다. 그러나 한 걸음 다가서며 포대기에 싸인 갓난아이를 힐끗 들여다보았다. 한마디로 뺄겋다고밖에 느낄 수가 없었다. 뺄겋고 조그마한 녀석이 머리는 새까맣다. 그 새까만 머리숱을 보자, 나는 어쩐지 좀 부끄러운 생각이 들었다. 그러면서도 친애감 같은 것이 왈칵 솟았다. 나를 닮은 것이다. 말하자면 최초의 혈육애라고 할 수 있었다.

"아주 건강해요."

간호부의 말에 나는.

"산모는 어떻습니까?"

물었다.

"산모도 양호한 편이에요."

"수술은 끝났나요?"

"개복을 했는데 그렇게 빨리 끝나나요. 아직 한참 걸릴 거예요. 이제 위험한 고비는 넘겼으니 안심하세요."

그리고 그녀는 사뿐사뿐 걸어갔다. 갓난아이를 소중히 안고 긴 복도를 걸어가는 그녀의 뒷모습을 바라보며, 나는 '백의의 천사'라는 좀 통속적인 말을 실감하고 있었다.

그녀의 모습이 사라지자, 나는 불현듯 몹시 공복감이 왔다. 시계를 보았다. 세 시가 지나 있었다. 그러고 보니 이른 조반을 조금 떴을 뿐, 지금까지 아무 것도 안 먹은 것이다. 그동안 그런 것은 깜박 잊고 있었던 것이다. 위장도 이런 때는 체면이라는 것이 있는 모양이다. 나는 병원 식당을 찾아갔다.

식사를 마치고 돌아온 것은 거의 일몰이 가까워서였다. 식사 후에는 심한 식곤증 때문에 다방에 가서 의자에 폭신 늘어진 듯 기대앉은 것이 그만 깜박 잠이 들어버렸던 것이다. 평소에도 식사 후에는 가벼운 식곤증이 오긴 했으나, 오늘처럼 심하지는 않았었다. 오늘은 피로까지 겹쳤던 모양이다.

수술실 문에 걸려 있던 출입 금지의 패가 보이지 않았다. 그래서 문을 살그머니 열어보았더니, 그 백의의 천사가,

"입원실로 갔어요. 7호실이든가, 8호실이든가……. 그리 가보세요."

하고 웃었다.

감사합니다. 감사합니다."

나는 고개를 꾸벅거리며 감사하다는 말을 두 번 하고 입원실 쪽으로 갔다.

아내는 아직 반 혼수상태에 있었다. 마취가 덜 가신 모양이었다. 팔에는 링거주사가 꽂혀있었다. 나는 홑이불을 덮고 누워서 이따금 신음소리를 하는 아내의 모습을 지켜보고 있다가, 손수건을 꺼내어 이마에 내배는 땀을 닦아주있다. 그리고 가만히 손으로 이마

를 짚어보았다. 열이 좀 있는 것처럼 느껴졌다.

나는 의자를 가져다가 침대 곁에 놓고 앉았다. 정물처럼 앉아서 링거 병에서 똑, 똑, 똑…… 떨어지는 말간 액체를 바라보고 있는데, 어디선지 난데없이 은은하게 노랫소리가 들려오기 시작했다. 은은하고 부드러우면서도 어딘지 모르게 장엄한 것을 느끼게 하는 그런 노래였다. 찬송가였다. 찬송가를 합창하는 것이었다. 긴 복도 끝에서인 듯했다. 나는 가만히 귀를 기울였다. 거리가 멀어서 어떤 내용의 것인지는 전혀 알아들을 수가 없었으나, 그것이 남녀 혼성의 합창이라는 것은 알 수가 있었다. 남녀의 목소리가 잘 조화를 이루어 마치 긴 음향 상자를 통과해서 울려오는 듯한 찬송가 소리. 은은하고 부드러우면서도 어딘지 모르게 장엄한 것을 느끼게 하는 그 음률— 나는 절로 두 눈이 스르르 감겨졌다. 어떤 야릇한 것이 나의 내부에 안개처럼 자욱이 서리는 듯했다. 그것을 한마디로 말하면 외경감이라고 할 수가 있을 것이다. 외경감이면서도 어딘지 모르게 친화감 같은 것이 느껴지는 따스한 것 말이다. 전에도 찬송가소리를 듣고 외경감을 느껴본 적은 있다. 그러나 그때는 외경감이기는 하면서도 어쩐지 위화감 같은 것이 느껴졌었다. 거리가 먼 것 같은, 혼연히 일체가 될 수 없는 것 같은 그런 느낌 말이다. 다시 말하면 그것으로부터 어쩐지 멀어지고 싶은 느낌 말이다. 그런데 오늘은 그게 아닌 것이다. 흐뭇한 느낌으로 그 외경감을 받아들이고 있는 것이다.

멀어지고 싶은 것이 아니라, 도리어 가까워지고 싶다 할까, 감싸이고 싶다 할까…… 그런 상태가 되어 있는 것이다. 놀라운 사실이 아닐 수 없었다.

나는 자신의 그런 변화에 놀라면서 감았던 눈을 떴다. 똑, 똑, 똑…… 말간 액체는 여전히 일정한 간격을 두고 떨어지고 있었고, 아내는 잠이 들었는지 조용히 숨을 쉬고 있었다. 나는 의자에서 일어났다. 그리고 가만히 가서 병실 문을 열어보았다. 문을 열자, 찬송가소리는 좀 크게 들렸다. 복도 한쪽 끝이었다. 남녀 예닐곱 사람이 한데 어울려 서서 이쪽을 향해 노래를 부르고 있는 것이었다. 간호부들과 인턴들인 듯했다. 하루 일을 마치고 퇴근을 하기 전에 각 병동을 돌아다니며 찬송가를 부르는 모임인 모양이었다. 두어 사람은 그대로 아직 흰 가운을 벗지도 않고 함께 어울려 있었다. 원하옵고 원하오니 충만하게 하소서…… 어쩌고 하는 소리를 알아들을 수가 있었다. 위화감뿐 아니라, 어쩐지 약간 염기감(厭忌感)마저 느껴지던 그런 가사였다. 그런데 그것이 자연스럽고 오히려 흐뭇하게 나의 내부에 와서 은은하면서도 장엄한 메아리를 이루는 것이 아닌가. 그야말로 충만 되는 듯한 느낌이었다. 그리고 그 노래가 마치 조금 전 이 세상에 새로 온 어린 생명을 축복하는 축가인 것처럼 느껴졌다. 그 어린 생명을 내보내느라고 사경을 헤맨 산모와 땀께나 흘리며 쫓아다닌 나의 노고를 함께 위로해주는 듯도 했다. 내가 오늘 참 묘한 것이었다.

노래를 끝마치고, 합창단은 또 딴 병동을 찾아가는 모양이었다. 나는 문을 닫았다. 그리고 도로 의자에 와서 앉았다. 똑, 똑, 똑…… 링거 병의 말간 액체는 여전히 일정한 간격을 두고 떨어지고 있었고, 아내는 조용히 잠이 들어 있었다. 나는 불현듯 감사하다는 생각이 들었다. 막연히 자꾸 감사하다, 감사하다 싶은 것이었다. 누구에게 감사한지…… 그저 막연히 감사하다는 생각이다. 오늘 하루가 감사의 큰 덩어리인 듯한 느낌이었다. 나는 손수건을 꺼냈다. 그리고 아내의 이마에 내밴 땀을 닦아주었다.

창문에는 석양이 불그레 비끼고 있었다.

《신동아》(1972. 9)

원 선생의 수업

역사 선생인 원영배(元榮培)가 학생들에게 인기가 있는 이유는 곧잘 그의 수업이 옆길로 흐르기 때문이라 하겠다. 옆길로 흐른다는 것은 결국 이야기를 잘 한다는 뜻이 된다.

교과서 내용을 가르치다가 설명이 가지를 벌어 절로 수업이 그 가지를 따라 옆길로 미끄러져 나가는 것이다. 한참 그렇게 나가다 보면 교과서 내용과는 아주 딴판인, 엉뚱한 곳에서 수업은 무르익게 된다. 그것이 수업으로서는 타당한 것이 못 되는지 모르지만, 학생들에게는 여간 재미가 좋은 것이 아니다.

학생들뿐 아니라, 가르치는 입장에서도 건조한 교과서 내용만 훑어나가는 것보다는 그 편이 훨씬 지루하지가 않고, 해먹을 맛이 나는 것이다.

사실, 같은 교과서를 들고 이 학급 저 학급 돌아다니며 약장수처럼 판에 박은 듯한 소리만 되풀이한다는 것은 따분하고 시들한 노릇이 아닐 수 아닐 수 없다. 그건 일종의 가르치는 기계에 불과하다. 그래서 원 선생은 되도록 그때그때 마음 내키는 대로, 혓바닥 돌아가는 대로 옆길로 미끄러져나가는 주의로 하고 있다.

그렇다고 아무런 값어치도 없는 시시한 소리나 노닥거리며 그저 공허한 웃음 같은 것으로 수업을 얼버무리는 것은 결코 아니다. 교과서 내용에서 아주 엉뚱한 곳으로 미끄러져나간다 하더라도 역시 그 속에는 무언가 알맹이가 박혀있기 마련이다.

그리고 딴 과목은 몰라도 역사수업은 어쩌면 그런 식으로 나가는 것이 바람직한 게 아닌가, 원 선생은 생각하고 있는 것이다. 교과서에 나와 있는 것만이 역사가 아니니 말이다. 오히려 역사란 표면에 나타난 정사보다 이면에 묻힌 이면사라 할까. 비사가 더 재미있고, 민간에 널려 있는 야사가 더 구수한 법이니까.

자기의 학창시절을 돌이켜보아도 그렇다. 교과서를 읽고, 그 줄거리만 대충 설명해나가는 식의 역사수업은 얼마나 무미하고 지루했는지 모른다. 그런 수업은 절로 하품이 날 뿐 아니라 배운 것이 잘 머리에 남아 있어 주지도 않았다. 암기를 해서 시험을 치르고 나면 그만이었다. 무엇을 배웠는지 골속이 휑했다. 그러나 적당히 옆길로 미끄러지며 재미있는 사화(史話) 같은 것으로 구미를 돋우어주던 수업은 지금도 짭짤하게 머리에 남아있는 것이다.

비단 역사과목뿐 아니라, 다른 교과도 마찬가지였다. 교재와 관련되는 예화(例話) 같은 것을 곧잘 인용해가며 수업을 전개해나가던 선생이 실력 있는 선생으로 여겨지던 것이다.

결국 교원이란 직업은 이야깃거리가 많고, 입담이 좋아야 해먹을 수 있는 직업이라고나 할까.

아무튼 그날도 원 선생은 마지막 수업을 2학년 2반 교실에서 그런 식으로 해나가고 있었다.

그날은 왜구에 대한 이야기였다. 고려 중엽부터 이조 초기에 이르는 동안 곧잘 왜구가 우리나라 연안에 나타나서 인명을 해치고, 재산을 약탈했다는 사실과 함께 왜구의 그림이 교과서에 나와 있었던 것이다.

"왜구란 해적이야 해적. 왜놈들이 해적이란 말이야. 왜놈 해적들이 배가 고프거나 심심하면 배를 타고 바다를 건너 우리나라로 도둑질을 하러 왔거든. 그림 있지? 이게 바로 왜구야."

그러자 어떤 학생이,

"선생님!"

하고 소리를 질렀다.

"왜?"

"배꼽이 나와 있군요."

왜구의 그림에 배꼽이 까맣게 불거져 있었던 것이다.

와—

교실 안은 웃음바다가 되었다.

호덕(浩德)이었다. 익살꾸러기로 이름난 학생이다. 그래서 모두 그를 부를 때는 호덕이라고 부르는 게 아니라 예사로 '호떡'이라고 부른다.

"헛헛허……."

원 선생도 웃었다.

"그렇군. 배꼽이 나와 있군. 왜구들은 이렇게 윗옷도 안 입고, 예사로 배꼽을 내놓고 다녔다는 거야. 야만인이지. 아랫도리에 차고 있는 건 무엇인지 아는 사람?"

"예!"

손을 번쩍 든 것은 역시 호떡이었다.

"어디 말해 봐."

성큼 일어서더니,

"기저귑니다."

한다.

와—

또 한바탕 웃음이 터졌다.

아닌 게 아니라 꼭 기저귀를 차고 있는 것 같다.

"헛헛허……. 기저귀가 아니라, '훈도시'라는 거야. 말하자면 일종의 팬티지. 왜구들뿐 아니라, 지금도 일본사람들은 흔히 이런 '훈도시'를 차지."

"여자들도 찹니까?"

"여자들은 안 찬다. 남자들만 차는데, 우리가 국민학교 다닐 때 '나까무라'(中村)라는 교장이 있었어. 그 교장은 여름만 되면……."

이렇게 해서 수업은 옆길로 미끄러지기 시작했다. 말하자면 '왜구'이야기가 '훈도시'이야기로 미끄러져나간 것이다.

여름철만 되면 사택에서는 노상 '훈도시' 한 장으로 살던 나까무라라는 국민학교 때 교장 이야기를 한참 늘어놓았다. '훈도시' 한 장으로 저녁답*('저녁때'의 방언)이면 예사로 운동장까지 쩌벅쩌벅 걸어 나오더라는 것이다. 요컨대 야만적이라는 이야기였다.

그러나 그렇게 옆길로 미끄러져 나가서 그것으로 흐지부지 수업을 끝맺어버리는 일은 별로 없었다. 결국 묘하게 그 이야기를 교과서 줄거리로 다시 갖다 연결시키는 것이었다. 말하자면 교원생활 이십 년의 솜씨인 셈이었다.

원 선생은 팔뚝시계를 보더니 시간이 얼마 남지 않은 것을 알자, 나까무라 교장의 '훈도시' 이야기를 왜구의 '훈도시' 이야기로 다시 갖다 연결을 시켰다.

"그 조상에 그 자손이란 말이 있잖나. 조상이 훈도시 한 장만 차고 남의 나라에 와서 닥치는 대로 인명을 해치고 재산을 약탈하는 야만인이었으니, 자손인들 별수 있겠느냐 말이야. 조상인 왜구들은 그래도 살상과 약탈에 그쳤지만, 자손들은 우리나라를 송두리째 삼켜버렸거든. 삼십육 년 동안이나. 그래서 남의 나라 학교에 와서 교장이랍시고 훈도시 한 장으로 거드럭거리기도 했단 말이야. 조상보다 더 고약한 자손들이었지."

원 선생은 기회 있을 때마다 학생들에게 일본이 과거 삼십육 년 동안 우리나라를 집어삼킨 원수의 나라였다는 사실을 이야기해준다. 그렇다고 지금도 원수의 나라라고 생각하는 것은 시대착오겠지만, 앞으로는 서로 동등한 입장에서 선린관계를 유지해나가야 된다고 생각하지만, 그러나 어쨌든 과거의 치욕적인 사실까지 잊어버려서는 안 된다는 주의인 것이다. 말하자면 쓸개를 단단히 지니고 선린을 하든 무어를 하든 해야 된다고 생각하는 것이다. 그래서 과거를 모르는 학생들에게 그 점을 일깨워주려고 애를 쓰는 것이다. 어쩌면 그게 역사 선생으로서의 일차적인 소임이 아닌가, 원 선생은 생각하고 있는 것이다.

"좌우간 옛날부터 일본은 우리나라를 무척 괴롭혀 온 나라라는 사실을 잊어서는 안 돼."

원 선생은 이 시간 수업의 결론이라는 듯이 약간 힘을 주며 말했다.

교무실로 돌아오니, 책상 위에 청첩장이 하나 던져져 있었다.

보나마나 결혼청첩이거니 하고 원 선생은 우선 자리에 앉아 담배부터 한 대 피워 물었다. 그리고,

"가을이로군."

하고 중얼거리며 봉투를 집어 들었다. 벌써 이것으로 세 번째인 것이다.

그러나 봉투 안에서 나온 것은 결혼청첩은 아니었다. 청첩은 청첩인데, 아주 색다른 청첩이었다.

"이것 봐라."

원 선생은 눈을 번쩍 뜨지 않을 수 없었다.

천고마비의 가절에 회원 여러분 안녕하십니까? 다름 아니라, 이번에 우리의 옛 은사이신 '우찌야마'(內山) 선생이 내한하셨습니다. 비록 일본인 선생이기는 하지만, 우리를 가르치느라고 노고가 많았던 스승임에는 틀림이 없습니다. 그래서 이십칠 년 만에 다시 우리나라를 찾아오신 우찌야마 선생을 환영하는 자리를 마련하고자 하오니 부디 참석하여 옛 사제지정을 새롭게 해주시기 바랍니다.

때 · 1972년 10월 5일 (목요일) 오후 6시

곳 · 명동 한양관 별관 1호실

회비 · 2천 원

재경 ××중학교 동창회 회장 정두호

"흐흠."

원 선생은 자꾸 담배를 빨기만 했다. 무어라고 표현했으면 좋을지 모를 그런 심정이었다.

잠시 후 그는,

"아무튼 재미있구나."

이렇게 중얼거렸다.

세월이라는 것을 실감하는 듯한 느낌이었다. 어느덧 이십칠 년이라는 세월이 흘러서, 다시 이 땅을 찾아온 일본인을 환영하게 되었으니 말이다. 비록 옛 스승이기는 하지만.

"우찌야마 선생이 왔다? 흐흠."

다른 선생도 아닌 우찌야마 선생이 내한하다니, 그리고 그 우찌야마 선생을 환영하다니…… 참 재미있는 노릇이 아닐 수 없다는 듯이 원 선생은 비시그레 웃었다.

세월의 망각증이라 할까, 혹은 감상성이라 할까, 그런 것이 느껴지기도 했다.

"5일이면 바로 오늘이로군."

원 선생은 청첩장을 책상 위에 픽 던졌다. 그리고 담뱃불을 재떨이에 비벼 끄고, 일어나 전화 있는 곳으로 갔다.

동창회 사무실로 전화를 거는 것이었다. 동창회 사무실이 따로 있는 것이 아니라, 회장이 경영하는 회사 사무실이 연락처로 되어 있었다. 간사 일을 그곳 경리과장으로 있는 송종인(宋宗仁)이 맡고 있었다. 송종인은 원 선생과 동기로, 학창시절부터 친하게 지내는 사이였다.

따르르…… 신호가 가자,

"아, 여보세요."

하고 받는 목소리가 바로 그였다. 대번에 알 수가 있었다.

"나야. 형님이야."

"응, 동생이구나. 수업 끝났니?"

"그래, 수업은 끝났는데…… '네꼬 기도꾸'가 왔다면서?"

"핫핫하……. 맞아, 네꼬 기도꾸였지. 네꼬 기도꾸. 잘도 기억하고 있군."

"네꼬 기도꾸를 잊어버리다니."

"참 넌 그런데 소질이 있지."

"뭐?"

"기억력이 좋다 그 말씀이야."

"짜식……."

둘은 전화를 통해 한바탕 웃었다.

"그런데 언제 왔대?"

"며칠 전에……."

"뭐 하러 왔다는 거야? 관광인가?"

"아냐. 장사관계 때문에 왔어. 무역회사 중역이야."

"흠 그래? 무역회사 중역이라……. 네꼬 기도꾸가 장사꾼이 됐군."

"우리 회사와 거래가 있지."

"흐흠 알겠어, 알겠어."

그것으로 모든 것을 다 알겠다는 듯이 원 선생은 전화기에다 대고 곧장 고개를 끄덕거렸다.

"그래서 환영회 여는군. 동창회 이름으로."

"아냐. 그런 게 아니라……."

"그런 게 아니라, 뭐야?"

"옛날 은사 아니냐 말이야. 은사. 은살 동창회에서 환영하는 게 뭐 틀렸니? 너 어찌 사람이 그러니?"

그리고 송종인은 웃었다.

"야, 너도 이제 너희 회사 중역감이로구나."

원 선생도 웃었다.

"그런데 회비가 이천 원이 뭐야."

"왜 많단 말이야?"

"많지 않고……. 이 불경기에……."

"한양관 아니니. 이따가 보라구. 음식이 어떻게 나오는가. 회비로 비용의 절반만 충당해도 다행이야."

"그럼 나머지는?"

"나머지는 동창회에서……."

"뭐, 동창회 예산에서? 그러지 말라 그래."

"핫핫하……. 너 참 성미도 급하구나. 동창회 예산이라는 게 뭐 있니. 결국 우리 사장이 부담하는 것이지."

"술은 무슨 술이야?"

"양주, 맥주, 정종……. 골라잡아 입맛대로……."

"……."

"무진장이니, 걱정 말고 오라구. 오래간만에 한 번 진탕 마셔 보자구."

"몇 시라 그랬지?"

"여섯 시. 조금 늦어도 상관없으니 꼭 오라구. 회비가 없으면 내가 꾸어 줄 테니."

"생각해 보고……."

"생각하긴 뭘 생각해. 꼭 오라구."

"알았어."

원 선생은 전화를 끊었다.

자리에 돌아와 다시 담배를 한 대 피워 물었다. 어쩐지 선뜻 참석하고 싶은 기분이 아니었다. 말하자면 좀 꺼림칙한 것이었다. 그런 자리가 과연 떳떳한 자리인지, 참석을 해야 하는 것인지. 자꾸 생각키는*(생각되는, 생각나는) 것이었다.

도무지 얼른 판단이 내려지지가 않아 원 선생은 다시 청첩장을 집어 들었다.

—비록 일본인 선생이기는 하지만, 우리를 가르치느라고 노고가 많았던 스승임에는 틀림이 없습니다.

"우리를 가르치느라고 노고가 많았다……?"

원 선생은 코로 히죽 웃었다.

"그렇지, 틀림없이 노고는 많았지. 어떤 의미로든."

푸우, 담배 연기를 내뿜으며,

"좋아."

하였다.

가보기로 마음먹은 것이다.

어떤 의미로든 좌우간 노고가 많았던 것만은 틀림없는 우찌야마 선생, 그 고약한 괴짜 선생이 이십칠 년이란 세월 동안에 어떻게 변모했는지 한 번 보고 싶은 생각이 왈칵 솟구쳤던 것이다. 그리고 그 고약한 '네꼬 기도꾸'를 어떤 식으로 환영하는지, 환영회의 분위기도 호기심 거리가 아닐 수 없었다.

'네꼬 기도꾸'는 우찌야마 선생의 별명이었다.

'네꼬 기도꾸'란 고양이 위독(危篤)이라는 말이다.

좀 색다른 별명이 아닐 수 없다. 고양이면 고양이지, '고양이 위독'이라니.

그 색다른 별명처럼 우찌야마 선생은 묘한 구석이 있는 위인이었다. 한마디로 말하면 괴짜였다. 그러나 재미있고 호감이 가는 그런 괴짜가 아니라, 우중충한 그늘 같은 것을 지니고 있는, 기분 나쁜 괴짜였다.

평소에는 제법 위엄이 느껴지는 편이었다. 속도 깊고 넓은 듯했다.

그러나 어떤 날은 어떻게 된 셈인지, 종일 이맛살을 찌푸려 가지고 곧잘 짜증을 내고 심술을 부렸다. 공연히 무슨 일에나 빈정거리기도 했다. 마치 오늘은 속에 든 모든 것이 비비 틀리고 배배 꼬여서 못 견디겠다는 듯이.

그런 날이면 으레 우찌야마 선생의 입에서는 '죠센징'이라는 말이 튀어나왔다. '죠센징'이란 말할 것도 없이 조선인이란 말이지만, 그것은 일인(日人)들이 흔히 우리 조선 사람들을 멸시해서 하는 말이었다.

"죠센징와 기다나이네."(조선 사람은 더럽단 말이야)

"죠센징와 와루가시꼬이."(조선 사람은 교활해)

혹은,

"죠센징와 쇼가나이."(조선 놈은 할 수 없어)

"죠센진또 이누와 다다까냐 하나시오 기깡."(조선 놈과 개는 두들기지 않으면 말을 안 들어)

이런 소리가 명색이 선생이라는 사람의 입에서 서슴없이 튀어나오는 것이었다. 더구나 교실에서 수업 도중에 말이다.

그리고 그럴 때면 으레 또 코가 실룩거렸다. 일부러 그러는지, 아니면 코를 형성하고 있는 근육이 경련을 일으키는지 알 수가 없지만, 좌우간 심술이 동해서 빈정거릴 때는 얄궂게도 실룩실룩 코가 움직이고, 두 개의 콧구멍이 벌름거렸다.

참 우스운 노릇이 아닐 수 없었다. 그러나 조선 학생들은 아무도 웃질 않았다. '죠센징, 죠센징' 하고 조선 사람을 욕해 대는 판인데, 아무리 코가 실룩거리고, 콧구멍이 벌름거린다고는 하지만, 웃음이 나올 턱이 없었다.

간혹 웃음을 참지 못해 킥킥거리는 것은 일인 학생들이었다. 그들에게는 '죠센징, 죠센징' 하는 소리는 상관이 없고, 실룩거리는 코만이 기가 막힐 터이니 그럴 수밖에 없었다.

학급에 조선 학생과 일인 학생이 반반가량이었다. 학급뿐 아니라, 학년, 학교 전체로도 마찬가지였다. 우연히 그렇게 된 게 아니라, 계획적으로 그렇게 학생을 뽑았고, 또 학급편성을 그렇게 했던 것이다.

그러나 선생은 거의가 일인들이었다. 10명이 훨씬 넘는 선생 가운데 조선 사람은 불과 두 사람뿐이었다. 그러니까 일인 선생들에 묻혀서 조선인 선생은 있는지 없는지 알 수가 없을 지경이었다.

설사 조선인 선생이 좀 더 있었다 하더라도, 학생들과 마찬가지로 절반이 되었다 하더라도 사정은 마찬가지였을 것이다. 조선인 선생이라고 해서 조선말을 사용하는 것도 아니고, 그렇다고 의복이 일인 선생들과 다른 것도 아니고(모두가 국방복에 전투 모자를 쓰고 있었다), 심지어 창씨를 해서 성까지 왜식이니 말이다.

선생들만 그런 것이 아니라, 학생들도 마찬가지였다. 조선 학생과 일인 학생이 반반씩이라고는 하지만 겉으로 보기에는 모두가 일인이었다.

말하자면 조선 사람이라는 것이 따로 의미가 없는 시절이었다. 속으로는 엄연히 조선 사람이면서도 겉으로는 일본인인 체해야 하는 시절이었다. 그리고 서서히 속까지도 일본인이 되어 가던 시절이었다.

그런 시절의 막바지, 그러니까 1945년 해방이 되던 해, 원영배는 중학교 1학년이었다.

우찌야마 선생은 1학년의 학년 주임이었다. 학년 주임을 그때는 중대장이라고 했다.

그 무렵은 학교편성까지가 군대 편제와 마찬가지였던 것이다. 학년은 중대고, 학급은 소대였다. 그리고 학교 전체는 연대라고 했다. 대대만 없는 셈이었다. 그러니까 교장은 연대장이고, 학년 주임은 중대장, 학급 담임은 소대장인 것이었다.

우찌야마 선생은 1중대 중대장인 동시에 영배네 학급인 1소대 소대장이기도 했다. 담임선생인 것이었다.

그런데 우찌야마 선생이 그렇게 이따금 신경에 이상이 생긴 사람처럼 되는 것은 자기 처지가 자신의 학벌에 비해 너무 보잘것없기 때문이라는 말이 있었다.

그는 동경제국대학 출신이었다. 동경제대 출신이라면 누구나 알아주는 판인데, 그런 인재가 겨우 조선의 지방중학교의 일개 교유(教諭)로 낙착이 되어 있다는 것은 사실 한심스러우면 한심스러웠지, 떳떳한 것은 못 되었다. 그래서 자연히 성격이 비뚤어져 나갔다는 것이었다. 말하자면 이따금 자기 딴은 우울증이 발작하는 셈이었다.

사실인지, 지어낸 얘긴지는 모르지만, 그의 동경제대 시절의 꿈은 영화배우가 되는 것이었다 한다. 졸업을 하고 그 방면으로 나가려 했으나 뜻을 이루지 못했다는 것이다. 그래서 실의 끝에 바다를 건너 조선 땅으로 흘러왔다는 것이다. 그게 사실이라면 그는 말하자면 출발부터 좌절의 인생이었던 셈이다.

영배는 그 이야기를 듣고 어쩐지 웃음이 나왔다. 동경제대 출신이 영화배우가 되려 하다니……. 좀 모양 같잖게 여겨지는 것이었다. 영화배우를 얕잡아보아서 그런 것은 아니었다. 활동사진이라고 하면 자다가도 벌떡 일어날 그런 시절이었으니, 영화배우를 얕잡아 생각할 턱이 만무했다. 오히려 정반대라고 할 수 있었다. 영화배우라고 하면 보통 사람과는 거리가 먼, 꿈같은 세계에서 노니는 선남선녀처럼 생각되었다. 그러나 동경제대와 영화배우는 아무래도 어울리지가 않는 것이었다.

그러면서도 한편 우찌야마 선생이 영화배우가 됐더라면 썩 멋있는 배우가 됐을 것이라는 생각이 들었다. 우선 짙은 눈썹과 큼지막한 코, 그리고 코에서 양쪽으로 그어져 내려간 굵은 주름이 어쩐지 배우로서 알맞을 것같이 느껴졌다. 미남이라고까지는 할 수 없지만, 인상이 뚜렷한 얼굴이었다. 그리고 표정도 풍부한 편이고, 성격도 남다른 데가 있으니 말이다. 그가 배우가 되어 스크린에서 코를 실룩거리고, 콧구멍을 벌름거리는 장면을 연상해 보며 영배는 혼자 킥킥 웃기도 했다.

아무튼 우찌야마 선생은 그렇게 좀 묘한 위인이었다. 그런 괴짜 선생이 중대장인 동시에 소대장이었으니, 영배네는 다른 학급 학생들보다 훨씬 더 그의 짜증과 심술과 빈정거림을 받지 않으면 안 되었다.

그 무렵의 학교생활은 공부가 위주가 아니라, 근로봉사가 위주였다. 수업은 우천일 때나, 아니면 근로봉사할 일거리가 없을 때에나 있었다.

그리고 1학년생들은 시내에 자택이 있는 사람 외엔 전원 기숙사에 수용되어 있었다. 하숙이나 기차 통학 같은 것은 허락이 되지 않았다. 말하자면 처음부터 철저하게 틀에 집어넣는 셈이었다.

처음으로 부모 그늘을 떠나 객지의 기숙사에 수용되어 있는 1학년 학생들은 틈만 있으면 고향 생각이었다. 고향생각은 배가 고프기 때문에 더 간절했다. 기숙사의 밥이란 주로 옥수수밥인데, 그 양이 정말 형편없었다. 알루미늄 식기에 절반가량밖에 담기지가 않았다. 한참 자랄 나이에 그런 것을 먹고 학교에 가서 일은 반비례로 엄청나게 해야 하니 견딜 수가 없었다. 고향 집의 밥사발 생각이 나지 않을 도리가 없었다.

그러나 아무리 고향 생각이 나고, 다니러 가고 싶어도 마음대로 갈 수가 없었다. 일요일에 잠시 외출하는 것도 일일이 실장과 사감에 허락을 받아야만 되었다. 그리고 허락받은 시간 내에 돌아와서 돌아왔다는 신고를 해야 했다. 마치 병영생활과 다름이 없었다. 학교 편성부터가 그런 식이듯이. 그런 판국인데, 고향에 다니러 가다니 어림도 없는 노릇이었다.

그러나 귀성이 전혀 허락되지 않는 것은 아니었다. 고향에서 전보가 왔을 경우 가능했다. 부모가 위독하다거나, 조부나 조모가 사망했다거나 할 경우 말이다.

"지찌 구도꾸, 수구 가에레."(부친 위독, 급히 오라)라는 전보를 받고 귀성하는 학우를 보고 다른 학생들은 얼마나 부러워했는지 모른다. 영배는 속으로 우리 아버지, 어머니도 좀 아파서 전보를 쳐주었으면 얼마나 좋을까, 그런 생각까지 했었다.

그런 전보가 와서 한 학우가 집에 다녀온 뒤부터 어떻게 된 셈인지 심심치 않게 그런 전보가 날아오기 시작했다.

귀성 허락은 중대장의 소관이었다. 그러니까 1학년생들의 귀성은 우찌야마 선생에게 달려 있었다. 그런 전보가 와도 우찌야마 선생이 고개를 내저으면 소용이 없었다. 말하자면 우찌야마 선생은 1학년생들의 염라대왕인 셈이었다.

처음 얼마 동안은 그런 전보가 오면 십중팔구 귀성 허락이 내렸다. 그러나 그런 전보가 이상스럽게도 잦아지자, 사정은 달라졌다.

어느 날, 교실 창밖에는 비가 부슬부슬 내리고 있었다. 영배네는 '고꾸시'(國史, 그러니까 그때는 일본사) 교과서를 꺼내놓고 앉아 선생이 오기를 기다리고 있었다.

그런데 '고꾸시' 선생이 들어오는 것이 아니라, 요란하게 교실 문을 열고 잔뜩 이맛살을 찌푸린 우찌야마 선생이 들어섰다. 손에는 웬 종이를 구겨 쥐고 있었다. 학생들은 모두 바짝 긴장을 했다. 그 표정이 도무지 심상치가 않았던 것이다.

아니나 다를까, 우찌야마 선생은 교단 위에 올라서기가 무섭게 고함을 질렀다.

"코노야로다찌! 센세이오 난또 오모우까?"(이 새끼들! 선생님을 뭐로 아는 거야?)

모두 어리벙벙하지 않을 수 없었다. 선생님을 뭐로 알다니…….

"키사마라니 다마까사레루또 오모우까?"(너희들한테 속아 넘어갈 줄 아느냐?)

코가 실룩거리고 콧구멍이 벌름거렸다.

"센세이가 손나니 아호니 미에루까?"(선생님이 그렇게 등신으로 보이나?)

손에 구겨 쥔 종이가 바르르 떨고 있었다.

전보였다. 그런데 그날은 전보가 한꺼번에 세 통이나 왔던 것이다. 그래서 뿔이 돋은 우찌야마 선생은 그 세 통의 전보를 구겨 쥐고 1학년 각 교실을 돌아다니며 냅다 호통을 쳐대는 것이었다.

선생님을 등신으로 아느냐, 무슨 놈의 위독이 이렇게 많으냐, 너희들의 애비 에미는 할 일이 없어 만날 아프기만 하느냐, 이게 다 거짓 전보인 줄 모르는 줄 아느냐, 교활한 '죠센징'들 이제부터는 뒈졌다는 전보가 와도 절대 믿지 않는다, 절대 귀성을 허락하지 않는다…… 이렇게 한바탕 악을 쓰고 나더니, 우찌야마 선생은 구겨 쥔 전보를 한 장 펴 보며,

"힝!"

콧방귀를 팽 뀌었다.

그제부터는 빈정거림으로 바뀌는 것이었다.

"지찌 기도꾸, 수구 가에레. 힝! 우시 기도꾸가 이이야. 우시 기도꾸."(부친 위독 속히 오라. 힝! 소 위독이 좋겠다. 소 위독)

그리고 또 한 장을 펴 본다.

"힝! 이누 기도꾸가 이이야. 이노 기도꾸."(힝! 개 위독이 좋겠다. 개 위독)

마지막 한 장을 펴 본다.

"힝! 네꼬 기도꾸가 이이야. 네꼬 기도꾸."(힝! 고양이 위독이 좋겠다. 고양이 위독)

이렇게 빈정거리고 나서 우찌야마 선생은 코를 실룩거리며 교실을 나갔다. 찰딱찰딱 슬리퍼 소리도 요란하게 다음 교실로 가는 것이었다.

우찌야마 선생의 모습이 사라지자, 누군가가 냅다,

"힝! 네꼬 기도꾸가 이이야. 네꼬 기도꾸."

하고 흉내를 냈다.

그러자 웃음이 터지며 여기저기서 힝! 힝! 콧방귀를 뀌는 소리와 함께,

"우시 기도꾸가 이이야!"

"이누 기도꾸가 이이야!"

"네꼬 기도꾸가 이이야!"

외쳐대는 소리가 시끌짝하게 일어났다. 그런 일이 있은 뒤로 '우시 기도꾸' '이누 기도꾸' '네꼬 기도꾸'는 유행어처럼 곧잘 1학년생들의 입에 오르내렸고, 그러다가 결국 그 가운데서 어감이 제일 감칠맛이 나는 '네꼬 기도꾸'가 우찌야마 선생의 별명이 되고 만

것이다.

원 선생이 환영회 장소인 한양관에 도착한 것은 여섯 시가 조금 지나서였다.

별관 1호실은 꽤 넓은 방이었다. 삼사십 명은 충분히 앉을 수가 있는 특별실인 셈이었다.

방 가운데에 기다랗게 상이 놓이고, 상좌에는 주빈자리가 특별히 마련되어 있었다. 주빈석은 마치 옛날 원님이라도 앉는 자리처럼 보료에 안석(安席), 장침(長枕) 같은 것이 갖추어져 있었다.

정각인 여섯 시를 조금 지났을 뿐인데, 자리는 어느덧 다 차가고 있었다. 그러나 주빈인 우찌야마 선생과 동창회 회장 정두호 씨는 아직 보이질 않았다.

방 입구 쪽 좌석에 송종인이 앉아서 회비를 받고 있었다.

원영배는 그 곁으로 가서 자리를 잡았다. 그리고 회비를 냈다.

그러자,

"영배 왔군. 오래간만이야!"

하면서, 누군가가 저쪽에서 알은체를 했다. 동기생인 신상호(申相浩)였다.

"오, 상호, 이리 와. 이리."

그리고 원영배는 자리에 앉은 채 아는 선배들에게 시선이 마주치는 대로 꾸뻑꾸뻑 대강 인사를 했다. 참석한 회원들은 모두가 선배들이었다. 송종인과 신상호 두 동기생 외는. 그럴 수밖에 없는 것이 해방 전 입학으로는 영배네가 마지막이었으니 말이다. 영배네 뒤부터는 해방 후 입학이니, 우찌야마 선생을 알 턱이 없어 이 환영회에

초청이 되지 않은 것이다.

"영배, 오래간만에 실컨 좀 빨아 볼까?"

신상호는 영배 곁에 와 앉으며 빙글 웃는다.

술을 마시는 게 아니라, 빤다는 것이다. 점잖지 못한 말이다. 그러면서도 어쩐지 친밀감이 느껴지고, 웃음이 나온다. 옛 학창시절의 친구란 그래서 좋은 것인지도 모른다. 만나면 절로 장난기가 우러나는 것이다. 마치 옛 시절로 돌아간 듯이.

그리고 그 말은 신상호의 애용어(愛用語)이기도 했다. 신상호는 그렇게 재미있는 구석이 있는 친구였다. 영등포 쪽 변두리 어디에서 다방을 경영하고 있다는 것이었다.

"헛헛허……. 그래, 실컨 빨아 보세."

원영배도 기분이 유쾌했다.

"넌 왜 그렇게 사람이 점잖아지질 못하니? 언제 철이 들 꺼니?"

송종인이 웃으며 참견을 한다.

"조카야. 넌 잔소리 말고 어서 심부름이나 해. 거기 물수건 하나 이리 올려."

"엑끼, 고이얀 놈 같으니, 삼촌을 못 알아보고……."

이렇게 농담을 주고받고 있는데, 우찌야마 선생이 나타났다.

정두호 씨의 안내를 받으며 우찌야마 선생이 방으로 들어오자, 모두 자리에서 일어났다. 서로 조카니 삼촌이니 해쌓던 송종인과 신상호도 싹 입을 다물고 일어났다. 원영배도 부스스 일어났다.

그리고 박수소리가 터졌다. 우찌야마 선생을 안내해서 들어온 정두호 씨가 먼저 박수를 쳐 댔던 것이다. 그러자 따라서 모두 박수를 쳐 댔다. 원영배도 덩달아 박수를 쳤다.

요란한 박수소리 속에 우찌야마 선생은 특별이 마련된 주빈석에 안내되었다. 우찌야마 선생이 자리에 앉자, 그 곁에 정두호 씨가 앉았다.

그리고 박수 소리가 멎고, 모두 자리에 앉았다.

옛날 원님이라도 앉는 자리 같은 주빈석에 우찌야마 선생은 자연스럽게 앉아 은은한 미소를 지었다. 옛 조선의 제자들이 자기를 이렇게 환영해 줄 줄은 몰랐다는 듯이. 사제의 정이란 정말 국경을 넘는 것이며, 그래서 교육이라는 것은 참으로 보람 있는 사업이라는 듯이. 그러나 조금도 흥분되어 있는 기색은 보이지가 않는다. 감개가 무량하기는 하지만, 그것을 흥분으로 외모에 나타내는 그런 시기는 이미 지난 지 오래인 모양이었다. 속으로 조용히 기뻐하며 만족하고 있는 듯했다. 말하자면 이순(耳順)의 경지에 들어섰다고나 할까.

외모 역시 충분히 그런 경지를 느끼게 했다.

머리는 반백이었다. 짙은 눈썹 역시 희끗희끗 서리가 묻고 있었다. 그리고 약간 좁은 듯한 이마에는 주름이 몇 가닥 알맞게 접혀 있고, 큼지막한 코에서 양쪽으로 그어져 내려간 굵은 주름 역시 어딘지 모르게 품위가 느껴졌다.

원영배는 남달리 호기심에 찬 눈으로 우찌야마 선생을 바라보았다.

숱이 많은 머리, 짙은 눈썹, 약간 좁은 듯한 이마, 그러면서 큼지막한!, 굵게 그어져 내려간 주름…… 모든 것이 이십칠 년 전 그대로였다. 물론 늙기는 했지만, 원형은 그대로인 것이었다.

그러나 그런 것이 어울려 구성하고 있는 얼굴 전체에서 풍기는 인상은 결코 이십칠 년 전의 그것이 아니었다. 이십칠 년 전의 그 고약한 괴짜 우찌야마 선생, 그 심술궂은 '네꼬 기도꾸'는 아닌 것이었다. 그 오만과 심술과 냉소 같은 것이 뒤범벅이 된, 우중충하고 고약한 인상은 어디로 갔는지 전혀 느껴지지가 않고, 원만하며 인자하기까지 한 그런 인상으로 바뀌어 있었다.

그것은 단순히 이십칠 년이라는 세월이 흘러, 안면에 노화현상이 일어났기 때문에 달라진 인상은 아닌 듯했다. 생리적인 변화에 기인하는 것이 아니라, 어쩐지 정신적인 변화로부터 비롯된 것인 듯싶었다. 그렇지 않고는 아무리 세월이 흘렀다고는 하지만, 동일인의 인상이 그렇게 달라질 수가 없는 것이다. 말하자면 그때는 식민지에 군림해 있는 지배자의 그것이었다면, 지금은 인접국가에 상무(常務)로 찾아온 외국인의 그것이라고 할까.

아무튼 고약한 괴짜이던 옛 우찌야마 선생이 이십칠 년이 지난 뒤에 부드러운 미소를 띤 상인이 되어 찾아온 것만은 틀림없는 사실이었다.

원영배는 우찌야마 선생의 그런 변화가 어쩐지 재미있었다. 절로 고개가 끄덕거려지면서도 한편 우습게 느껴지기도 했다. 옛날 동경제대 시절의 그의 꿈이 배우였다더니, 어쩌면 우찌야마 선생은 실제로 세상을 멋진 배우처럼 살아가고 있는 게 아닌가 하는 생각이 드는 것이었다.

원영배는 우찌야마 선생의 큼지막한 코를 바라보며 속으로 히죽 웃었다. 지금도 저 코가 실룩거리고 콧구멍이 벌룸벌룸 움직이는지 어떤지 궁금한 것이다.

"네꼬 기도꾸가 아주 점잖아졌는데……."

신상호가 나직한 목소리로 말했다.
"글쎄 말이야."
원영배는 고개를 끄덕거렸다. 그리고,
"네꼬 기도꾸를 기억하고 있었군."
하고 웃었다.
"그럼, 네꼬 기도꾸를 잊어버리다니……."
"머리 좋은데……."
"야, 까불지 마."
그러자 송종인이,
"조용히 해."
한마디 한다.
회장 정두호 씨가 자리에서 일어났던 것이다.
이마가 번드르르 벗어지고, 목덜미에 허연 비곗살이 오른 정두호 씨는 두 손을 앞에 모으고 서서 우찌야마 선생을 향해 환영사를 늘어놓기 시작했다.
"에에, 보꾸다찌 ××쥬각꼬노 사이교 도오소오까이 가이잉 이찌도오와……."(에에, 우리들 ××중학교의 재경동창회 회원 일동은……)
이렇게 시작된 환영사는 거의 십 분가량이나 계속되었다.
유창하다고까지는 할 수 없을지 모르지만. 좌우간 막히는 데 없이 줄줄 흘러 내려가는 일어였다. 놀라운 사실이 아닐 수 없었다.
해방이 된 지 이십칠 년, 그러니까 그동안 사용했을 턱이 없는 일어를, 어쩌면 거지반 잊어버렸음 직한 일어를 막히는 데 없이 줄줄 지껄이다니, 물론 요 근년, 더러 일어를 사용할 기회가 있기는 했겠지만, 일본과 거래가 있는 회사의 사장이니, 으레 일본에도 몇 차례

갔을 테고 말이다.

아무튼 신기하게까지 느껴져서 원영배는 가만히 정두호 씨의 입을 바라보고 있었다. 원영배뿐 아니라, 참석한 회원 모두가 숨을 죽이고 정두호 씨를 바라보고 있었다.

동창회 회장의 입에서 흘러나오는 일어를, 옛 일인 스승에 대한 환영사를 듣고 있는 회원 각자의 내부의 반응은 각양각색이겠지만, 어쨌든 모두 좀 야릇한 느낌이 되어 조용히 듣고 있는 것만은 마찬가지였다.

정두호 씨의 입을 바라보고 있던 원영배는 힐끗 시선을 우찌야마 선생의 얼굴로 가져갔다. 우찌야마 선생은 여전히 미소를 짓고 있었다. 그러나 좀 전의 은은한 미소가 아니라, 그보다 매우 짙은 미소였다. 그리고 고개를 끄덕거리고 있었다. 옛 조선의 제자가 이십칠 년이라는 세월이 흘렀는데도 일어를 잊어버리지 않고 이렇게 막히는 데 없이 줄줄 환영사를 늘어놓다니, 참으로 고맙고 만족스러운 일이라는 듯이. 그리고 자기들의 옛 교육이 철저하고 보람 있는 것이었다는 듯이.

"무까시노 시떼이노 쇼오와수레나이데, 공고모 보꾸다찌오 아이까와라스 시도우시데 구다사루요오……."(옛날의 사제의 정을 잊지 마시고, 앞으로도 우리들을 계속 지도해 주시도록……)

환영사가 막바지에 이르러 이런 소리가 흘러나오자, 우찌야마 선생은 힐끗 정두호 씨를 바라보았다. 그리고 빙그레 웃으며 고개를 두어 번 끄덕거렸다.

그런데 그때 원영배는 분명히 보았다. 우찌야마 선생의 빙그레 웃는 얼굴에 떠오른 야릇한 표정을. 그것은 약간 난처한 듯한, 그러면서 어쩐지 경멸하는 듯도 한 그런 표정이었다. 그러나 그 표정은 떠올랐다가 순식간에 사라져버렸기 때문에 어쩌면 원영배의 눈에밖에 띄질 않았는지도 몰랐다.

여전히 고맙고 만족스러운 듯 빙그레 웃고 있는 우찌야마 선생의 얼굴과 여전히 막히는 데 없이 줄줄 환영사를 마무리해 가고 있는 정두호 씨의 얼굴을 번갈아 바라보며 원영배는 입맛을 두어 번 다셨다. 씁쓰레한 것이었다.

정두호 씨의 환영사가 끝나자, 의례적인 박수소리가 일어났다. 그리고 우찌야마 선생의 답사였다.

우찌야마 선생은 자리에서 일어서려 했다. 그러자 정두호 씨가,

"소왓다 마마데 이이데수. 센세이, 소왓다 마마데……."(앉으신 채로 좋습니다. 선생님, 앉으신 채로……)

하고, 만류를 했다.

우찌야마 선생은 좀 미안한 듯한 표정을 지으며 앉은 채로 답사를 하기 시작했다.

그러나 말이 답사지 숫제 몇 마디 되지가 않았다. 환영사가 십 분가량이나 걸렸는데 비해 답사는 불과 일 분 남짓밖에 걸리질 않았다.

제군들을 만나니 옛 시절이 그리워진다는 말과 이렇게 사제의 정을 잊지 않고 환영회를 베풀어 주어 고맙다는 말, 그리고 잘 먹겠다는 말이었다. 그러고 나서,

"아리가또오, 아리가또오."(고마워. 고마워)

고개를 두어 번 꾸벅거렸다.

싱거웠다. 그러나 박수는 환영사 때보다 월등히 요란하게 울렸다.

우찌야마 선생의 입에서 어떤 말이 나올 것인가 자못 호기심이 동하던 원영배는 가벼운 실망을 느꼈다. 약간 불쾌하기까지 했다. 환영사에 비해 너무 소홀한 것이었다.

그러나 원영배는 박수를 치면서 히죽히죽 웃었다. 재미있는 사실을 발견한 것이었다. "아리가또오. 아리가또오." 하고 고개를 꾸벅거릴 때, 우찌야마 선생의 코의 그 야릇한 버릇은 지금도 그대로 남아 있었던 것이다. 그러나 옛날과 다른 점은 옛날에는 짜증이 나고 심술이 동해서 빈정거릴 때 그 현상이 일어났는데, 지금은 그와 정반대로 기분이 좋아 싱글벙글거리며 고맙다는 인사를 하는데 그 현상이 나타난 것이다. 말하자면 옛날에는 찡그린 얼굴에 나타났었는데, 이제는 웃는 얼굴에 나타나는 것이었다. 그것 역시 재미있는 변화가 아닐 수 없었다.

"영배, 보았니?"

신상호가 장난기 어린 웃음을 웃으며 말했다.

"뭘?"

"코 말이야. 코."

"봤어. 여전하군."

"이제 기분 좋을 때 실룩거리는군."

"글쎄 말이야."

그러자 송종인이 힉 웃으며 그제야 알았다는 듯이,

"너희들은 참……. 그런 것만 보고 있군."

한다.

"그런 거나 보지, 그럼 뭘 본단 말이야? 어디 점잖은 사람은 뭘 보고 있었는가 말해 보라구."

신상호가 농으로 시비를 걸려든다.
그때,
"사아, 감빠이 시마쇼오."(자아, 건배를 합시다)
정두호 씨의 목소리가 울렸다.
정두호 씨는 숫제 일어로 설친다. 오늘 이 자리만은 그러는 게 당연하다는 듯이.
모두 잔을 높이 들었다.
"우찌야마 센세이오 마고꼬로까라 강게이이다시마스!"(우찌야마 선생을 진심으로 환영합니다!)
정두호 씨의 선창에 따라 모두,
"강게이이다시마수!"
하고 잔을 입으로 가져갔다.
단숨에 쭉 마셔버린 신상호는,
"자, 실컨 빨아 보자."
하면서 잔을 원영배에게 권했다.
술은 정종이었다.
그러나 곧 양주병 맥주병이 상 위에 즐비하게 갖다 놓여졌다. 송종인 말마따나 입맛대로 마실 수가 있는 것이었다.
원영배는 본래 대단한 술이었다. 젊은 한때는 두주(斗酒)를 불사했고, 술만이 인생의 진미라는 식이었다. 그러나 그런 식으로 내내 흘러갈 수는 없는 법이다. 몸이 말을 듣지 않았고, 가정 역시 마찬가지였다. 그래서 차츰 술을 조심하게 되어, 사십이 넘고부터는 거의 술을 멀리하는 형편이었다.
그러나 옛 가락은 잠재적으로 몸 안에 남아있는 듯, 친구들과 어울려 마시기 시작하면 역시 옛날의 두주불사벽(斗酒不辭癖)이 나타나는 것이었다. 술 뿌리란 결코 말끔하게 뽑히지가 않는 것인 모양이었다.

원영배는 서슴없이 잔을 받아 기울였다. 묘하게 들뜬 기분이어서 그런지, 꽤 오래간만인데도 술은 술술 곧잘 넘어갔다. 처음에는 정종을 마시다가 맥주로 옮겨갔고, 얼큰해지자 나중에는 양주를 홀짝거렸다. 입맛대로 실컷 빨아대는 셈이었다.

신상호 역시 마찬가지였다. 그도 원영배 못지않는 실력이었다. 송종인 또한 만만치가 않았다. 말하자면 세 총사(銃士)가 오래간만에 만나 실력을 겨루어대는 것이었다.

상좌에서 우찌야마 선생도 권하는 잔을 받아 홀짝거리며 불그레 익어가고 있었다. 정두호 씨 역시 목덜미의 비곗살이 벌겋게 물들도록 마셔대고 있었다. 좌중에서 가장 기분이 좋은 듯한 사람은 바로 그였다. 그는 오늘이 마치 자기 집 무슨 잔칫날이나 되는 것처럼 껄껄껄 곧장 웃음을 터뜨리고 있었다.

주석이 무르익자, 절로 노래가 나왔다. 처음에는 우리 노래였다. 〈아리랑〉이 나오고, 〈봉선화〉가 나오고 〈노란 샤쓰〉에 〈동백 아가씨〉도 나왔다.

그러다가 자연히 일본 노래로 바뀌었다. 오늘의 주빈이 일본 사람인데, 한국 노래만 해대는 것은 예의가 아니었던 모양이다. '뽀뽀뽀 하도 뽀뽀'(비둘기 동요)가 나오고, '유우야께 고야께데'(저녁놀의 동요)가 나오고, 그리고 옛날 교가가 나왔다. '미이즈노 히까리가가야꾸 도꼬로……'(천황폐하의 위광威光 빛나는 곳……) 어쩌고 하는 것이었다.

교가는 절로 우렁찬 합창이 되었다.

송종인과 신상호는 물론이고, 원영배도 그 합창에 휩쓸려 함께 노래를 불렀다. 어쩌면 신이 나기까지 했다.

그는 어느덧 눈에 아지랑이가 낀 듯 가물가물하는 상태가 되어 있었다. 정종과 맥주는 별것이 아니었으나, 거기에 양주가 섞여 들어가고 보니 제아무리 용사도 별수 없는 것이었다.

그러나 아직 정신이 없는 것은 아니었다. '미이즈노 히까리' 어쩌고 하는 것이긴 하지만 이 자리가 옛 은사를 환영하는 동창들의 자리니, 옛 교가를 한 번쯤 불러보는 것은 있을 수 있는 일이라고 생각하는 것이었다. 노래가 우리 것에서 일본 것으로 바뀌었을 때도 처음에는 이거 이래서 되겠느냐 싶었으나, 일인 은사를 위한 자리니, '뽀뽀뽀'나 '유우야께 고야께' 정도는 불러도 무방하리라는 생각이 들었던 것이다. 말하자면 세상이 많이 달라졌을 뿐 아니라, 원영배의 생각도 많이 넓어진 셈이었다.

그러나 아무리 세상이 많이 달라지고, 생각이 많이 넓어지긴 했지만, 도저히 그냥 가만히 참고 있을 수가 없는 일이 잠시 후 일어났다.

신나는 교가의 합창이 끝나자, 정두호 씨가 자리에서 벌떡 일어섰다. 그리고 오른손의 주먹을 불끈 쥐고 흔들며 냅다 또 노래를 부르기 시작하는 것이었다. 몹시 흥분이 되어 있는 듯했다. 술기 탓도 있지만, 교가의 가락이 그렇게 흥분을 시킨 모양이었다. 마치 온몸의 피가 지글지글 끓는 것처럼, 그러나 장난기 어린 몸짓으로 노래를 부르는데, 그 노래가 다름 아닌 군가인 것이었다.

"와까이 지시오노 요까렌노— 나나쯔 보당와 사꾸라니 이까리."

(젊은 혈기의 옛과병들의— 일곱 개 단추는 벚꽃과 닻 무늬……)*(태평양전쟁 당시 소년항공대 군가 중 일부)

좌중은 거의 이성을 잃은 모양이었다. 그 군가까지 따라 부르기 시작하는 것이었다.

원영배는 눈에서 가물거리던 아지랑이가 활짝 걷히는 듯한 느낌이었다. 두 눈을 뚝 부릅떴다. 그때 그의 눈에 들어온 것은 우찌야마 선생이었다.

우찌야마 선생은 장단을 치던 젓가락을 멈추고 멀뚱히 정두호 씨를 쳐다보고 있었다. 이 사람이 아무리 술을 마셨지만, 정신이 있나 없나 하는 표정으로. 그리고 곧 그 표정은 경멸에 찬 표정으로 바뀌었다. 이번에는 아까 환영사 때처럼 얼른 그 표정이 사라져버리는 것이 아니라, 그대로 계속 얼굴에 머물러 있는 것이었다. 큼지막한 코가 얼굴 한가운데에 실룩하게 이지러져 있는 것이었다.

그러나 그런 줄도 모르고 정두호 씨는 주먹을 흔들고 어깨를 우쭐거려가면서 그 군가를 계속하고 있었고, 좌중은 장단을 맞추면서 함께 노래를 부르고 있었다.

"집어 쳐라!"

마침내 원영배의 입에서 고함소리가 터져 나왔다. 고함소리만 터져 나온 게 아니라, 벌떡 일어서면서 그만 자기도 모르게 상 한쪽을 벌떡 들어버렸다.

와그르르르, 산해진미가 쏟아지면서 노래가 뚝 그쳤다. 그러자 정두호 씨가 벌겋게 상기된 얼굴로 무섭게 원영배를 쏘아보았다. 그리고 다음 순간,

"이 새끼!"

냅다 고함을 지르면서 불 맞은 멧돼지처럼 몸을 날렸다.

빵! 원영배는 그만 뒤로 보기 좋게 나가떨어졌다. 정두호 씨의 주먹이 눈두덩이에 작렬했던 것이다.

환영회는 엉망이 되고 말았다.

이튿날 원 선생은 한쪽 눈두덩이 푸르딩딩 붓고 멍들어가지고 출근을 했다. 아침에 일어나 거울을 들여다보았을 때, 어처구니가 없어서 허— 웃음이 나왔었다. 이런 꼬락서니로 창피해서 어떻게 학교엘 나갈 것인지, 동료들은 동료들이라 치더라도, 학생들 앞에 망신스러워서 어떻게 설 것인지, 입맛이 있는 대로 다 떨어지는 것이었다. 그러나 도리 없었다. 하루 이틀에 나을 것 같으면 결근이라도 하겠지만, 도저히 그럴 것 같지도 않으니, 창피를 무릅쓰고 집을 나서는 수밖에.

교무실에서는 무슨 경하스러운 일이라도 되는 듯이 보는 사람마다 웃으며 한마디씩 했다. 어떤 선생은 축하라도 하는 듯이 악수를 청하며,

"어제 기분이 대단히 좋았던 모양이죠?"

하고 웃기도 했다.

첫째 시간은 2학년 2반이었다. 어제 왜구에 관한 수업을 한 바로 그 학급이었다.

원 선생은 벌레를 깨무는 듯한 기분으로 교실 문을 열고 들어섰다.

원 선생을 보자, 학생들은 벌써 여기저기서 킥킥거리기 시작했다. 그러나 원 선생은 못 들은 척 시치미를 뚝 떼고 교단 위에 올라섰다.

"차렷! 경례!"

인사를 받고 나서 원 선생은 출석을 부르기 시작했다. 1번부터 차례차례 호명을 해나가자, 학생들은 옛! 옛! 하고 여느 때보다 별나게 힘찬 목소리로 대답을 하는 것이었다.

출석을 다 부르고 나서, 원 선생은 교과서를 펴 들었다.

"어디까지 배웠지?"

"왜구 이야기까지 배웠습니다. 어제."

"그렇지, 어제 왜구 이야길 했지. 그럼 오늘은 그 다음, 에—"

그때였다.

"선생님!"

하고 손을 번쩍 드는 학생이 있었다. 호덕이었다.

"뭐야?"

호덕이는 자리에서 부스스 일어나며,

"선생님 혹시 어제 왜굴 만나신 게 아닙니까?"

하였다.

"……."

"그래서 왜굴 잡으실려다가 부상을 당하신 게 아녜요?"

와— 웃음이 터졌다.

원 선생도 웃지 않을 수 없었다. 차라리 분위기가 잘 되었다는 듯이 한손으로 빼근한 눈두덩을 슬슬 어루만지며,

"그런 게 아니라, 어제 말이야……."

하고 이야기를 끄집어내기 시작했다.

수업은 처음부터 옆길로 미끄러져나가는 것이었다.

《현대문학》(1973. 1)

필례 이야기

마을에서는 우리 집을 '회당 집'이라고 불렀다. 회당(會堂), 즉 회의를 하는 집이라는 뜻이다. 말하자면 마을의 공회당인 셈이었다.

널따란 대청이 있는 집이었다. 학교 교실보다는 좀 작은 대청이지만, 꼭 교실처럼 유리 창문으로 둘러싸여 있었다. 대청 한쪽에 방 하나와 부엌 하나가 붙어 있고, 조그마한 마루가 있었다.

그러니까 정확하게 말하면, 우리 집을 회당 집이라 부르는 게 아니라, 회당 집에 우리가 살고 있는 것이었다. 회당 집은 어느 개인의 집이 아니었다. 마을의 공동건물이었다.

그리고 언제부터인지 학교 교원 사택처럼 되어 있었다. 학교 선생이 살다가 전근이 되어 이사를 가면 또 새로 온 선생이 드는 것이었다. 그래서 더러는 그 집을 '선생 집'이라고 부르기도 했다.

우리가 그 회당 집, 혹은 선생 집에 이사를 간 것은 소위 그 대동아전쟁이라는 것이 일어난 이듬해였다고 기억된다. 아버지가 그곳

학교로 전근이 되었던 것이다. 나는 물론 국민학교 코흘리개였다.

그 회당 집이 나는 여간 마음에 들지가 않았다. 마당도 넓은 편이고, 마당 한쪽 가에는 약간 비뚜름하긴 하지만 국기게양대도 서 있었다. 그리고 뒤뜰에는 복숭아나무도 두어 그루 심어져 있었다.

그러나 무엇보다도 마음에 드는 것은 대청이었다. 교실보다는 좀 작은 편이지만, 꼭 교실처럼 유리 창문으로 둘러싸여 있는 대청, 책상이나 걸상은 하나도 없고, 흑판과 교탁만 마련되어 있는, 휑하게 넓은 대청은 언제나 공연히 나를 즐겁게 했다. 비가 오는 날도 친구들과 함께 그 대청에서 제멋대로 뒹굴며 놀 수가 있었고, 때로는 나보다 한두 학년 밑의 조무래기들을 모아놓고 제법 흑판에 백묵으로 글자를 써가며 선생질 흉내를 내기도 했고, 혼자 심심할 때면 대청 바닥에 배를 깔고 엎드려서 도화(圖畵) 같은 것을 그리기도 했다.

그리고 아주 재미가 좋은 것은 그 대청에서 회의가 열리는 일이었다. 마을 애국반의 회의가 한 달에 한두 차례, 때로는 네댓 차례까지 열리는 것이었다. 회의는 언제나 밤에 열렸다.

회의가 열리는 밤이면 대청에 남포등이 몇 개나 켜져 온통 유리 창문에 불빛이 가득했다. 환하게 불이 밝혀진 대청은 공연히 가슴을 울렁거리게 해서 나는 도저히 방 안에서 가만히 공부 같은 것을 하고 있을 수가 없었다. 생각 같아서는 마을 어른들 틈에 섞여 들어가서 회의를 시종 구경하고 싶었으나, 아이들의 입장은 금지인 것이었다. 그래서 하는 수 없이 나는 몇몇 친구들과 함께 바깥에서 유리 창문으로 안을 들여다보며 구경을 하는 도리밖에 없었다. 평소 내 마음대로 할 수 있던 대청이 이런 날 밤만은 완전히 남의 소유가 된 듯해서 어쩐지 허전하기도 했다.

회의는 으레 일본이 혁혁한 전과를 올리고 있다는 이야기로부터 시작되었다. 요즘 어느 섬을 점령했고, 또 어디로 상륙을 했으며, 어느 해전에서는 적함을 몇 척이나 격침했다는 투의 이야기가 결국은 후방에 있는 우리는 피마자를 많이 심어서 공출해야 한다, 관솔을 많이 따서 공출을 해야 한다, 놋그릇을 공출해야 한다, 또 무엇을 공출해야 한다, 무엇을 공출해야 한다는 식으로 '공출'로 집약이 되는 것이었다. 할당된 공출량은 어떠한 일이 있어도 책임 완수를 해야 한다는 것이 결론이었다. 말하자면 애국반회의란 '공출회의'라고 해도 과언이 아니었다.

교탁을 짚고 서서 떠들어대는 구장은 제법 열이 오르기도 하는 모양이었으나, 앉아서 듣고 있는 마을 사람들은 그저 무표정하기만 했다.

간혹 어떤 노인이,

"아 글씨, 우리 집 피마자 씨를 쥐란 놈이 다 까묵었는데 우야제?"

이런 소리를 해서 장내에 웃음을 터뜨릴 따름이었다.

'공출 회의'가 아닌 경우도 전혀 없는 것은 아니었다. 때로는 시국계몽 비슷한 것을 하고는 우리 마을의 젊은이들이 지원병에 많이 나가서 하루 빨리 아메리까, 이기리스(영국)를 쳐부수고, 대동아전쟁을 승리로 끝맺어서, 대동아공영권을 건설해야 된다는 이야기를 늘어놓기도 했다. 그럴 때면 으레 입에 오르내리는 것이 '가네야마'(金山) 상등병 이야기였다. 마을에서 지원병으로 나간 유일한 인물이었다. 말하자면 마을의 자랑거리인 셈이었다. 우리의 자랑거리인 가네야마 상등병의 뒤를 따르는 젊은이가 속속 나와야 되겠다는 것이었다. 머지않아 조선에도 징병제도가 실시되어 우리 청년들도 모두 영광의 황군(皇軍)으로 나가게 되지만, 그때를 기다리고 있을 게 아니라, 지금 당장 가네야마 상등병처럼 솔선수범해서 지원병으로 나가는 것이 얼마나 더 자랑스럽고 사내다운지 모른다는 것이었다.

그런 회의가 있는 날 밤은 주로 마을의 젊은이들을 모이게 했다. 그러나 젊은이들은 코를 쑥 빠뜨리고 듣고만 있을 뿐, 별다른 반응이 없었다.

"모두 알아들었소?" 하면

"예—"

대답들은 수월했다.

"그럼 어디 지원병에 나설 사람 한 번 손 들어 봐."

그러나 아무도 손을 드는 사람은 없었다. 힐끗힐끗 서로 옆 사람을 훔쳐보기나 할 뿐. 유리창 밖의 우리는 매우 구경이 좋아서 헷헷헤…… 웃어대면서,

"나 같으면 번쩍 손을 들겠다."

"나도……."

"나도……."

"병신들이다 그제?"

"맞다. 밥통들이다."

하고 떠들기도 했다.

이렇게 우리 대청에서 회의가 열리는 밤은 나에게는 매우 즐거운 밤이었으나, 아버지는 그게 아닌 모양이었다.

회의가 열리는 날 저녁이면 밥상머리에서,

"또 회의라?"
하면서 아버지는 이마를 찡그렸다.
나 듣는 데서는 그 이상 뭐라고 말을 하지 않았으나, 한 번은 창문 밖에서 얼핏 들으니 어머니한테,
"회인가 지랄인가, 시끄러워서 어디 사람이 살 수가 있나. 딴 데 이살 갈 만한 곳도 없고……. 아— 나 참 더러워서……."
이러는 것이었다.
요컨대 아버지는 회의가 시끄럽기만 한 모양이었다. 나는 아버지도 참 얄궂다고 생각했다.

한 달에 한두 번, 많아야 네댓 번 대청에 켜지던 남포등이 이제는 매일 밤 켜지게 되었다. 야학이 시작된 것이었다.
학교를 안 다닌 마을의 젊은 남녀들을 모아놓고 일본어를 가르치는 야학이었다. 징병제의 실시와 처녀들에게는 '데이신따이'(挺身隊)의 실시를 앞둔 사전 포석인 셈이었다.
그러나 그런 내막을 알 턱이 없는 젊은 남녀들은 무슨 재미있는 일이라도 생긴 듯이 부지런히 야학에 나왔다. 그들이 부지런히 야학에 나오는 것은 일본어를 배우는데 재미가 나서라기보다도 남녀가 한자리에 모이는, 그 야릇하고 기분 좋은 분위기 때문이었다. 남자는 주로 총각들이고, 여자는 전원 처녀들이니, 그럴 수밖에 없었다. 대낮이라도 기분이 야릇하게 좋을 판인데, 더구나 밤의 남포등 밑이니 말이다.
자연히 야학은 신명이 났다. 국민학교 1학년짜리도 다 아는 '아이우에오, 가기구게고……'(한글의 가갸거겨…… 나냐너녀……에 해당)를

배우면서도 냅다 큰소리를 질러대는 것이었다. 총각들은 처녀들을 압도하려는 듯이. 처녀들은 총각들에게 압도당할 수는 없다는 듯이. 대청은 물론이고, 온 집이 우렁우렁 울렸다.

그럴 때면 우리는 유리창 밖에서 코를 쳐들고 히들히들 웃으며,

"가기구게고, 사시수세소, 다찌쓰데도, 나니누네노……."

하고 냅다 혓바닥이 돌아갈 수 있는 대로 빨리 외쳐대기도 했다. 그런 것쯤 누워 떡먹기라는 듯이. 그런 것도 몰라서 커다란 남자 여자들이 모여앉아서 소리를 맞추어 외쳐대다니, 참 재미 좋은 구경이라는 듯이. 이렇게 야학은 보통 회의보다 여러 가지로 구경할 재미가 있었다.

그러나 아버지는 물론 그게 아니었다. 회의 때보다 훨씬 더 시끄러운 판이니 훨씬 더 이맛살이 찌푸려질 수밖에 없었다. 도무지 살맛이 뚝 떨어진 사람처럼 밤이 되면 그저 이불을 뒤집어써버리기 일쑤였다.

한 번은 아버지가 학교에서 늦게 돌아와 늦은 저녁상을 둘러앉아 밥을 먹고 있는데, 대청에서 우렁우렁 글 읽는 소리가 일어났다. 벌써 야학이 시작된 것이었다.

"히노마루노하다"(일본 국기)

하고, 야학선생이 먼저 읽으니, 모두 큰소리로 "히노마루노하다" 하고 따라 읽는 것이었다. '아이우에오, 가기구게고……'는 이제 다 뗀 모양이었다.

"헤이따이상"(병정)

"헤이따이상"

"데쓰가부또"(철모)

"데쓰가부또"

"히꼬오끼"(비행기)

"히꼬오끼"

나는 국물을 홀짝홀짝 입으로 떠 넣으면서 힐끗 아버지의 표정을 훔쳐보았다.

아버지는 마치 화가 난 사람 같은 얼굴을 하고 있었다. 곧 터져 나오려는 화를 꾹 참고 있는 듯했다. 나는 조심스럽게 숟가락질을 했다.

"궁깡"(군함)

"궁깡"

"바꾸당"(폭탄)

"바꾸당"

"바꾸게끼"(폭격)

"바꾸게끼"

"베이에이 게끼메쓰"(米英 격멸)

"베이에이 게끼메쓰"

마침내 아버지는 이마에 접힌 주름살을 꿈틀거리며,

"찬아!"

하고 나를 바라보았다.

"예?"

"가서 좀 조용조용히 읽어라 캐!"

"……."

"시끄럽어서 밥도 못 묵겠다!"

"……."

"어서!"

"예."

나는 얼른 숟가락을 놓고 일어났다. 그러나 나는 몹시 못마땅했다. 마치 시끄러운 것이 나 때문이기나 한 것처럼 아버지는 공연히 나한테 신경질이 아닌가.

"히노마루노하다"

"히노마루노하다"

"헤이따이상"

"헤이따이상"

글 읽기는 다시 처음부터 되풀이 되고 있었다.

나는 대청 문을 열고 들어갔다.

그러자 야학생들의 시선이 일제히 나에게로 몰렸다. 야학 선생도 무슨 일인가 하고 힐끗 나를 쳐다보면서 입으로는 여전히 다음을 읽어가고 있었다.

나는 몹시 어색했으나, 얼른 야학 선생의 곁으로 다가가서 꾸벅 우선 절을 했다. 그리고 말했다.

"좀 조용히 읽어라 캅니더."

"……."

"우라부지가예."

그러자 야학 선생이,

"뭐?"

하고 눈을 대구 깜작거렸다. 약간 당황하는 것도 같았고, 난처한 것도 같았고, 그러면서도 피식 웃는 것도 같았다.

나는 얼른 또 이렇게 말했다.

"시끄럽어서 밥도 못 묵겠답니더."

그러자 와— 야학생들이 모두 웃음을 터뜨렸다. 야학 선생도 고개를 끄덕거리며 웃었다.

대청 안이 온통 웃음바다가 되는 바람에 나는 어쩔 줄을 몰랐다. 몹시 부끄러웠다. 그래서 후다닥 돌아서 나오려는데 누군가가,

"밥도 못 묵어?"

하고 소리를 질렀다.

또 한바탕 웃음바다가 되었다.

나는 얼른 뒤를 돌아보았다. 필례였다. 필례는 그 함박 같은 얼굴에 활짝 웃음을 띠고 있었다. 나와 시선이 마주치자, 필례는 더욱 커다랗게 입을 벌리며 웃었다.

나도 절로 킥 웃음이 나왔다. 그러나 나는 온 얼굴이 화닥거렸고, 기분이 좋지가 않았다.

얼른 대청 밖으로 뛰어나온 나는 속이 상하기까지 했다. 괘씸한 것이었다. 하필 필례 제가,

"밥도 못 묵어?"

하고 짓궂게 소리를 지를 것이 뭔가 말이다. 지랄같이……. 나는 어쩐지 배신을 당한 듯한 느낌이기도 했다. 그래서,

"이누무 가시나, 다시는 너거 집에 놀러 안 갈 끼다."

하고 대청 쪽으로 한 번 눈을 흘기고, 방으로 들어갔다.

아버지는 여전히 이마에 주름을 접은 채 젓가락질을 하고 있었다.

나는 밥상머리에 도로 앉았으나, 도무지 입맛이 당기지가 않았다.

대청에서 글 읽는 소리는 다시 계속되고 있었다. 그러나 아까보다는 현저히 낮게 울렸다.

필례는 우리 집 앞집 처녀였다. 살결이 희고 얼굴이 반반하게 생긴데다가, 한창 피어나는 나이라, 마치 함박꽃처럼 훤하고 탐스러웠다.

바로 앞뒷집일 뿐 아니라, 그녀가 나를 무척 귀여워해주었기 때문에 나는 곧잘 그녀네 집으로 놀러가곤 했다. 내가 놀러 가면 언제나 그녀는 그 함박꽃 같은 얼굴에 활짝 웃음을 띠며,

"어서 온나."

하고, 반겼다.

때로는 심심하다고 나를 일부러 자기 집으로 부르기도 했다.

그녀는 이야기를 잘했고, 노래도 곧잘 불렀다.

집에 아무도 없고, 그녀와 둘이 빈집을 지키는 격일 때면 그녀는 으레 둥근 수틀을 들고 앉아 수를 새기면서 나에게 옛날이야기를 들려주었다. 어디서 누구한테 들었는지, 그녀의 이야기 주머니는 마르는 법이 없었다. 언제나 새로운 이야기를 끄집어내는 것이었다. 내가 그녀를 따르고 좋아한 것은 어쩌면 그녀의 그 이야기 솜씨 때문인지도 몰랐다.

그녀가 한 바늘 한 바늘 수를 새기면서 들려주는 옛날이야기를 나는 그녀 곁에 앉아 침을 꿀컥 삼키기도 하면서 들었다. 그녀의 손끝에서 곱게 새겨져나가는 꽃과 나비를 바라보기도 하고, 그녀의 한쪽 눈 밑에 맺힌 까만 사마귀를 바라보기도 하면서.

그녀의 한쪽 눈 밑에는 제법 팥알만 한 사마귀가 맺혀 있었다. 그 사마귀를 언젠가 어머니는 눈물을 받아먹는 사마귀라고 나에게 이야기 한 적이 있었다. 좋지 않은 사마귀라는 것이었다.

그러나 나는 눈물을 받아먹는 사마귀거나 말거나, 어쩐지 그 사마귀가 좋기만 했다. 그 사마귀가 있기 때문에 필례가 더 예뻐 보이고, 더 친근하게 느껴졌다.

한 번은 그 사마귀를 나는 손가락으로 살짝 건드려 보며,

"이 사마구가 정말 눈물을 받아 묵나?"

하고 물어 보았다.

그러자 필례는,

"야, 야, 간지랍다."

웃으며 살짝 얼굴을 돌렸다.

"눈물을 받아 묵긴……. 사마구가 어떻게 눈물을 받아 묵노."

"우리 어무이가 카던데……."

"너거 어무이 참 얄궂다."

필례는 핫핫하…… 소리를 내어 웃는 것이었다.

필례는 옛날이야기에 싫증이 나면 이번에는 노래를 시작했다. 나는 언제까지나 옛날이야기에 매달리고 싶었으나 할 수 없었다. 노래도 재미가 없는 것은 아니었다. 옛날이야기보다는 물론 못하지만, 필례가 곧잘 부르는 노래는 〈이수일과 심순애〉였다. 어쩌면 그것이 그녀의 십팔번인 모양이었다.

"대동강변 부벽루 산보하는
이수일과 심순애의 양인이로다—"

그녀의 목소리는 독특한 데가 있었다. 어쩐지 약간 코가 먹은듯한 음성이었다. 그래서 그런지 그냥 맑고 고운 음성보다 묘하게 더 친근감을 느끼게 하고 매력이 있었다.

그녀는 그런 묘하게 매력이 있는 음성으로 〈이수일과 심순애〉뿐

아니라, '고요히 창을 열고 별빛을 보니, 그 누가 불러주나 휘파람 소리' 어쩌고 하는 것도 불렀고, '쌍고동 울어 울어 연락선은 떠난다' 어쩌고 하는 것도 불렀고, 또 '가만히 가만히 오세요, 요리 조리로' 하는 것도 불렀다. 그밖에도 그녀는 여러 가지 노래를 알고 있었다.

어쩌면 학교도 안 다녔다는 그녀가 그처럼 많은 이야기와 노래를 알고 있는지, 참 신기하다는 생각이 들기도 했다. 물론 학교에서 이야기와 그런 조선 노래를 가르치는 것은 아니지만 말이다.

나는 그녀가 부르는 노래 가운데서 '가만히 가만히 오세요' 하는 것이 제일 마음에 들었다. 가사도 희한하고 곡조도 희한했다.

그래서 그 노래가 나오면 으레 나도,

"가만히 가만히 오세요, 요리 조리로—"

일부러 장난기 어린 목소리로 냅다 고함을 지르듯 따라 불렀다.

그러면 그녀는 힉 웃으며 내 등을 탁 두들겼다. 그리고 눈을 살짝 흘겼다.

필례와 나는 말하자면 이렇게 사이가 매우 좋은 터였다. 그런데 그녀가 여러 사람들 앞에서 나를 놀리듯 "밥도 못 묵어?" 하고 우스갯감을 만들었으니, 괘씸한 노릇이 아닐 수 없었다. 배신을 당한 듯한 생각이 드는 것도 무리가 아니었다.

그래서 나는 다시는 필례네 집에 놀러가지 않으리라 마음먹었고, 또 실제로 그렇게 했다.

어느 날 밤이었다. 자다가 나는 오줌이 마려워서 일어났다. 방 한쪽 윗목에 요강이 놓여 있었으나, 나는 바깥으로 나갔다.

나는 요강에 오줌 누는 것을 무척 싫어했다. 그래서 아무리 한밤중이라도 반드시 바깥으로 나가는 버릇이었다. 그렇다고 바깥에 나가 변소를 찾아가는 것은 결코 아니었다. 마루에 서서 마당에다가 대고 아무렇게나 갈겨버리는 것이었다. 마루에서 마당에다가 오줌을 내깔기면 오줌 줄기가 커다랗게 뻗어나갈 뿐 아니라, 땅에 떨어지는 소리도 여간 시원하지가 않았다. 그런 후련한 맛에 어머니의 꾸중을 무릅쓰고 언제나 밤이면 마루에서 오줌을 깔기는지도 몰랐다.

어머니는 마루에서 오줌 누는 것을 몹시 싫어했다. 왜 방에 요강이 있는데 요강에 누지 않고, 개처럼 마당에다가 아무렇게나 내깔기는지 모르겠다는 것이었다. 지린내가 나서 못 살겠다고, 남자들은 참 알 수가 없다고 아침이면 곧잘 짜증이었다. 그러고 보면 마당에 오줌을 깔기는 것은 나 혼자만은 아닌 모양이었다. 아마, 아버지도 그러는 모양이었다. 그러니까 '남자들'이라고 하는 게 아니겠는가. 우리 집에 남자는 아버지와 나뿐이니 말이다. 아버지는 어른이니, 마루에서 오줌을 내깔기면 오줌 줄기가 훨씬 커다랗게 뻗을 것이며, 훨씬 요란하고 시원하게 떨어질 게 아닌가. 나는 꾸지람을 들으면서도 속으로 어쩐지 킥킥 웃음이 나오고 유쾌했다.

그날 밤도 나는 마루에 서서 마당에다가 기분 좋게 오줌을 깔겼다. 달이 좋은 밤이어서 마당에는 온통 달빛이 새하얗게 깔려있었다. 오줌줄기는 새하얀 달빛 위를 아무렇게나 적셨다.

오줌을 누고 나서 방으로 들어가려는데, 어디선지 도란도란 사람 소리가 들렸다. 나는 가만히 멈추어 섰다. 대청 쪽인 듯했다. 두 사람의 목소리 같았다. 하나는 남자 목소리고, 하나는 여자 목소리에 틀림없다. 나는 바싹 귀를 곤두세웠다.

“송편이 좋아예? 인절미가 좋아예?”

여자의 목소리였다.

“송편도 좋고, 인절미도 좋고…….”

남자의 목소리였다.

“아이, 그카지 말고, 어느 기 더 좋아예?”

여자의 목소리.

“송편보다는 인절미가 낫지.”

남자의 목소리.

“난 송편이 좋아예. 감자하고 고구마는 어느 기 더 좋아예?”

여자.

“고구마.”

남자.

“나는 감자, 감자 중에도 하짓감자.”

여자.

“헛헛허…… 와 해필 하짓감자는…….”

남자.

“하짓감자가 젤 하박하박하고 맛이 좋아예. 핫핫하…….”

여자.

도대체 이 밤중에 무슨 놈의 떡이니 감자니 하고 웃어쌓는지, 알 수가 없었다. 나는 살그머니 대청 안을 들여다보았다. 바깥은 환한 달밤이지만, 대청 안은 어두웠다. 그러나 인기척이 대청 안에서 나는 게 아니라, 대청 저쪽의 뒤뜰에서 난다는 것을 알 수 있었다.

나는 숨을 죽이고 살금살금 대청 안으로 들어갔다. 그리고 인기척이 나는 창변으로 다가가 살짝 바깥을 내다보았다.

뒤뜰에도 달빛은 새하얗게 깔려 있었다. 새하얀 달빛 위에 복숭아나무 그늘이 선명하게 떨어져 있었다. 그 그늘 속에 바지저고리 하나와 치마저고리 하나가 나란히 앉아있는 것이 아닌가.

처음에는 그게 누군지 잘 분간이 되지 않았으나, 나는 곧 그들을 알아볼 수가 있었다. 치마저고리부터 먼저 알아볼 수가 있었다. 치마저고리는 다름 아닌 필례였다. 필례라는 것을 알자, 나는 이것 봐라 싶었다. 뜻밖의 일에 눈이 번쩍 뜨이며, 히익! 웃음이 나오려는 것을 얼른 참았다.

바지저고리는 용철이었다. 용철이는 바로 우리 뒷집 총각이었다. 그러니까 우리 집 앞집 뒷집 처녀총각이 한밤중에 우리 집 뒤뜰 복숭아나무 그늘에서 만나고 있는 것이었다.

나는 숨을 죽이고 눈을 반질거리며 그들의 하는 수작을 지켜보았다.

"하짓감자도 좋지만, 고구마도 맛있대이."

용철이는 싱그레 웃으며, 슬그머니 한쪽 팔을 필례의 뒤로 돌리는 것이었다. 그러자 필례는 약간 몸을 움츠리며,

"고구마는 달아서 싫어."

한다.

"단 기 와 싫노?"

"달만 아주 달든동…… 들쩍지근한 건 난 싫어."

"아이고 요것아."

그러면서 용철이는 그만 필례를 덥석 가슴에 안아버리는 것이 아닌가.

"아이 싫어—"

필례는 비명 비슷한 소리를 질렀다. 그러나 그것은 결코 비명은 아니었다. 야릇한 목소리였다. 싫어— 하면서도 싫은 기색은 조금도 보이지가 않았다. 싫기는 고사하고, 오히려 좋기만 한 모양이었다.

"저런, 저런……."

나는 어이가 없어서 눈이 휘둥그레졌다.

용철이의 얼굴과 필례의 얼굴이 마주 붙어버리는 것이 아닌가. 나는 휘둥그레진 눈을 곧장 깜작거리다가,

"우야꼬, 어, 어, 어……."

꿀컥 침을 삼켰다.

이번에는 용철이가 필례를 슬그머니 뒤로 넘어뜨리는 것이 아닌가.

"아이곰마—"

그러자 필례는 한 번 버둥거리는 일도 없이 순순히 뒤로 넘어가는 것이었다.

나는 왠지 가슴이 발딱거리며 또 침이 꿀컥 삼켜졌다. 목구멍을 넘어가는 침이 묘하게 뜨거웠다.

잠시 후, 나는 참 얄궂고 희한한 광경을 눈앞에 보며 입을 손으로 가리고 킥킥킥 곧장 웃어댔다. 기가 막히는 구경이 아닐 수 없었다.

이튿날 나는 서슴없이 동네 아이들에게 그 소문을 퍼뜨렸다. 필례하고 용철이 하고 신랑각시라고. 어젯밤에 우리 집 뒤뜰 복숭아나무 밑에서 기가 막히게 신랑각시질을 하더라고. 입이 근질근질해서 가만히 있을 수가 없을 뿐 아니라, 필례에 대한 보복으로 일부

러 더 흉내까지 내가며 떠벌려댔다.

그리고 대청 흑판에다가 '필례 용철이 랭가이'라고 커다랗게 써 놓기까지 했다. '랭아이'(연애)를 우리는 '랭가이'라고 발음하고 있었다. 필례 제가 남들 앞에서 "밥도 못 묵어?" 하고 창피를 주었으니, 나도 좀 창피를 주자는 셈이었다. 마침 잘된 노릇이 아닐 수 없었다.

야학이 시작될 무렵, 나는 몇몇 친구들과 함께 유리 창문 밖에서 히죽히죽 웃으며 결과를 기다리고 있었다. 흑판의 낙서 때문에 필례가 어떤 망신을 하는가 하고 말이다.

그런데 재수 없게도 필례가 맨 먼저 나타나는 것이 아닌가. 대청으로 들어선 필례는 흑판의 낙서가 눈에 띄자, 가만히 서서 그것을 바라보고 있었다. 한 자 한 자 뜯어 읽는 모양이었다. 그러더니 곧 그녀는 얼굴색이 확 달라지며, 얼른 가서 그것을 흑판 지우개로 썩썩 문질러버리는 것이었다. 그리고 발갛게 물든 얼굴로 주위를 둘러보더니, 창밖에 있는 나와 시선이 마주치자,

"니가 그랬제?"

하고 딱 눈을 부릅떴다.

나는 히죽 웃으며 혓바닥을 날름 내밀어 보였다. 그러자 그녀는,

"이누묵 자식! 두고 보자. 두고 봐!"

분해서 못 견디었다.

남들 앞에서 창피를 주진 못했으나, 그만해도 좀 보복은 된 듯 나는 기분이 고소했다.

어디 두고 보자고, 분해서 못 견딘 필례였으나, 그 다음 날 학교에 갔다 돌아오는 나를 그녀는 웃는 낯으로 불렀다. 자기 집 사립

앞에서였다.

나는 도망을 치려다가, 그녀가 워낙 부드럽고 은근한 태도여서 속으로 약간 켕기기는 했으나, 그녀에게로 다가갔다. 그러자 그녀는 치마폭 속에서 불쑥 삶은 옥수수 하나를 내밀었다. 엄청나게 큰 옥수수였다.

"이렇게 큰 강냉이 봤나?"

"……."

"묵어 보래. 맛있다."

나는 힉 웃었다.

"받아."

"……."

"받으라니까."

나는 하는 수 없이 그것을 받았다. 어쩐지 멋쩍고 기분이 묘했다.

내가 옥수수를 받아 쥐자, 필례는 싱글 웃으며 말했다.

"우리 집에 놀러 오너래이."

"그리고 인제 그런 낙서 하지 마라, 잉?"

나는 귀 밑이 화끈해지는 것을 느끼며 고개를 끄덕거렸다.

그러자 필례는 이제 됐다는 듯이 사립 안으로 가볍게 사라져갔다.

나는 누렇게 익은 그 거창한 옥수수를 물어뜯으며 참 재미있다 싶었다.

그런 일이 있은 뒤로 나는 밤중에 일어나 오줌을 누고 나면 으레 대청으로 가서 뒤뜰 복숭아나무 밑을 살폈다. 혹시 필례와 용철이가 그 얄궂고 희한한 '랭가이'를 또 하고 있는 게 아닌가 싶어서. 그러나 그들이 '랭가이'하는 장소를 딴 데로 옮겼는지, 다시는 그 기가 막히는 구경을 할 수가 없었다.

가네야마 상등병이 고향에 다니러 온 것은 가을도 서서히 저물어 갈 무렵이었다. 전선으로 출정하기 전의 특별 휴가인 것이었다.

가네야마 상등병이 귀향하자, 소문은 순식간에 온 마을에 퍼졌다.

그 소문을 들은 나는 공연히 가슴이 울렁거렸다. 마을에서 오직 한 사람 지원병으로 나간 가네야마 상등병이 다니러 왔으니 그럴 수밖에 없었다. 나는 곧 몇몇 친구와 함께 가네야마 상등병네 집으로 달려갔다.

사립에서 안을 기웃거리며 우리는 가네야마 상등병이 모습을 나타내길 기다렸다. 그러나 좀처럼 모습을 볼 수가 없었다. 그 대신 우리는 토방에 놓인 군화를 바라보며,

"가네야마 죠또헤이(상등병) 끼다 그제?"

"맞다."

"억씨기 크제?"

"꼭 도적놈 구두 같다."

"흐흐흐흐……."

"히히히히……."

웃어대기도 했다.

내가 가네야마 상등병을 본 것은 이튿날 학교에서였다.

셋째시간을 마치고, 쉬는 시간이었다. 운동장으로 뛰어나가니 운동장가의 플라타너스 밑에 웬 '헤이따이상' 한 사람이 서 있었다. 나는 그게 틀림없이 가네야마 상등병일 것이라고 생각했다. 난데없이 학교 플라타너스 밑에 와 서 있을 '헤이따이상'이 어제 휴가를 온 가네야마 상등병 말고 누가 있겠는가 말이다.

"야— 가네야마 죠또헤이다—"

나는 냅다 달리기 시작했다.

그러자 다른 아이들도,

"야—"

소리를 지르며 뒤따랐다.

우리가 달려가자, '헤이따이상'은 빙글빙글 웃고 있었다.

가까이 가서 보니, '헤이따이상'은 틀림없는 가네야마 상등병이었다. 빨간 바탕의 사각형에 별이 세 개인 계급장을 달고 있을 뿐 아니라, 명찰에 분명히 '가네야마'라고 쓰여 있었다.

"가네야마 죠또헤이상!"

누군가가 웃으며 번쩍 거수경례를 붙였다.

그러자 가네야마 상등병도 빙그레 웃으며 척 경례를 받고 나서,

"난넨세이?"(몇 학년?)

하고 물었다.

"산넨세이데수."(3학년입니다)

"벵꾜 식까리세요."(공부 열심히 해라)

"하이."(예)

그런데 나는 어쩐지 가벼운 실망 같은 것을 느끼고 있었다. 우리 마을에서 지원병으로 나간 오직 한 사람이라면, 마을의 자랑거리라면 좀 그럴듯하게 생겼을 줄 알았는데, 도무지 그게 아니니 말이다. 시꺼먼 얼굴에 광대뼈가 툭 불거진 것이 꼭 어디 남의 집 머슴 사는 사람 같았다. 남의 집 머슴이 군복을 빌려 입고 있는 듯한 인상이었다. 게다가 도둑놈 신발 같은 군화를 신었으니……. 그러나 가슴패기만은 유별나게 쫙 펴고 있었다. 가슴패기까지 펴고 있지

않았더라면 더 꺼벙해 보였을 것이다.

어쨌든 '헤이따이상'임에는 틀림없어서, 넷째 시간 시작을 알리는 종소리가 울릴 때까지 나는 다른 아이들과 함께 곧장 그 주위에서 서성거렸다. '센또오보오시(전투모자)'에 붙은 별을 쳐다보기도 하고, 계급장이랑 명찰, 군복의 단추 같은 것을 눈여겨보기도 하고, 심지어 콧구멍에서 밖으로 내민 까만 털을 신기하게 바라보기도 하면서.

가네야마 상등병을 두 번째 본 것은 며칠 후, 우리 집에서였다. 밤에 가네야마 상등병이 야학을 구경하러 왔던 것이다.

가네야마 상등병은 웬 노파와 함께 왔다.

밤인데도 '센또오보오시'에 군화까지 신은 가네야마 상등병이 웬 노파와 함께 대청 안으로 들어서자 장내는 잠시 술렁거렸다. 야학 선생은 마치 무슨 감독관이라도 들어선 듯 바짝 긴장을 하는 눈치였고, 야학생들은 주의가 산만해져가지고 뒤편에 서 있는 가네야마 상등병과 노파를 돌아보곤 했다. 처녀들 쪽이 더했다. 처녀들은 뭐라고 곧장 수군거리기도 했다.

잠시 후, 분위기는 가라앉고, 글 읽는 소리는 계속되었다. 가네야마 상등병이 와 있어서 그런지, 조금 전보다 글 읽는 소리가 월등히 힘찼다.

"아메노히모 유끼노히모 헤이따이상다찌와 야수미마셍."(비 오는 날도 눈 오는 날도 병정들은 쉬지 않습니다)

야학은 어느덧 단어 공부에서 문장 공부로 발전해 있었다.

"히루모 요루모 데끼궁오 사가시데 싱게끼마수."(낮에도 밤에도 적군을 찾아서 진격합니다)

가네야마 상등병은 히죽이 웃고 있었다. 그러나 그런 데는 별로 흥미가 없는 듯했다. 곧장 눈길을 처녀들 쪽으로 보내고 있는 것이었다.

노파가 가네야마 상등병의 귀에다 대고 뭐라고 소곤거렸다. 그러자 그는 고개를 끄떡거리며 처녀들 가운데 누군가 한 사람을 유심히 바라보는 것이었다.

유리 창문 밖에서 그 광경을 들여다보고 있는 나는 노파가 가네야마 상등병의 귀에다 대고 무슨 말을 했는지 여간 궁금하지가 않았다. 그리고 가네야마 상등병이 처녀들 가운데 누구를 바라보고 있는지 알 수가 없었다. 아무래도 좀 예삿일이 아닌 것 같은데, 무슨 일인지 알 수가 없어 안타까웠다.

그런 일이 있은 며칠 뒤, 마을에 소문이 퍼졌다. 가네야마 상등병이 필례한테 장가를 든다는 것이었다. 곧 결혼식을 올린다는 것이었다.

그 소문을 들은 나는 속으로 하하— 싶었다. 며칠 전, 가네야마 상등병이 웬 노파와 함께 야학 구경을 온 까닭을 그제야 알 수가 있었다. 그때 노파가 가네야마 상등병의 귀에다 대고 무슨 말을 했는지도 짐작하겠고, 가네야마 상등병이 여자들 가운데 누구를 바라보고 있었는지도 뻔한 노릇이었다. 나는 무슨 까다로운 수수께끼라도 푼 듯 기분이 흡족했다.

그러면서도 한편 얄궂은 일이라는 생각이 들기도 했다. 필례가 가네야마 상등병한테 시집을 가다니 그럴 수가 있을까 싶었다. 용철이하고 그렇게 얄궂고 희한한 '랭가이'까지 해놓고, 딴 사람한테 시집을 가다니 말이다.

만일 그런 사실을 가네야마 상등병이 안다면 결코 필례한테 장가를 들지는 않을 것이라는 생각을 하니, 나는 야릇하고 중대한 비밀을 알고 있는 것 같아 기분이 묘했다.

그리고 필례가 딴 사람한테 시집을 가는데, 용철이가 그냥 가만히 있을 것인가, 어쩔 것인가…… 좌우간 일이 참 재미 좋게 되었다 싶으며, 나는 공연히 즐거웠다.

저녁 밥상머리에서 어머니와 아버지 사이에 그 이야기가 나왔다.

"앞집 필례 시집간대예."

어머니가 아버지에게 말했다.

"어디로?"

"뭐, 가네야마라던가, 그 지원병한테예."

"그래?"

아버지는 뜻밖의 일이라는 표정으로 고개를 두어 번 끄떡거렸다.

"필례 시집 잘못 가지."

"……."

"씨나 받아주로 가는 거 앙이겠능교."

아버지는 히죽 웃을 뿐, 아무 말이 없었다.

씨나 받아주러 가다니……. 가만히 듣고 있던 나는,

"어무이, 씨나 받아주로 가는 기 뭐고?"

물었다.

그러자 아버지가,

"넌 그런 거 몰라도 돼."

하고, 툭 쏘아붙이듯 말했다.

나는 속으로 아버지는 참 지랄이라고 생각했다. 어머니한테는 늘 좋게 말하면서 나한테는 곧잘 툭 쏘아붙이니 말이다.

"이 김치 맛이 어떤교? 옆집에서 갖고 온 긴데……."

어머니는 슬그머니 화제를 돌리는 것이었다.

씨를 받아주러 가는 것이 무슨 뜻인지 모르지만, 내 생각으로는 필례가 시집을 잘못 가는 것으로 여겨지지는 않았다. 오히려 그 반대였다. 용철이하고 그런 '랭가이'까지 해놓고 딴 사람한테 시집을 가도 되는 것인지, 그 점은 얄궂다고 생각하지만, 그러나 용철이 각시가 되는 것보다는 가네야마 상등병의 각시가 되는 편이 훨씬 낫다고 생각했다. 용철이 그 바지저고리의 각시보다 '헤이따이상' 각시가 얼마나 더 자랑스러운가 말이다.

그래서 한 번은 일부러 필례네 집에 놀러가서 그녀에게 살짝,

"가네야마 죠또헤이 각시 된다제? 좋겠다."

하고, 웃었다.

그랬더니, 필례는 뜻밖에도 바르르 화를 내며,

"지랄하지 마!"

하는 것이 아닌가.

나는 너무나 의외의 일에 어이가 없어서, 잠시 멀뚱멀뚱 그녀를 바라보기만 했다. 그녀의 함박 같은 얼굴이 눈에 띄게 핼쑥했고, 눈밑의 까만 사마귀가 유난히 두드러져 보였다.

바르르 화를 낸 그녀의 표정이 좀처럼 풀리지 않자, 나는 그만 사립 밖으로 뛰어나오며,

"용철이하고 랭가이! 랭가이—"

냅다 소리를 질렀다.

옥수수를 얻어먹은 것도 이제 무효인 셈이었다.

결혼식 날은 곧 다가왔다.

결혼식 날짜가 마침 일요일이어서 나는 썩 잘되었다 싶었다. 그리고 또 신나는 것은 결혼식을 우리 집 대청에서 거행한다는 것이었다. 여느 결혼식과는 달리 신식으로 한다는 것이다. 과연 가네야마 상등병이 다르구나 싶었다. 사모관대를 한 신랑과 족두리를 쓴 신부가 초례상 앞에서 혼례를 올리는 여느 결혼식은 더러 구경한 일이 있지만 신식으로 하는 결혼식은 한 번도 구경한 일이 없는 터이라 몹시 기대가 컸다. 신식 결혼식이란 도대체 어떻게 하는 것인지, 나뿐 아니라, 온 마을 사람들이 다 기대에 부풀어 있었다.

결혼식 전날 오후, 우리 집 대청에 조그마한 풍금이 운반되어 왔다. 학교의 풍금이었다. 그리고 장내에 만국기가 장식되었다. 역시 학교에서 빌려온 것이었다. 그런 식장 준비를 어찌 된 셈인지 구장이 나서서 하는 것이었다.

나는 마치 우리 집에 무슨 경사가 난 것처럼 즐겁기만 했다.

그런데 이튿날 아침, 참으로 놀랄 일이 생겼다. 간밤에 필례가 어디론지 자취를 감추어버린 것이었다.

오늘이 잔칫날인데, 신부가 자취를 감추다니, 참 어처구니가 없고, 기가 막힐 노릇이었다. 잔칫집이 발칵 뒤집힌 것은 말할 것도 없고, 이웃 사람들도 덩달아 술렁거렸다. 나도 공연히 필례네 집 사립 앞으로 뛰어가 보았다가, 우리 집 대청 안의 만국기와 풍금을 들여다보았다가 했다. 그리고 용철이는 지금쯤 어떻게 하고 있는가 싶어서 슬금슬금 뒷집으로 가 보았다.

용철이는 마당가에 앉아 소여물을 썰고 있었다. 필례가 도망간

것을 아는지 모르는지 도무지 얼굴에 아무 표정이 없었다. 아마 모르고 있는 모양이었다. 그래서 나는,

"저…… 필례 도망갔십더."

하고, 큰 소리로 말해주었다.

그러자 용철이는 힐끗 나를 쳐다보며 씩 한 번 웃기만 했다. 그리고는 다시 써빽써빽 여물 썰기에만 여념이 없었다.

나는 뭐 저런 멋대가리 없는 자식이 다 있나 싶었다. 자기하고 '랭가이'를 한 여자가 딴 남자한테 시집을 가는 날인데도, 그리고 그녀가 시집을 안 갈려고 도망을 쳤다는데도 그저 씩 한 번 웃기만 하다니, 참 쑥떡 같은 자식이라고 생각했다. 저런 쑥떡 같은 자식하고 '랭가이'를 했다고, 딴 데 시집을 안 갈려고 도망을 간 필례가 가엾다는 생각이 들기도 했다.

결혼식 시간은 오전 열한 시였다. 그런데 용케도 그 시간에 필례가 돌아왔다. 돌아왔다기보다는 붙들려서 강제로 끌려온 셈이었다. 도망을 갈려면 아주 좀 먼 곳으로 갈 일이지, 겨우 이웃마을 친척집으로 갔던 모양이었다. 그러니 대번에 본가로 연락이 될 수밖에.

필례가 돌아오자 잔칫집 분위기는 다시 활기를 띠기 시작했다. 조금 전까지는 마치 초상난 집 같더니 말이다. 나도 야, 이제 됐구나 싶었다. 활짝 기분이 밝아지는 듯했다.

그래서 결국 결혼식은 예정대로 진행되었다.

신랑 가네야마 상등병은 신부가 간밤에 자취를 감추었다가 돌아왔다는 사실을 아는지 모르는지 그저 덤덤한 얼굴이었다. 그러나 신부 필례는 마치 무슨 큰 죄라도 지은 것처럼 기가 죽어 보였고,

또 쓸쓸한 그늘이 얼굴에 어리고 있었다.

구경꾼들은 식장인 우리 집 대청 주위에 와글와글 들끓었다. 신식 결혼식이 어떤 것인가 하는 호기심 때문이기도 했지만, 신부가 간밤에 자취를 감추었다가 돌아왔다는 바람에 더 극성들인 것이었다.

식장 정면에는 '히노마루노하다'가 걸려 있었고, 그 앞에서 면장의 주례로 식은 거행되었다.

신랑은 군복 그대로였고, 신부는 초록색 저고리에 다홍치마차림이었다. 그리고 가슴에 꽃을 한 송이씩 꽂고 있었다. 그것뿐이었다.

그런 차림으로 먼저 '히노마루노하다'에 대해서 경례를 하고 나서, 주례가 시키는 대로 서로 맞절을 하기도 하고, 선물을 교환하기도 하고, 주례의 이야기를 듣기도 했다.

그리고 끝나자, 풍금소리가 울리고, 신랑신부의 퇴장이었다.

그런데 퇴장이 아주 재미있었다. 주례가 신부에게 신랑의 한쪽 팔을 끼라고 했다. 그러나 신부는 시키는 대로 하질 않았다. 몇 차례 끼라고 해도 끼질 않자, 주례가 손수 신부의 팔을 잡아 신랑의 팔에 끼워주었다. 그러자 신부는 팔을 얼른 쑥 빼버리는 것이 아닌가. 얼굴이 홍당무처럼 되면서, 마음이 내키지 않을 뿐 아니라, 부끄러워서 도저히 그렇게 할 수가 없는 모양이었다.

와— 구경꾼들은 일제히 웃음을 터뜨렸다.

결국 하는 수 없이 신랑이 신부의 팔을 끼도록 했다. 그러나 신랑 역시 쑥스러운 듯 머뭇거렸다.

"난다, 하야꾸!"(뭐 이래, 빨리!)

주례의 약간 화가 난 듯한 소리에 신랑은 엣다 모르겠다는 듯이 신부의 팔을 와락 끼었다. 그리고 뚜벅뚜벅 걷기 시작했다.

멎었던 풍금이 다시 삐빠삐빠…… 요란하게 울렸다. 신랑이 팔을 끼고 뚜벅뚜벅 걸음을 내딛자, 신부도 절로 걸음이 옮겨졌다. 그런데 그 신랑신부의 걷는 모습이 또한 재미있었다. 신랑은 마치 신부를 강제로 끌고 가는 듯했고, 신부는 싫으면서도 억지로 끌려가는 듯했다. 가기 싫은 시집을 억지로 가듯이 말이다.

킬킬킬…… 크크크…… 여기저기서 웃음들을 못 참는 것이었다. 나도 재미가 좋아서 흣흣흣흐…… 곧장 웃어댔다. 신식 결혼식이란 결국 신랑신부가 팔짱을 끼고 걸어 나오는 마지막 장면이 희한하구나 싶었다. 그것 말고는 구식 결혼식보다 훨씬 싱거운 것 같았다.

아무튼 그렇게 해서 필례는 마침내 가네야마 상등병의 각시가 되고 말았다.

이듬해 가을, 우리는 딴 고장으로 이사를 갔다. 아버지가 딴 학교로 전근이 되었던 것이다.

우리가 그곳 회당 집에 사는 동안, 필례는 줄곧 남편도 없는 시집살이를 하고 있었다. 같은 마을이었기 때문에 간혹 만날 기회가 있었다. 그리고 우리가 이사하기 조금 전에 아이를 낳았다는 소문을 들었다. 용철이는 그해 봄에 징용에 끌려 나갔다.

내가 그 마을을 찾아간 것은 해방된 이듬해 여름방학 때였다. 그해 나는 중학생이 되었던 것이다. 그리고 같은 학급에 그 마을의 옛 친구가 있어서, 그 친구한테 놀러간 것이었다.

그 마을에서 이사를 한 뒤로 나는 필례를 잊어버리다시피 했다.

그러나 옛 마을을 다시 찾아가니 지난날의 가지가지 일이 되살아났다. 필례가 어떻게 되었는지, 가네야마 상등병이 해방이 되고 돌아왔는지 어떤지, 용철이가 징용에서 무사히 돌아왔는지 어떤지 궁금했다. 그래서 친구한테 물어보았더니, 필례는 여전히 시집살이를 하고 있으며, 가네야마 상등병은 죽었는지 살았는지, 소식이 없다는 것이었다. 용철이 역시 마찬가지라고 했다. 말하자면 필례는 생과부가 되었다는 것이었다. 생과부가 뭐냐고 물으니까, 아직 덜 익은 과부가 생과부라고 했다. 즉, 후보생이라는 것이었다. 생과분지 익은 과분지, 좌우간 필례가 몹시 안됐다는 생각이 들었다. 한번 만나 보았으면 싶었다.

그래서 해거름 때 냇물에 멱을 감으러 가면서 일부러 필례네 시집, 즉 가네야마 상등병네 집으로 가서 살짝 사립 안을 들여다보았다. 그러나 필례는 보이지가 않았다.

"생과부 구경 좀 할라카나?"

"그래, 생과부가 어떻게 생겼는지 구경 좀 해야지."

"핫핫하……."

"핫핫하……."

친구와 내가 웃으면서 골목을 걸어가는데, 길가의 공동우물에서 누가 푸성귀를 씻다가 힐끗 우리를 쳐다보는 것이었다. 필례였다. 그러나 그녀는 나를 못 알아보는 모양이었다. 나는 모자를 벗고 웃으며,

"안녕하십니까."

하였다.

그러자 필례는,

"우야꼬— 언제 왔노? 중학생이 됐구나."
하고, 몹시 반가운 표정을 지었다. 필례 곁에 앉아서 물장난을 하고 있던 꼬마가 발딱 일어서며 나를 빤히 쳐다보았다.

"아들입니꼬?"

물으니까,

"그래" 하고 웃었다. 나는 언젠가 필례가 씨나 받아주러 시집간다고 하던 어머니의 말이 퍼뜩 머리에 떠올랐다. 그게 무슨 뜻인지 이제야 알겠는 것이었다.

"몇 살 묵었어예?"

"네 살."

"저 아부지 많이 닮았네예."

"닮았나?"

"예, 눈 있는 데가 많이 닮았심더."

그러자 필례의 얼굴에 쓸쓸한 웃음이 떠올랐다. 나는 아뿔싸 싶었다. 그런 말을 하는 게 아닌데 말이다. 쓸쓸하게 웃는 그녀의 눈 밑에는 까만 사마귀가 여전히 붙어있었다. 그 눈물을 받아먹는다는 사마귀는 옛날보다 훨씬 커진 듯했다.

"그럼 일 보이소. 갈랍니더."

나는 꾸벅 인사를 했다.

"갈라카나? 어디 가노?"

"멱감으로예."

"우리 집에 한 번 놀러 오너래이."

"예."

그리고 필례는,

"우야꼬, 벌써 이드름이 났대이."
하고 활짝, 웃었다.

나는 귀 밑이 화끈 달아오르는 것을 느끼며 얼른 돌아섰다. 아닌 게 아니라 내 이마에는 벌써 여드름이 한 개 뾰족이 돋아 오르고 있었다. 친구는 킬킬 웃으며 말했다.

"야 너 올가을에 장개 가거라."

"짜식, 까불지 마!"

나는 냅다 달리기 시작했다.

뒤에서 필례가 핫핫하…… 웃고 있었다.

《세대》(1973. 3)

서울 개구리

모 신문의 신춘문예에 소설이 당선된 R씨, 그러니까 신인작가가 된 셈인 R씨가 서울로 이사를 왔을 때의 이야기다.

몇 해 전의 일이다. 그 무렵, 나는 수색(水色)이라는 곳에 살고 있었다. 수색은 서대문구 한쪽 변두리에 있는 동(洞)이다. 비교적 한적하고, 시골 맛이 나는 곳이다. 지금은 어떤지 모르지만 몇 해 전까지는 별로 건축 붐 같은 것도 없고, 교통도 그다지 번잡하지가 않아 조용히 살기에 괜찮은 곳이었다. 논이니 밭이니 하는 것도 볼 수가 있고. 그래서 직장을 버리고, 글 쓰는 것을 업으로 하기로 마음먹은 나는 그곳으로 이사를 갔던 것이다. '수색'이라는 이름도 좋고 해서.

어느 날 오후 글을 쓰고 있는데, 밖에서 누가 찾는 소리가 나서 나가보니 R씨였다. R씨는 한 손에 조그마한 여행용 백을 들고, 한 손에는 웬 닭을 한 마리 거머쥐고 있었다. 살아 있는 놈이었다. 새끼오리*(새끼 토막이나 새끼줄)로 두 말목을 질끈 묶인 닭은 별안간 안간힘을 쓰듯 퍼드덕거렸다.

"아, 이거 웬일이오? 어서 들어오시오."

"미리 편질 드리고 온다는 것이……."

R씨는 마당으로 들어와 토방에 닭을 내려놓고 얼굴의 땀을 닦았다. 초여름이었다. 그런데 R씨는 검정색 양복에 넥타이까지 단정하게 매고 있었다.

"더운데 어서 벗으시오. 닭은 웬걸……."

"다른 걸 사 올까 하다가……. 닭이 좋을 것 같아서……."

"허허허……."

나는 왠지 웃음이 나왔다. R씨의 사람됨이 느껴지는 것 같았던 것이다. 시골 사람답다고 할까, 재래적인 인간미라고 할까. 닭을 사려면 일부러 시장의 닭전을 찾아가야 하는 것이다. 그리고 살아있는 놈을 다리를 묶어서 날갯죽지를 거머쥐고 오려면 여간 거추장스러운 것이 아니다. 굳이 빈손으로 찾아오기가 뭐하면, 아무 가게에서나 간단한 것을 하나 사들고 오면 될 것인데, 일부러 닭전까지 찾아가 산닭을 사서 거추장스럽게 들고 오다니, 그 성의가 여간 고맙고 미안한 것이 아니었다. 그리고 재래적인 인간미가 퍽 정이 가는 것이었다. 왠지 좀 웃음이 나오기도 하면서.

술상을 놓고 마주앉았다. 오래간만에 만난 터이니, 무엇보다 먼저 술부터 한잔해야 하는 것이다. 그렇다고 R씨와 내가 교분이 두터운 사이인가하면 그건 아니었다. 불과 서너 차례 만난 일이 있을 뿐이었다.

R씨와 처음 만난 것은 내가 아직 직장을 가지고 있을 때의 일이

었다. 생면부지의 그가 나를 직장으로 찾아왔던 것이다. 소설 지망생으로, 나의 소설을 좋아한다는 것이었다. 그러나 그가 나를 찾아온 것은 그래서라기보다도, 그가 지금 살고 있는 C시와 내가 꽤 인연이 있다는 사실 때문인 듯했다. 이십오륙년 전 나는 C시에서 중학교를 다녔던 것이다. 참말인지 어쩐지는 모르지만, 그 무렵부터 R씨는 이미 나를 알고 있었다는 것이었다. 학교는 달랐지마는 자기 부친이 서점을 경영하고 있었기 때문에, 그 서점에 자주 들르는 나를 그때부터 알고 있었다는 것이다. 그 말에 나는 속으로 약간 웃음이 나왔었다. 그때부터 나를 알다니, 같은 학교 학생도 아닌데……. 일개 타교의 학생인 내가 뭐라고 말이다. 급장 정도의 감투(?)는 늘 쓰고 있었으니까, 혹 같은 학교였다면 동학년이 아니더라도 알았을지 모르지만. 좌우간 사실은 사실인 듯, R씨는 그 무렵의 내 얼굴이 그대로 남아 있다고 하면서, 초대면인데도 마치 옛 학우를 대하는 듯한 표정이었다. 아무튼 반가운 일이었다. 어쩌면 동창생도 아닌데, 그 무렵부터 나를 알고 있었다니, 더 반가운 일이고, 고마운 일인지도 몰랐다.

그 후, 직장의 일로 C시 쪽으로 출장을 가서 두어 차례 R씨를 만났다. C시에는 중학생 시절부터의 문우인 천이두(千二斗) 형이 있는데, 그도 R씨를 알고 있었다. 소설 지망생으로 유망한 사람이라는 것이었다. 천 형과 둘이 슬슬 바람 쐬기 겸 R씨가 경영한다는 서점을 찾아가니 서점이 있었다는 그 일대가 철거되어 다른 큰 건물이 들어서고 있었다. 시장 증축공사라는 것이었다. 그 일대에 있던 상점들은 죄다 임시로 개천가 자갈밭 위에 얼기설기 가건물을 세워 장사랍시고 하고 있었다. 어수선하고 지저분하기 이를 데 없었다. 마치 어디 사람이 사는 세상의 막바지에라도 온 듯한 느낌이었다. 석양 무렵이어서 더 그런 느낌이 들었는지도 모른다. 어쨌든 그런 풍경 속에 R씨는 앉아 있었다.

판자쪼가리로 얼기설기 얽고, 천막으로 대강 하늘을 가려놓은 가건물. 그 속에 아무렇게나 무더기 무더기로 쌓인 책들. 신간도 더러 있기는 했으나, 주로 고본(古本)들이었고, 『심청전』이니 『숙영낭자전』이니 『홍도야 우지 마라』 같은 울긋불긋한 이야기책들도 눈에 띄었다. 그런 책들 속에 R씨는 마치 미륵불처럼 점잖은 얼굴로 앉아 있었다. 말하자면 그게 내가 처음으로 본 R씨의 서점이었다. 그러니까, 철거가 되기 전의 서점도 훤하게 간판을 붙인 그런 것은 못 되었던 것 같다.

물론 우리는 술을 마셨다. 술을 마시면서 많은 이야기를 나누었다.

그 후에도 그쪽으로 출장을 나가는 걸음이 있어 한두 차례 더 만났고, 몇 번 편지도 오고 갔다. 그 정도였다. 그런데 나는 그에 대해서 많은 관심을 가지고 있었다.

내가 R씨에 대해서 많은 관심을 가지게 된 첫째 까닭은 그가 사십을 바라보는 중년이라는 사실에 있었다. 문학이란 대체로 이십대에 머리를 싸매고 덤비는 법으로 삼십을 넘고, 사십이 가까워지면 자식들도 크고, 마누라도 두려워지고 해서 절로 구질구질한 살아가는 일에 묻히게 되어, 시니 소설이니 하는 그런 것과는 멀어져 버리기 마련인 것인데, 결코 R씨는 그게 아닌 것이었다. 온몸에 문학에 대한 열정 같은 것이 배어 있어 보였다. 기어이 소설로 몸을 세우고야 말겠다는 결의라 할까, 의욕이라 할까 그런 것이 후끈하게 전달이 되어오는 듯했다. 허세로 그러는 것이 아니었다. 허세로 적당히 그러는 것은 쉽게 알 수가 있는 것이다.

사십을 바라보는 열정적인 소설 지망생, 다시 말하면 사십을 바라보는 문학청년— 관심이 안 갈 도리가 없는 것이다. 그러면 R씨는 사십이 다 되도록 뭘 하느라고 그 소원인 소설가가 되지 못한 것일까. 의욕은 있는데 재능이 따르질 못했던 것일까. 그렇다면 자기분수를 모르는 만년 문학 지망생이란 말인가. 그게 아니었다. 그에게는 그럴만한 곡절이 있었던 것이다.

내가 R씨에 대해 많은 관심을 가지게 된 둘째 이유는 그의 그 곡절이라는 것 때문이었다. 그는 엄청난 과거를 가지고 있는 것이었다. 그의 그 엄청난 과거를 이야기 들었을 때, 나는 휘둥그레진 눈으로 천천히 고개를 끄덕이면서 그를 바라보지 않을 수 없었다. 그는 사형수였다는 것이다. 사형수가 무기수로, 그리고 또 감형이 되어 십 몇 년의 영어생활을 하고 나왔다는 것이다. 6.25때, 학도병으로 나가 전방에 있었는데, 공용(公用)으로 후방에 나왔다가 고향집에 들렀더니 마침 모친이 경각의 몸이어서 도저히 그대로 부대에 돌아갈 수가 없어 주저앉아 모친의 운명을 당하게 되었다는 것이다. 그래서 장사를 치르고 어쩌고 하다 보니 날짜가 지나, 결국 도망병으로 낙인이 찍혀 붙들리는 몸이 되고 말았다는 것이다. 전시하(戰時下)라 도망병은 사형이라는 것이다. 재판에서 예외 없이 사형이 떨어지더라는 것이다. 그런 엄청난 곡절 때문에 사십을 바라보는 문학청년의 신세가 되어 있는 셈이었다. R씨는 그 엄청난 세월의 보상을 받기 위해서도 기어이 소설가가 되고야 말겠다고 이를 악물고 있는 모양이었다.

아무튼 나는 좋은 소설가가 한 사람 탄생하리라고 기대를 가지게 되었다. 그에게는 남다른 체험, 즉 거창한 소재가 이미 손아귀에 쥐어져 있는 셈이니 말이다. 거창한 소재를 가지고 있을 뿐 아니라, 십여 년이란 긴 세월을 그런 어둠 속에 젖어 있었다면 무언가 좀 다른 것이 나오지 않을까 생각되기도 했던 것이다.

기대했던 대로 R씨는 곧 얼굴을 나타냈다. 모 신문의 신춘문예를 뚫고 나왔던 것이다. 물론 나는 R씨의 당선 작품을 다른 어느 신문의 당선작보다도 먼저 읽어보았다. 특이한 소재라고 생각되었다. 그러나 아직 그의 손아귀에 쥐어져 있는 그 거창한 소재에 손을 대지는 않았었다. 그런 거창한 놈을 백 매 내외의 단편에 담기는 무리라고 생각했는지도 몰랐다. 아무튼 이제 두고두고 그 거창한 놈을 펼쳐나가겠지 싶으며, 나는 회심의 미소를 지었다. 나 역시 신춘문예 출신이었다. 그래 그런지 어쩐지 더 반가웠다.

시상식 때 나가 축하를 해주었고, 그 후 한두 차례 편지가 오고 갔다. 그러다가 한동안 소식이 없더니, 덜렁 닭 한 마리를 들고 집으로 찾아온 것이다.

"자, 쭉쭉 하시오. 맛이 그런대로 ……."

"예, 맛이 좋네요. 요새 탁주는 통 맛이 없는디, 이 탁주는……."

"아쉬운 대로 괜찮죠?"

"예, 이만허면…… 수색이라 물이 좋은 모양인데요?"

"허허, 그런지도 모르죠."

주거니 받거니 하다가 R씨는 불쑥 자기 이야길 꺼냈다.

"서울로 이사를 올까 합니다. 그래서 방을 얻으러 올라왔죠."

"그래요?"

약간 뜻밖의 일이 아닐 수 없었다. 서울로 이사를 온다고 해서 뭐 뜻밖의 일일 것은 없지만, 그의 형편으로 보아 갑자기 그렇게 살던 곳을 떠날 수가 있을까 해서였다. 경영하던 서점은 어떻게 하며, 서울에 와서는 무엇으로 어떻게 생활해 나가려고 그러는가 싶었던 것이다. 혹시 어떤 환상 같은 것 때문에 그런 생각을 먹게 된 것이나 아닌가 싶기도 했다. 등용문을 통과했으니, 신인작가가 되었으니, 서울에 가면 붓으로도 능히 살아갈 수 있지 않을까 하는 그런 환상 말이다. 시골에서 문학을 한 사람은 흔히 그런 환상을 가지게 되기 마련인 것이다. 신춘문예에 당선만 되면, 추천만 완료면 곧 무엇이 어떻게 될 것처럼 생각되는 것이다. 말하자면 그 동안의 고통스러운 습작생활의 보상을 바라는 심리라고나 할까. 사실 나 역시 조금 그랬었으니까.

신춘문예에 당선이 된 뒤에는 마치 무슨 신분이 매우 달라지기라도 한 것 같은 착각에 사로잡히곤 했던 것이다.

당장에 붓으로 살아가려는 그런 생각은 먹어보지 않았지만, 오히려 그런 생각은 문학을 모독하는 것 같아 경멸해버리는 터였지만, 그 대신 술 같은 것을 마셔도 없는 호기를 발휘해가며 한 되만 마셔도 될 것을 두 되고 세 되고 마셔댔던 것이다. 마치 술을 고래처럼 마시는 것이 신인작가의 특성이고, 명예이기나 한 것처럼.

그러나 R씨는 그런 착각이나 환상 때문에 서울로 이사를 오려는 것이 아니었다. 충분히 현실을 알고 있는 것이었다. 현실을 알면서도 그 현실에 도전해보려는, 말하자면 생활의지인 것이었다. 역시 나이가 나이인지라 달랐다. 나이가 나이일 뿐 아니라, 과거에 그처럼 엄청남 시련을 겪은 터이니, 얄팍한 환상이나 착각에 사로잡힐 위인이 아니었던 것이다.

벌써 시골은 다 정리를 했다는 것이었다. 다 정리를 했다는 것은 결국 빚을 다 갚았다는 이야기였다. 빚을 다 갚고 나니, 헌책 무더기와 세간 나부랭이, 그리고 겨우 수중에 십여만 원이 떨어지더라는 것이다. 그 십여만 원을 가지고 서울에 와서 한 번 부딪혀본다는 것이다.

"사형을 받았다가도 살아났는디 설마……."

R씨는 약간 불그레해진 얼굴로 웃었다.

그 말에 나는 숙연해지고 말았다.

그리고 나를 더욱 감동케 한 것은 수중에 떨어진 그 십여만 원이란 결국 신춘문예의 상금인 셈이라는 이야기였다. 신춘문예의 상금이 아니었더라면 빚을 청산하고 수중에 남는 것이 한 푼도 없을 뻔했다는 것이었다. 그러니까 말하자면 신춘문예의 상금, 그것을 가지고 처자를 거느리고 서울로 비집고 들어와 한 번 밀고 나가보겠다는 셈이었다.

나는 꿀컥꿀컥 거푸 술을 마셨다. 약간 가슴이 떨리기까지 했다. 처절한 느낌이라고나 할까. 그러면서도 어쩐지 멋있구나! 정말 멋있는 일이다! 하는 생각도 들었다. 그리고 문득 나의 신춘문예 상금에 관한 기억이 떠올랐다. 나 역시 신춘문예 상금을 정말 요긴하게 사용했던 것이다. R씨처럼 그것으로 처자를 거느리고 새로운 생활을 찾는 밑천을 삼기까지 한 것은 아니지만, 아무튼 그와 유사한, 어쩌면 그보다도 더 절박한 구멍을 메웠던 것이다. 그 일을 생각하면 지금도 웃음이 나오고, 정말 재미있는 일이라는 생각이 든다.

R씨가 너무나 구차한 자기의 처지를 털어놓아서 약간 쑥스럽고 창피한 듯한 표정이 되는 것을 보고 나는,

"나 역시 말이죠, 신춘문예 상금을 어떻게 썼는가 하면……."

하고, 그보다도 더 쑥스럽고 창피하다면 창피한 나의 과거담을 거침없이 털어놓았다. 술기운도 있고 해서 말이다.

나는 신춘문예에 당선이 되기 며칠 전에 결혼을 했다. 결혼을 해서 처를 집으로 데리고 와 신방을 차린 이튿날 신문사에서 전보가 왔다. '축 당선, 사진과 소감 급송 요망'이라는 전보였다.

그 전보를 받은 나는 얼마나 기뻤는지 모른다. 당선 통지를 받고 기뻐하지 않을 사람이 어디 있겠는가. 더구나 결혼을 해서 처를 집으로 데려온 이튿날 그런 행운이 날아왔으니 말이다. 그러나 내가 기뻐한 것은 그래서이기도 했지만, 그것보다도 더 절실한 까닭이 있었던 것이다.

결혼 때문에 얻은 빚을 갚을 수 있게 되었던 것이다. 결혼을 하게 되어 그때 돈으로 얼마인지…… 십칠팔 년 전의 일이니까, 화폐단위가 어떻게 되었었는지 잘 알 수가 없지만, 좌우간 5자가 붙었던 것으로 기억된다. 그러니까, 오만 원이라고 해두자. 오만 원의 이잣돈을 얻었던 것이다. 그 오만 원이라는 액수는 바로 신춘문예 당선작 상금 액수와 동일한 것이었다. 나는 신춘문예에 당선이 되면 그 상금을 받아서 갚을 요량으로 이잣돈 오만 원을 얻었던 것이다.

지금 생각하면 어처구니가 없고 절로 웃음이 나오지만, 그 무렵 나는 사실 좀 하룻강아지 범 무서운 줄 모르는 상태에 있었다. 간덩이가 부었다고 할까, 신춘문예에 당선 되는 것을 그다지 어렵지 않은 일로 생각하고 있었다. 부산에서 학교에 다닌답시고 덤벙거

리고 있었는데, 학생소설이니 교육소설이니 하는 그런 것에 응모를 해서 번번이 당선이 되었기 때문에 그런 시건방진 생각을 먹게 되었던 것 같다.

여자 쪽에서 약혼한 지 삼 년이 넘었으니 올해는 넘기지 말자고 결혼을 서두는 바람에, 까짓것 그래버리자고 결혼날짜를 받기는 받았는데, 문제는 돈이었다. 나는 학생이랍시고 빌빌거리고 있는 터이고, 고향의 어머니는 국민학교 여선생인 누이와 함께 겨우 생계를 이어가고 있는 처지였으니, 돈 같은 것이 있을 턱이 없었다. 내 학교 등록금도 역시 국민학교 여선생인 약혼녀가 자기의 월급을 모아서 보태주는 형편이었으니 말이다. 물론 지금의 아내다. 아무튼 그래서 나는 다른 도리 없이 신춘문예의 상금만큼 빚을 얻기로 마음먹었던 것이다.

"어무이, 오만 원만 빚을 내이소."

"빚을 내 가지고 우예 갚을라 카노?"

"신문의 상금을 탈랍니더."

"신문의 상금을 타?"

어머니는 멀뚱히 나를 바라보셨다. 마치 신문사에서 상금을 나에게 주겠다고나 한 것처럼 예사로 말하는 내가 약간 어이가 없는 모양이었다. 나는 신춘문예의 상금이 오만 원이라는 것과 그것을 탈 자신이 있다는 것을 이야기했다. 어머니는 내 말을 전적으로 안 믿으시는 것은 아니었다. 몇 차례 실제로 그와 비슷한 상금을 탄 사실이 있기 때문이었다.

"아이고 야야, 그기 마음대로 되나……."

어머니는 한숨을 쉬셨다. 그리고 수심 속에 이잣돈을 얻었던 것이다.

나는 그때 반드시 당선이 된다는 그런 자신은 물론 없었다. 그러나 어쩐지 가능할 것만 같았다. 신춘문예라고 뭐 별것이겠느냐 싶었다. 까짓것 한 번 해보는기라. 까짓것 지가 뭔데. 만일 떨어진다면……. 떨어지더라도 하는 수 없지 뭐. 설마 빚 오만 원 때문에 죽기야 하겠나. 까짓것, 까짓것. 그리고 당선이 되면 신인작가로 나서는 것이고. 소망대로 일거양득이 아닌가. 그런 심정으로 나는 「수난이대」라는 단편을 하나 만들어서 던졌던 것이다.

그런 사정이었는데, '축 당선……'이라고 왔으니, 기분이 터질 것 같았을 밖에.

나는 전보를 가지고 얼른 어머니 방으로 갔다.

"어무이, 됐심더! 됐어예!"

"응? 뭐가?"

"당선이 됐어예."

"우야꼬, 정말이가?"

"이보이소. 축 당선 아닙니꼬? 핫핫하……."

"아이고 야야, 잘 됐다—"

그제야 어머니의 얼굴에서 수심이 싹 벗겨지면서 활짝 웃음이 피어올랐다.

시상식 전날 밤에 나는 야간 삼등으로 상경을 했다. 낯선 서울이었다. 국민학교 시절에 한 번 아버지와 함께 와 보았을 뿐이었다. 그때는 경성이었다.

새벽에 낯선 서울에 내려 국밥을 한 그릇 사먹고, 걸어서 길을 물어가며 한국일보사를 찾아갔었다. 집에서 보는 신문이 한국일보였기 때문에 거기에 응모를 했던 것이다. 몹시 추운 새벽이었다. 말하자면 처음으로 맛보는 서울 추위였던 셈이다. 시상식은 열 시부턴가 시작되었다. 난롯불이 꺼져버린 신문사의 어느 방에서 달달 떨면서 기다린 기억이 지금도 선명하다.

시상식이 끝나고 밖에 나와, 시 당선자인 권일송(權逸松) 형에게 나는,

"종로로 갈라면 어디로 갑니까?"

하고 물었었다.

그러니까 권형 역시 시골사람이라 서울 지리를 잘 모르는 듯,

"글쎄요, 아마 이쪽으로 가면 되지 싶습니다만……."

하면서 허— 웃는 것이었다.

피차 그런 판이어서 함께 앉아 술도 한잔 나누지 못하고, 어떻게 그만 헤어지고 말았었다.

그리고 나는 다시 야간 삼등으로 하향을 했다.

집에 돌아온 나는 어머니 앞에 상금을 고스란히 내놓았다.

"어무이, 상금을 타 왔심더. 빚을 갚으이소."

하면서.

그러자 어머니는.

"아이고 야야—"

그만 두 눈에 눈물이 핑 도셨다. 그리고,

"관셈보살—"

하시는 것이었다.

그러니까 나는 신춘문예 상금으로 겁 없이 좋아하던 술도 한잔 안 마시고, 빼끔한 빚구멍을 기분 좋게 메웠던 것이다.

나의 그런 이야기를 듣고 R씨는 고개를 끄덕거리면서 나를 새삼스럽게 바라보는 것이었다. 평소에 별로 딴딴한 데가 있어 보이지 않고, 술에 취하면 거의 엉터리인 나의 어디에 그런 구석도 있었던가 싶은 모양이었다. 그러면서,

"야, 재미있는디요, 재미있는디요."

하고 웃었다.

이튿날, R씨와 나는 함께 나는 집을 나섰다. 방을 얻기 위해서였다. 십여만 원을 전부 방 얻는데 들일 수는 없는 일이므로, 아무래도 수색에서도 좀 더 변두리 쪽으로 나가보지 않을 수 없었다. 나는 어디로 가면 돈을 적게 들이고 그래도 좀 깨끗한 방을 얻을 수 있을까, 가능하면 조그마한 방이라도 두 개를 얻어 볼 수 없을 것인가 생각하면서 한 번 철길 건너 쪽으로 가보기로 했다. 철길 건너 쪽은 제법 후련한 논과 밭이었고, 한참 가면 시골 마을 같은 동네가 있었다. 공기도 좋고, 조용하고, 좋을 것 같았다. 방 시세는 어떤지 모르지만.

좋은 날씨였다. R씨와 나는 마치 슬슬 바람이라도 쐬러 가는 것처럼 후련한 들길을 걸었다. R씨 역시 그 동네에 방을 얻을 수 있으면 좋겠다는 것이었다. 마치 한적한 농촌 같아서 아주 마음에 든다는 것이었다.

동네에 가서 알아보니, 의외로 방세가 헐했다. 방 하나에 전세로 사만 원이었다. 지금은 물론 그곳도 많이 달라졌겠지만, 몇 해 전 그땐 그랬었다.

"야, 우리 있는 시골보다 더 싼디요."

R씨는 조그마한 소리로 나에게 말했다. 방 하나를 잘 얻을 수 있

을까 싶지 않았던 모양으로 희색이 완연했다. 나도 기분이 좋았다. 이곳도 명색이 서울인데, 이렇게 방세가 헐할까, 세상은 살아가게 마련이군 싶었다. 그리고 또 기분이 좋은 것이, 계약서니 뭐니 하는 종이쪼가리가 숫제 필요 없다는 것이었다. 그런 것 안 쓰면 뭐 어떠냐는 식이었다. 지금까지 그런 것 써본 일이 없다는 것이었다. 이 동네는 그렇다는 것이었다. 말하자면 계약기간도 없고, 살다가 딴 데로 이사 가면 그 때가 계약만료인 셈이었다. 오래 살면 시세에 따라 방세를 좀 더 내라고 하는진 몰라도. 정말 이건 서울이 아니구나 싶었다. 두두룩한 바로 이 초가집 같은 인심이로구나 싶었다. 거짓말 같지만 사실이 그랬었다. 지금은 어떤지 몰라도.

그래서 결국 방 두 개를 얻을 수가 있었던 것이다.

귀로에 매우 기분 좋게 대포를 몇 잔 걸치고, 나는 R씨에게 말했었다.

"신춘문예 상금으로 방 두 개를 얻고도 남은 셈이니, 이만하면 신춘문에도 해볼 만한데요."

"그런디요."

"서재도 하나 장만하신 셈이고……."

"헛헛허……."

"헛헛허……."

우리는 크게 웃었다.

"서울에도 요순시대 같은 디가 아직 있는디요."

"정말, 나도 이런 데가 있는 줄은 몰랐어요."

논과 밭 위로 불어오는 바람은 역시 좋았다.

성냥과 아이들의 과자를 좀 사 가지고 R씨네 집을 찾아간 것은 이사 온 며칠 뒤의 일이었다.

R씨는 서재에 앉아 있었다. 방 하나를 차지해서 책을 쌓아놓고, 조그마한 것이나마 책상도 마련해놓았으니 훌륭한 서재가 아니겠는가.

R씨는 우선 부인부터 인사를 시키고, 아이들을 불러들였다. 올망졸망한 것이 모두 셋이었다. 아들이 둘, 딸이 하나. 큰애는 국민학교 1학년이라는 것이었다. 제법 1학년짜리답게 인사를 잘했다.

곧 술상이 왔다. 그저 만나면 술인 것이다.

술잔을 주고받으면서 R씨는 이사 오던 날의 1학년짜리 이야기를 했다.

나는 그 이야기를 듣고 꽤 웃었다.

서울역에 내린 것은 해질 무렵이었다 한다. 식당에서 저녁을 사먹고, 버스를 타고 수색으로 오는데, 차가 서대문 근처까지 올 때는 과연 서울이 다르구나 싶은 듯 창밖을 내다보는 아이들의 입에서 곧잘 야 저것 봐— 하는 감탄사가 튀어나오더니, 서대문을 지나 녹번동으로 해서 수색 쪽으로 가까워지자, 그만 1학년짜리가 얼굴에 실망의 빛을 띠며,

"아버지, 어디꺼지 가는 거여? 여기도 서울이여?"

하고 묻더라는 것이다.

그럴 수밖에 없는 것이, 빌딩이니 네온사인 같은 것이 차츰 창밖에서 사라지고, 대신 지금까지 살던 C시에서도 얼마든지 볼 수 있는 그런 집들뿐이었고, 나중에는 그런 집들도 잘 보이지 않고, 어두워가는 창밖으로 산이니 들이니 냇물 같은 것만 내다보였으니 말

이다. 서울이라고 하면 그저 하나부터 열까지가 온통 굉장하고 휘황찬란한 곳으로만 머릿속에 그려왔을 것이고, 그 서울로 이사를 간다고 조그마한 가슴이 부풀 대로 부풀었을 터인데 말이다.

수색에 내려, 철길 밑으로 뚫린 굴길을 지나 들길로 나서자 1학년짜리가 또,

“아버지, 여기도 서울이여?”

하더라는 것이다. 그렇다고 하니까,

“서울이 뭐 이렇디여. 오살맞게 생겼네.”

하고 노골적으로 나오더라는 것이다.

그런데 잠시 가다가 개골개골개골…… 개구리 우는 소리가 나자,

“아버지, 이것이 무슨 소린기라우?”

신기한 듯이 묻더라는 것이다.

시골에 살 때도 듣지 못했던 개구리 소리였던 것이다. 그래도 C시에서는 아주 변두리에 살지는 않았던 모양이다.

“깨구리 우는 소리여. 깨구리.”

그러자,

“깨구리? 오매— 깨구리 우는 소리구나.”

매우 희한한 듯이 귀를 기울이더니,

“야— 서울에는 참 깨구리가 많구나!”

하더라는 것이다.

그래서 R씨와 부인은 한바탕 웃었다는 것이다.

그로부터 일주일가량 뒤, 집에 놀러 온 R씨는 또 개구리에 관한 이야기를 했다.

이번에는 1학년짜리와 개구리가 아니라 장모와 개구리인 것이

었다.

장모가 올라오셨더라는 것이다. 장모 역시 C시에 산다고 했다.

서울 살림을 어떻게 시작했는가 보러 딸네 집에 온 장모 역시 겉으로 말은 안 하지만, 이사 오던 날의 1학년짜리의 심정과 비슷했던 모양으로, 얼굴에 별로 희색이 떠오르질 않더라는 것이다. 앞으로 과연 어떻게 살아가려는지…… 그런 걱정도 겹치는 판이니, 그럴 수밖에 없었을 것이다.

세를 든 집이 바로 논 가까이에 있어서 밤이면 방 안에까지 개골개골개골…… 곧잘 개구리 우는 소리가 들려온다는 것이다.

장모가 와서 이틀인가 사흘째 되는 날 저녁, 저녁밥을 먹고 있는데, 또 개골개골개골…… 요란하게 개구리 우는 소리가 들려오자, 마침내 장모가 한마디 입을 열더라는 것이다.

"이 사람아, 서울 와서 깨구리 우는 소리는 원 없이 듣는구만."

하고.

R씨네 집을 두 번째 찾아간 것은 한 달 남짓 지나서였다. 날씨가 꽤 더웠다. 저녁을 먹고 나서 부채를 들고 슬슬 그쪽으로 걸음을 옮겼다. 심심하기도 하고 그동안의 R씨의 생활이 궁금하기도 했던 것이다. 무슨 바쁜 일이라도 있는지, 그동안 통 우리 집에 걸음이 없었던 것이다.

굴길을 지나 들길로 나서자, 그날 저녁도 개구리가 울고 있었다. 개골개골개골……. 개구리 우는 소리가 귀에 들려오자 나는 빙그레 웃었다. 그리고 중얼거렸다.

"서울에는 개구리도 많구나—"

부채질을 해가면서 개구리 울음소리 속을 건들건들 걸어가는데, 동네 쪽으로 꺾어지는 길목에 누군가가 한 사람 가만히 웅크리고 앉아 있었다.

차츰 가까워지며 보니 어둠 속에서도 그게 R씨라는 것을 알 수 있었다. 사람이 가까이 가는데도 인적기를 느끼지 못하고 웅크리고 앉아 무슨 생각엔지 골똘히 잠기고 있는 것이었다.

나는 어쩐지 가슴이 철렁 하는 느낌이었다. 그러나,

“허허, 뭘 그렇게 열심히 생각하고 계시오?”

큰소리로 예사롭게 말했다.

그제야,

“아, 어서 오시오. 오래간만인디요. 한 번 놀러간다는 것이…….”

하고 R씨는 벌떡 일어나 반겼다.

“무슨 좋은 작품 구상이라도 하고 계셨던가요? 개구리 소리를 들으면서…….”

나는 웃으며 말했다.

“작품은 무슨……. 자, 들어갑시다.”

R씨는 얼른 앞장을 서는 것이었다.

R씨의 서재 책상 위에는 쓰던 원고가 그대로 놓여 있었다. 무슨 장편이라도 시작한 듯 써서 간추려놓은 원고도 제법 되었고, 책상 가에는 원고용지가 수북이 준비되어 있었다. 나는 속으로 아, 싶었다. 자기의 그 엄청난 소재에 마침내 손을 댔구나 싶었던 것이다. 그러나 그게 아니었다.

“일거리를 하나 맡았어요.”

하면서 R씨는 쑥스러운 듯이 웃는 것이었다.

어떤 사회사업가의 자서전 비슷한 것을 대필하게 되었다는 것이다. 원고지 천 맨데, 십칠만 원에 맡았다는 것이다. 그것도 이만 원을 올려서 그렇게 되었다 한다. 십오만 원을 주겠다고 하더라는 것이다. 이십만 원은 주어야겠다고 했더니, 그럼 이만 원을 더 줄 테니 그 대신 기일을 엄수해 달라고 하더라는 것이다. 기일은 1개월이라는 것이다.

"책이 급하다나요. 나 참 더러워서……."

R씨는 웃었다.

그동안에 단편 두 편을 잡지사에 가지고 가보았더니, 어느 잡지사에서도 선뜻 실어 줄 기색이 보이지 않더라는 것이다. 그저 잘 알았다면서 놓고 가보라고 하더라는 것이다.

막막하더라는 것이다. 그런데 용케 옛날 학교 선배 되는 분이 이 사회사업가라는 사람을 잘 알고 있어서 몇 사람의 경쟁자를 물리치고 이 일거리를 자기에게 얻어주었다는 것이다.

"말하자면 대서쟁이가 된 셈입니다."

R씨는 얼굴을 붉히면서 웃었다. 이런 경우 나는 얼른 무슨 말이 나오질 않는다. 그저,

"허허허허……."

웃을 따름이다. 약간 쓸쓸한 웃음 말이다.

개골개골개골…… 개구리 우는 소리가 들려오자, 웬일인지 나는 별안간 방 안이 후텁지근해지면서 가슴이 답답해오는 느낌이었다. 처음 방에 들어왔을 때는 별로 더운 줄을 몰랐는데 말이다.

"더운데요. 나갑시다. 나가서 소주나 한 꼬뿌 합시다."

내가 일어서자 R씨도,

"예, 그럽시다."
하고 일어났다.

들길 쪽에 있는 조그마한 주점을 향해 건들건들 걸어가면서, 나는 아까 왜 R씨가 길에 웅크리고 앉아 있었던가 그 심정을 알겠는 것이었다. 아— 신인 작가여, 아— 문인이여, 싶었다. 개구리 우는 소리를 들어가면서 소주잔을 주고받던 나는 약간 혀가 꼬부라진 듯한 소리로,

"서울에는 개구리가 많지요?"
하고 웃었다.

그러자 R씨도 좀 혀가 굳어진 듯한 소리로,
"예, 개구리 우는 소리는 원 없이 듣고 있습니다."
하고, 웃는 것이었다.

《문학사상》(1973. 12)

간이주점 주인

일기예보대로 구름이 잔뜩 끼어서 등산을 하기에 시원치 않은 날씨였다. 그러나 '흐리고 한때 비'라는 예보이니 크게 염려할 것은 없을 것 같아 예정대로 집을 나섰다. '한때 비'라고 하니 우비를 갖추어 가지고서.

여중 1학년인 윤희와 국민학교 1학년짜리 윤구와 함께였다. 친구들과 어울려 등산을 하는 것도 좋지만, 때로는 아이들을 데리고 산을 찾아가는 것도 괜찮다.

우이동에 내리니 집을 나설 때보다 하늘이 더 나직하게 드리워진 것 같고, 공기도 눅눅했다.

"곧 빗방울이 떨어질 것 같애요, 아버지."

윤희가 곧장 하늘을 쳐다보며 불안한 듯이 말한다.

4.19탑 앞을 지나, 아카데미 하우스 가까이 갔을 때는 아닌 게 아니라 빗방울이 한두 개씩 떨어져왔다.

윤희와 윤구는 빗방울이 콧등에 떨어졌느니, 이마에 맞았느니 하고 온통 야단이다.

그러나 도리가 없다.

“우비를 준비해 왔으니 걱정 없어.”

나는 이렇게 말하고 계속 걸음을 떼놓았다. 여기까지 와서 도로 내려갈 수도 없는 노릇이다.

여느 때 같으면 나보다 곧잘 앞장을 서는 윤희와 윤구는 비가 쏟아질까 봐 무척 불안한 듯 억지로 내 뒤를 따르고 있었다.

이런 날씨이니 높은 곳까지 올라갈 수는 없었다. 아카데미하우스 뒤쪽 미끈둥한 바위가 있는 계곡까지만 가리라 마음먹고 숲속 길을 걸어 올라가는데, 어느덧 이슬비가 젖어 내리고 있었다.

처음 빗방울이 몇 개씩 떨어질 때는 곧 빗줄기가 되어 쏟아질 것 같더니, 옷이 젖을 동 말 동한 이슬비여서 천만다행이었다.

준비해 온 우산 두 개와 우의를 꺼냈다. 우의는 윤구 것이었다.

룩작을 메고서 우산을 받쳐 들고 산길을 걷는 것도 색다른 정취가 있었다.

예정대로 미끈둥한 바위가 있는 계곡까지 갔을 때는 이슬비는 어느덧 가랑비로 바뀌었다. 그리고 계곡 위쪽에는 자욱이 안개가 서려 있었다.

‘한때 비’라고 했으니 곧 걷히려니 하고 하늘을 쳐다보곤 했으나, 쉬 멎을 것 같지가 않았다. 오히려 빗줄기는 조금씩 더 빳빳해지는 느낌이었다. 도저히 자리를 잡고 앉아 버너를 꺼내어 불을 붙일 엄두가 나지 않았다.

“아이 차워. 아버지, 모가지에 빗물이 들어와요.”

우의를 입은 윤구가 짜증을 낸다.

윤희도 처음에는 계곡 위쪽에 서린 안개를 보고 좋아서 가벼운 탄성을 지르더니, 곧 시들해져버리고,

"아버지, 어떻게 해요? 여기서 밥을 지을 거예요? 비가 점점 더 오는 것 같애요."

찌푸린 표정이다.

나는 도리가 없어,

"그래, 비 때문에 안 되겠다. 내려가기로 하자. 내려가다가 적당한 데 들어가서 오늘 점심은 사먹기다."

이렇게 말했다.

그러자 윤희와 윤구는 좋아서 야아 하면서 얼른 앞장을 선다.

아카데미하우스 옆을 지나 아스팔트가 깔린 길에 나서자 비는 이제 본격적으로 쏟아지기 시작했다. 아무 데나 얼른 들어갈 수밖에 없었다.

빗속을 잠시 내려가니 길가 높은 담 옆에 조그마한 판잣집으로 된 간이음식점이 있었다. 마치 우리를 기다리고 있는 듯한 인상의 집이었다. 얼른 보아도 어딘지 좀 아담한 느낌이 드는 그런 음식점이었다.

"여기 들어가자."

나는 얼른 그 음식점으로 앞장서 들어갔다.

비를 피해 들어온 사람으로 조그마한 홀 안은 만원이었다. 그러나 한쪽 가에 마침 탁자 하나가 비어 있어서 자리를 잡고 앉을 수가 있었다.

주로 빈대떡에 소주를 파는 집이었다. 빈대떡 외에도 튀김이랑

삶은 달걀, 마른오징어 같은 간단한 안주가 있었고 도넛이랑, 찹쌀떡, 빵 같은 것도 있었다. 사이다와 콜라도 있었다. 술도 소주 외에 맥주도 있었고, 조그마한 국산 위스키 병도 두어 개 진열되어 있었다.

그리고 카운터 한쪽에는 낡은 축음기가 놓여 있었다.

그러니까 오늘 같은 날 잠시 앉아서 비를 피하기에는 안성맞춤인 셈이었다.

빈대떡이랑 도넛, 찹쌀떡 같은 것과 맥주 한 병을 시켰다. 그리고 나는 룩작*(등산용 배낭 '룩색'의 독일식 발음)을 끌러 집에서 가지고 온 달걀 나부랭이와 반찬을 꺼냈다.

곧 주인 남자가 빈대떡 접시와 도넛 같은 것을 담은 접시를 한 손에 하나씩 들고 왔다. 그리고 맥주와 컵을 가지고 와서 탁자 위에 놓고 병마개를 따면서,

"아이들 데리고 등산 오셨군요."

웃으며 말했다.

"예, 그런데 비가 와서……."

"곧 그칠 겁니다."

주인 남자는 그저 인사로 그렇게 말하고는 힐끗 바깥쪽을 본다.

비는 여전히 주룩주룩 내리고 있다.

그런데 나는 그때 그 주인 남자가 어디서 많이 본 듯한 사람이라는 생각이 문득 들었다. 어딘지 많이 낯익은 얼굴이었다. 특히 그 짙은 눈썹이 낯익었다.

빈대떡에 맥주를 마시면서 나는 곧장 그 주인 남자를 눈여겨보곤 했다. 그러나 알 수가 없었다. 어디서 본 사람인지 도무지 아리송

하기만 했다.

어쩌면 전혀 면식이 없는 사람인데 그렇게 여겨지는지도 몰랐다. 간혹 그런 사람이 있는 법이다. 전혀 초면인데, 어디선지 많이 본 듯하고, 옛날에 사귄 적이 있었던 듯 친밀감이 느껴지는 그런 사람 말이다.

주인 남자는 오십쯤 되어 보였다. 내외가 함께 장사를 하고 있었다.

그런데 내외가 다 어딘지 모르게 그런 장사를 할 사람 같지가 않았다. 그런 장사를 할 사람이 따로 있을까마는, 그러나 대개 보면 직업에 사람이 어울리는 법인데, 이 내외는 어쩐지 그렇지가 못해 보였다. 아직 빈대떡 냄새나 튀김기름 냄새에 찌들지 않아서 그런지는 모르지만. 다시 말하면 마지못해 그런 장사를 시작한 사람들 같았다.

카운터 한쪽에 놓여 있는 축음기를 나는 바라보았다. 그것은 분명히 축음기였다.

나는 속으로 재미있는데…… 싶었다. 라디오나 전축, 혹은 조그마한 텔레비전이었다면 재미있을 게 하나도 없다. 요즘 세상에 축음기라니 재미있을 수밖에.

어쩐지 그 낡은 축음기는 이 내외에게 잘 어울리는 듯했다.

맥주지만 두어 컵 마시니 조금 속이 훈훈해 왔다. 나는 약간 웃음을 띠며,

"축음기가 있군요."

하고 주인 남자에게 말했다.

"예, 허허허……."

주인 남자는 좀 멋쩍은 듯이 웃었다.

"한 번 틀어보시죠."

"마침 바늘이 떨어져서……."

그리고 주인 남자는,

"다음에 오시면 틀어드리죠. 바늘을 준비했다가……."

하고 또 허허허 웃는다.

그 웃는 모습도 어딘지 모르게 많이 낯익어 보여 나는 참 이상한 일이라고 생각했다.

그러나 그 주인 남자는 나를 보고 조금도 그런 기색이 없었다.

서로 과거에 면식이 있는 사이라면 그쪽에서도 조금은 그런 눈치가 보일 텐데 전혀 그렇지가 않았다.

그 집을 나선 것은 약 한 시간가량 뒤였다. 아직 비가 그치진 않았으나, 현저히 빗발이 가늘어져 있었다.

셈을 치르고 밖으로 나서자, 주인 남자는 일부러 바깥을 내다보며,

"다음에 또 오세요. 그땐 틀림없이 축음기를 틀어드릴 테니까요."

하고 친절히 웃었다.

밖으로 나오자, 나는 곧 그 주인 남자를 잊어버렸다.

그러나 집으로 돌아가는 버스 속에서 문득 또 그 남자의 짙은 눈썹과 웃는 얼굴이 떠올랐다. 아무래도 전혀 면식이 없는 사람은 아닌 듯했다. 틀림없이 어디선지 많이 낯이 익은 사람인 것 같았다. 그러나 아무리 생각해 봐도 그게 누군지 알 수가 없었다.

어느 날 오후, 나는 누워서 뒹굴뒹굴 문예지를 뒤적거리다가 '문

학에 눈뜬 최초의 순간'이라는 앙케이트 특집이 있어서 그것을 읽어보기 시작했다. 열대여섯 사람이 설문에 답해서 쓴 짤막짤막한 잡문이었다.

심심할 때는 이런 글을 마음 내키는 대로 건성건성 주워 읽고 있으면 별로 피로하지도 않고 괜찮다. 그러다가 하품이라도 나오면 낮잠을 한숨 자면 된다.

대개가 국민학교 5,6학년 때, 아니면 중학교 1,2학년 무렵 작문이나 동시 같은 것을 지어 칭찬을 받았다거나, 세계명작 같은 것을 읽고 감동을 했다거나 하는 그런 얘기들이었다.

그런 것을 건성건성 읽어 내려가다가 나는 별안간,

"아하! 그렇구나!"

깜짝 놀란 것처럼 소리를 질렀다.

뜻밖에 우이동 그 간이음식점의 주인 남자가 떠올랐고, 그게 누구라는 것이 순간적으로 밝혀졌던 것이다.

나는 마치 오랫동안 못 풀어서 애를 써 오던 수수께끼가 활짝 풀리기도 한 것처럼,

'맞어, 맞어. 아하아, 으흠…….'

하고 곧장 희한해 하였다.

문학에 눈뜬 소년 시절을 얘기하는 글들을 읽노라니 절로 나의 그 무렵도 회상이 되었는데, 문득 그 회상 속에 떠오른 한 소년이 있었던 것이다. 눈썹이 짙은 소년이었다. 그리고 그 소년은 곧 얼마 전 우이동에서 본 그 눈썹이 짙은 주인 남자로 이어졌던 것이다.

"틀림없어, 틀림없어."

나는 혼자서 맥없이 좋아했다.

그러니까 어느덧 삼십사오 년 전의 일이 된다. 해방되기 두어 해 전, 국민학교 5학년인가 6학년 때였다.

그 무렵 벌써 나는 소설책에 맛을 들이고 있었다. 물론 소년소설들이었고, 일제 시대니까 일본 소설들이었다. 시골에 살고 있었으나, 학교 선생이었던 아버지가 그 방면에 관심이 많았던 모양으로 곧잘 그런 책을 사주었었다.

처음으로 소설책을 읽었을 때의 야릇한 흥분을 나는 지금도 선명하게 기억하고 있다.

초여름이었다. 어느 날 오후, 퇴근해 온 아버지가 두 권의 책을 던져 주었다. 『기리가꾸레사이소』(무은재장霧隱才藏)라는 책과 『로빈슨 크루소』라는 책이었다. 동경에 주문을 했더니 오늘 왔다는 것이었다.

나는 먼저 『기리가꾸레사이소』부터 읽기 시작했다. 사무라이(일본 무사) 소설이었다.

그런데 그게 어찌나 재미있는지 도무지 손에서 책을 뗄 수가 없었다. 마당 그늘에 등의자를 내다놓고 앉아 읽기 시작했는데, 마루에 저녁상이 차려지고, 가족들이 둘러앉아 저녁을 먹기 시작했으나, 나는 저녁 같은 건 도무지 아랑곳이 없었다.

어머니는,

"어서 와서 밥 묵고 봐라. 밥 다 식는다."

하고 독촉이었다.

그러나 나는 들은 체 만 체였다.

"어서!"

그래도 아랑곳이 없자, 어머니는 아버지에게 말했다.

"밥 묵고 보라 카이소. 밥 다 식느마는……."

나는 책에서 눈을 떼고 힐끗 아버지의 표정을 보았다.

그러나 아버지는 기분이 좋은 듯 말없이 웃고만 있었었다. 밥 먹는 것도 잊고, 자기가 사다 준 책을 읽고 있는 아들이 대견하기만 한 듯이.

그날 밤, 자정이 훨씬 넘어 닭이 울 때까지 나는 책상머리에 앉아 끝내 그 책을 다 읽고야 말았었다.

소설책이라는 것이 그렇게 재미있다는 것을 알게 된 나는 그 후 닥치는 대로 소설을 읽었다. 아버지가 이따금 몇 권씩 사다 주는 책만으로는 도저히 성이 차지가 않아, 혹시 누가 그런 책을 가지고 있지 않나 하고 늘 궁금해 하였고, 그런 책이 눈에 띄면 기어이 빌려다가 읽었다.

그러나 시골이라 그런 책이 흔할 턱이 없었다. 항상 나는 무엇을 못다 채운 아이처럼 안타까운 상태에 있었다.

그런데 우연히 엄청나게 많은 책을 발견하게 되었다. 정말 놀랍도록 많은 분량의 책이었다. 그 많은 책들이 거의 예외 없이 내가 늘 읽고 싶어 하던 그런 종류의 책이 아닌가.

그 많은 책을 발견했을 때의 나의 놀라움은 이루 말할 수가 없었다. 조그마한 가슴이 걷잡을 수 없이 뛰었다. 그때의 그 가슴 두근거림을 생각하면 지금도 절로 미소가 지어진다.

어느 일요일 오후, 나는 친구와 둘이 남국민학교에 발을 들여놓았다.

남국민학교는 일본 아이들이 다니는 학교였다. 우리가 다니는 학교는 동국민학교였다. 면 소재지의 동쪽에 위치하고 있다고 해서 동국민학교라 했고, 일본 아이들의 학교는 남쪽에 있다고 해서 남국민학교라고 이름 지어졌다.

남국민학교는 교실이 두 개, 교무실이 하나, 달랑 세 칸짜리 학교였다. 꼭 네모진 성냥갑을 옆으로 세워놓은 것 같았다. 우리 동국민학교는 교실이 열 개도 넘는데 말이다. 그러니까 운동장도 남국민학교는 마치 부잣집 넓은 마당 정도밖에 되지 않았다. 생도수도 마찬가지였다. 불과 삼십 여 명이었다. 우리 동국민학교는 칠팔백 명이나 되는데.

겉으로 보면 어느 모로나 우리 동국민학교와 비길 바가 아니었다. 한마디로 장난감 같은 학교였다.

그러나 그 학교 교실에 내가 그토록 읽고 싶어 하던 책들이 무진장으로 눈부시게 진열되어 있었던 것이다.

일요일이면 남국민학교의 교문은 으레 굳게 닫혀 있기 마련이었다. 일요일뿐 아니라, 여느 날도 해질녘이 되면 교문은 닫혀졌다. 마을의 아이들이 들어와 노는 것을 막기 위해서였다. 마을의 아이들이란 말할 것도 없이 우리 조선 아이들이었다.

일본 아이들의 보금자리에 조선 아이들이 들어가 놀면 무슨 일이라도 나는 모양이었다.

그런데 그날은 어찌된 셈인지 교문이 발름하게 열려져 있었다. 그래서 나는 친구와 둘이 살그머니 안으로 들어가 보았던 것이다.

일요일이라 학교 안은 호젓하기만 했다. 처음 들어와 보는 일본 아이들 학교라 어쩐지 좀 기분이 이상했다. 교무실이나 교장관사 쪽에서 '코노야로다찌(이놈의 새끼들아)!' 하고 고함지르는 소리가 곧 날아올 것만 같아 슬그머니 켕기기도 했다.

그러나 빈집처럼 아무 일도 없었다. 운동장가에서 서너 마리의 닭이 한가롭게 모이를 찾고 있을 뿐이었다.

우리는 시소를 타고 한참 놀았다. 시소는 우리 학교에는 없는 놀이 시설이어서 여간 신기하고 재미가 좋은 게 아니었다.

그리고 철봉에도 한 번 매달려 보았다. 철봉은 뭐 우리 학교 것이나 다를 바가 없었다.

그런 것에 싫증이 나자 나는 교실 쪽으로 걸음을 떼 놓았다. 일본 아이들 공부하는 교실은 어떻게 생겼는가 좀 구경하고 싶었던 것이다. 물론 친구도 내 뒤를 따랐다.

운동장 쪽 창밖에서 발돋움을 하고 교실 안을 들여다본 나는 나도 모르게 그만,

"햐아, 저 책 좀 봐!"

냅다 소리를 지르고 말았다.

정말 뜻밖에도 교실 뒷벽이 온통 책이었던 것이다. 커다란 책장이 놓여 있는데, 그 안에 책이 빽빽이 들어차 있는 것이 아닌가. 온통 뒷벽 전부가 책인 것처럼 내 눈에는 보였다. 눈이 부실 지경이었다.

"야아, 많다!"

친구도 눈이 휘둥그레지고 있었다.

"햐아, 햐아."

나는 감탄사를 연발했다. 가슴은 걷잡을 수 없이 뛰었다. 정말 그렇게 많은 책을 나는 처음 보았던 것이다.

그러자 드르릉 교무실 창문이 열리고, 불쑥 눈썹이 시꺼먼 얼굴이 나타났다. 우리는 교장인가 싶어 깜짝 놀랐다. 그러나 다행히 교장은 아니었다.

이 남국민학교의 일인 교장은 고약하기로 이름이 나 있었다. 특히 우리 조선 아이들에 대해서는 사정없이 굴었다. 해질녘이 되면 어김없이 교문을 닫아걸고, 일요일이면 종일 폐문을 하는 것은 바로 이 교장의 소행인 것이었다. 조선 아이들이라고 하면 마치 무슨 부정을 타기라도 하는 것처럼 이맛살을 찌푸리는 그런 위인이었다. 교장이래야 뭐 부하 직원을 여러 명 거느린 처지도 아니고, 여선생 하나와 자기와 달랑 둘뿐인 그런 알량한 교장이면서도 말이다.

아무튼 창문을 열고 내다본 것이 교장이 아니어서 우리는 조금 마음이 놓였다.

"너거 뭐 하노?"

"……."

"응? 와 교실을 들여다보지?"

이렇게 말하며 시꺼먼 눈썹은 우리를 날카롭게 쏘아보았다.

그러나 나는 힉 웃음이 나왔다. 낯선 얼굴이 아니었던 것이다.

"책이 억씨기 많은데……."

내가 웃으면서 말하자, 그제야 그도 나를 알아본 듯,

"오, 가와무라(河村)구나. 놀러 왔나?"

하고 부드러운 표정을 지었다.

하야시(林)였다. 그는 나보다 두세 학년 위였다. 그러니까 벌써 졸업을 한 지 이삼 년이 되는 것이다.

그가 5학년 때 아버지가 담임을 했는데, 그는 급장이었다. 그래서 몇 번 우리 집에 심부름을 온 일도 있었고, 학교에서 나를 보면 자기 담임선생 아들이라고 남달리 귀여워해주기도 했다. 그래서 서로

낮이 잘 익은 터였다.

나는 그래서보다도 그가 6학년 때 놀라운 상을 받은 일이 있어서 그를 인상 깊게 기억하고 있었다. '쇼고꾸밍심붕'(《소국민신문小國民新聞》)이라는, 경성(京城)에서 발행하는 소년신문이 있었는데, 그 신문의 창간 몇 주년인가의 기념 작품 모집에 그가 지은 작문이 최우수작으로 뽑혔던 것이다.

상장과 부상이 우송되어 와서 그것을 어느 날 아침 조회시간에 전교생 앞에서 교장 선생이 자랑스럽게 시상을 했다. 상장과 부상을 받는 그를 우리들 전교생은 우레 같은 박수로 축하했는데, 그때 3학년인가 4학년이던 나는 정말 그가 무척이나 놀랍고, 부럽고, 우러러보였었다.

그때 교장 선생은 이런 말을 했었다.

"하야시 군이 이번에 최우수상을 받은 것은 정말 기적 같은 일이고 장한 일이다. 이 영광은 비단 우리 학교의 명예일 뿐 아니라 우리 면, 우리 군, 나아가서는 우리 도의 자랑인 것이다. 하야시 군은 오늘의 이 기쁨과 영광을 잊지 말고, 계속 노력해서 나중에 훌륭한 문학가가 되어 천황폐하께 충성을 다하기 바란다. 그리고 다른 생도들도 하야시 군을 본받아서 더욱 열심히 공부하여 학교와 우리 고장을 빛내주기 바란다."

그 말에 하야시는 말할 것도 없고, 우리들도 덩달아 감격을 금치 못했다.

부상은 '고오지링'(광사림廣辭林)이라는 두툼한 국어사전이었다. 그러니까 그때는 일본어다.

그 두툼한 사진은 한동안 우리들의 호기심과 선망의 대상이 되어 곧잘 입에 오르내렸다. 그처럼 두꺼운 책을 처음 보았다느니, 그 책 속에는 이 세상의 온갖 지식이 다 들어 있을 것이라느니…… 하고 말이다.

그리고 우리를 더욱 감격하게 한 것은 하야시의 작문이 발표된 신문이었다. 작문과 함께 그의 사진이 실려 있었던 것이다.

비록 동전만 한 크기의 사진이긴 했으나, 신문에 사진이 다 실리다니 정말 놀라운 일이었고, 희한했다. 신문에는 아주 훌륭하고 높은 사람의 사진만 실리는 줄 알았는데, 우리 학교의 하야시 사진이 실렸으니 신기하고 감격스러울 수밖에 없었다.

"꼭 하야시 같다, 그제?"

"하야시 사진이니까 하야시 같지."

"우짜면 이렇게 신문에 똑같게 찍혀 나오지? 하야시는 좋겠다."

"니 사진도 한 번 실렸으면 좋겠제?"

"히히히……."

이렇게 우리들은 그 신문이 게시된 게시판 앞에서 웅성거렸다.

남인 우리가 이처럼 신기하고 감격스러웠는데, 당자인 하야시는 얼마나 기쁘고 가슴이 부풀어 올랐겠는가.

그 일은 교내에만 회오리를 일으킨 게 아니라, 학부형들 사이에도 한동안 화젯거리가 되었다. 이 시골학교에서 열두 도(그 무렵은 열두 도였음)의 수재들을 물리치고 당당히 최우수상을 차지하다니. 개교 이래 처음 있는 경사라는 것이었고, 우리 고장에서 장차 문학가 한 사람이 나오게 됐다는 이야기들이었다.

그 소식은 면내에만 국한되지 않고, 군내의 모든 학교, 도내의 여러 학교, 나아가서는 열두 도의 학교에까지 전파되었다. 신문을 통해서 말이다. 그러니까 말하자면 하야시는 열두 도의 국민학교 생도들 위에 군림을 한 셈이다.

그처럼 한때 화제의 주인공이었던 하야시도 집안 형편이 어려워 중학교 진학을 못하고, 졸업을 하자 그대로 시골에 묻히고 말았다.

그런데 그 하야시가 뜻밖에 남국민학교의 교무실에서 불쑥 얼굴을 나타낸 것이 아닌가.

나를 알아본 하야시는,

"이리 들어 온나."

나에게 교무실로 들어오라고 했다.

들어가도 괜찮은 것인지, 나는 좀 얼떨떨한 기분으로 교무실을 들어섰다.

"쟈도 들어와도 괜찮어?"

친구도 들어와도 괜찮으냐고 묻자,

"그래, 들어와. 괜찮어. 아무도 없어."

하야시는 빙글빙글 웃었다.

그는 혼자서 책을 읽고 있는 중이었다.

나는 그가 이 남국민학교의 교무실에서 혼자 책을 읽고 있는 것이 이상해서,

"이 학교 선생님 됐어?"

하고 물었다.

"뭐? 내가?"

"응."

"하하하…… 내가 무슨 선생님……."

"그럼?"

"고쓰까이(소사) 앙이가. 고쓰까이."

하야시는 서슴없이 이렇게 내뱉었다. 이번 신학기부터 이 학교의 소사로 들어왔다는 것이다.

책상이라곤 하야시 것까지 달랑 세 개가 놓여 있는 교무실 안을 잠시 두리번거리고 나서 나는 입을 열었다.

"교실에 무슨 책이 그렇게 많어?"

그러자 자기 자리에 앉아 계속 책을 읽고 있던 하야시는 고개를 들고,

"학급문고 앙이가."

하였다.

"학급문고?"

나는 학급문고가 뭔지 잘 알 수가 없었다.

"학급 아이들이 읽으라고 준비해 놓은 책이란 말이다."

"……."

"많제?"

하야시는 시꺼먼 양쪽 눈썹을 치켜 올리며 자랑스러운 듯이 빙글 웃었다.

"억씨기 많은데……. 누구든지 읽고 싶으면 꺼내서 읽어?"

"그렇지. 누구든지 많이 읽을수록 좋지."

나는 '일본 아이들은 좋겠다'는 말이 곧 입에서 나오려고 했으나 삼켜버렸다.

내 얼굴에 그런 빛이 내비쳤던지 하야시는,

"책 읽는 거 좋아하나?"

하고 물었다.

"응."

나는 고개를 끄덕였다.

"어떤 책을 좋아하지?"

"소설책."

"뭐, 소설책?"

하야시는 약간 놀라는 듯한 표정을 지었다.

그러나 곧 빙그레 웃으며,

"소년소설책이겠지. 그지?"

하였다.

"응."

"무슨 책 읽어 봤노?"

"『기리가꾸레사이소』하고, 『로빈송 구루소』하고 또……."

나는 읽은 책을 생각나는 대로 몇 가지 대답했다.

"아, 그래? 그럼 이리 와 봐."

하야시는 자리에서 일어났다. 교실 쪽으로 가는 것이었다.

나는 얼른 뒤를 따랐다. 물론 친구도 따라왔다.

복도로 나가 첫 번째 교실은 1,2,3학년 교실이었고, 다음은 4,5,6학년 교실이었다. 하야시는 상급학년 교실로 들어갔다. 아까 우리가 창으로 들여다보았던 교실이었다.

교실에는 책상이 두 줄로 놓였는데, 전부 여덟 개였다.

"하하하……."

나는 절로 웃음이 나왔다.

우리 학교 교실에 비하면 꼭 무슨 장난 같았다. 우리 학교 교실에는 다섯 줄로 한 줄에 일곱 개씩, 그러니까 서른다섯 개의 책상이 놓여 있는데 말이다.

걸상도 우리 학교 것은 두 사람씩 앉도록 되어 있는 것인데, 이 학교 것은 하나에 한 사람이 앉는 조그마한 것이 아닌가. 그러니까 책상 하나에 조그마한 걸상이 두 개씩 놓여 있었다. 어쩐지 그것도 좀 우습게 느껴졌다.

그러나 그런 느낌은 잠깐이고, 책장 앞에 선 나는 또 그만,

"햐아."

입이 벌어졌다. 눈이 휘둥그레질 지경이었다. 책장에는 번들번들한 유리문이 달려있고, 그 속에 빽빽이 책이 꽂혀 있어서 더욱 눈부시게 보였다.

"어떻노? 많제?"

내가 감탄하고 있는 줄을 알면서도 하야시는 새삼스레 이렇게 묻고는 기분이 좋은 듯 하하하 웃었다. 그리고 손으로 위에서 첫 번째와 두 번째 선반에 꽂혀 있는 책들을 가리키며,

"봐라. 이기 다 소년소설 앙이가."

하였다.

나는 그저 황홀하기만 했다.

"어때? 한 권 읽어 볼래?"

"응."

나는 얼른 대답했다.

"어떤 것을 읽어 볼래?"

그러면서 하야시는 호주머니에서 열쇠꾸러미를 꺼내어 열쇠 하나를 골라 가지고 책장의 유리문을 열었다.

나는 어떤 것이 좋을지 책이 하도 많아 그저 얼떨떨하기만 했다.

그러자 하야시는 자기가 보고 적당한 책 하나를 뽑았다.

"이거 읽어 봐. 재미있어."

나는 얼른 그 책을 받았다. 『다이또오노 데쓰징』(大東의 鐵人)이라는 책이었다. 표지에 그려진 그림부터가 벌써 가슴을 울렁거리게 했다.

"너도 한 권 읽어 볼래?"

하야시는 내 친구를 돌아보았다.

그러자 친구는 얼굴을 붉히며 고개를 가로저었다.

"야는 아직 소설이 뭔지 몰라."

내가 말했다.

그러자 하야시는 히죽 웃으며,

"소설이 뭔지 모르다니 바보로구나. 소설이 얼마나 재미있고 좋은 것이라고."

하였다.

그렇게 말하는 하야시가 나는 무척 친밀감이 느껴지고 좋기만 했다.

그 소설책을 가지고 교무실로 와서 해가 질 무렵까지 읽었다. 그러나 삼분의 일 정도밖에 못 읽어서 나는 그냥 놓고 집으로 돌아가기가 몹시 안타까웠다. 그래서 하야시의 눈치를 한 번 보고 조심스레,

"이거 집에 갖고 가서 읽어도 돼?"

하고 물었다.

하야시는 잠시 입장이 곤란한 듯한 표정이더니,

"재미있지?"

하고 웃었다.
"응, 정말 재미있어."
"그래, 가지고 가. 찢으면 안 돼. 깨끗이 읽고……. 언제 가져올 끼고?"
"내일 가져 오께."
"내일까지 다 읽겠나?"
"오늘 밤에 다 읽어버리고 잘 끼다."
"그러지 말고, 담 일요일까지 읽고 가지고 와. 그럼 또 다른 책 줄 끼니까."
"아이 좋아라!"
나는 절로 환성이 나왔다.
하야시는 기분이 좋은 얼굴로, 그러나 단단히 명심하라는 듯이,
"그 대신 다른 사람한테 빌려주면 안 돼, 니만 깨끗이 읽고 가져와. 교장 선생이 알면 큰일 난다. 나 이거다."
손으로 목이 잘리는 시늉을 해보였다.
그날 밤 나는 그 책을 끝까지 다 읽고 말았다. 어찌나 재미가 나는지 도저히 중간에 접어두고 잠자리에 들 수가 없었다. 그리고 이튿날부터 다음 일요일을 손꼽아 기다렸다.
그렇게 해서 일요일이면 나는 남국민학교를 찾아가 읽은 책을 돌려주고, 새 책을 얻어 오곤 했다. 교문이 발름히 열려 있을 때는 문제가 없었지만, 닫혀 있을 때는 학교 주위를 돌며 개구멍을 찾기도 했고, 교무실 가까운 울타리 밖에서 목청을 뽑아 하야시를 부르기도 했다. 아무튼 남국민학교의 그 학급문고는 나에게 커다란 즐거움이 되었다.

그러나 그것도 오래 가지는 못했다. 그만 재수 더럽게 교장한테 들키고 말았던 것이다.

어느 일요일 오후, 새 책을 빌려가지고 운동장을 걸어 나오는데, 마침 외출을 하고 돌아오는 듯 교장이 교문을 들어섰다.

교장을 보자, 나는 깜짝 놀라 주춤 멈추어 섰다. 그리고 얼른 손에 든 책을 뒤로 감추고 꾸벅 인사를 했다.

교장은 이게 웬 녀석인가 싶은 듯 무뚝뚝한 표정으로 나를 바라보았다. 나는 절로 고개가 숙여졌다. 마치 무슨 죄라도 지은 것처럼.

그러자 교장은,

"기미 나니 못도룬다(너 뭘 가지고 있나)?"

하고 툭 내뱉었다.

나는 가슴이 철렁 내려앉았다.

"어디 봐!"

"……."

"뭐야?"

교장은 나를 매섭게 쏘아보았다. 나는 불알이 얼어붙는 듯한 느낌이었다. 별수 없이 뒤에 감추었던 책을 슬그머니 내밀었다. 그것을 받아보더니,

"이거 우리 학교 책 아니야?"

교장은 그만 얼굴에 서슬이 퍼렇게 돋았다.

나는 달달 떨며 교장의 눈치를 힐끗힐끗 보기만 했다.

"이놈의 새끼, 도둑놈이구나. 훔쳐가는 거지?"

"아닙니더."

나는 나도 모르게 반발하듯 대답했다.

"그럼?"

"……."

"왜 대답을 못해?"

그러나 나는 차마 하야시가 빌려주었다는 말이 입에서 나오지가 않았다.

"교장이 알면 큰일 난다. 나 이거다."

하면서 손으로 목이 잘리는 시늉을 하던 일이 생각나는 것이었다.

"이놈의 새끼, 훔쳤어. 틀림없어."

"아닙니더."

"뭐가 아니야. 그럼 이 책 어디서 났어?"

"……."

"응?"

나는 하는 수 없이,

"빌렸심더."

해버렸다.

"빌려? 누구한테?"

"……."

"응? 왜 말을 못해? 누구한테 빌렸어?"

나는 정말 난처했다. "하야시한테 빌렸심더" 하는 소리가 곧 혀끝에서 맴돌았으나, 나는 고개를 떨구고만 있었다.

그러자 교장은 벌컥 화를 내면서,

"이놈의 새끼, 거짓말쟁이구나. 훔치고서는……. 가자, 이놈의 새끼!"

덥석 내 뒷덜미를 거머쥐는 것이 아닌가. 교무실 쪽으로 끌고 갈 모양이었다.

나는 그만 엉겁결에,

"하야시한테 빌렸심더. 하야시한테……."

하는 소리가 튀어나와 버렸다.

"뭐 하야시한테? 정말이야?"

"예."

나는 기어들어가는 듯한 목소리로 대답하고는 그만 훌쩍훌쩍 울기 시작했다.

그러자 교장은 내 뒷덜미를 슬그머니 놓으며,

"울긴 왜 울어. 병신같이……."

하고는 책을 가지고 내 정수리를 쾅 한 대 내리쳤다. 그리고,

"꺼져!"

하였다.

나는 곧장 훌쩍거리면서 교문을 나섰다.

교문 밖으로 나오자, 웬일인지 나는 왈칵 더 서러운 생각이 들어 주루룩 눈물이 흘러내렸다. 책으로 정수리를 한 대 얻어맞은 것이 분해서 그런 것은 결코 아니었다. 하야시와의 약속을 어기고 교장에게 하야시한테 빌렸다는 말을 했기 때문에 자책이 되어 그런 것도 아니었고, 읽고 싶은 책을 뺏겨 버려서 그런 것만도 아닌 듯했다. 물론 그런 것이 다 함께 가슴을 건드리긴 했지만, 그것보다도 어쩐지 내가 처량한 아이 같은 생각이 드는 것이었다.

왜 우리 학교에는 학급문고 같은 것이 없는가 싶었다. 이 일본 아이들 학교는 생도 수도 불과 서른 명 남짓밖에 안 되고, 교실도 두

개 뿐인데도 그처럼 많은 책이 갖추어져 있는데, 우리 학교는 생도수도 칠팔백 명이나 되고, 교실도 열 개가 넘는데, 왜 우리가 읽을 책은 한 권도 마련되어 있지 않는가 말이다. 정말 원망스러운 생각이 왈칵 들었다.

그 뒤로 물론 나는 남국민학교에 발걸음을 안 했다. 어쩐지 이제 입맛이 뚝 떨어져버린 것이었다. 그리고 하야시가 교장한테 정말로 목이 잘려 버렸는지 어쨌는지, 생각하면 두렵기도 하고 미안하기도 했다. 어떻게 되었는지 궁금해서 한 번 찾아가볼까 싶었으나, 두려운 생각이 앞서서 그만두어 버렸다.

그런 일이 있은 후로는 남국민학교는 알맹이가 잘 차 있는 학교같이 느껴졌고, 우리 학교는 반대로 껍질만 덜렁하게 클 뿐 속은 텅텅 빈 학교처럼 생각되었다. 그런 속이 텅 빈 학교에 다니는 것이 몹시 서글프고 허전했다. 그리고 슬그머니 일본 아이들이 부러웠고, 한편 그들이 공연히 밉기도 했다.

그러나 그런 생각도 한동안이었을 뿐, 나는 종전과 다름없이 명랑하게 학교에 다녔고, 소설책이 눈에 띄면 즐겨 읽었다. 남국민학교의 그 학급문고를 깨끗하게 잊어버릴 수는 없었지만.

몇 달이 지났을까. 토요일 오후쯤이 아니었나 기억된다.

혼자 마루에서 도화(圖畫) 숙제를 하고 있는데,

"가와무라, 집에 있었구나."

하면서 뜻밖에 하야시가 찾아왔다.

한쪽 손에 검정색 책보를 들고 있는데, 무슨 책들인지 부피가 커서 꽤 무거워 보였다.

하야시는 그것을 마루에 털썩 놓으며,

"뭐 하노? 그림 그리나?"
하고 벙글벙글 웃었다.

몇 달 전 그런 일이 있은 뒤로 처음 만나는 터이라, 나는 무척 반가우면서도 한편 약간 미안하기도 하고, 조금 두렵기도 하고, 묘했다. 더구나 근무 시간일 터인데 덜렁 찾아오다니, 부피가 큰 책보를 들고서. 얼떨떨하기도 했다.

하야시는 묻지도 않는데,

"나 그만뒀다. 남국민학교……."

내뱉듯이 말했다.

"언제?"

나는 눈이 휘둥그레지지 않을 수 없었다. 혹 나 때문이 아니었는가 싶어서 조금 켕기기도 했다.

"메칠 전에."

"와?"

"그놈의 교장새끼, 어찌 지랄 같은지…… 더럽어서 그만 안 때리챠버렸나."

나는 가만히 안도의 숨을 내쉬었다. 나 때문에 그렇게 된 것은 아니니 말이다.

마루에 올라와 앉더니 하야시는 대뜸,

"가와무라, 우리 '붕가꾸구라부'(문학구락부文學俱樂部) 만들자. 어떻노?"
하고 물었다. 그게 그가 찾아온 용건인 모양이었다.

그러나 나는 '붕가꾸구라부'가 뭔지 알 수 없어 멀뚱멀뚱 그의 얼굴을 바라보기만 했다.

"붕가꾸구라불 만들어서 한 달에 한 번이나 두 번 일요일에 모여서 발표회도 가지고……."

"붕가꾸구라부가 뭔데?"

"붕가꾸구라부라는 것은 문학동인회 앙이가. 동인회."

"동인회?"

나는 '동인회'라는 것도 도무지 처음 듣는 말이었다.

"뜻이 같은 사람끼리 모여서 공부도 하고, 친목도 도모하는 걸 동인회라 안 카나."

"……."

"그러니까 붕가꾸구라부는 문학을 좋아하는 사람끼리 모여서 글도 짓고, 친목도 도모하고 하는 거 앙이가."

나는 그저 얼떨떨해서 뭐라고 말이 나오지가 않았다.

"가와무라, 너는 '하이꾸'(俳句)*(일본 고유의 단시. 하이쿠)부에 들면 돼."

하야시는 책보를 끌러서 맨 위에 얹힌 학습장을 꺼내 펼쳤다.

"무슨 부가 있는가 하면 소설부, 시부, 하이꾸부, 이렇게 세 부가 있어. 다른 것도 있지만, 우선 처음이니까 세 부만 두기로 했어."

"……."

"너는 소설이나 시는 아직 못 지을 것이고, 하이꾸는 질 줄 알지? 학교에서 배웠으니까."

나는 고개를 끄덕이며 씩 웃었다.

"됐어. 너는 하이꾸부다. 알겠제?"

"응."

나는 조그마한 소리로 대답했다. 그리고 그가 펼쳐 든 학습장을 들여다보았다. 이미 거기에 내 이름이 적혀 있었다. 물론 하이꾸부에.

"나는 소설부하고 시부하고 두 군데 들었어."

하야시는 정색을 하고 말했다.

소설부에는 하야시 자기 이름만 적혀 있었고, 시부에는 하야시와 딴 두 사람의 생소한 이름이 적혀 있었다. 그리고 하이꾸부에는 내 이름과 또 한 사람의, 역시 나는 모르는 이름이 적혀 있었다. 그러니까 말하자면 동인은 모두 다섯 명인 셈이었다.

"소설부는 뭐하는 기고? 소설 읽는 부가?"

소설을 읽는 부가 소설부라면 나도 그 부에 들고 싶은 생각이 슬그머니 들었던 것이다.

하야시는 힉 웃고는,

"소설을 짓는 부 앙이가. 물론 많이 읽기도 하지만, 짓는 기 목적인 기라."

하였다.

소설을 짓는 부가 소설부라는 말에 나는 약간 어리벙벙했다. 그렇다면 하야시가 소설을 짓는다는 말이 아닌가. 소설이라면 아주 유식하고 훌륭한 사람이나 짓는 것으로 알았는데, 하야시 같은 사람이 소설을 짓다니……. 아무나 소설을 지어도 되는 것인지……. 알 수 없는 노릇이었다.

하기야 학교 다닐 때, '쇼고꾸밍심붕'에 최우수작으로 뽑혀 작문과 함께 사진까지 실리긴 했지만, 그러나 감히 제가 소설을 짓다니……. 어쩐지 좀 우습게 여겨지기도 했다.

그런 나의 표정을 보고 하야시는,

"와? 내가 소설 못 지을 것 같으나? 지금 짓고 있는 중이다. 거짓말 앙이다. 다음 모일 때 보여주꾸마."

약간 열을 올려 말하는 것이었다. 내 표정이 도로 수긋해지자 어조를 낮추었다.

"소설에는 장편소설이 있고, 단편소설이 있는 기라. 장편소설은 책 한 권이 되는 긴 기고, 단편소설은 그보다 훨씬 짧은 기지. 장편소설은 너무 길어서 아직 못 짓지만, 단편소설은 지울 수가 있어. 벌써 원고지 열여덟 장이나 지었는데……. 소설은 읽는 것도 재미있지만, 짓는 기 더 재미있어."

그리고 하야시는 서슴없이,

"나 나중에 소설가 될 끼다, 보래."

하고 말했다.

그 말에 왠지 나는 그만 힉 웃음이 나왔다. 그러나 그는 웃지 않았다.

"지금은 웃지만, 보래. 되는강 못되는강. 기어이 소설가가 되고 말 끼니까. 가와무라, 초지일관(初志一貫)이라는 말 아나?"

"응."

"초지일관인 기라, 초지일관. 기어이 소설가가 되고야 말 테니까."

너무나 진지한 표정으로 그렇게 말하는 하야시 앞에 나는 그만 압도가 되어 약간 두려운 눈길로 그를 바라보고만 있었다.

그의 눈썹은 유난히 시꺼멓게 번들거렸고, 또 코 밑이 어쩐지 검실검실해 보였다. 나보다 서너 살 위였는데, 그때만은 월등히 나이가 많은 어른처럼 느껴졌다.

그때의 하야시의 그 결의에 찬 진지한 표정을 나는 지금도 선명하게 기억하고 있다. 그가 열띤 어조로 "초지일관인기라, 초지일관. 기어이 소설가가 되고 말 테니까" 하고 힘주어 말하던 그 '초지일관'이라는 말도 인상 깊게 머리에 떠오른다.

그가 돌아가고 난 다음 나는 묘한 흥분에 젖어 있었다. 하야시는 정말 나중에 소설가가 될지도 모른다고 생각하니 이상스럽게 가슴이 울렁거리고, 그가 벌써부터 보통 사람이 아닌 것처럼 조금 두렵게 느껴지기까지 했다. 그리고 나 자신도 별안간 오늘부터 무엇이라도 된 듯한 야릇한 기분이었다. 하기야 그때부터 붕가꾸구라부의 하이꾸부원이 된 셈이긴 하지만.

아무튼 문학이라는 야릇한 무지개가 나의 눈에 처음으로 비쳐 들어온 것이 그때가 아니었던가 싶다. 말하자면 하야시는 나에게 그 무지개를 살짝 갖다 보여준 최초의 사람인 셈이다.

물론 그 전에 아버지가 소년소설의 세계로 이끌어 주기는 한 셈이지만, 그러나 그것은 어디까지나 독서에 취미를 붙이도록 하기 위한, 부모로서의 교육적인 의도에서였지, 결코 문학의 세계에 발을 들여놓도록 유도한 것은 아니었을 것이다.

그러나 하야시는 분명히 붕가꾸구라부라는 것을 들고 나와서 하이꾸부이긴 하지만 나를 그 동인의 한 사람으로 끌어들였고, 또 자기는 나중에 소설가가 되고야 만다는 식으로 묘하게 나의 가슴까지 부풀어 오르게 했던 것이다.

그리고 돌아갈 때는,

"요담 일요일 첫 모임을 가질 생각이니까, 그때까지 하이꾸 열 개만 지어 봐. 알겠제? 또 내가 연락할게."

이렇게 말했었다.

요다음 일요일까지 하이꾸 열 개를 지어 보라니, 나는 무슨 거창하고 황홀한 과제를 부과받기라도 한 듯 약간 얼떨떨하면서도 가슴이 벅찼다. 학교에서 하이꾸를 배울 때, 두어 개 지어 본 일이 있긴 했으나, 한꺼번에 열 개를 지으라니, 내가 별안간 '하이징'(俳人, 하이꾸를 짓는 사람) 취급이라도 받는 듯 좀 부끄럽기도 하면서 감격스럽기까지 했다. 말하자면 갑자기 내가 매우 격상이 된 것 같은 느낌이었다.

나는 가볍게 들떠서 곧장 휘파람을 불었다. 그 무렵 겨우 휘파람 부는 재주를 터득한 터이라 그렇잖아도 휙휙 호르르르호르…… 심심하면 곧잘 휘파람을 불어대는 판이었는데, 기분이 들뜨니 계속 그것이 입술을 들추고 흘러나왔다.

그리고 그날부터 나는 하이꾸를 짓는답시고 내 딴은 꽤나 심각해져 가지고 책상 앞에 턱을 괴고 앉아있기도 했고, 마루에 서서 먼 산을 하염없이 바라보고 있기도 했다. 제법 시상(詩想)에라도 잠기듯이 말이다.

말할 것도 없이 하이꾸도 일종의 시인 것이다. 5, 7, 5조(調)로 된 일본 특유의 정형시다.

내가 그렇게 제법 심각한 상태가 되어 가지고 좀 넋이 나간 것처럼 묘하게 하고 있는 것을 보고 어머니가,

"야, 니 와 그라고 있지? 어디 아프나? 아니면 무슨 걱정이라도 생겼나?"

이렇게 묻기도 했다.

제대로 하이꾸가 됐는지 어쩐지 알 수가 없었지만, 좌우간 나는 다섯 자, 일곱 자, 또 다섯 자, 모두 열일곱 자로 끝나는 짤막한 노

래를 지어가지고 새 학습장에다가 하나씩 하나씩 정성껏 추가해 나갔다.

그러면서 다음 일요일을 가슴 두근거리며 기다렸다. 모이는 장소가 어딘지, 모여서 뭘 어떻게 하는 것인지, 호기심과 기대에 부풀면서 하야시의 연락이 있기를 기다렸다.

그러나 하야시는 오지 않았다. 어찌된 영문인지 일요일이 되어도 소식이 없었다.

나는 초조하고 안타깝기 짝이 없었다. 혹시 나를 동인회에서 빼버리고, 저희끼리만 모여서 재미 좋게 붕가꾸구라부라는 것을 만들고 있는 것이나 아닌가 하는 생각이 들기도 했다. 그럴 까닭이 없는데, 참 알 수 없는 일이었다.

그날 나는 종일 집밖에 나가질 않고 가슴 조이며 하야시를 기다렸다. 그러나 끝내 허사였다. 해가 서산에 기울어도 하야시는 찾아오지 않았다. 하야시네 집을 알면 당장 뛰어가보고 싶은 심정이었으나, 집도 몰랐다. 혹시 무슨 피치 못할 사정이 있어서 다음 일요일로 미룬 모양이구나 하고 마음을 가라앉히는 도리밖에 없었다. 정말 초조하고 안타까운 하루였다.

며칠 뒤, 나는 아버지와 어머니가 주고받는 이상한 이야기를 들었다. 밤잠자리 속에서였다.

그날 밤, 나는 여느 때보다 좀 일찍 잠이 들었다. 자정쯤 되었을까. 소변이 마려워서 잠이 깨였더니, 웬일로 아직 방 안에 불이 켜져 있었다. 심지를 아주 낮춘 듯 희미한 불빛이 방 안을 어렴풋이 비추고 있었다. 그런 어렴풋한 불빛 속에 누워서 아버지와 어머니가 도란도란 이야기를 주고받고 있었다.

"그런데 얼핏 들어도 내 이야기를 하고 있는 것 같았다. 나는 가만히 귀를 기울였다.

"하이꾸가 뭔교?"

어머니의 목소리였다.

"일본 사람들이 짤막하게 짓는 노랜 셈이지."

아버지가 대답하는 소리였다.

"찬이가 그것을 짓는단 말인교?"

"학교 교과서에도 나오니까 지을 수야 있겠지."

대화는 잠시 끊겼다.

나는 가만히 숨을 죽이고 있었다. 분명히 내 이야기를 하고 있는 것이 아닌가. '찬이'란 내 이름 밑의 자만 따서 부르는 호칭이었다. 어머니 아버지는 나를 늘 그렇게 불렀다.

곧 또 어머니가 입을 열었다.

"그런데 와 주재소에서 그런 일을 상관하능교?"

"그놈들이사 상관 안 하는 기 있나. 조금만 수상하면 잡아다가 족쳐보는 기지. 무슨 꼬투리라도 나오는가 싶어서……."

"……."

"이번 일은 애들이 한 일이라 괜찮았지, 그렇지 않고 중학생이나 대학생 같은 청년들이 한 일 같으면 그냥 안 놓아주지."

"글 짓는 공부할라고 모임을 만드는 것도 무슨 죄가 되는교?"

"문학 공부하는기사 죄가 안 되지. 더구나 하이꾸 같은 것도 짓고 하는데. 그렇지만 모이면 문학 얘기만 하게 되나. 자연히 여러 가지 얘기가 나올 끼 앙이가. 시국 얘기도 나오고. 그래서 안 된다는 기라. 그런 것을 만들어서 자꾸 모이다 보면 저절로 '후떼이센징'(불령

선인不逞鮮人)이 된다는 기라."
"후떼이센징이 뭔교?"
"일본을 반대하는 조선 사람을 후떼이센징이라 안 카나."
그러자 어머니는 가만히 한숨을 쉬었다. 조금 떨리는 듯한 숨이었다. 기분이 안 좋기도 하고 두렵기도 한 모양이었다.
아버지와 어머니의 이런 뜻밖의 대화에 나는 어리둥절해 있었다. 소변이 마려워서 잠을 깼는데, 자리에서 일어날 수도 없었다. 마치 들어서는 안 될 이야기를 훔쳐 들은 것 같은 기분이었다. 그리고 그 이야기는 놀라운 것이기도 했고, 겁나는 것이기도 했고, 나로서는 얼른 이해가 안 되는 것이기도 했다.
이야기를 들어 보니 하야시가 분명히 주재소에 붙들려갔던 모양이다. 곧 놓여나오기는 한 모양이지만, 좌우간 하야시가 주재소에 붙들려갔었다니, 너무나도 뜻밖의 일이 아닐 수 없었다. 붕가꾸구라부라는 것 때문에 붙들려가다니, 너무나도 뜻밖의 일이 아닐 수 없었다. 붕가꾸구라부라는 것 때문에 붙들려가다니, 정말 알 수 없는 노릇이었다. 슬그머니 겁이 나기도 했고, 붕가꾸구라부는 것이 두렵게 여겨지기도 했다.
그리고 또 한 가지 놀라운 사실은 아버지의 입에서 그놈들이니, 일본을 반대하는 조선 사람이니, 하는 말이 서슴없이 튀어나온 일이다. 주재소 순사들을 그놈들이라고 부르며 일본을 좋지 않게 말하는 투가 분명하지 않은가. 나로서는 정말 의외의 놀라운 사실이었다. 일본이라고 하면 그게 바로 우리나라고, '텐노오헤이까'(천황폐하)에게 충의를 다해야 된다는 것을 매일같이 듣고 배우고 있는 터인데 그놈들이니, 일본을 반대하는 조선 사람이니 하는 말이 아버지의 입에서 나오다니……. 더구나 매일같이 그렇게 가르치고 있는 학교 선생인 아버지의 입에서 말이다.

나는 마려운 오줌을 애써 참으며, 이렇게 깊은 밤, 희미한 남폿불 밑에서는 아버지의 속마음이 은밀히 나오는 것이로구나, 학교에서 가르치는 말은 겉으로 하는 말이고 속마음은 따로 있구나, 어른들은 겉과 속이 다른 모양이구나 싶으며, 입 안에 고인 침을 조심스레 삼켰다.

"그만 자지."

아버지가 말하고는, 희미한 남폿불을 훅 꺼버렸다.

나는 잠시 후, 부스스 일어나 소변을 보러 밖으로 나갔다.

이튿날 학교에 갔다 돌아오자, 부엌에서 김치를 담그고 있던 어머니가 조금 굳어진 듯한 표정으로,

"찬아, 이리 와 보래."

나를 불렀다.

마루에 책보를 던져놓고 부엌으로 가자 어머니는,

"찬아, 니 글 짓는 공부 할라 카나?"

하고 물었다.

나는 어머니의 입에서 왜 그런 질문이 나오는지 대뜸 알 수가 있었다. 어쩐지 좀 반발심 같은 것을 느끼며 말없이 어머니의 얼굴을 바라보고만 있었다.

"그런 거 하지 마래이. 잘못하면 큰일난대이."

"와예?"

나는 시치미를 뚝 떼고 반문했다.

"니 하야시라는 아 알제?"

"예."

"가가 뭐 문학을 좋아한다메? 글 짓는 공부하는 단체 만들었다메?"

"……."

"그래서 가 주재소에 붙들려가서 혼났단다."

그러면서 어머니는 나를 빤히 쳐다보았다. 어떤 반응이 내 얼굴에 나타나는가 보려는 듯이.

그러나 내가 말똥말똥한 표정으로 눈을 깜작거리고만 있자, 어머니는 타이르듯이 말했다.

"니도 그 단체에 들었다메? 큰일 난다. 그런 거 하지 마래이. 학교 공부만 열심히 해래이."

그 말에 나는 그만 후딱 돌아섰다. 그리고 냅다 부엌 밖으로 내달았다. 그런 말 듣기 싫다는 듯이.

그러나 실은 나도 내심 조금 켕기는 바였다. 슬그머니 하야시가 두려운 존재처럼 여겨지기도 했다.

그리고 틀림없이 아버지한테서도 무슨 말이 있으리라 싶었다. 학교공부나 열심히 안 하고, 그런데 들었다고 꾸지람을 들을 것만 같았다. 그러나 아버지는 아무 말도 없었다. 여느 때와 조금도 다름없이 나를 대해 주었다.

그런 아버지가 오히려 조금 두렵기도 하면서, 그러나 믿음직하고 좋기만 했다. 역시 소년소설 같은 것을 읽으라고 사다 준 아버지가 다르구나 싶었다.

지금 생각해도 그때의 아버지의 그런 태도는 보통이 넘는다고 여겨진다. 여느 아버지 같았으면 반드시 뭐라고 말이 있었을 것이다.

그게 잘못한 것이 아니라 하더라도 걱정이 되어서도 앞으로는 그런데는 어울리지 말라고 주의를 주었을 것이다. 그러나 아버지는 그게 아니었던 것이다. 모르는 체했던 것이다. 말하자면 꽤나 마음이 넓은 데가 있고, 든든한 데가 있는 아버지였던 것 같다.

그 후 하야시는 영영 찾아오지 않았고, 이듬해 아버지가 딴 학교로 전근이 되는 바람에 나도 전학을 가고 말았다. 그러니까 하야시는 나에게 문학이라는 황홀한 무지개 같은 것을 갖다가 살짝 보여주고는 어이없이 사라져버린 그림자 같은 사람이었다.

물론 나는 그 뒤 그를 잊어버렸다. 그러나 소위 문단이라는 곳에 나와 글이랍시고 발표하기 시작한 초기, 나는 이따금 하야시 생각이 떠올랐다. 어쩌면 그가 이미 기성문인이 되어 있을 것만 같았다. 하야시였으니까 임(林) 씨에 틀림없다. 그래서 나는 문인 가운데 몇 사람 안 되는 임 씨 성을 가진 분을 두고 혹시 그가 아닌가 싶어서 그 연령과 출생지 같은 것을 뒤져보았다. 그러나 그라고 생각될 만한 분이 없었다. 아직 문단에 나오지 않았다는 결론이었다. 그리고 자연히 또 나는 그를 잊어버렸다.

그런데 뜻밖에 등산길에 간이음식점에서 본 그 주인이 그에 틀림없는 것 같지 않은가. 나는 묘하게 가슴이 약간 설레기까지 했다.

다음 일요일, 나는 혼자서 룩작을 메고 집을 나섰다. 물론 우이동 쪽이었다.

여느 등산 때와는 달리 나는 조금 들뜬 듯한 기분이었다. 산을 찾는 즐거움 외에, 서른 몇 해 전의 인상 깊었던 옛 친구를 찾아가는 셈이니 그럴 수밖에. 그게 그 사람인지 아닌지는 아직 확실하지 않지만 말이다.

먼저 도선사 쪽으로 올라가 밥을 지어먹고, 귀로에 능선을 타고 아카데미하우스 쪽으로 내려오면서 그 간이음식점에 들렀다.

문을 열고 들어서는 나는 약간 가슴이 두근거리기까지 했다.

두 젊은 남녀가 한 쪽 탁자에 마주앉아 소주를 마시고 있을 뿐 호젓했다. 그 주인 남자는 보이지 않았다. 부인 혼자서 빈대떡을 부치고 앉아 있었다.

"어서 오세요."

부인은 들릴 듯 말 듯 말하고는 계속 일손을 놀렸다.

나는 룩작을 벗어 걸상에 놓았다. 그리고 등산모를 벗고 자리에 앉으며 이마에 내밴 땀을 닦았다.

"뭐 드릴까요?"

하면서 부인이 자리에서 일어났다.

"맥주 한 병 주세요."

"마침 맥주가 떨어졌네요. 잠깐 기다리시겠어요?"

그러면서 부인은 밖으로 나가려 했다. 가게로 가지러 가려는 모양이다.

"그럼 그만두시고, 소줄 주세요."

"예."

"반병도 주지요?"

"예."

"반병하고, 빈대떡 두어 장하고……."

자작자음으로 뜨끈뜨끈한 빈대떡을 안주삼아 소주 두 잔을 비우고 나니 제법 뱃속이 훈훈해 왔다. 잔에 다시 소주를 채우며 나는

부인에게,
"아주머니, 주인양반은 어디 가셨나요?"
물어 보았다.
그러자 부인은 왜 묻는가 싶은지 힐끗 나를 바라보며,
"예."
하고 대답한다.
"곧 오십니까?"
"시내에 볼일이 있어서 나가셨어요. 곧 오지 싶습니다만……. 왜 그러세요?"
"저……."
나는 잠시 망설이다가 입을 열었다.
"주인양반 성씨가 뭡니까?"
"임 씬데요……."
"임 씨 맞지요?"
순간 나는 소주가 들어간 뱃속이 더욱 후끈해지는 것 같았다. 부인은 좀 이상한 듯이,
"왜 그러세요?"
묻는다.
"저…… 주인양반 고향이 죽촌인지요? 경북……."
"예, 맞아요."
"아, 그럼 맞구나. 맞아. 하아……."
나는 나도 모르게 감탄사를 발하며 몇 번 고개를 끄덕거렸다.
"어떻게 잘 아시는 사인가요?"
"예, 어릴 적에……."

그리고 나는 소주 한 잔을 또 쭉 들이켰다. 주기와 함께 묘하게 가슴이 설레기까지 했다.

부인의 얼굴에는 반가운 듯한 표정이 떠오른다.

정말 우연한 일이 아닐 수 없다. 등산길에 비 때문에 들어섰던 간이음식점의 주인 남자가 바로 서른 몇 해 전 국민학교 시절의 선배이며, 또 친구인 셈이기도 한 그 인상 깊은 하야시라니. 세상은 과연 넓으면서도 좁은가 보다. 살아 있으면 언젠가는 만나게 된다는 말이 결코 빈말이 아닌 모양이다.

소주 반병을 다 비운 나는 혼혼한 주기에 젖으며 약간 망설이듯이 앉아 있었다. 좀 더 기다려 볼 것인가 어쩔 것인가 하고.

"이 양반이 돌아올 때가 됐는데……."

부인은 안타까운 표정을 짓는다.

잠시 후, 나는 룩작을 메고 일어났다. 언제 돌아올지 모르는 사람을 언제까지나 멀뚱히 앉아서 기다리고 있을 수는 없는 노릇이다.

"가실라고요?"

좀 미안한 듯이 부인이 말했다.

"예, 다음 일요일에 또 오죠."

그러면서 나는 셈을 치렀다.

"누구시라고 그럴까요? 궁금하게 생각할 텐데……."

"저……."

나는 조금 머뭇거리다가,

"그냥 옛날 어릴 때 친구라고만 해주세요."

하였다.

이쪽이 누군가를 미리 밝혀놓는 것보다는 누군지 궁금하게 여기도록 해두는 편이 다음에 만나는 장면이 훨씬 극적일 것 같았던 것이다.

집으로 돌아오는 버스에서도 나는 공연히 즐거웠다. 이제 우이동 쪽의 등산은 산을 찾는 즐거움에다가 옛 친구를 만나는 기쁨이 한 가지 더 보태어진 셈이어서 그런지 몰랐다.

다음 일요일엔 집에 일이 생겨서 등산을 못하고, 그 다음 일요일, 비가 내렸다 그쳤다 하는 궂은 날씨인데도 집을 나섰다. 그날은 등산 그 자체보다도 옛 친구를 찾는 것이 목적인 셈이어서 궂은 날씨인데도 한결 유쾌하고 걸음이 가벼웠다.

이번에는 정릉 쪽으로 해서 산을 넘어 우이동 아카데미하우스 쪽으로 내려가는 코스를 택했다. 정릉 골짜기를 올라갈 무렵에는 제법 구름이 갈라지고 햇빛까지 쏟아지더니 점심을 해먹고 나니까 또 하늘이 찌뿌듯이 무거워지며 바람까지 약간 일기 시작했다. 우비를 준비해가지고 있으니까 비는 상관이 없지만, 바람은 좀 곤란했다. 산에서 비와 바람을 함께 만난다는 것은 괴로운 일일 뿐 아니라, 자칫 위험하기도 한 것이다.

나는 서둘러 걸음을 재촉했다. 산등성이를 넘어 우이동 쪽으로 골짜기를 내려갈 무렵에는 제법 비바람이 몰아치고 있었다. 산 전체가 으스스 떨고 있는 듯한 느낌이었다.

아카데미하우스가 저만큼 내려다보이자 나는 안도의 숨이 내쉬어졌다. 몇 차례 미끄러지기도 했고, 아랫도리는 물에 빠진 것처럼 되어 있었다.

그 간이음식점 앞에 당도했을 때는 비바람은 한층 기세를 돋우고 있었다. 비와 바람에 온통 두들겨 맞고 있는 그 을씨년스러운 간이

건물은 곧 폭삭 주저앉을 것처럼 위태위태해 보였다.
나는 얼른 문을 열고 안으로 들어갔다.
"오서 오십쇼."
주인남자였다. 눈썹이 짙은 주인남자는 틀림없는 옛날 그 하야시였다. 지금은 오십 정도 된 얼굴이지만, 그 얼굴에는 인상 깊은 옛날 하야시의 얼굴 모습이 분명히 깃들어 있었다.
그는 빙글 웃는 낯으로 나를 반겼다. 그러나 물론 내가 누구라는 것을 알고서 반기는 것은 아니었다. 이 비바람 속에 룩작을 메고 뛰어 들어온 손님을 반기는 셈이었다. 산을 좋아하는 것도 고생이로구나 하는 그런 웃음으로 말이다.
나도 절로 활짝 웃음이 나왔다. 그러나 나의 웃음은 전혀 그 의미가 달랐다. 바야흐로 극적인 장면이 시작되려는 그 직전의 묘하게 재미있는 웃음이라고나 할까.
"안녕하십니까."
나는 우선 이렇게 건성으로 인사말을 던지고는 물에 젖은 룩작을 벗었다. 등산모도 벗었다. 그리고 옆구리에 찬 수건을 뽑아 얼굴이랑 목덜미께의 물을 대강 닦았다.
오늘은 어찌된 셈인지 부인도 보이지 않고, 손님도 아무도 없었다. 빈 음식점을 임 씨 혼자 지키고 있었던 것이다.
"가을비가 굉장하죠? 바람까지 이렇게 불고……."
임 씨의 말에 나는
"글쎄 말입니다."
하고는 또 나오는 웃음을 참지 못해 싱글 웃었다.
"자, 앉으세요. 뭐 드릴까요?"

그러나 나는 자리에 앉질 않고 그대로 서서 싱글싱글 곧장 웃기만 했다. 어쩐지 조금 얼굴이 상기되는 듯한 느낌이었다.

그러자 임 씨는 이 사람이 왜 자꾸 웃는가 싶은 듯 약간 어색한 표정으로 멀뚱히 나를 바라본다.

"나 누군지 모르겠어요?"

드디어 나는 입을 열었다.

"글쎄요……."

임 씨의 표정이 조금 바뀌었다. 그러나 아직 나를 못 알아보는 것이었다.

"나 가와무랍니다."

"가와무라?"

임 씨는 짙은 양 눈썹 사이를 조금 좁히며 두 눈을 깜작거린다. 아득한 옛 기억을 더듬는 모양이었으나, 얼른 떠오르지가 않는 듯했다.

"왜, 같이 붕가꾸구라부 하자고 그랬었잖아요."

"……."

"나는 하이꾸부에 들라 그랬고, 임 형은 소설부하고 시부에…… 핫핫하……."

이번에는 그만 나도 모르게 웃음이 크게 터져 나와 버렸다.

"아! 가와무라! 알겠어, 알겠어."

그제야 임 씨는 깜짝 놀라며 곧장 고개를 끄덕거린다. 너무나 뜻밖의 일이라 얼떨떨하고 조금 쑥스럽기도 한 듯,

"야아, 이거 정말, 이거 정말……."

어쩔 줄을 몰라 했다. 얼굴까지 살짝 붉히고 있었다.

"정말 오래간만이군요."

"글쎄 말이오. 야, 이거 정말……."

어느새 나와 임 씨는 서로 두 손을 마주잡고 흔들고 있었다.

그리고 잠시 후, 말할 것도 없이 우리는 탁자에 마주앉아 술을 마시기 시작했다. 바깥에는 여전히 비바람이 치고 있었으나, 우리밖에 아무도 없는 좁은 홀 안은 우중충하면서도 아늑한 느낌이었다. 마치 서른 몇 해 만에 만난 우리 두 사람을 위한 호젓한 분위기 같았다.

이런 날은 술도 더 당기는 법이다. 날씨도 그렇고 술 상대도 그렇고…….

"자, 오늘 실컷 좀 마십시다."

소주잔을 임 씨에게 권하면서 내가 약간 들뜬 듯한 어조로 말했다.

"그럽시다. 허허허……."

임 씨도 약간 들뜬 듯한 웃음을 웃는다.

"아주머니는 어디 가셨나요?"

"친정에 볼일이 좀 있어서…… 허허허……."

그리고 임 씨는 소주잔을 쭉 비운 다음 나에게 권하며 난데없이,

"부끄럽소."

하였다. 정말 좀 부끄러운 듯한 표정을 지으면서.

나는 속으로 약간 당황했다. 그 말이 무슨 뜻인지 얼른 짐작이 가는 것이었다. 공연히 아주머니 말을 꺼냈구나 싶었다. 본의 아니게 그의 아픈 데를 건드린 셈이 된 것이다. 그러나 나는 멀뚱히 그를 바라보는 수밖에 없었다.

그러자 임 씨는 나에게서 약간 시선을 비끼면서,

"산다는 것이 뭔지……. 이런 데서 이런 장사를 하게 될 줄이야……."

혼자 중얼거리듯이 말한다.

그제야 나는,

"아이, 별말씀을 다……. 왜 어떤데요?"

하였다. 그리고 소주잔을 되도록 천천히, 그러나 입에서 떼지 않고 단숨에 쭉 비워버렸다.

임 씨는 얼굴에 여전히 창피한 듯한 어색한 그늘 같은 것을 지우고서 중얼거린다.

"나도 과거에는 괜찮았었소. 교편생활도 좀 해보았고, 군청 서기질도 했고, 나중에는 연초경작조합 과장자리까지 앉아 보았으니까."

"아, 그랬어요?"

나는 조심스럽게 임 씨의 얼굴을 바라보고 있었다.

"그런데 관운이 없는 놈은 별수가 없더구먼, 좀 괜찮게 나간다 싶으면 무슨 일이 터지고 하니……. 나 참 더러워서……."

"……."

"재수 없는 놈은 뒤로 넘어져도 코를 깬다더니, 내가 꼭 그 짝이었다니까."

나는 뭐라고 말을 해야 좋을지 몰랐다. 섣불리 어설픈 말을 꺼냈다가는 도리어 또 아픈 데를 건드리는 결과가 될지도 모르니 말이다. 그래서 애써 담담한 표정으로 소주를 홀짝거리기만 했다.

"연초경작조합 과장자리에서 물러난 뒤에는 사금융(私金融)에 손을 대기도 했었소. 퇴직금과 그동안 좀 있던 부동산을 몽땅 팔아서 친구가 하는 무진(無盡)*('상호신용계'의 이전 말)에 투자를 했는데, 아 글쎄, 그놈이 나중에 알고 보니 사기꾼이었지 뭐요. 어떻게 된 셈인지 처음에는 잘 나가다가 흔들흔들하더니 그만 와장창 무너지지 않겠소. 그 도적놈이 돈을 빼돌렸던 거요. 와장창 무너지니까 빚쟁이들만 아우성이고 그놈은 온데간데없더라니까. 아 글쎄, 친구 돈까지 몽땅 긁어가지고 튀는 놈이 세상에 어디 있겠소. 나 참 기가 막혀서……."

"그래요? 하, 그것 참……."

"그래서 결국 지금은 이 모양 이 꼴이지 뭐요. 정말 세상에는 믿을 놈이라고는 한 놈도 없습니다. 한 놈도 없어……."

그리고 임 씨는 허허허…… 웃는다. 이제 좀 위신이 선 듯한 그런 얼굴이기도 했다.

불과 그 정도의 이야기만 가지고도 나는 임 씨가 살아온 서른 몇 해의 지난날을 능히 짐작할 수가 있을 것 같았다. 한 가지 궁금한 것은 그가 교편생활도 좀 했다는데, 어느 학교에서 했는가 하는 점이었다. 어쩐지 그게 알고 싶었다. 그래서,

"교편은 어느 학교에서 잡았나요?"

물어보았다.

임 씨는 씩 웃으며,

"해방 직후에 임시로 조금……."

하고 어느 학교라는 것은 밝히지 않고 말꼬리를 흐린다.

"아, 예."

나도 더 알려고 하지 않았다.

어느덧 소주병이 바닥이 나 있었다.

임 씨는 자리에서 일어나더니 가서 빈대떡이랑 튀김 같은 것을 한 접시하고 소주를 한 병 더 가지고 왔다. 그리고 잔을 나에게 권하며,

"보자, 가와무라였으니까, 성이 하 씨구먼. 맞지요?"

한다.

"예, 하갑니다."

"하 형은 뭘 하고 있소? 아마 선생님인 것 같은데……. 맞소?"

"아닙니다."

"그럼?"

"그저 집에서……."

"집에서 뭘?"

궁금한 모양이다.

"나도 옛날에 교편도 좀 잡았고, 잡지사 같은 데도 있어 보았어요. 다 신통찮아서 그만두고, 요즘은 집에서……."

"……?"

"그저 글이나 쓰고 있어요."

"예? 글요?"

"예."

"무슨 글을?"

임 씨는 약간 놀라듯 바짝 정색을 한다.

"소설 같은 것 끌적거리고 있습니다. 하하하……."

나는 왠지 웃음이 나왔다.

그러나 임 씨는 웃지 않고,

"소설요?"

하면서 똑바로 나를 바라본다.

"예."

"그럼 소설가란 말이오? 하 형이……."

"하하하……."

나는 그저 웃기만 했다. 어쩐지 좀 어색했다.

그러자 임 씨는 눈에 띄게 표정이 달라지며,

"아, 그래요? 하아, 하아……."

곧장 감탄을 하다가,

"필명이 뭐요?"

하고 묻는다.

"필명이 따로 없어요. 본명을 그대로 쓰죠."

"본명이 뭐였더라?"

나는 하 아무개라고 내 성명을 정식으로 대 주었다.

"아, 그렇구먼. 하아, 하 형 소설을 나도 많이 읽었어요. 옛날 《사상계》에서도 읽었고, 보자 작년 몇 월호더라……. 《신동아》에서도 읽었고…… 하아, 그렇구먼. 그렇구먼."

임 씨는 몇 번 고개를 끄덕거리고 나서 잔을 들어 단숨에 쭉 비워 버린다. 그리고 잠시 아무 말이 없었다. 어쩐지 심정이 좀 착잡해지는 것 같았다. 주기가 꽤 있는 얼굴이 슬그머니 굳어지며 낯빛이 어두워지는 듯했다.

나도 술이 꽤 되어 있었으나, 임 씨의 그 심정을 짐작할 수가 있었다. 말하자면 다시 임 씨의 아픈 데가 건드려진 셈이다.

그래서 나는 얼른 화제를 바꾸었다. 되도록 가벼운 어조로 웃음

을 담으며,

"임 형, 옛날 그때 얼마나 기다렸는지 압니까?"

이렇게 불쑥 내밀었다.

"언제요?"

어리벙벙한 모양이다.

"왜, 우리 집에 찾아와서 붕가꾸구라부를 만들자고 했었잖아요. 나는 하이꾸부에 들라고……."

"아, 그때…… 허허허……."

임 씨는 좀 멋쩍은 표정으로 웃는다.

"일요일에 첫 모임을 갖는다고, 하이꾸를 열 개 정도 지어 가지고 기다리고 있으라고 해서 얼마나 열심히 하이꾸를 지었다고요. 그리고 아무리 기다려도 함흥차사지 뭡니까. 하하하."

나도 웃음이 나왔다.

"그때 그럴 사정이 있었어요."

"예, 압니다. 나중에 알았죠. 주재소에 붙들려 갔더라면서요?"

"예, 아 글쎄, 그놈의 일본 순사 지금도 눈에 선하구먼."

그러면서 임 씨는 지그시 한 번 눈을 감았다가 뜬다. 그리고 약간 감개가 무량한 듯한 어조로 늘어놓기 시작한다.

"그때가 아침나절이었지, 아마. 하 형 집에 갈려고 책보를 들고 주재소 앞을 지나가는데 마침 일본 순사 하나가 정문으로 걸어 나오다가 나를 보더니 '코라(야, 임마)!' 하고 불러 세우지 않겠소. 무슨 일인가 했더니, 그 책보에 뭐가 들었냐는 거요. 책이라고 했더니, 무슨 책을 그렇게 많이 싸가지고 어딜 가느냐고, 좀 들어가자는 거야."

"그 검정 책보 말이죠?"

"허허허……. 기억력 좋은데요. 그 무렵 나는 어딜 가나 그 많은 책을 늘 싸들고 다녔지. 무슨 보물이나 되는 것처럼. 지금 생각하면…… 허허허……."

"나도 그때 예사로 생각하지 않았어요. 무슨 책을 저렇게 많이 싸가지고 다니는가 싶었죠. 무겁지도 않았어요? 하하하……."

"소설책하고 잡지책들이었어요. 그것 없으면 못 사는 줄 알았으니까. 허허허…… 그래서 주재소에 불려 들어가 조사를 받았는데, 아 글쎄, 그놈의 순사 어찌나 고약한지, 사람을 처음부터 아주 도적놈 취급을 하더라니까. 어디서 훔쳐가지고 오는 게 아니냐는 거야. 나 참 기가 막혀서. 마침 학습장에 붕가꾸구라부 회원 명단이 적혀 있었기에 망정이지, 그렇지 않았더라면……."

"하하하……. 하마터면 콩밥을 먹을 뻔했군요."

"글쎄 말이오. 그리고 그놈의 순사 뭐라 하는가 하니, 이 비상시국에 붕가꾸구라부가 다 뭐냐는 거야. 소설책이나 읽고, 시나 짓고 할 때가 아니라는 거야. '고오궁'(皇軍)은 전선에서 '텐노헤이까'를 위해서 피를 흘리고 있는데, '주우고'(총후銃後)의 국민이 소설이나 읽고, 시나 짓고 해서 되겠느냐는 거지. 정신 상태가 틀려먹었다면서 따귀를 한 대 냅다 갈기지 않겠소. 그래서 그만 나도 한마디 대거리를 했지. 문학공부 하는 것도 죄냐고. 그럼 학교에서 왜 시나 하이꾸 같은 것을 가르치느냐고 말이오. 아, 그랬더니 이놈의 새끼가 '난또? 코노야로! 항꼬오수루까?(뭣이 어째? 이놈의 새끼! 반항하는 거야?)' 하고 악을 쓰면서 냅다 발길로 차고 두들기고 지랄이잖아. 정신이 하나도 없더구먼. 주재소라는 데가 무서운 데라는 말은 들었지만, 그렇게 어거지로 마구 조져댈 줄을 몰랐어요. 손이 닳도록 빌었지 뭐요. 별수 있어요? 불쌍한 조선 놈이. 허허허…….”

임 씨는 안 그러냐는 듯이 웃는다.

나도 안면에 웃음을 떠올렸다. 그러나 어쩐지 그 웃음이 자꾸 이지러지는 듯했다. 조금 썰렁한 기분이 등골을 직 그으며 내려가기도 했다.

“결국 해질녘에야 놓여나왔는데, 잘 걸을 수가 없더라니까.”

“…….”

“놓아주면서도 그냥 놓아주는 게 아니라, 책은 모조리 압수하고, 책보자기만 던져주지 않겠소. 나 참 더러워서…….”

“하하하……. 그래요? 그놈들 참…….”

“그리고 앞으로는 절대로 붕가꾸구라부 같은 모임을 만들 생각을 해서는 안 된다고. 만일 그런 것을 만들어서 회합을 하면 뭐 치안유지법이라던가, 그 법으로 옭아서 징역을 보내버린다나. 그러니까 아예 그 친구들하고 만나지도 말라면서 서약서를 쓰게 하고, 지장을 찍게 한 다음에야 무슨 큰 선심이나 쓰는 듯이 놓아주더라니까.”

“그랬었군요.”

“빈 책보자기만 들고 집에 돌아가는데 어찌 분하고 슬프던지 그만 논둑에 앉아서 엉엉 울어버렸지요. 정말 무슨 보물이라도 빼앗겨버린 것 같더라니 까요. 실컷 울고 나니까 좀 괜찮더라니까. 허허허…….”

“음…….”

나는 눈시울이 뜨끈해지며 절로 신음소리 같은 것이 흘러나왔다.

"그러니 친구들을 찾아갈 수가 있어야지. 겁이 나서……."

"……."

"그러다가 나중에 소식을 들으니 가와무라 선생이 전근을 가셨다더군. 그 후 한 번 만나지도 못하고 전학을 간 하 형에게 미안한 생각이 듭디다. 내가 마치 실없는 사람이 된 것 같아서……."

"……."

나는 목이 콱 메이는 듯 뭐라고 말이 나오지가 않았다. 얼른 잔을 들어 쭉 비웠다. 그리고 임 씨에게 잔을 권하고 소주가 찰찰 넘치도록 따랐다.

임 씨도 좀 기분이 야릇해진 듯 말없이 술잔을 기울이기만 했다.

바깥의 비바람은 이제 기세가 약간 수그러진 것 같았다.

잠시 두 사람 사이에 묘한 침묵이 흘렀다. 어쩐지 분위기가 침통하게 가라앉는 듯했다. 두 번째 소주병도 거의 바닥이 나고 있었다.

나는 좀 어색해진 분위기를 휘저어야겠다고 생각하며 나오는 대로 입을 열었다.

"그런 일이 있은 뒤론 소설이고 뭐고 입맛이 뚝 떨어졌겠군요."

으레 그랬을 것 같아서 무심히 한 소리였다. 그러나 임 씨는 뜻밖에도 열기를 머금은 어조로,

"천만의 말씀!"

하고 내뱉었다.

"그놈들이 그랬다고 내가 하고 싶은 공부를 포기할 것 같애요? 천만의 말씀이오. 물론 며칠 동안은 낙심이 되더구먼. 그러나 곧 나는 다시 기운은 차렸어요. 겁이 나서 친구들을 찾아가 기어이 붕가

꾸구라를 만들 생각은 안 했지만, 책을 구해서 다시 읽기 시작했단 말이오. 안 읽고는 못 견디겠는 걸 어떻게 해. 왜놈 순사가 옆에서 지키고 있는 것도 아니고……. 안 그래요? 그리고 쓰던 소설도 계속 썼지요."

"아, 그랬어요?"

그 무렵의 그의 열정으로 보아 능히 그럴만했지만, 나는 약간 감동이 되지 않을 수 없었다. 묘하게 관자놀이께가 욱신거리는 것을 느끼며 곧장 고개를 끄덕거렸다.

임 씨는 두 눈의 흰자위가 제법 붉어 보였고, 코언저리도 축축해져 있었다. 축축해진 코언저리를 손으로 쓱 한 번 닦고는,

"초지일관이란 말 있지요?"

또 불쑥 내뱉듯이 말한다.

"물론 있지요."

"그게 바로 내 좌우명이란 말이오. 그때는 물론이고, 그 후도, 지금도 변함없는 내 좌우명이오."

"아, 그래요?"

나는 어쩐지 미소가 지어졌다. 서른 몇 해 전 그 무렵에도 그 초지일관이란 말을 그가 힘주어 말하던 기억이 떠올랐던 것이다.

"초지일관, 끝까지 해보는 게 인생이 아니겠소. 중도에 포기를 하면 인생을 포기하는 거나 마찬가지지. 안 그래요? 하 형, 안 그래요?"

어느덧 혀도 조금 굳어진 듯 어둔했다. 입 한쪽 가으로 지르르 타액이 흐른다.

"암, 그렇고말고요."

맞장구를 치면서도 왠지 나는 자꾸 웃음이 나오려는 것을 눌러 참았다.

"군청 서기질을 할 때도, 연초경작조합 과장자리에 있을 때도, 그 후도 나는 한시도 문학을 잊지 않았소. 정말이오. 하 형, 정말이오……."

누가 거짓말이라고나 하는 것처럼 그는 불그레해진 눈을 크게 뜨고 나를 똑바로 바라본다. 코언저리께가 또 축축해져 있다.

나도 콧속이 조금씩 누눅해져 오고 있었다. 술기 탓이다. 손수건을 꺼내 코를 팽 풀었다.

그러자 임 씨는 어떻게 생각했는지,

"정말이란 말이오. 하 형, 거짓말인 줄 알아?"

하더니 자리에서 벌떡 일어났다.

나는 약간 당황하지 않을 수 없었다.

저쪽 구석에 닫혀져 있는 조그만 방문이 보였다. 자리에서 일어난 임 씨는 조금 비틀거리며 그 방문을 가서 열고 안으로 들어가는 것이었다.

무슨 일인가 싶어 나는 멀뚱히 그쪽을 지켜보고 있었다.

잠시 후, 임 씨는 두 손으로 무엇인가를 들고 역시 조금 비틀거리면서 방을 나왔다.

"거짓말이 아니오. 이걸 보시오."

하면서 불쑥 내미는데 보니, 그것은 두툼한 스크랩북 한 권과 얄팍한 댓 권의 책이었다.

"이것은 그동안 내가 발표한 작품들이고, 이건 내가 편집한 동인지들이오. 허허허……."

"아, 그래요?"

나는 기분이 꽤 묘했다. 뜻밖이었던 것이다.

이 간이음식점의 주인 남자가 옛날의 그 하야시라는 것을 알았을 때, 그저 반가운 생각과 지나간 서른 몇 해 동안 어떤 인생을 살아왔는가 하는 호기심 같은 것이 있었을 뿐이었는데, 뜻밖에도 그의 입에서 아직도 문학이니, 초지일관이니 하는 말이 나오고, 그리고 불쑥 이렇게 자기의 작품 스크랩과 자기가 만들었다는 동인지까지 내밀 줄이야 정말 미처 짐작도 못했던 것이다.

나는 좀 숙연한 느낌까지 들지 않을 수 없었다. 먼저 스크랩북부터 조심스레 펼쳐 보았다.

그러자 임 씨는 아까와는 현저히 열기가 풀린 어조로,

"기성문인이 된 하 형이 보면 우습겠지만, 좌우간 나로서는 열심히 쓴 것이라오."

하고는 허허허…… 허탈한 듯이 웃는다.

첫 페이지에 붙여놓은 누르스름하게 빛이 바랜 신문쪼가리를 본 나는 절로 미소가 지어졌다. 그것은 다름 아닌 바로 임 씨가 국민학교 시절에 최우수작으로 뽑혀 온통 화제가 되었던 그 작문이었다. 동전짝만 한 사진도 못 알아볼 만큼 변색이 되어 있었다.

아득히 흘러간 지난날에 학교 게시판 앞에서 부러운 눈길로 그 작문을 읽고 또 읽고 하던 일이 회상되어 나는 약간 감개가 무량하면서도 한편 실소 같은 것이 나오려고도 했다.

"야, 이것이 지금까지 남아 있군요."

내가 말하자.

"허허허……, 기억나요?"

임 씨는 기분이 좋은 얼굴이다.

그 작문쪼가리 둘레를 빨간 그림물감으로 리본처럼 테를 둘러놓았는데, 그 빛깔도 몹시 퇴색이 되었다. 그리고 빨간 테 한쪽 옆에 '초지일관'이라는 넉 자가 큼직하게 정성껏 씌어 있었다.

나는 속으로 가볍게 웃으며 페이지를 넘겼다.

다음 페이지부터는 한글로 된 쪼가리들이었다. 그러니까 해방이 된 뒤부터 신문이나 잡지에 발표한 것들이었다. 주로 수필이었고, 간간이 시도 섞여 있었고, 더러 콩트 같은 것도 보였다. 그런데 얼른 보아도 그게 지방신문의 독자문예란 같은 데 실린 글들이라는 것을 알 수 있었다. 활자가 그렇고, 조판된 형태가 그러했다. 간혹 잡지 같은 데의 투고란에 실린 듯한 그런 것도 있었다. 전부 '임일로(林一路)'라는 이름으로 되어 있었다.

"임일로가 필명인 모양이지요?"

"예, 허허허……."

좀 쑥스러운 듯이 웃는다.

대강대강 페이지를 넘겨 나가면서 나는 심정이 꽤 착잡해지는 것을 느꼈다. 놀라운 일이라는 생각과 함께 딱하다고 할까, 민망스럽다고 할까, 그런 생각이 자꾸 들었다.

독자란 같은 데에 싣는 것을 이렇게 오래도록 계속할 수가 있는 것인지, 그것도 초지일관의 일종이라고 생각하는 것인지……. 정말 따분하기까지 한 노릇이 아닐 수 없었다. 처음 얼마 동안은 자기 글이 활자화되는 재미로 그런다 치더라도, 현상문예 같은 데에 응모해서 몇 차례 떨어지고 보면 대개는 단념을 하고 돌아서는 법인데, 이렇게 끝까지 그것을 버리지 못하다니……. 스크랩북의 거의 삼분의 이가량이 그런 잡다한 글로 메워져 있는 것이 아닌가. 그리고 뒷부분의 쪼가리들은 아직 새 종이인 것을 보니 아마 작금까지도 계속을 하고 있는 모양이었다.

아무튼 예삿일이 아니었다.

댓 권의 얄팍한 동인지 역시 제대로 편집이 되고, 인쇄가 된 것이 아니었다. 등사판으로 긁은 것이 대부분이었고, 인쇄로 된 것도 시골인쇄소의 볼품없는 활자였다. 이미 오래 전에 만든 것인 듯 다 고본(古本)들이 되어 있었다.

그러나 동인지 이름은 〈四人文學〉이니 〈분수〉니 〈강변인〉이니 하고 제법 그럴듯했다.

동인지들을 대강 들추어 보고 있는데, 임 씨가 혼자 중얼거리듯이 말했다.

"지금 생각해보면 직장생활에 실패한 것이 다 문학 때문이 아닌가 싶소. 직장의 일보다 글 쓰는 일과 동인들 하고 어울려 술 마시고 떠드는 일에 더 열심이었으니 말이오. 그러니 직장생활이 순탄하게 나갈 게 뭐요. 안 그래요? 허허허……."

서른 몇 해 전 그 무렵의 그의 열정으로 미루어 보아 능히 그럴 것 같았다. 그런데 왜 지금까지 문단에 나타나지를 못하고 독자문예란을 맴돌고 있는 것인지……. 딱하고 민망스러운 생각밖에 들지가 않았다. 문운(文運)이라는 것이 없어서 그런지, 그렇지 않으면 자기 능력의 한계를 모르고 끝까지 덤비는 그런 우직하고 딱한 사람인 것인지 알 수가 없었다. 술기만 아니면 동인지에 실린 소설을 한 편 읽어보았으면 싶었으나, 눈에 살짝 아지랑이가 낀 듯해서 도저히 읽을 엄두를 낼 수가 없었다.

좌우간 스크랩북이랑 동인지를 대충 훑어본 인상으로는 문운이 없어서 그런 것이 아닌 듯했다. 미안하지만 우직한 쪽인 듯했다.

그런데 임 씨는 계속 이렇게 중얼거렸다.

"기왕에 그것 때문에 생활은 실패한 셈이니, 그것이나마 끝까지 해봐야겠소. 하 형, 언젠가 어느 문예지에 보니까, 회갑이 넘은 분이 추천을 받아 신인으로 등장했던데……. 보았소?"

"예, 보았어요."

"그런 분도 있는데, 나는 아직 젊어요. 회갑이 되려면 아직 십 년은 남았단 말이오. 안 그래요? 하 형."

"예, 하하하……."

나는 웃을 수밖에 없었다.

"허허허……, 정말이오. 하 형, 두고 보시오. 이 임일로가 기어이 해내고야 말 테니까. 초지일관 기어이 문인이 되어 우리 고향 죽촌에서도 문학가가 한 사람 났다는 소리를 듣고야 말테니까."

나를 바라보는 임 씨의 한쪽 눈가에는 누우런 눈곱이 비어져 나와 있었다.

나는 이제 웃을 수도 없는 그런 기분이었다. 가슴이 뭉클한 느낌이이기도 했다. 동인지를 덮어두고 술잔을 들었다.

비는 이제 그친 듯했고, 바람만 조금씩 불고 있었다.

가게 문이 열리며,

"라면 있어요?"

두 아가씨가 들어선다.

그러자 임 씨는 손을 들어 냅다 내저으며,

"없어! 없어! 오늘 장사 시마이했어."

하고 소리를 지른다.

아가씨들은 뭐 저런 주인이 다 있느냐는 듯이 후딱 돌아서 나가더니, 쾅! 하고 요란하게 문을 닫았다.

임 씨는 자리에서 일어나 조금 비틀거리는 걸음으로 가서 가게 문을 안으로 걸어버린다. 그리고 소주병을 한 개 더 가지고 와서 탁자에 놓으며,

"하 형, 우리 흘러간 노래나 들을까?"

한다.

나는 카운터 위에 여전히 놓여 있는 축음기 쪽으로 눈을 주며,

"바늘 있어요?"

하고 웃었다.

"준비해 놓았소, 참, 그때 축음기를 한 번 틀어보라고 한 손님이 바로 하 형이었구먼. 아, 그랬었구먼. 그런데 몰라봤구먼……."

"실은 그땐 나도 임 형을 몰라봤어요. 어디선지 많이 낯익은 얼굴이긴 한데……. 집에 가서 나중에 문득 생각이 나더군요."

"그랬었소. 허허허……, 우리 정말 오래간만이오. 삼십 몇 년 만에 이렇게 만나다니……."

임 씨는 새삼스럽게 감개가 무량한 듯 짙은 양쪽 눈썹을 조금 꿈틀거리면서 축음기 쪽으로 갔다.

잠시 후, 좁은 홀 안에 흘러간 유행가 가락이 넘치기 시작했다. 〈목포의 눈물〉이었다. 이난영의 떨리는 듯 애수를 머금은 노래가 가슴으로 짜릿하게 배어드는 듯했다. 전축에서 흘러나오는 것과는 또 다른 정취가 있었다. 진짜 흘러간 노래는 축음기라야 되겠구나 싶었다.

"옛날 유행가는 정말 좋다니까요."

내가 술잔을 입으로 가져가며 말하자,

"그건 바로 시지, 시."

한다.

잠시 후, 임 씨는 젓가락으로 장단을 맞추며 노래를 따라 부르기 시작했다. 그러자 나도 절로 입에서 노래가 흘러나왔고, 한 손은 젓가락을 모아 쥐었다.

좁은 홀 안에 이난영의 노랫소리와 함께 우리의 가락도 제법 구성지게 어울려 넘실거렸다.

그 후, 등산길에 두어 차례 더 들렀으나, 공교롭게도 임 씨는 부재중이었다. 그리고 겨울이 되어 산 쪽으로의 걸음이 끊어졌다.

이듬해 봄, 첫 등산길에 오래간만에 찾아갔더니, 뜻밖에도 임 씨의 그 간이음식점이 온데간데 없지가 않은가. 틀림없이 그 장소인데, 언제 그런 것이 있었더냐는 듯이 그곳에는 높다란 담벼락이 축조되어 있었다. 담벼락 위로 바야흐로 목련이 화사하게 꽃잎들을 벌리고 있었다. 처음에는 위치를 착각했나 싶었으나. 틀림없는 그 자리였다.

나는 어이가 없었다. 좀 주의해서 살펴보니 임 씨네 간이음식점 옆에 있던 이층집의 정원이 넓혀진 것이었다. 그러니까 임 씨네 음식점이 있던 자리가 몽땅 정원으로 흡수되어버린 것이다.

나는 허전하고 입맛이 씁쓰름했으나, 비식 웃는 도리밖에 없었다. 임 씨는 어디로 갔을까……. 그날 술과 노래에 너무 취하고 들떠서 내 주소를 일러주는 것을 잊고 헤어진 것이 못내 후회되었다. 자주 만날 수 있을 줄 알았지, 일이 이렇게 될 줄이야 누가 알았는가 말이다.

임 씨의 소식을 모르는 채 봄이 가고, 여름이 갔다.

가을 어느 날, 아침나절이었다. 누워서 조간신문을 보고 있던 나는 눈이 번쩍 띄었다. 광고란에 무슨 관광협회에서 현상 모집한, 관광에 관한 문예작품 심사 결과가 발표되었는데, 보니 거기 '임일로'라는 석 자가 눈에 띄질 않는가. 수필 부문에 가작 3석이었다.

수필, 콩트, 두 부문으로 되어 있었고, 각 당선작 한편, 가작 1,2,3석 세편씩이었다. 당선작은 상금이 이십만 원이었고, 가작 일석은 칠만 원, 2석은 오만 원, 3석은 삼만 원이었다.

그 3석의 하나를 임 씨가 차지하고 있었던 것이다.

그 광고를 본 나는 웬일인지 반갑다는 생각은 잠깐뿐이었고, 곧 쓰디쓴 웃음이 나오며, 코허리가 시큰해졌다. 가작 3석이어서 그런 것만도 아니었고, 상금이 삼만 원밖에 안 되어서 그런 것만도 아니었다. 뭐라고 꼭 집어서 말할 수 없는 그런 착잡한 것이 가슴을 멍멍하게 휘감아 오는 듯했다.

나는 가만히 일어나 책상으로 가서 펜을 들었다. 임 씨의 주소가 나와 있어서 그것을 베끼는데, 자꾸 눈앞이 부우옇게 흐려지려고 해서 애를 먹었다. 임 씨의 주소는 성남시였고, 아무개 방(方)으로 되어 있었다.

《현대문학》(1978. 2)

너무나 짧은 봄

1

우리 학교에도 여선생이 한 사람 있어 보았으면……. 늘 이런 안타까운 생각을 지니고 있는 것은 비단 이십을 조금 넘은 백남기 선생뿐이 아니었다. 삼십을 바로 눈앞에 둔 신재훈 선생도 마찬가지였다. 그럴 수밖에 없는 것이 두 사람은 비록 나이는 육칠 세 차이가 있었으나, 똑 같은 총각이었던 것이다.

이 두 사람뿐 아니라, 박 선생, 정 선생도 마찬가지였다. 박 선생과 정 선생은 기혼이었다. 박 선생은 벌써 학교에 다니는 아이까지 있었고, 정 선생도 이삼 년 후면 학부형을 겸할 처지였다. 그러나 이런 중년의 기혼 교사 역시 심정은 비슷했다.

여선생이라도 예쁜 처녀 선생이라면 얼마나 그 얼마나 좋을까……. 두 총각 교사의 심정이 이렇다면 두 기혼 교사의 심정은 한 서른 넘은 혼자 사는 여선생이라도 부임해 온다면 썩 재미가 괜찮을 텐데……. 이런 것이라고 할 수 있었다. 그런 차이일 뿐, 치마를 입은 선생을 바라는 것은 매일반이었다.

네 사람의 교사만이 그런 것이 아니라, 교장 선생 역시 여교사 한 사람이 있었으면 싶었다. 교장 선생은 벌써 반백에 가까운 머리였다. 그러니 교사들처럼 그런 얼룩덜룩한 생각에서 그러는 것은 아니었다. 학교경영상 그러는 것이었다.

아무래도 여교사가 아니면 제대로 해낼 수 없는 분야가 있는 법이다. 가령, 운동회 때의 마스게임이 그렇고, 학예회 때의 무용지도가 그러하며, 특히 고학년 여생도들의 가사나 재봉은 남선생으로서는 도저히 제대로 감당해낼 수가 없는 분야인 것이다. 중학교에 진학하는 아이가 전무하다고 할 수 있는 이런 학교에서는 실상 그런 가사니, 재봉이니 하는 것이 다른 교과보다도 월등히 요긴한 것인데 말이다.

그리고 아무래도 여선생이 한 사람 섞여 있어야 직원실 분위기도 부드러워지고, 남선생들 눈에 생기도 좀 돌지 않겠는가.

이렇게 교장 선생까지 포함한 다섯 사람의 교직원만이 여교사를 바라는 것도 아니었다. 사환인 봉식이도 거기 한몫 낀다고 할 수 있었다.

어쩌다가 선생들이 호박이나 바크샤처럼 생겼어도 상관없으니 치마 두른 선생 하나 안 보내주나 하고 교육청을 욕해대며 웃을 것 같으면 그도 덩달아서 여드름이 지금 한창인 얼굴에 웃음을 활짝 띠며 입을 함박 같이 벌리는 것이었다.

생도들도 역시 여선생을 동경하고 있었다. 아직까지 한 번도 여선생을 대해본 일이 없는 그들은 막연히 여선생이란 참 마음씨가 좋아서 절대로 화를 내거나 때리는 일이 없을 것이며, 노래도 잘 부르고, 무용도 잘 하고, 예쁘고 날씬하고, 정말 근사할 것이라고 제각기 머리에 그리면서, 그런 여선생이 우리 학교에도 한 번 와보았으면 얼마나 좋을까 하고 아련한 그리움 같은 것에 젖어보기도 하는 것이었다.

말하자면 거교적(擧校的)인 셈이었다. 이렇게, 온통 학교 전체가 여선생을 아쉬워하는 것은 그만큼 생활이 단조롭고 무미하기 때문이었다. 도대체 변화라는 것이 없고, 판에 박은 듯해서 따분하기 짝이 없기 때문이었다. 그럴 수밖에 없는 노릇이었다.

섬인 것이었다. 섬이라도 육지에서 멀리 떨어진 창망한 바다 한가운데 버려진 듯 둥둥 떠 있는 섬이었다. 그렇다고 섬이 큰 편도 아니었다. 몇 개의 어촌이 섬의 둘레에 게딱지처럼 붙어있을 뿐 단조롭기 짝이 없었다.

그런 섬의 한쪽 언덕배기에 학교가 있었다. 성냥갑을 몇 개 옆으로 나란히 붙여 세워놓은 것 같은 그런 학교에 멋대가리 없이 남직원만 모여 있으니, 무슨 변화라는 것이 있을 턱이 없고, 재미가 날 까닭이 없었다.

바다란 처음 보면 한없이 신기하고 가슴이 설레는 법이다. 벙벙하게 부풀어 오른 수평선, 그 위에 눈부시게 부서지는 햇빛, 나부끼는 갈매기, 한가롭게 떠 있는 고기잡이배들……. 그러나 이런 것들도 얼마 동안의 일이지, 그 속에 묻혀서 살게 되면 그저 평범하고 심상해지고 만다. 육지에 살던 사람은 섬에 오면 열흘이 못 가서 하품이 나오고, 곧장 뭍 쪽이 바라보여지는 법이다. 알고 보면 바다처럼 단조롭고 싱거운 것도 없는 것이다.

그런 단조롭고 싱거운 바다에 갇혀서 한 달 두 달도 아니고, 몇 해씩을 견뎌야 하는 교직원들의 고달픔은 이루 말할 수가 없다. 더구나 독신의 몸으로 자취나 하면서 지내는 백남기, 신재훈 두 교사의 따분함은 가히 짐작하고도 남음이 있으리라. 호박이나 바크샤 같아도 좋으니 치마 두른 선생 하나 안 보내주나, 하는 것도 결코 무리가 아닌 것이다.

그런데 어느 날, 참으로 꿈같은 일이 일어났다. 거짓말만 같은 사실이었다.

육지의 교육청에 갔다가 돌아온 교장 선생이 직원실로 들어서기가 바쁘게,

"여선생이 오게 됐어, 여선생!"

대뜸 이렇게 말했던 것이다.

"예?

"예?"

"여선생요?"

"정말입니까?"

선생들은 거의 동시에 눈을 번쩍 떴다.

"교장 선생님, 그게 정말입니까?"

이십을 조금 넘은 백 선생은 자리에서 벌떡 일어나기까지 했다.

"암, 정말이지. 백 선생이 젤 좋아하는군."

교장 선생의 말에 조그마한 직원실은 한바탕 웃음으로 떠나갔다.

한쪽 구석에서 손거울을 세워놓고 열심히 들여다보며 여드름을 짜고 있던 봉식이도 덩달아 입을 함박같이 벌리며 웃어댔다.

교장 선생은 소칠판*(작은 칠판)에다가 '宋仁順' 이렇게 세 글자를 큼직하게 써놓는 것이었다.

"야, 송 씨구나."

"송 씨 같으면 양반이군."

"인순이라……."

"어질 인 자에 순할 순 자라……. 어질고 순하면 여간 최고지."

모두 한마디씩 입을 떼었다. 직원실 안에 별안간 활짝 봄이 찾아든 것 같았다. 어쩐지 지금까지의 따분하고 어슬어슬 춥기만 하던 공기가 부드럽고 생기에 넘치는 공기로 일신하는 것 같았다.

송인순이라……. 자아, 어떤 여선생이 부임해 오는 것일까. 두 총각교사뿐 아니라 박 선생, 정 선생도, 교장 선생도, 그리고 봉식이까지도 모두 호기심과 기대에 부풀었다.

그 소식을 들은 생도들도,

"야—. 우리 학교에 여선생님 오신단다."

"야—. 신난다!"

"여선생이 우리 반 맡았으면 좋겠다."

"아니야, 우리 반 맡았으면 좋겠어."

"아니야!"

"아니야!"

더러는 다투기도 하면서 좋아서 야단들이었다.

2

닷새 만에 한 번씩 육지에서 배가 온다. 배가 오는 날이 되면 섬은 아침부터 어딘지 모르게 조금씩 술렁거리기 시작한다.

5일마다 1회씩 정기적으로 육지에서 객선이 오기로 되어 있긴 하지만, 반드시 그렇게 이행된다고 할 수는 없다. 날씨에 달렸다. 비가 심하게 쏟아지거나 바람이 세어서 바닷길이 험할 것 같으면 배는 나타나지 않는 것이다. 객선이라 해야 고작 이십 명 정도의 객을 태울 수 있는 통통배에 지나지 않기 때문에 육지에서 사십 마일 이상이나 떨어져 있는 이 외딴섬까지 험한 뱃길을 무릅쓸 수가 없는 것이다.

그래서 섬사람들은 배가 오는 날이 다가오면 절로 날씨에 대해 신경이 쓰이게 된다.

배가 오기로 되어 있는 날, 하늘이 맑게 개고, 수평선이 은빛으로 반짝거리며 조용히 펼쳐질 것 같으면 섬사람들은 마음이 놓이고, 어쩐지 아침부터 조금씩 기분이 들뜨기 마련이다. 오늘은 어떤 손님이 찾아올 것인지, 어떤 물건을 싣고 행상이 나타날 것인지, 그리고 뭍에서 어떤 새로운 소식이 묻어올 것인지, 자못 기대들이 크지 않을 수 없다.

육지와 유일한 연결이 이 여객선이기 때문에 그럴 수밖에 없는 노릇이다.

그리고 육지에서처럼 이 섬에서도 닷새마다 한 번씩 장이 선다. 이 섬의 장날은 바로 객선이 오는 그날인 것이다. 날씨 때문에 객선이 나타나지 않으면 절로 장도 서지 않게 마련이다. 장이래야 장소도 따로 없고, 그저 배가 닿는 선착장 근처가 그대로 장바닥이 되는 것이다. 그러나 제법 흥성거린다. 팔 물건도 살 물건도 없는 사람들까지 모두 기어 나와서 육지 냄새라도 좀 맡아보자는 듯이 괜히 이리 기웃 저리 기웃 하기 때문이다.

어른들뿐 아니라, 아이들도 학교가 파하기 바쁘게 몰려와서 입에 손가락을 물기도하며 어른들 사이를 누빈다. 마을의 개들까지도 묻어들어 꼬리를 흔들어대는 것이다.

얼마 동안 이렇게 흥성거리다가 뚜— 하고 객선이 뜨게 되면 절로 장은 걷히고 만다. 동그란 연기를 퐁퐁퐁 하늘로 날리며 차츰 멀어져가는 객선의 뒷모습을 섬사람들은 허전하고 안타까운 표정으로 멀뚱히 바라보고 서 있는 것이다.

그리고 또 닷새 후를 기다리는 것이다.

배 오는 날이 기다려지는 것은 학교 선생들도 마찬가지였다. 우선 그날이면 그동안 밀린 신문이 한 뭉치 오는 것이다. 그리고 편지도 그날이라야 온다. 교육청의 공문도 그날 온다. 공문이란 대개 별로 반갑지 않는 내용인 법이다. 그런 별로 반갑지 않는 것까지도 외딴섬에서는 공연히 기다려지는 것이다.

말하자면 그날은 잠잠하게 가라앉은 수면에 조그마한 파문이 이는 것 같은 날이라고나 할까. 판에 박힌 듯한 지루한 생활에 약간의 활기를 가져다주는 날인 것이다.

여선생이 오게 된다는 소식을 들은 뒤로 학교에서는 배 오는 날을 여느 때의 십 배 이상이나 목을 빼고 기다리게 되었다.

그런데 벌써 배가 두 번이나 왔는데 아직 우리 송인순 선생은 나타나지 않는 것이다.

설마 자기가 이번에는 오겠지……. 세 번째 배 오는 날을 목마르게 기다리던 선생들은 드디어 그날 아침, 날씨가 여느 때보다 더욱 청명한 것을 보자,

"야— 날씨 좋군!"

"오늘은 오겠지. 설마, 설마……."

"핫핫하……."

"헛헛허……."

기분 좋게 웃어댔다.

백, 신 두 총각교사의 얼굴에는 불그레 홍조까지 떠오르고 있었다.

수평선에 배가 나타나는 것은 으레 점심때가 가까워서였다. 처음엔 실낱같은 연기가 보이고, 잠시 후 깨알만 한 점이 나타난다. 그것이 제법 형체를 갖추어 보이기까지는 꽤 시간이 걸리고, 그리고도 지루하도록 기다려야 비로소 배는 통통통 소리를 내며 섬으로 가까워져 오는 것이다.

세 시간 수업을 마치자, 백 선생은 교실 창문을 활짝 열었다. 창문을 열면 바로 벙벙한 바다가 눈에 들어온다. 백 선생은 은빛으로 반짝거리는 먼 수평선을 바라보았다.

"아, 오는구나!"

무수한 은비늘이 흩어졌다 모였다 하는 것 같은 눈부신 바다 물결 위로 벌써 배는 뚜렷한 형체를 보이며 오고 있었다.

객선의 오는 모습을 보면 언제나 반갑지만 오늘처럼 이렇게 가슴이 울렁거리기까지 하기는 처음이었다.

바로 옆 교실의 신 선생도 어느새 창문을 열고,

"백 선생, 너무 그렇게 감격하지 말아요."
하면서 빙그레 웃고 있었다.

배가 통통통 소리를 내며 점점 가까워져 오자, 넷째 시간은 그만 흐지부지되고 말았다.

"여선생님 오신다—"

"여선생님—"

"야—"

"야—"

아이들은 앞을 다투어 선착장을 향해 달려가는 것이었다. 봉식이도 달려가고 있었고 백 선생, 신 선생도 뒤를 따르고 있었다.

박 선생과 정 선생, 그러나 교장 선생은 선착장까지 내려가진 않고, 운동장 가에 나와 서서 그쪽을 내려다보며 웃고 있었다.

퐁퐁퐁 동그란 연기를 몇 개 하늘로 날려 올리고 배의 발동은 멎었다. 그리고 배는 스르르 선착장으로 미끄러져 들어왔다.

선착장 가에는 학교패들뿐 아니라, 마을 사람들도 수 없이 쏟아져 나와 서 있었다. 장을 보기 위해서이기도 했지만, 그들도 학교에 여선생이 새로 오게 되었다는 것을 알고 있기 때문에 오늘은 혹시 하고 구경들을 나온 것이었다. 여선생이 어떻게 생겼는지, 선생이라면 으레 남자인 것으로만 알고 있는 터이라, 여선생에 대한 호기심은 오히려 그들이 더 큰 것이었다.

배가 선착장에 닿자, 승객들이 한 사람 한 사람 내리기 시작했다. 둥실둥실한 짐을 지고 내리는 사람, 이고 내리는 사람……. 거의가 장사꾼들이었다.

맨 꼴찌로 백을 든 여자 하나가 내렸다.

"아, 저 여자 아냐?"

백 선생은 눈이 번쩍했다.

"응, 틀림없어."

신 선생도 바짝 긴장이 되는 모양이었다.

곤색 투피스에 까만 구두를 신은 젊은 여자였다. 젊다기보다도 아직 소녀티가 나 보였다. 머리 때문인 것 같았다. 까만 머리가 어깨에 닿을 듯 말 듯 나풀거리고 있었다.

"야—"

백 선생은 저도 모르게 나직한 감탄사를 내뱉고 있었다. 신 선생은 백 선생을 돌아보며 히죽 웃었다.

선착장을 걸어 나오며 그녀는 언덕 위의 학교를 곧장 바라보는 것이었다. 그리고 선착장 가에 모여 서 있는 생도들을 보자 멋쩍은 듯 잠시 머뭇거리다가 약간 얼굴을 붉히며 다가왔다.

틀림없는 것이었다.

그러자 신 선생이 선수라도 치듯이 얼른 앞으로 나가서,

"송인순 선생이시죠?"

물었다.

"네."

그녀는 그 자리에 멈추어서더니 나풀 머리를 숙여 인사를 하는 것이었다.

어느새 백 선생도 다가와서,

"선생님, 얼마나 기다렸는지 아십니까?"

하고 낯을 붉히며 웃었다.

"네, 빨리 온다는 것이 그만……."

그녀도 낯을 붉히며 웃었다.

"저 백남기입니다."

"네, 전 송인순이에요."

두 사람이 통성명을 하자, 신 선생도 가만히 있을 수가 없다는 듯이 한몫 끼었다."

"난 신재훈이라고 합니다."

그러자 봉수 녀석도,

"전 봉수라고 해요."

하고는 얼른 여선생의 백을 받아 드는 것이었다.

어느새 사람들이 모여와 빙 둘러서서 수군거리며 웃고 있었다. 그리고 학교 운동장 가에서는 교장 선생과 박 선생, 정 선생이 이쪽을 내려다보며 빙그레 웃고 있었다.

이렇게 드디어 우리 송인순 여교사는 온 것이다.

3

봄도 왔다. 마치 송인순 선생과 함께 온 것처럼 말이다.

하루하루 바람결은 부드러워지고, 섬은 연둣빛으로, 그리고 초록빛으로 물들어 갔다. 바다도 어딘지 모르게 밝고 신선한 빛으로 풀리는 것만 같았다.

학교 직원실에도 봄이 찾아들었다. 전에 없던 꽃병이 놓이고, 그 꽃병에 아침마다 새 꽃이 꽂혔다. 물론 송 선생이 꺾어다 꽂는 꽃이었다.

"송 선생님, 오늘은 개나리군요."
"그 개나리 참 곱기도 하다."
"어디서 이렇게 고운 개나리를 꺾었어요?"
"난 꽃 중에서 개나리꽃이 제일 마음에 든다니까."
선생들은 개나리가 꽂힌 날은 이런 식이었고,
"아, 오늘은 진달래군요."
"아무래도 꽃은 진달래가 최고야."
"수수하면서도 고운 빛깔이지."
"송 선생님, 선생님도 진달래꽃이 제일 마음에 드시죠?"
진달래가 꽂힌 날은 이런 식이었다.

말하자면 송 선생이 꺾어다 꽂은 꽃은 무슨 꽃이든지 제일이고, 최고인 셈이었다.

실상은 그 꽃병에 꽂히는 꽃보다도 그 꽃을 꺾어다 꽂는 송 선생이 제일이고, 최고인 것이었다.

남선생들이 그렇게 농 반 진 반으로 떠들어댈 것 같으면 송 선생은,
"핫핫하……."
순진한 소녀처럼 즐겁게 웃기 일쑤였다.

직원실의 봄은 꽃으로부터 오는 것이 아니라, 송 선생으로부터 오는 것이었다.

송 선생은 웃을 때마다 양쪽 볼에 예쁜 보조개가 패었다. 그 보조개는 송 선생을 더욱 소녀티가 나 보이게 했다.

보조개가 아니더라도 아직 어느 모로나 송 선생은 야들야들하고 청순한 소녀로 보였다. 목이 길어서 특히 그렇게 보이는지도 몰랐

다. 그리고 감정의 윤색이 전혀 느껴지지 않는 맑은 두 눈과 합죽한 것 같은 입이 그런 인상을 주는지도 몰랐다.

아무튼 그녀의 용모와 자태는 호박이라도 좋고, 바크샤라도 상관없다던 이곳 남선생들에게는 너무나 뜻밖의 과분한 보석과도 같은 것이었다. 비록 이곳뿐 아니라, 그녀는 서울의 일류 사립학교 갖은데 갖다놓아도 뛰어나면 뛰어났지 결코 손색이 없는 그런 여자였다.

이런 여선생이 이 보잘것없는 섬의 조그마한 학교에 부임해 오다니, 그리고 와서는 꽃병에 꽃을 꽂기도 하며 시종 즐거운 표정이라니, 정말 하늘은 때로는 은총이라는 것을 베푸나 보다 싶을 지경이었다. 나이는 스물하나였고, 올해 서울의 교육대학을 좋은 성적으로 졸업한 재원이었다. 그런데 이런 섬 학교를 더구나 자원해서 왔다니 그저 과분하고 고마울 따름이었다.

교장 선생이 자기 집, 그러니까 교장 사택의 방 하나를 치우고 거기에 송 선생을 모시다시피 한 것도 결코 무리가 아니었다. 이렇게 천사처럼 찾아온 여선생을 자칫 잘못하면 파랑새처럼 날려 보낼 우려가 있기 때문에 우선 기본적인 숙식을 자기가 맡고 나선 것이다. 섬마을엔 방 한 칸 변변한 것도 없는 실정이었다. 설사 쓸만한 방이 있다 치더라도 마음이 안 놓여 마을에 내맡길 수가 없는 것이었다.

송인순 선생이 온 뒤로 남선생들의 눈에 생기가 돌기 시작한 것은 말할 것도 없다. 그리고 신수들도 전과는 달리 어쩐지 모두 훤해진 것 같았다. 그럴 수밖에 없는 것이 한 달에 한 번이나 겨우 하던 이발을 두 번 세 번 하게 되었고, 열흘에 한 차례나 깎을까 말까 하던 수염을 이틀이 멀다하고 밀어대니 말이다. 백 선생과 신 선생의 머리에는 포마드까지 등장해서 항상 반질반질 윤이 흘렀다. 즈봉도 전에는 그저 되는 대로 입어서 훌렁훌렁하기만 했는데, 저녁으로 요 밑에 깔고 자는 소위 그 '내지끼'*(바지 주름)라는 것을 열심히 실행하는 모양으로, 언제나 주름이 쭉쭉 섰다. 숙직실에서 둘이 자취를 하는 신세이면서도 말이다. 이렇게 직원실에만 봄기운이 찾아든 것이 아니라, 교실에도 화창한 봄빛은 넘쳤다.

우선 전과 달리 노랫소리가 곧잘 일어났다. 전에는 기껏해야 2주일이나 3주일에 한 번 정도 마지못해 흉내만 내던 상급학년의 음악시간도 이젠 빼먹지 않고 꼭꼭 이행될 뿐 아니라, 아마 음악시간도 아닌 것 같은데 걸핏하면 합창들을 해대는 것이었다. 아무튼 학교 교실에서 노랫소리가 끊이는 날이 없었다.

그러나 안타깝게도 학교에 악기라는 것이 하나도 없었다. 베이비오르간은 고사하고 하다못해 조그마한 북 같은 것도 하나 없었다. 그런데 전에는 그런 것이 있거나 말거나 아무도 개의하는 사람이 없었다. 없으면 없는 대로 그저 입으로 노래나 몇 번 부르게 하면 그만이었다. 도무지 무관심인 것이었다. 그러나 이젠 그게 아니었다.

음악에 대해 전혀 취미도 없고 소질도 없는 박 선생까지가,

"우리 학교에도 오르간이 하나 있어야 될 텐데……. 그래야 제대로 음악수업이 되지……."

이런 걱정을 입 밖에 낼 정도가 되었다.

교장 선생도 그 말에 전적으로 동감이라는 듯이 말없이 고개를 끄덕거렸다.

송 선생의 교실에서 노랫소리는 가장 자주 울렸다. 1학년을 담임하기도 했지만, 역시 여선생은 다른 것이었다.

송 선생의 노랫소리는 물론 전문적인 사람의 그것에 비할 바는 아니었다. 그러나 정확한 음정으로 부드럽고 곱게 뽑아내는 목소리는 보통이 넘었다. 전문적인 성악가 같은 것 조금도 필요 없었다. 그저 선생들은 그녀의 노랫소리가 꾀꼬리 소리보다도 더 아름답고 흐뭇하기만 했다.

송 선생의 교실에서 노랫소리가 들려올 때마다 교장 선생은 기분이 썩 유쾌해지면서도 한편 슬그머니 미안한 생각 같은 것이 들었다. 오르간 때문이었다. 베이비오르간 하나가 없다니 그것이 전적으로 자기 책임이라고는 할 수 없었으나, 그러나 명색이 교장이 되어가지고 그런 것 하나 마련해놓지 못했으니 낯이 없을 밖에.

"음—, 교육청에서 사주기만 바라다간 하대명년*(何待明年. 어떻게 다음 해를 기다리느냐는 뜻으로 기다리기가 몹시 지루함을 이르는 말)이니 어떻게 한 번 해봐야겠군. 그렇지, 이번 학기를 오르간 마련하기 운동의 학기로 정해서 어떤 일이 있어도 가을운동회까지는 오르간을 하나 장만해야지. 좋은 생각이야."

교장 선생은 혼자 중얼거리며 벌써부터 배에 실려 오는 오르간의 모습이 눈앞에 보이기라도 하는 듯 빙그레 웃었다. 이제야 교장 선생도 제대로 좀 해나가 보고 싶은 의욕이 솟은 모양이었다.

그런 생각이 떠오른 그날 방과 후에 바로 직원회의를 열어 그에 대한 협의를 가졌다. 모두 대찬성이었다. 어찌 그렇게들 열의를 보이는지, 그런 열의가 지금까지는 어디에 숨어 있었던가 싶을 정도였다.

방법에 대한 의견도 가지가지였다. 결국 생도들과 함께 갯벌에서 조개를 잡아 팔자는 데 의견의 일치를 보았다. 그러나 학부형의 찬조도 겸하는 것이 좋다는 측과 그렇지 않다는 측으로 나뉘었다. 학부형의 찬조를 받으면 그만큼 시일이 당겨질 뿐 아니라 학교와 지역사회가 협조를 하는 결과가 되니 교육적이라는 의견에 대하여, 순수한 찬조란 말뿐인 것이고, 공연히 잡음만 초래하는 결과가 되니 아예 좀 시일이 걸리더라도 순전히 우리의 힘으로만 마련하는 것이 오히려 교육적이고 떳떳하다는 의견이었다. 묘하게 기혼인 박 선생, 정 선생은 찬조도 겸하는 것이 좋다는 쪽이고 총각인 백, 신 두 선생은 그렇지 않다는 쪽이었다. 말하자면 기혼과 미혼의 대립인 셈이었다.

아직까지 우리 송 선생은 가만히 앉아 듣고만 있었다.

"자아, 그럼 어디 송 선생도 좀 의견을 말해 보구려."

교장 선생의 말에 분위기는 약간 긴장되는 것 같았다. 모든 시선이 송 선생에게로 집중되어 있었다.

송 선생은 난처한 듯 잠시 머뭇거리다가 약간 함죽한 것 같은 입을 가만히 열었다.

"양쪽 다 일리가 있는 것 같습니다. 그러나 이런 메마른 섬에서는 될 수 있는 대로 학부형들의 주머니는 축내지 않는 게 좋지 않을까요?"

참 간단하면서도 명석하고, 여자답기도 한 말이었다.

박 선생도 정 선생도 아무 대꾸할 말이 없는 듯 그저 멋쩍게 웃을 뿐이었다.

그것으로 이미 판가름은 난 셈이었다.

교장 선생은,

"좋습니다. 이런 메마른 섬에서는 될 수 있는 대로 학부형들의 주머니는 축내지 않는 게 좋다는 말은 참 좋은 말입니다. 그럼 그렇게 하도록 합시다."

곧장 고개를 끄덕거리며 이렇게 결정을 지었다.

결국 미혼팀의 승리로 회의는 끝이 났다.

그러나 패배한 기혼팀도 송 선생의 부드러운 펀치에 케이오를 당해서 아프지도 않고 오히려 기분이 좋다는 듯이 자꾸 웃었다.

4

조개잡이는 곧 시작되었다.

방과 후 썰물 때를 보아 상급학년 생도들만 갯벌로 나갔다. 진흙 속에서 주로 대합을 찾아내는 것이었다. 아이들은 모두 조개잡이에 익숙해서 곧잘 큼직큼직한 대합을 캐내곤 했다. 집에서 조개 잡으라고 시키면 도무지 마음이 내키지 않아 살살 게으름만 피우는 아이들도 이렇게 오르간 마련하기 운동으로 선생님과 함께 잡는 조개잡이는 재미가 여간이 아닌 모양이었다. 더구나 여선생님까지 발을 벗고 나서서 함께 잡으니 말이다.

조개잡이란 생전 처음인 송 선생은 질퍽질퍽한 갯벌에 첫 맨발을 들여놓았을 때 절로,

"어마—"

소리가 나왔다.

꼭 무슨 팥죽 같은 것을 밟는 듯한 느낌이었다.

연하기만한 발바닥에 무엇이 밟히기라도 하면,

"아이고마—"

놀라기도 했다.

아이들은 우습고 재미가 나서 곧장 여선생님 곁으로 몰리곤 했다.

거무빽빽한 진흙 속에서 처음으로 큼직한 대합 하나를 잡아냈을 때의 감격은 이루 말할 수가 없었다.

"어머나, 어머나—"

그것을 들고 좋아서 어쩔 줄을 모르며 이리 보고 저리 보고 했다.

즐거운 것은 송 선생뿐이 아니었다. 그녀가 그렇게 기뻐하는 모습은 곧 남선생들의 즐거움이기도 했다.

"참 크지요?"

"네, 이렇게 큰 조개 처음 봤어요."

"그러니까 큰 댓자 대합 아닙니까?"

"홋홋호……."

"핫핫하……."

교장 선생도 이따금 나와서 함께 조개를 잡았다.

그러나 매일 그렇게 과외로 활동을 할 수는 없는 일이고, 또 대합이 그렇게 무한정으로 나와 주는 것도 아니었다. 오르간 한 대를 구입하려면 아무래도 몇 만 원은 가져야 될 터인데 계획대로 잘 될는지 의문이었다. 잡은 대합을 배가 오는 날 내다 팔아보니 한 번에 고작 몇 백 원밖에 되지가 않았다. 육지의 시장에서 같으면 한 개에 몇 십 원은 할 테지만 여기서는 그게 아니었다. 그리고 학교에서 잡아서 파는 것이라고 하니까 더욱 거저먹으려고만 드는 것이었다. 번번이 그랬다.

내심, 보아라 어떠냐? 싶은 것은 박 선생과 정 선생이었다. 순전히 우리의 힘으로 하는 것이 교육적이라고 했지만, 어디 계획대로 쉽게 그렇게 될 것 같으냐? 애송이들은 아직 세상이라는 것을, 현실이라는 것을 모른단 말이야…… 이것이었다.

결국 박 선생의 입에서,

"교장 선생님, 아무래도 회의를 또 한 번 해야 되지 않을까요?"

이런 말이 나왔다.

그 뜻을 대뜸 알아차린 교장 선생은 떫은 표정을 지으며,

"글쎄……."

했다.

"조개만 가지고는 도저히 불가능합니다."

정 선생도 이렇게 말하며 비시그레 웃었다.

"그럼, 이번에 한 번 더 팔아 보고 나서 회의를 하든지 어쩌든지 하기로 할까?"

교장 선생은 꽤 민주주의적인 표정으로 바뀌며 말했다.

교장 선생의 그 민주주의적인 표정 앞에 백 선생도 신 선생도 그리고 송 선생도 그저 말이 없었다.

그 대신 다음 배가 오는 날까지 세 교사는 생도들을 데리고 매일 갯벌로 나갔다. 말하자면 미혼팀이 기혼팀에게 역전패를 당해서는 안 되겠다는 안간힘이었다. 재미는 있었으나, 여간 고되지가 않았다. 며칠을 그렇게 계속하고 나니, 다음 날 수업에 지장이 있을 지경이었다.

그리고 드디어 송 선생이 코피를 쏟은 것이었다. 물론 대단한 코

피는 아니었다. 아침 세수 때 대야의 물에 뚝뚝 몇 방울의 선혈이 떨어졌던 것이다.

놀란 것은 그녀 자신보다도 교장 선생이었다. 마침 곁에서 양치질을 하고 있던 교장 선생은,

"아니, 코피 아냐?"

두 눈이 휘둥그레졌다.

"어마—"

송 선생도 당황했다.

여고시절에 계속 밤늦게까지 시험공부를 한 끝에 코피를 흘린 경험이 있긴 했으나, 역시 당황하지 않을 수 없었다. 더구나 교장 선생이 보고 있는 앞에서 말이다. 송 선생은 왈칵 부끄럽고 창피한 생각도 들어서 얼른 얼굴을 싸쥐고 방으로 뛰어 들어가 버렸다.

그날 아침 직원조회 때 교장 선생은 그 이야기를 하면서 너무 무리하게 조개잡이를 하지 말도록 당부를 하는 것이었다. 그리고 오늘 대합을 팔고 나서 어쨌든 직원회의를 개최한다고 잘라 말했다.

그 말을 들은 백, 신 두 교사는 마치 자기들의 잘못이기나 한 것처럼 미안해서 못 견디었다. 박 선생, 정 선생은 그것보라는 듯이, 안됐다는 듯이 쯧쯧쯧 혀를 차기까지 했다.

송 선생은 오히려 미안하고 부끄러워서 고개를 들 줄 몰랐다.

그러나 그날 직원회의는 유회가 되고 말았다. 너무나 뜻밖의 일이 일어났던 것이다.

배가 들어오자 백 선생과 신 선생은 봉식이와 함께 대합을 담은 가마니를 들고 선착장으로 나갔다. 오늘은 교장 선생도 뒤따라 나가는 것이었다.

마침 점심시간이어서 박 선생과 정 선생은 집으로 점심을 먹으러 가고, 직원실엔 송 선생 혼자 앉아 있었다. 아침에 코피를 좀 흘려서 그런지 어쩐지 여느 때보다 훨씬 몸이 나른한 것 같아 책상 위에 상반신을 엎드리고 있었다. 점심시간이지만 도무지 시장한 줄을 모르겠고, 입맛도 없었다. 이 섬에 온 지도 어느덧 두 달이 가까워지는구나, 생각하면서 하품을 했다. 졸음이 오는 것이었다. 두 팔 위에 얼굴을 포개고 송 선생은 그만 스르르 잠이 들어 버렸다.

얼마나 잤는지,

"송 선생님!"

하는 소리에 깜짝 놀라 얼굴을 들었다.

봉식이었다. 그 뒤에 대합을 팔러 나갔던 백 선생, 신 선생도 서 있었고, 교장 선생도 직원실로 들어서고 있었다.

송 선생은 얼른 의자에서 일어나 돌아섰다. 낮잠 자던 얼굴이 부끄러워서였다.

손수건으로 대강 얼굴을 닦고 있는데, 봉식이가 웬 종이쪽지 하나를 쑥 앞으로 내밀며,

"전보 왔어요."

하는 것이었다.

"전보?"

송 선생은 얼른 그것을 받았다. 전보라고 해야 편지보다 빨리 온 것도 아니었다. 통통배가 편지와 함께 싣고 왔으니 뭐 전보랄 것도 없었다.

교장 선생은 천천히 자기 자리에 가 앉았고 백 선생, 신 선생은 그대로 그 자리에 서서 가만히 송 선생의 표정을 지켜보고 있었다.

봉식이도 멀뚱히 바라보고 있었다. 모두 약간 긴장된 얼굴이었다. 이미 다 그 전보 내용을 알고 있는 것이었다.

그것을 받아 펼쳐 보는 송 선생의 양쪽 볼에 빵긋 보조개가 패었다. 그러나 그녀는 그 보조개를 감추듯이 얼른 표정을 가다듬었다. 보조개는 사라지고, 이번에는 귀밑이 살짝 물들고 있었다. 기쁘면서도 그 기쁜 빛을 남에게 보이지 않으려는 기색이 역력했다.

아무도 말이 없었다. 다만 백 선생의 입에서,

"음—"

하는 소리가 나직하게 흘러나오고 있었다.

다 틀렸구나, 싶은 모양이었다.

그러자 송 선생은 약간 당황하며 얼른 전보지를 접어버렸다.

전문은 다음과 같은 것이었다.

—발령났음급속귀가숙부

발령이 나다니, 이 학교 말고 또 어디 새로 발령이 났다는 말인지 무슨 말인지 잘 알 수는 없었으나, 아무튼 어이가 없는 일이어서 교장 선생은 잠시 멍하고 앉았다가,

"송 선생, 그 전보가 무슨 전보요?"

하고 물었다.

"……."

송 선생은 아무 대답이 없었다.

그러자 교장 선생은 자리에서 일어나며,

"송 선생, 아직 점심 전이지? 자, 같이 갑시다."

했다.

별로 생각이 없는 점심을 몇 숟가락 뜨고 나서, 송 선생은 교장

선생의 상이 나기를 기다려 그 앞으로 갔다.

상을 물리고 난 교장 선생은 숭늉으로 입가심을 하면서,

"어떻게 된 전보요?"

또 물었다.

"네, 저 다름이 아니라……."

송 선생은 무척 말하기가 힘이 씌고 미안한 모양이었다.

자기 숙부가 서울의 ××사립국민학교 재단이사로 있는데, 아마 자기를 그 학교의 교사로 이번에 발령을 낸 모양이라는 것이었다. 학교를 졸업하기 전부터 그런 이야기가 있었지만, 티오 관계로 아마 일 년은 가망이 없을 것 같다기에 그럼, 일 년 동안 섬 학교에 가서 근무하겠다고 자원해 나왔다는 것이었다. 그런데 어떻게 이번에 자리가 난 모양이라고 하면서, 송 선생은 무슨 잘못이라도 저지른 사람처럼 몹시 난처하고 송구스러워 했다.

"아, 그래요? 음—."

교장 선생은 무겁게 고개를 끄덕거렸다. 가슴속에서 무엇이 와르르 무너지는 모양이었다.

"그렇다면 할 수 없지요."

무뚝뚝한 목소리였다.

"교장 선생님, 정말 뵐 낯이 없습니다."

"아, 별말씀……."

"……."

"그렇게 좋은 학교로 가는데……."

"……."

"축하를 해야죠."

"……."

"사실 이런 메마르고 보잘것없는 섬에 송 선생 같은 여선생이 와 있다는 것은 무리야, 무리. 암, 무리지……."

교장 선생은 소리 없이 웃었다. 쓸쓸한 웃음이었다.

송 선생은 코 안이 찡해지며 눈물이 핑 도는 것을 어쩌지 못했다. 얼른 일어나 자기 방으로 가서, 그만 훌쩍훌쩍 조금 울었다. 그리고 몸도 나른하고 해서 자리에 누워버렸다.

그 말을 들은 선생들은 대번에 모두 탈맥이 되는 모양이었다.

이런 놈의 섬에 우리 같은 따라지나 붙어 있지, 그런 여선생이 당하냐고, 오히려 당연한 일이라는 듯이 자조적으로 히들거리는 것은 몇 해 뒤면 학부형을 겸할 처지인 정 선생이었고, 일 년 있다가 갈 테면 차라리 정들기 전에 지금 가는 게 낫다고 자위적으로 나오는 것은 아들이 벌써 학교에 다니는 가장 연장인 박 선생이었다.

심십을 바로 눈앞에 둔 신 선생은,

"에잇! 이번 여름방학에는 나도 고향에 가서 장가나 들어야지. 빌어먹을 것!"

이런 엉뚱한 소리를 해서 실소를 자아내게 했고, 이제 이십을 조금 넘은 백 선생은,

"시팔! 나도 운동할란다. 돈 좀 써서 서울로 가든지, 어디로 가든지 해야지. 시팔! 이놈의 더러운 놈의 섬!"

공연히 시팔시팔 하면서, 가만히 있는 섬까지 냅다 욕을 해댔다.

봉식이는 내사 아무렇지도 않네, 하는 식으로 손거울을 세워놓고 여드름을 짜며 싱글싱글 웃기만 했다.

5

"에— 오늘은 너희들에게 섭섭한 소식 한 가지를 전하겠다. 다름이 아니라, 우리 송인순 선생이 이번에 우리 학교를 그만두시고 서울로 가시게 되었다. 서울에 있는 아주 훌륭한 사립 국민학교의 선생으로 가시게 된 것이다."

아이들의 얼굴에 놀라는 표정이 떠올랐다. 그러나 사립 국민학교라는 말에 놀라는 것이 아니라, 서울이라는 말에 놀라는 것이었다. 사립 국민학교라는 것이 어떤 것인지 전혀 모르는 아이들은 그건 그저 학교 이름이거니 쯤 생각하는 것이다.

"에— 비록 두 달밖에 안 되는 짧은 동안이긴 했지만, 우리 학교에 오셔서 고생을 하신 선생님에게 우리는 모두 감사를 드리기로 하자. 그리고 에— 우리를 잊지 마시고 여름방학에는 한 번 놀러 오시도록 부탁을 드리자. 그럼 지금부터 송 선생님의 작별 인사가 있겠다."

교장 선생이 단에서 내려서자, 흰 블라우스에 까만 스커트를 입은 송 인순 선생이 약간 고개를 숙이고 단 위로 올라섰다.

"차렷—"

6학년 급장의 구령소리가 조그마한 운동장에 힘차게 울렸다.

"경례—"

송 선생은 가슴이 벅차오르고 있었다.

그러나 양쪽 볼에 보조개를 띠면서 차근차근 입을 열었다.

"여러분에게 뭐라 미안한 말을 했으면 좋을지 모르겠습니다. 온지 불과 두 달밖에 안 되어가지고 벌써 떠나다니, 정말 미안합니다. 불과 두 달 동안이었지만, 여러분들과 참 재미있게 지냈다고 생각합니다. 특히 바닷가에 나가 조개를 잡던 일은 평생 잊혀 지지 않을 것 같습니다. 서울 학교로 가면 그곳 어린이들에게 여러분 이야기를 많이 해서 서로 자매학교가 되도록 하겠어요."

자매학교라는 말에 선생들은 속으로 쓸쓸한 미소를 짓고 있었다. 그러나 아이들은 그건 또 무슨 학곤지 알 수가 없어서 그저 멀뚱멀뚱한 표정을 짓기만 했다.

"그래서 여러분들에게 많은 학용품과 재미있는 책들을 선물로 보내도록 힘을 쓰겠습니다. 그리고 그 학교에 가서는 오르간 마련해주기 운동을 벌이겠습니다."

많은 학용품과 재미있는 책이라는 말에 아이들은 귀가 번쩍하는 모양이었다. 벌써부터 좋아서 수군거리며 생긋생긋 웃는 아이들도 있었다.

그러나 선생들은 어쩐지 그게 아니었다. 고마운 말씀이면서도 왠지 입맛이 씁쓰레 했다.

오르간 마련해주기 운동이라는 말에 교장 선생도 비시그레 웃었다. 어쩐지 썩 기분이 좋은 말은 아닌 것이었다. 백 선생은 속으로 공연히 싫다! 안 받는다! 자매학교가 다 뭐야…… 이렇게 심술이 부글부글 끓어오르고 있었다.

"그럼 여러분들 아무쪼록 선생님들 말씀 잘 듣고 몸 건강해서 훌륭한 어린이가 되어주기 바랍니다."

그날 오후, 송인순 선생은 떠났다.

송 선생이 떠나는 선착장 가에는 많은 사람들이 나와 서 있었다.

학교 선생들과 생도들은 말할 것도 없고, 마을 사람들도 거의 모두 쏟아져 나와 있었다.

불과 두 달 동안이라 섭섭하긴 하지만, 그래도 유사 이래 처음으로 이 섬 학교에 왔다 가는 여선생이니 얼마나 고마우냐는 듯이 모두 통통통 멀어져가는 배를 언제까지나 바라보고 있었다.

멀어져가는 배의 뒤편에 송인순 선생의 모습도 언제까지나 그대로 하얗게 보였다.

"이제 여름인데……. 꽤 덥군."

교장 선생이 말하자,

"글쎄 말입니다. 벌써 봄이 다 가다니……."

박 선생이 안타깝다는 듯이 받았다.

그러자 백남기 선생은 마치 약간 실성이라도 한 사람처럼,

"아— 봄은 너무나 너무나 짧구나!"

하고 큰소리로 중얼거렸다.

모두 웃었다.

『15인 창작집』(《여성동아》 1970. 8.)

남을 위한 땀

재작년 여름의 일이었다. 6월인가 7월 어느 날 밤, 한 장의 전보가 배달되었다.

밤에 전보가 온다는 것은 별로 기분 좋은 일이 못 된다. 전보란 언제나 사람을 긴장시키기 마련이다. 밤중의 전보는 더욱 그렇다.

그러나 그 전보를 받아 본 나는,

"오! 옥미조 씨가 왔군."

하였다.

—금일상경명일오전중창서교로전화요망옥미조

전문은 이러했다.

"옥미조 씨라뇨?"

옆에서 아내가 물었다.

"통영 섬 학교의……."

"아, 예예."

아내도 고개를 끄덕였다.

옥미조 씨는 경남 통영군에 있는 장사도라는 섬의 국민학교 교사다.

옥미조 씨를 알게 된 것은 벌써 십여 년 전의 일이다. 알게 되었다고는 하지만, 대면이 있었던 것은 아니다.

그 무렵, 나는 국민학교 교사들이 보는 교육관계 잡지를 편집하고 있었는데, 내 책상 위에는 매일같이 일선 교사들의 투고물이 쌓였다. 그 투고물 속에 옥미조 선생의 투고물도 섞여 있었던 것이다.

옥 선생의 투고물이 유달리 눈에 띈 것은 그 이름 때문이었다. 한자로 '玉米造' 이렇게 씌어 있었다.

'玉' 씨라는 성도 희성이지만, '米造'라는 이름도 색달랐다. 말하자면 '구슬 같은 쌀을 만든다'라고 새길 수가 있다. 재미있는 이름이라고 생각했다. 혹시 필명이 아닌가 싶기도 했다.

그리고 남교산지 여교산지 잘 분간할 수가 없었다. 발음으로는 여자 이름 같고, 글자로 보아서는 그렇지 않은 것 같기도 하고. 좌우간 혼자 약간 고개를 기울이며 웃은 기억이 난다.

원고 내용은 처음으로 교단에 선 햇병아리 교사의 결의 같은 것이었다.

짤막한 일종의 잡문인데, 그 속에 제법 팽팽한 의욕이 담겨 있어 보였다.

처음으로 발령을 받고 부임한 학교가 아주 보잘것없는 벽지의 몇 학급 안 되는 학교인데, 이런 곳에 발령을 받은 것이 오히려 잘 됐다는 것이었다.

불우한 환경의 아동들을 위해서 온갖 정성을 기울이겠다는 결의였다. 우선 아동들에게 꿈을 심어주기 위해 문예 지도를 열심히 하고 있으며, 학교 어린이신문을 만들고 있다는 이야기였다.

원고를 읽어보니 아마 남교사인 듯했다. 글이란 읽어보면 대체로 필자가 남잔지 여잔지 식별할 수가 있는 법이다. 필적도 남자 필적인 것 같고.

뭐 별로 특이한 원고는 아니었으나, 마음에 들어 잡지에 실었다.

그 후 계속 투고가 있었고, 나에게 사신(私信)이 오기도 했다. 예측한 대로 남교사였다. 말하자면 옥미조 씨는 그 잡지의 독자인 동시에 필자인 셈이었다.

몇 해 뒤, 나는 잡지사를 그만두고 글 쓰는 것을 업으로 하게 되어, 자연히 교육계와는 거리가 멀어졌다. 옥미조 씨의 이름이 내 머리에서 사라진 것은 말할 것도 없다.

재작년 봄, 나는 섬 국민학교를 소재로 한 좀 긴 것을 하나 쓰려고 낙도 교사들의 수기 같은 것을 이것저것 뒤지게 되었다. 그러다가 눈에 띈 것이 옥미조 씨의 수기였다.

「진뱀이 섬의 신화」라는 제목의 수기인데, 무슨 저축관계 기관에서 모집해서 팸플릿으로 만들어 내놓은 것이었다. 1석(一席)으로 뽑힌 글이었다.

그 팸플릿을 보자 나는 대뜸,

"아, 옥미조 씨로구나."

하였다.

그 이름이 얼른 기억에 되살아났던 것이다. 한글로 '옥미조'라고 씌어 있었지만, 한자 이름까지 쉽사리 머리에 떠올랐다. 꽤 색다른 이름이어서 그런 모양이었다.

그 수기를 읽고 나는 몹시 감동을 했다. 십여 년 전, 그의 최초의 글이 생각나기도 했다. 불우한 환경의 아동들을 위해서 온갖 정성을 기울이겠다던 그의 결의가 십여 년이 지난 뒤 그야말로 놀라운 결실을 보고 있었던 것이다.

경남 통영군에 있는 장사도라는 조그만 섬의 분교장에 근무하고 있는데, 그 보잘것없는 섬을 낙원으로 만들어놓은 셈이었다. 낙원— 물론 지나친 표현이겠지만, 수기를 읽고 난 나는 적어도 그렇게 생각되었다.

그러니까 그는 불우한 환경의 아동들을 위해서 일했을 뿐 아니라, 학부모들, 즉 섬의 가난한 주민들을 위해서도 무척 많은 일을 했던 것이다. 교육계의 용어로 말하자면 '지역사회학교'를 훌륭하게 이룩한 셈이었다. 섬 모양이 마치 긴 뱀처럼 생겼다고 해서 '진뱀이 섬' 즉 '장사도'라고 부른다는 그 보잘것없는 섬의 분교장에 부임을 한 그는 먼저 학교 환경개선에 손을 대고, 자활학교 사업에 힘썼다 한다.

화단을 개축하여 교재 식물을 심기도 하고, 교문을 만들고, 울타리를 손보고, 경사진 운동장을 평면으로 고르고 넓히기도 했다는 것이다. 운동장을 고르고 넓힐 때는 자기의 봉급에서 팔천 오백 원을 떼어 손수레를 한 대 사 와 요긴하게 사용하기도 했다 한다. 그리고 학급문고를 만들고, 학교신문도 발행하고 있다는 것이었다.

자활학교 사업으로는 빈 터에 돼지호박, 돼지감자 같은 것을 심어서 그것을 사료로 양돈을 하고 있으며, 젖 짜는 염소도 기르고 있다 한다. 개간한 실습지에는 양배추니 양파니 당근 같은 수익성 높은 채소를 가꾸고…….

그래서 학생 전원에게 매일 양유(羊乳)를 무료로 급식하고 있으며, 주 1회 분식으로 점심을 먹이고 있다는 것이다. 그리고 더욱 놀라운 것은 자활학교 수익금으로 학습장, 연필, 칼, 지우개, 도화지, 책받침, 필통 등 학용품 일체를 구입해 와서 무상으로 지급하고 있다는 이야기다. 뿐만 아니라, 월 1회 학생들의 견문을 넓히기 위해 충무 등지로 인솔해 나가서 현장학습을 실시하고 있는데, 학생들에게는 한 푼의 경비도 부담시키지 않는다는 것이다.

비록 학생 수가 이십 명 남짓밖에 안 되는 조그마한 학교이긴 하지만, 학생 전원에게 무료로 매일 양유를 급식하고, 주 1회 분식을 시키고, 학용품 일체를 무상으로 공급하고, 더구나 월 1회 육지로 나가 현장학습을 실시하고 있다니……. 마치 어느 복지국가의 이상적인 학교 같은 느낌이다.

그리고 또 한 가지, 입이 벌어지지 않을 수 없는 것은 학생들의 저축 실적이다. 학생 전원이 저금통장을 가지고 있는데, 해마다 기준 목표액의 사천 프로 내외를 달성하고 있다는 것이다. 백프로가 아니라, 사천 프로다. 놀라운 사실이 아닐 수 없다.

그렇게 엄청난 저축 실적을 올릴 수 있는 것은 학용품 일체를 무상 지급하고 있기 때문에, 그 대신 학용품 살 돈을 저금하라고 권장하고 있으며, 또 교내 행사의 모든 시상을 학용품 대신 저금으로 해주고 있기 때문이라는 것이다.

이렇게 학교 일뿐 아니라, 부락, 즉 지역사회를 위해서도 그는 많은 일을 하고 있었다.

마을의 환경개선을 위해서 길을 넓히고, 변소를 개량하고, 빨래터를 만들고, 집수광(集水框)과 상수도공사까지 하고, 공동판매소와

목욕탕, 이발소를 설치해서 운영하고, 심지어 자가발전 시설과 부락 방송시설까지 이룩했다는 것이다. 온 섬에 들끓던 파리도 일소했다 한다.

주민들의 수입 증대를 위해서는 돼지와 염소를 비롯해서 닭, 소, 심지어 개까지 각종 가축을 기르도록 장려하고, 자활학교 자금으로 그 새끼를 사서 나누어주기까지 했다 한다. 그래서 지금은 섬이 마치 하나의 목장 같은 느낌이라는 것이다. 특히 염소는 방목을 하는 터이라, 섬 여기저기에 흩어져서 한가로이 풀을 뜯고 있는 광경이 흡사 한 폭의 그림 같다 한다.

부녀자들에게는 채소, 종래의 무, 배추 대신 수익성이 높은 양파니, 양배추니, 당근 같은 것을 재배하도록 권장해서 꽤 재미를 보게 하고 있다는 것이다.

그리고 저축에 힘쓰도록 하고 있으며, 자활학교 자금으로 어려운 가정에는 무이자로 융자까지 해주고 있다 한다. 몇 십만 원씩 빚더미에 묻혀 살던 주민들이 그 빚을 말끔 씻고, 이제는 집집마다 백만 원, 혹은 오십만 원짜리 적금을 하고 있는 실정이라 한다.

섬에 아직 제대로 된 선착장이 없고, 동력선이 한 척도 없어서 불편한 일이 많은데, 오래지 않아 선착장도 만들고, 부락 공용 동력선도 구입할 계획이라는 것이다.

과연 한 사람의 힘이 큰 것이로구나 싶으며, 수기를 읽고 난 나는 바로 옥미조 씨에게 편지를 썼다. 한 번 섬을 찾아가보고 싶은 생각이 들었던 것이다. 작품을 만드는 데 꽤 도움이 될 것 같아서였다.

곧 답장이 왔다. 꼭 한 번 놀러오라는 것이었다. 옥미조 씨 역시 나를 기억하고 있었던 것이다. 충무시에서 장사도로 가는 배 타는 곳, 그리고 도중에 배를 갈아타는 곳 등, 자세한 약도까지 그려져 있었다.

충무시에서 배를 타고 바로 가는 게 아니라, 도중에 어떤 섬에서 배를 한 번 갈아타야 되는 것이었다. 그것 한 가지만 보아도 그야말로 낙도라는 것을 알 수 있었다.

배를 두 번이나 타야 된다는 바람에 나는 약간 주저되었다. 별로 건강도 좋지 않았던 터이라 선뜻 나설 용기가 나질 않았다. 아무래도 힘겨운 여행이 될 것 같았던 것이다.

그리고 곧 장마철로 접어들었다. 그래서 장마철이 지나면 기회를 보아 찾아가겠노라고 다시 편지를 보냈다.

또 답장이 왔다. 이번에는 어쩌면 자기가 곧 상경하게 될 것 같다는 내용이었다. 자기네 학교와 서울에 있는 창서국민학교가 자매결연을 하고 있는데, 그 학교에 볼일이 있다는 것이었다. 상경을 하게 되면 연락을 하겠다고 했다.

그런데 전보가 온 것이다. 반가울 수밖에 없었다.

이튿날 오전, 창서국민학교로 전화를 했더니 곧 옥미조 씨가 나왔다.

"아, 하 선생님이십니까?"

토박이 경상도 억양이었다.

"어제 언제쯤 도착하셨나요?"

"저녁답에 도착했심더."

"어디…… 여관에서 주무셨어요?"

"아닙니더. 숙직실에서예."

"숙직실요?"

"예, 여기 창서학교 숙직실에서 잤십더."

"아, 그러셨어요?"

나는 어쩐지 좀 웃음이 나왔다. 남의 학교 숙직실에서 자다니……. 자매학교라고는 하지만…….

그러나 그 한 가지만으로도 쉽사리 옥미조 씨의 사람됨이라 할까, 그런 것을 알 수 있는 듯했다. 역시 좀 다르구나 싶었다.

여느 시골 교사들 같으면 모처럼 서울에 오면 아마 일부러라도 여관에 들 것이며, 영화구경이라도 하고, 밤의 명동을 한 바퀴 돌고, 한 잔 마시고 할 것이다. 친척집 같으면 모르지만, 남의 학교 숙직실에 자려고는 안 할 게 아닌가.

그의 수기를 읽지 않았다면 어쩌면 경멸감 같은 것이 들었을지도 모른다. 그러나 쑥스러움을 툭툭 털어버리고, 숙직교사와 함께 자면서 서울과 시골의 교육 실정 같은 것을 서로 주고받는 그 소박한 용기와 고지식한 열의가 호감이 가기만 했다.

섬에서 그런 기적 같은 일을 이룩할 수 있었던 것도 바로 그 소박한 용기와 고지식한 열의 때문이었을 것이다.

"볼일이 몇 시쯤 끝나세요? 몇 시쯤 만날까요?"

나는 속으로 오후 해 질 녘에 만나 술이나 한잔 나눌까 생각하면서 물었다.

"지금 만났으면 좋겠십더."

"지금요?"

"예, 지금 시간이 좀 있십더. 별 하시는 일 없으시면 이리로 오시지예. 제가 찾아가 봐야 되겠지만, 서울 지리도 잘 모르고 해서…….”

“아닙니다. 제가 나가지요. 그럼 학교 앞 어디 다방에서 만날까요?”

“그라지 마시고, 학교로 오시이소.”

“학교로요?”

“예, 교무실로 오시면 됩니더. 학교 앞 어디에 다방이 있는지도 모르겠고…….”

“아, 그래요?”

“나는 순간적으로 좀 망설여졌다. 약간 언짢은 기분이 들기도 했다. 자기가 근무하는 학교도 아닌데, 그곳으로 찾아오라니……. 학교 근체에 무슨 다방이 있는지 선생들에게 물어보면 대번에 알 것인데 말이다.

“창서학교가 어디 있는지 아십니까? 신촌에 있심더.”

“예, 알고 있어요.”

칠팔 년 전 신촌에 거주한 일이 있고, 또 창서국민학교는 우리 집 큰애가 다닌 학교이기도 했다.

“그럼 곧 오시겠습니꾜?”

“가지요. 그런데 잠시 다방으로 나오시면 좋겠는데…….”

“아닙니더. 학교로 오시이소. 교무실에 오시면 제가 앉아 있으니까예.”

“허허허…….”

나는 그만 웃음이 나왔다. 그리고 말했다.

“예, 좋습니다. 지금 곧 가지요. 여기서 신촌까지 아마 한 시간 가량 걸릴 겁니다.”

"예, 기다리고 있겠심더."

나는 곧 집을 나섰다. 무더운 날씨였다. 아직 아침나절인데 버스 속은 벌써 숨이 답답할 지경이었다.

이마에 내배는 땀을 닦으며 나는 옥미조 씨가 어떤 사람일까 하고 생각해 보았다. 물론 소박한 용기와 고지식할 정도의 열의를 가진 사람임에는 틀림없을 것이다. 그런데 어쩌면 좀 오만하다 할까, 예절 감각이 둔하다 할까, 그런 사람이나 아닌지 싶었다. 매사를 자기 생각대로, 자기가 하고 싶은 대로만 밀고 나가는, 무뚝뚝하고 고집불통인 그런 사람 말이다. 별로 남에게 호감을 주지 못하는……. 조금 전의 통화에서 어쩐지 그런 인상을 받았던 것이다.

그러나 실제로 만나 보니 그와 정반대였다. 아주 상냥하고 겸손한 사람이었다.

어색한 기분으로 교무실 문을 열고 들어서니, 교감 책상 옆의 의자에 앉아 있던 옥미조 씨는 얼른 자리에서 일어나 반갑게 나에게로 다가왔다.

"아이고, 하 선생님, 정말 반갑심더. 이렇게 나오시게 해서 정말 미안합니더."

"아닙니다. 오래 기다리셨죠?"

물론 우리는 정다운 악수를 나누었다.

"자, 하 선생님, 이리 앉으시이소."

"괜찮습니다. 앉으세요."

"아이, 앉으시라니까예."

자기가 앉았던 폭신한 의자를 나에게 권하고, 자기는 조그마한 나무의자를 끌어당겼다.

교감은 자리에 없었다. 저쪽 편에 교무주임인 듯한 교사가 한 사람 앉아 있을 뿐, 교무실은 텅 비어 있었다. 수업 중이었다.

"하 선생님, 옛날 얼굴 그대로네예. 대번에 알아보겠심더."

하면서 옥미조 씨는 미소를 지었다. 뜻밖의 말이었다.

"예? 옛날에 만난 일이 있었나요?"

"예, 한 번 인사를 드린 일이 있심더. 기억 안 나십니까?"

"글쎄요……."

"오래 됐으니까……."

"그랬던가요? 아하—."

나는 약간 미안한 생각이 들었다. 도무지 기억에 떠오르지가 않았다. 그 무렵 찾아온 교사들이 많았기 때문에 그런 모양이었다.

"서울에 며칠 계실 겁니까?"

"앙입니더. 오후에 내려가야 됩니더."

"그래요? 왜 그렇게 급하게……."

"볼일을 봤으니 내려가야지예. 학교 일도 바쁘고……."

역시 좀 다르구나 하는 생각이 또 들었다. 모처럼 서울에 오면 하루쯤 쉬면서 구경도 하고 싶을 터인데 말이다.

이야기를 나누고 있는데, 교장실 문이 열리며 누군가가 나왔다. 교감이었다.

교감이 다가오자, 옥미조 씨는 얼른 의자에서 일어나 나를 소개했다. 마치 자기네 학교 교감에게 자기와 아주 가까운 사람을 소개하는 듯한 그런 태도였다. 무척 호감이 갔다.

교감 역시 나를 반갑게 대해 주었다. 그래서 어색하던 기분이 좀 누그러지는 듯했다.

잠시 후 옥미조 씨는 교장실로 들어가고, 교감과 둘이 이야기를 나누게 되었다.

"옥 선생과 아신 지가 오래 되셨습니까?"

교감이 물었다.

"예, 십여 년 됐습니다. 직접 만난 일은 별로 없습니다만……."

"그럼……?"

"옛날에 제가 교육 관계 잡지를 편집하고 있었죠. 그때 옥 선생이 자주 투고를 했습니다."

"아, 예예. 아주 좋은 선생입니다. 훌륭한 교사죠."

"예, 알고 있습니다. 수기도 읽어 봤죠."

"진뱀이 섬의 신화 말이죠?"

"예, 아주 놀라운 일이더군요."

"정말이에요. 그래서 훈장까지 받았잖아요."

"아, 그래요?"

나는 고개를 끄덕거렸다.

"훈장 수여식 때, 교장 선생이 가보시고 아주 감동을 하셨던가 봐요. 그래서 그 섬 학교와 자매결연을 하게 됐죠."

"예, 자매학교라는 말 들었습니다."

"그런 방면에 우리 학교 교장 선생도 열의가 대단하십니다. 자매결연을 한 뒤, 그 학교 학생 전원을 서울로 초청해서 우리 학교 학생 집에 민박을 시키고, 서울 구경을 시켜주고 했죠. 여간 좋아하지 않더군요."

"그렇겠죠. 모두 서울이 처음일 테니까."

"그리고 어린이용 도서를 모아서 보내주기도 하고, 오르간을 마련해서 보내주기도 했죠."

"그랬더니 작년 가을에는 자기네 섬에도 한 번 오라고 초청이 왔더군요. 폐가 될 것 같아 사양했더니, 기어이 와야 된다고 해서 제가 학생들 몇을 데리고 가 봤지요."

"아, 그러셨군요."

"듣던 대로 여러 가지 일을 많이 해놓았는데, 특히 인상적이었던 것은 염소들이었어요."

"……?"

"학교에서 염소를 꽤 많이 기르고 있는데, 옥 선생이 입으로 나팔 불듯이 이상한 소리를 지르니까 여기저기 흩어져 있던 염소들이 일제히 모여들지 않겠어요."

"그래요?"

"마치 타잔이 이상한 소리를 지르면 짐승들이 모여들 듯이 말입니다."

"흐흠— 그것 참 재미있군요. 어떻게 그렇게……."

"훈련을 그렇게 시켰다는 거예요. 염소들에게 먹이를 줄 때 첨부터 그런 일정한 소리를 질러서 불러 모았다는 거죠. 그것이 습관이 되니까 옥 선생이 그런 소리만 지르면 어김없이 모여든다는 겁니다."

"그것 참……."

"염소들을 제멋대로 놓아기르고 있기 때문에 그런 방법을 써야지, 그렇지 않음 여간 불편하지가 않다는 거예요."

"그렇겠군요."

"그런데 재미있는 것은 다른 사람이 그런 소릴 질러서는 별 효과가 없다는 겁니다."

"염소들이 옥 선생 목소릴 식별하는 모양이죠."

"주인 목소릴 아는 모양이에요. 말하자면 염소대장인 셈이죠. 허허허……."

"허허허……."

이렇게 웃고 있는데, 옥미조 씨가 교장실에서 나왔다. 그런데 옥미조 씨는 웬 큼지막한 보따리를 소사인 듯한 사람과 함께 들고 있었다.

나는 저게 무언가 싶어 곧장 그 보따리를 바라보았다.

그러자 교감이,

"입던 옷들이에요. 섬사람들이 곤란하다고 해서 학생들한테서 좀 거두었죠."

하고 말해 주었다.

섬사람들이 곤란하다니……. 나는 얼른 이해가 가질 않았다. 옥미조 씨가 그처럼 생활을 북돋아 놓은 섬사람들이 곤란하다니……. 그러나 물어보고 있을 계제가 아니었다.

옥미조 씨가 다가와 교감과 작별 인사를 나누었고,

"하 선생님, 그럼 같이 나가실까요."

했던 것이다.

운동장을 걸어 나가면서 나는 모르는 체하고 물었다.

"이게 뭡니까?"

그러자 옥미조 씨는,

"히히히……."

묘하게 웃었다. 좀 쑥스러운 듯한 그런 웃음이었다. 그리고 말했다.
"헌 옷들입니다. 저…… 우리 섬사람들 생활이 요새 말이 아니라서, 지가 자매학교에 편질 안 냈습니꾜. 입던 헌 옷을 좀 모아 달라고예."
"그래요. 섬사람들 생활이 곤란합니까? 옥 선생 수기를 보니 저축도 하고, 이제 넉넉하게 사는 것 같던데……."
"그런데 요새 와서 별안간 곤란해 안 졌습니꾜. 일본에 미역 수출이 안 돼서 말입니다. 미역 값이 똥값이 안 됐습니꾜. 섬의 주산물은 미역인데, 미역 값이 똥값이 됐으니……."
"아, 그렇군요."
"다 그놈의 석유파동 때문 아닙니꾜. 석유파동 바람에 일본 놈들이 미역을 사가야 말이지예."
"흠―"
중동에서 일으킨 물결이 옥미조 씨네 조그마한 섬에까지 밀어닥친 셈이었다.
나는 대고 고개를 끄덕거렸다.
교문에 이르자 옥미조 씨는 소사와 함께 들고 온 그 보따리를 굳이 이제 혼자서 가지고 가겠다고 소사를 들여보냈다. 내가 함께 좀 들자고 해도 마다하고 기어이 혼자서 한쪽 어깨 위에 둘러메는 것이었다.
그냥 맨손으로 걸어도 곧 이마에 땀이 내배는 뙤약볕 아래 큼지막한 보따리를 어깨에 둘러메고 걷는 옥미조 씨. 그것도 자기의 무슨 짐이 아니라, 섬사람들을 위해서 얻어 가는 헌 옷가지가 든 보따리가 아닌가. 일신의 영달과 안락을 위해 모두가 혈안이 되어 돌아가고 있는 듯한 반질반질한 서울 거리를 남을 위한 보따리를 둘러메고 땀을 흘리며 걷고 있는 섬 학교 선생— 우직하다면 우직하고, 소박하다면 소박하다고 할 수 있을 것이다. 어떤 각도에서 보면 그것도 다 자기 자신을 위한 고차원적인 수작임에 불과하다고 냉소를 해버릴 수도 있을 것이다. 그러나 나는 어떤 감동 같은 것을 느끼지 않을 수 없었다. 감동이라기보다는 경이감이라고 하는 편이 옳을지도 모른다.

좌우간 나는 함께 걸어가면서 보따리를 둘러멘 옥미조 씨의 모습을 자꾸 바라보곤 했다.

그것이 궁극적으로는 자기 자신을 위한 일이 되든 안 되든 어쨌든 당장 남을 위해서 흔쾌히 땀을 흘릴 수 있다는 것은 결코 만만한 일이 아닌 것이다. 특히 요즘 같은 세상에 말이다.

"옥 선생, 여기 들어가서 점심이나 같이 합시다."

아직 점심때가 좀 일렀으나, 나는 어느 한식집 앞에 이르자 말했다.

옥미조 씨는 팔뚝시계를 보더니,

"그럴까예. 아직 점심때가 안 됐심더만……."

하였다.

우리는 한식집 이 층 한쪽 갓자리에 가서 마주앉았다. 그리고 불고기백반을 시켰다.

"옥 선생, 술도 좀 할까요?"

"아닙니더. 지는 술 안 합니더. 하 선생님 혼자 하시지예."

"혼자 무슨 맛으로…… 저도 낮술은 별로 안 좋아합니다."

그리고 나는,

"담배는 피우십니까?"
물었다.
"안 피웁니더. 전엔 조금 피웠는데, 끊어 버렸심더."
역시 그렇구나 싶었다. 술도 안 하고, 담배도 안 피우고……. 역시 좀 다른 셈이었다.
그런 점은 왠지 좀 호감이 가지 않았다. 물론 술 담배 안 하는 것이 나쁜 것은 아니지만, 오히려 좋은 일이겠지만, 그러나 어쩐지 인간미 같은 것이 감퇴되는 듯한 느낌인 것이다.
점심을 먹으며 우리는 많은 이야기를 나누었다. 나는 질문을 하는 식이었고, 옥미조 씨는 대답을 하는 식이었다. 그러나 이미 그의 긴 수기를 읽은 터이라 별로 새로울 게 없는 이야기들이었다. 직접 당사자의 입을 통해서 듣는다는 것 외에는.
옥미조 씨가 역시 이렇게 말했다.
"지가 말로 하는 것보다 직접 선생이 우리 섬에 한 번 와 보시는 기 작품 쓰는 데 훨씬 도움이 될 겁니더."
"그야 그렇죠. 기회 보아 한 번 가겠습니다."
그리고 나는 문득 생각이 나서 말했다.
"참, 옥 선생, 훈장을 받으셨다죠?"
"예, 히히히……."
옥미조 씨는 멋쩍은 듯이 웃었다. 아까 운동장을 나오면서 보따리를 보고, 이게 뭡니까? 하고 물었을 때 히히히 웃던 그런 웃음이었다.
옥미조 씨의 그 웃음이 어쩐지 나는 호감이 갔다. 히히히, 하고 웃는 웃음은 매우 품위가 없는 웃음이지만, 한편 묘하게 친밀감 같은 것을 주는 웃음인 것이다.

더구나 훈장을 받았지요? 하는 물음에 예, 대답하고는 히히히 웃다니……. 재미있었다. 그의 사람됨이 느껴지는 듯도 했다. 그런 경우 자기도 모르게 자만 같은 것이 내비칠 텐데 말이다.

"철탑훈장을 안 받았습니꾜. 히히히……."

"철탑훈장이라뇨?"

"산업 훈장에 다섯 가지 종류가 있심더. 금탑, 은탑, 동탑, 철탑, 그리고 석탑훈장입니더."

"아, 그렇군요."

"지가 받은 철탑훈장이 네 번짭니더. 그러니까 4등 훈장을 받은 셈이지예. 히히히……."

"허허허……."

나도 웃음이 나왔다. 그리고 말했다.

"더욱 열심히 해서 1등 훈장을 받으세요."

"히히히……."

이제 별 물어볼 말이 생각나지 않아 말없이 숟가락질을 하고 있는데, 옥미조 씨가 불쑥 입을 열었다.

"명년 봄 신학기에는 딴 학교로 갈까 합니더."

"왜요?"

"인제 선착장도 완성했고……. 얼마 전에 선착장을 완성해서 낙성식을 안 했습니꾜."

"아, 그래요?"

"앞으로 동력선 구입이 남았는데……. 섬 공동용 말입니더."

"그런데 왜 딴 데로?"

"말이 많아서예."

"말이 많다뇨?"

뜻밖의 말에 나는 약간 긴장이 되는 느낌이었다.

"동료들이 좋지 않게 이야기해예. 옥미조 때문에 귀찮아서 못살겠다는 기라예."

"……?"

"교육청에서 나오기만 하면 옥미조처럼 좀 해보라고 성가시게 한답니더. 히히히……."

"허허허…… 그래서 말이 많군요."

"만나면 직접 대놓고 야, 이놈아야, 너 때문에 사람 몬 살겠다. 좀 작작해라. 너 때문에 어디 선생질 해묵겠나. 이런 식이란 말입니더."

"농담으로 그러겠죠, 뭐."

"아닙니더, 물론 농담으로 그러는 선생도 있고, 또 그렇게 생각하지 않는 선생들도 많지만, 정말로 밉어서 못 견디는 선생도 적지 않단 말입니더."

"흠—"

"그런 정도면 그래도 괜찮겠는데, 심지어는 옥미조가 돈을 벌 속셈으로 그런다는 기라예."

"돈 벌 속셈으로?"

"예."

"돈 벌 속셈이라뇨?"

"섬에서 가축을 키우고, 농작물을 재배하고 하니까 사복을 채울라고 그런다는 기지예."

나는 어이가 없었다. 남의 일을 험구를 해도 분수가 있지. 그렇게 말하는 법이 어디 있는가 말이다. 사촌이 논을 사면 배가 아프고, 못 먹는 감 찔러나 놓자는 것이 세상인심이기는 하지만.

나는 새삼스러운 심정으로 옥미조 씨를 바라보았다. 남이 못하는 일을 하는 사람의 외로움 같은 것이 확 풍겨오는 듯했다.

코허리가 약간 시큰해지는 것을 느끼며 말했다.

"그런 말 일소에 붙이세요. 그런 말에 신경 쓸 것 아무것도 없습니다. 말이 말 같아야 신경을 쓰죠."

"신경 안 씁니더. 그런데 그런 말이 귀에 들어오면 기분이 억씨기 나뿝니더."

"물론 기분이 나쁘죠. 그러나 웃어 버리세요. 세상엔 으레 그런 말을 하는 사람도 있는 법이니까요."

그리고 나는 그런 소리가 있다고 해서 딴 데로 가버린다는 것은 일종의 패배니까, 그대로 계속 소신대로 밀고 나가라는 말을 하려다가 그만두었다. 거기까지 내가 간여할 것은 못 된다는 생각이 들었고, 또 그렇게 권한다는 것은 어떤 의미에서는 너무 강심장적이라 싶었던 것이다. 옥미조 씨도 사람이니까, 때로는 괴로움과 회의에 사로잡힐 때도 있을 게 아닌가. 그 괴로움과 회의에서 훌쩍 벗어나고 싶은 욕망도 말릴 수 없는 욕망이 아니겠는가 말이다. 자기가 잘 알아서 할 일인 것이다.

식사를 마치고 나자 곧 옥미조 씨는 팔뚝시계를 보았다.

"일어설까예? 시간이 바빠서……."

"그러죠. 고속버스로 가시나요?"

"아닙니더. 기차로 갈랍니더. 부산까지 기차로 가서 밤배로……."

"예, 예."

바깥에 나오니 아까보다 뙤약볕이 더 두터워진 듯했다.

나는 뛰어가서 태시를 잡아 그를 태워주었다.

"아이고, 하 선생님. 오늘 정말 고맙십더, 고맙십더."

옥미조 씨는 택시의 차창 밖으로 얼굴을 내밀 듯이 하며 약간 상기된 얼굴에 약간 웃음을 띠었다.

큼지막한 보따리와 나란히 앉아 멀어져가는 옥미조 씨의 뒷모습을 바라보며 나는 손수건을 꺼냈다. 그리고 이마에 내배는 땀을 닦았다.

2

그로부터 한두 달 뒤의 일이었다. 어느 날 오후, 나는 아내와 함께 버스를 타고 볼일을 보러 나가고 있었다.

몹시 더웠다. 버스 안이 한증막 같은 느낌이었다. 가만히 앉아 있는데도 곧장 땀이 흘렀다. 그러면서 졸음이 오기도 했다.

버스가 용산을 지날 무렵이었다.

"서울 시민 여러분께 잠시 호소의 말씀을 드리겠습니다."

이런 소리가 버스 안에서 울렸다.

버스를 타면 으레 한두 사람의 행상을 대하기 마련이다. 그러나 행상들은 으레 승객 여러분께 잠시…… 이렇게 시작한다. 그런데 '승객 여러분께'가 아니라, '서울 시민 여러분께'가 아닌가.

나는 졸음이 담긴 눈을 껌적거리며 소리 나는 쪽을 바라보았다. 물론 버스 앞쪽이었다. 통로에 사람이 몇 없어서 얼른 목소리의 주인공을 볼 수가 있었다.

삼십을 꽤 넘은 듯한 남자였다. 어깨로부터 비스듬히 무슨 글자가 쓰인 띠를 두르고 있었고, 두 손으로 네모진 상자를 앞에 받쳐 들고 있었다. 그런데 상자에 웬 사진과 신문기사 같은 것이 붙어 있었다. 얼른 보아도 모금이라는 것을 알 수 있었다.

"저는 강원도 인제군 산골에서 온 사람입니다. 오늘 서울시민 여러분을 이렇게 찾아뵙게 된 것은 다름이 아니라……."

말을 들으니 그는 교사였다. 그러나 정식 학교의 교사가 아니라, 말하자면 사설학원의 설립자 겸 교사였다. 혼자서 중학교에 못 가는 산골의 불우한 학생들을 모아서 가르치고 있다는 것이었다.

처음에는 몇 사람 안 되던 학생이 지금은 백 명을 넘어서 도저히 교실 하나 가지고는 어떻게 할 수가 없어 한 칸을 더 증축하기로 했다는 것이었다. 교실이라 해야 흙벽돌로 쌓아올린 보잘것없는 건물이지만, 그러나 손수 학생들과 함께 수백 장 수천 장의 흙벽돌을 찍어서 만드느라 땀도 많이 흘리고, 때로는 눈물도 흘렸다는 것이다.

"서울시민 여러분, 여기 우리 학원의 사진과 기사가 있습니다. 신문사에서 알고 찾아와서 이렇게 지상에 소개를 해주신 것입니다."

그러면서 그는 상자에 붙어 있는 사진과 기사를 내밀어 보였다.

흙벽돌로 우선 건물의 뼈대는 세울 수가 있지만, 문제는 지붕과 내부의 시설이라는 것이다. 학생들을 가르치려면 흑판도 있어야 하고, 책상도 있어야 한다는 것이다. 책상은 여느 정규 학교의 책상 같은 그런 호사스러운 것을 바라지는 않는다는 것이다. 판자 쪽을 사서 손수 학생들과 만든다는 것이다. 그러나 자기네 학원은 학생들로부터 십 원짜리 한 푼도 걷지 않기 때문에 문제는 돈이라는 것이다. 그래서 여름방학을 이용해서 이렇게 서울시민 여러분을 찾아왔다는 것이다.

"서울시민 여러분, 불우한 산골의 아이들을 위해서, 향학에 불타는 어린아이들을 위해서, 십 원이라도 좋고, 오 원이라도 좋습니다. 부디 협조해주시면 고맙겠습니다."

그리고 그는 상자를 받쳐 들고 승객을 차례차례 찾기 시작했다. 그의 약간 상기된 얼굴에는 땀방울이 맺혀 있었다.

나도 어쩐지 상기된 듯한 기분이었다. 그리고 문득 옥미조 씨 생각이 났다.

큼지막한 보따리를 어깨에 둘러메고 땀을 흘리며 걷던 옥미조 씨. 네모진 상자를 받쳐 들고 땀을 흘리며 승객을 찾고 있는 저 사람. 나는 가슴에 무엇이 가득히 고이는 듯한 느낌이었다. 그리고 코허리가 찡해지며 핑 눈물이 도는 것을 어쩌지 못했다.

차례가 왔을 때, 나는 백 원짜리 한 개를 상자 속에 넣었다.

모금을 마친 그는 이렇게 말했다.

"서울시민 여러분, 여러분께서 협조해주신 이 돈을 가지고 가서 불우한 우리 학원의 학생들을 위해서 요긴하게 사용하겠습니다. 그리고 더욱 의욕을 가지고 그들을 위해 일함으로써 여러분들의 성의에 보답하겠습니다. 대단히 감사합니다."

그리고 그는 이마의 땀을 닦으며 버스에서 내려갔다.

잠시 후, 나는 아내에게 말했다.

"저런 사람이 진짜 애국자야."

그러자 아내도,

"맞아요."

하고 동의했다.

그러나 아내는 꼬리를 달았다.

"하지만 저런 분의 아내 되는 여자는 정말 답답할 거예요."

《월간중앙》(1976. 5)

산중 고발

눈은 산악지대에 더 자주 쏟아져 내렸다. 걸핏하면 하늘이 찌뿌듯이 무거워지며 눈 잎사귀가 휘날리곤 하였다. 눈 위에 또 눈이 내리 쌓이는 산중은 어디를 둘러보아도 온통 싸늘하고 눈부신 빛깔로 그득하였다.

눈 속에 묻혀 있는 듯 없는 듯 마을이 있었다. 메안골이라고 일렀다. 지금 막 머리를 쳐드는 버섯들 형국이었다.

해질녘이 되면서부터 산머리 위에 머흘거리던*(구름이 매우 무서운 형세로 움직이는) 구름이 나지막하게 기울어지며 희뜩희뜩한 것이 묻어 내리기 시작하였다. 눈이 내리는 날은 땅거미도 쉬 다가드는가 본지*(보는지) 서쪽 산등성이 위에 나부끼고 있던 보랏빛 놀이 사라지자 어둠살이 이내 짓어들었다.

마을에 불빛이 가물거리기 시작했을 무렵에는 하늘은 어느덧 검정빛으로 변해 있었고, 산봉우리들도 빛을 잃은 몸뚱어리를 무겁게 도사렸다.

마을 뒤 언덕배기에는 성냥갑만 한 국민학교가 놓여 있었다. 짙어오는 어둠과 쏟아지는 눈발에 휘감겨 끽 소리도 없이 웅크리고 앉아 있었다. 바람 한 점 없이 눈 내리는 산골의 밤은 무섭도록 고요하였다.

이런 날 밤이면 곧잘 오소리랄지 늑대가 마을로 뛰어내려오는 것이었다. 한 번은 아직 초저녁인데 학교 쪽 언덕에서 호랑이 우는 소리가 들려온 적이 있었다. 집집마다 방문을 닫아걸고 숨들을 죽이지 않을 수 없었다. 어린 것들은 호랑이라는 바람에 질겁을 하고 이불 속으로 파고들었고, 노인네들은 아직도 산에 산군(山君)이 남아 있었구나 하며 놀라움과 반가움이 뒤섞인 두 눈을 휘둥그레 가지고 소리 나는 쪽으로 가만히 귀들을 기울였다.

힘깨나 쓰는 축들은 저놈을 그만 때려눕혀버릴까 보다고 괜히 헛주먹을 내두르며 떠들어대기도 하였다.

이튿날 아침에 보니 학교 운동장에는 호랑이의 발자국에 틀림없는 자국이 여기저기 여러 군데 남아 있었다. 그러나 마을 사람들이 눈 내리는 밤이면 사립문을 단단히 비끄러매고 일찌감치 이불 밑으로 기어드는 것은 그런 까닭에서가 아니었다. 그런 일이야 오히려 뒷날 재미있는 얘깃거리가 되어 주어 싫지 않았다. 짐승들을 두려워한다는 것은 옛날이야기였다. 두려운 것은 따로 있었다.

먼 산을 바라보며 컹컹 개가 짖기 시작하였다. 산이 쩌렁쩌렁 울리자 얼른 불을 꺼버리는 집도 더러 있었다. 메아리가 산허리를 타고 자꾸자꾸 멀어져 간 다음 요란스럽던 사방은 도로 물속처럼 고요해졌다. 어느 먼 골짜기에서 늑대라도 내려오고 있는지 모르지만, 다른 아무 기척도 들려오지는 않았다. 함박눈만 푸덕푸덕 실컷 쏟아져 내렸다.

기름불이 지지지 소리를 내며 접시를 핥고 있었다. 불꽃이 나불거릴 때마다 매캐한 그을음이 피어올라 방 안 공기를 퀴퀴하게 물들여 갔다. 국민학교 숙직실이었다.

인배(仁培)는 두툼한 잠바를 입은 채로 방바닥에 배를 깔고 엎드려서 시험지를 채점하기에 여념이 없고, 달수(達壽)는 휘청한 허리를 구부정해가지고 화투장으로 열두 달 운수보기 패를 떼고 앉아 있었다. 무슨 신명인지 달수는 그 시시한 수작을 곧장 되풀이하였다. 이번에는 패가 2월 매조에 가서 딱 붙어버렸다. 한 번도 열두 달 전부가 시원하게 일어나주질 않는 것이다. 운수란 놈이 아무래도 신통치가 않은가 보다.

화투장을 끌어모아 다시 또닥또닥 간추리면서 되게 한바탕 기침을 했다. 곧 자지러지듯 하며 가래가 끓어올랐다.

"아으, 죽겠다."

하면서도 또 패를 놓는다. 이번 화투장은 재물 재(財) 자 형용을 근사히 이루어갔다. 일 년 운수는 그만큼 해두고, 이제 재물운수를 보자는 것이다.

"안 순경 또 노루 잡았다더라."

패를 차근차근 뒤집어나가다가 불쑥 혼잣말처럼 뇌었다.

"하아, 언제요?"

인배는 답안지 위에 척척 내갈기던 빨강 연필을 잠시 멈추고 달수를 돌아보았다.

"어제, 출동 나갔다 잡았는데 송아지만 하다캐."

"송지지만 한 노루가 어딨능교?"
"와? 있니라. 구장이 면에 나갔다 봤는데 좌우간 굉장히 커다 카더라."
"벌써 몇 마리쨴교? 그 사람."
"올 겨울 들고 보자…… 두 마리짼가? 세 마리짼가?"
"순경 때리치우고 포수질이나 하지."
연필이 다시 시험지 위를 바쁘게 내닫는다.
"내일은 애들 데리고 토깽이나 잡으로 갈까구마."
달수의 말에 인배는 킥 웃음이 나왔다
재물운수에서도 세 차례나 쓴맛을 다시고 난 달수는 냅다 화투장을 휘저어버리고 인배의 어깻죽지를 툭툭 치면서 어서 육백이나 한판 하자는 것이다. 쇠털 같이 많은 날에 뭐 그리 열심이냐는 것이다.
"자아, 어서!"
"가만있으소. 인제 몇 장 안 남았구마."
인배는 아무래도 채점을 깨끗하게 마쳐버려야 놀아도 흥이 날 것 같았다. 화투장을 두들기는 맛도 맛이지만, 한 아이 한 아이의 얼굴과 평소의 학습활동을 연상해보면서 점수를 매겨나가는 재미도 실상 여간이 아닌 것이다.
"좋을 때다. 참, 나도 그런 때가 있었니만. 아침에 일어나 세술 하면 코에서 열이 다 터지고. 그렇지만 어디 몇 해 해묵어 보지. 어으윽!"
달수는 늘어지도록 기지개를 켜고 나서 벌떡 그 자리에 드러누워버렸다. 마을 쪽에서 또 개 짖는 소리가 들려왔다.

채점을 마치고 답안지를 처음부터 다시 한 번 주욱 훑어 내려가는 인배의 얼굴에는 은근한 미소가 떠올랐다. 성적이 대체적으로 전번보다 좋아진 편이어서 여간 흡족하지가 않은 것이다. 휘파람을 경쾌하게 한바탕 불어댄다. 그리고 늘어져 누운 달수를 흔들면서 말한다.

"배 선생! 자아 한판 칩시다."

"잠이 온다. 어윽! 한판 해볼까? 술 내기대이."

"그럽시다."

"한 되 내기다."

인배와 달수가 맞붙어서 토닥토닥 화투장을 두들기고 있을 때 부엌에서 군불을 지피고 난 판술(判述)이가 방문을 열고 들어섰다. 방문 밖으로 밤하늘을 내다보며,

"하아따, 눈 많이도 온다. 이렇게 오면 어디 토깽이 잡겠능교?"

인배는 눈가에 엷은 웃음을 흘린다.

"판술아! 주전자 어딨지?"

달수는 대뜸 주전자였다.

"또 술인교?"

"한 잔 해야 안 되겠나."

"으이구, 이렇게 눈이 오는데……. 좌우간 어서 결판이나 내이소."

판술이는 아랫목을 가서 여기저기 손바닥으로 짚어본다. 이제 겨우 불기가 오르는 듯 미적지근하다. 이불을 내려 깔았다.

육백은 갈수록 열이 났다. 첫판에 달수가 칠십을 땄고, 다음번엔 인배가 훨씬 위로 솟아올랐다. 달수는 곧장 눈알을 굴렁거렸고, 인배 또한 마음을 늦출 계제가 아니어서 화투장을 야물게 두들겨 붙

였다. 판술이는 새끼손가락으로 콧구멍을 후비적거리며 두 사람의 하는 수작을 번갈아 바라보곤 하였다.

밤은 하염없이 깊어갔다.

학교 쪽을 향해서 마을의 개들이 다시 악을 쓰기 시작했을 때는 육백은 마지막 고비에 이르러 있었다. 오늘밤 따라 개들이 극성스럽기는 했으나, 저처럼 악다구니를 쓴다는 게 아무래도 수상쩍어 판술이가 방문 쪽으로 가만히 귀를 기울였다. 그러나 인배와 달수는 얼마 남지 아니한 끝장을 다투느라고 그런 일이사 도무지 아랑곳 아니었다.

"공산명월이야!"

"음— 또 송동월*(松楝月. 민화투에서 솔광, 똥광, 팔광 석 장 모두를 가져오는 것)했구나. 문제없다. 국화 열 끗만 일어나라. 에익! 헤! 참."

"매조야아, 익키! 매조다."

한참 신바람이 나는 판인데 그만 판술이란 놈이 깜짝 소스라치며 두 손바닥으로 화투판을 제지해버리는 것이 아닌가. 서슬에 놀란 인배와 달수도 우뚝 손을 멈추고 서로 휘둥그레진 눈을 바라보았다. 순간 세 사람은 새파랗게 질려버리고 말았다. 어찌할 바를 몰랐다. 달수는 저도 모르게 이불 밑으로 반신을 묻었고, 인배는 납작 벽에 붙어버렸다. 판술이는 어느 결에 훌떡 뛰어 일어나 구석 켠으로 물러서 있었다. 기름불도 놀라 몸을 떨었다.

우두두 뛰어드는 인기척과 함께 쿵 하고 마룻장이 울렸다. 동시에 방문이 활짝 찢어지듯 열려 나가고, 불쑥 다가든 것은 시꺼먼 두 자루의 총대였다.

"손 들엇!"

"손 들엇!"

나직하면서도 아귀찬 고함소리에 세 사람은 행여나 늦을세라 질겁을 하고 손들을 쳐들었다. 여섯 개의 손이 천장을 향해서 떨리었다. 인배는 눈앞으로 다가오는 동그란 총구멍을 바라보는 순간 어금니가 싸늘하였다.

"일어서란 말이야!"

인배가 뛰어 일어나자, 달수도 따라 일어섰다.

온몸에 솜눈을 뒤집어쓰고 있었으나, 놈은 분명히 '도리우찌' 모자였다. 다른 한 치는 총을 불쑥 내민 채 문지방에 걸터 서서 곧장 대가리를 흔들어댄다. 눈가루가 우수수 떨어지자 인민군 전투모가 드러났다. 눈썹 위까지 푹 눌러쓴 그것은 흡사 똥색이었다.

도리우찌가 전투모를 돌아보며 눈짓을 던지자 전투모는 인배로부터 차례차례 세 사람의 몸을 수색하기 시작하였다. 인배의 잠바 안주머니에서 신분증명서와 몇 장의 지폐가 나타났을 뿐 그 외는 휴지부스러기 아니면 코 묻은 손수건 따위이자, 전투모는 슬그머니 화가 치밀어 손길이 거칠어졌고, 도리우찌는 눈언저리에 경멸의 빛을 흘렸다. 싸늘한 코웃음을 치고 난 도리우찌는,

"모두 밖으로 나갓!"

총대를 휘익 내젓는다.

뒤에서 두 놈이 총대로 쿡쿡 마구 지르는 바람에 제 신을 찾아 신을 겨를도 없이 세 사람은 눈 속으로 굴러 떨어졌다. 함박눈은 어느덧 발목을 묻고 있었다. 바람이 일고 있었다.

"빨리 사무실로 갓!"

휘날리는 눈발에 젖으며 달수는 쿨룩쿨룩 되게 기침을 했다. 판

술이가 맨 앞장을 서서 가 떨리는 손으로 직원실의 자물쇠를 열었다.

실내에는 짙은 어둠이 가득 잠겨 있어 어디에 뭣이 놓여 있는지 도무지 짐작조차 할 수 없었다. 똑딱 똑딱……. 그런대로 시계소리만이 무거운 어둠 속에서 불길하게 울리고 있었다. 세 사람을 어둠 속으로 떠밀어 넣고 나서 도리우찌는 문지방에 걸터 선 채 허리에서 플래시를 빼내어 탁 불을 켰다. 둥그런 광선이 소리 나는 쪽 벽을 가서 비추자 거기 고물 같은 괘종이 한 개 댕그라니 걸려 있었다.

"호오— 좋은 게 있었군. 좋은 게 있었어."

도리우찌는 감탄하여 마지않으며 얼른 이리 벗겨 내리라고 호령이었다.

"대장동무께서 퍽 좋아하갔쉬다."

전투모도 한마디 입을 열었다.

판술이의 손이 가서 닿자 시계는 그만 둔한 여음을 남기며 불알을 축 늘어뜨리고 말았다. 괘종이 벽에서 떨어지자 불빛은 서서히 그 위치를 옮기며 실내를 비추어 나갔다. 반들반들한 궤짝 하나가 나타나자 불빛은 그 자리에 우뚝 멈추어지며 도리우찌가 물었다.

"저게 뭐야?"

판술이가 대답했다.

"풍금입니다."

"뭐, 풍금? 음—."

하더니 그것도 이리 들어내라는 것이다. 그리고 등사판과 종이는 어디 있느냐는 것이다. 인배가 등사판은 없다고 하니, 학교에 등사

판이 없다니 이 새끼들! 하고 떵 울렸다. 그러자 전투모가 찰그락 노리쇠를 당겼다 놓으며,

“이 깐나새끼들, 맛을 봐야 알간?”

하였다. 인배와 달수는 간담이 서늘하여 어찌할 바를 몰랐다. 판술이가 불쑥 나섰다.

“등사판은 정말 없심더. 만일 거짓말이거든 내 매가질 싹 짤라 주이소.”

“정말이가?”

“정말입니더. 뒤질라고 거짓말하겠심니꼬?”

그럼, 종이를 있는 대로 모조리 내놓으라는 것이다. 인배와 달수는 이제 살았다는 듯이 앞을 다투어 비품 상자를 가서 열어젖혔다.

불빛은 다시 이 구석 저 구석 샅샅이 비추어 보았으나, 이제 욕심날 만한 것이 아무 것도 발견되지 않았다.

괘종은 달수에게, 종이뭉치는 인배에게, 그리고 베이비오르간은 판술이에게 각각 떠안기고 나서 도리우찌는 아아, 동무들 수고가 많았다는 것이다. 그러나 미안하지만 그 짐을 우리 아지트까지 좀 운반해주어야겠다는 것이다. 기가 딱 막혔다. 이제 죽었구나 하는 생각뿐이었다.

“빨랑빨랑 움직이디 못하간?”

전투모는 다시 한 번 노리쇠를 찰거락거렸다.

바깥은 눈보라였다. 산을 내리 부는 바람은 귀때기를 에이는 듯하였다.

판술이가 줄행랑을 놓은 것은 운동장 한쪽 비탈에 이르렀을 때였다. 짊어졌던 풍금을 냅다 팽개치기가 무섭게 쏜살같이 비탈을 굴

러 내려갔던 것이다. 그러나 나무아미타불이었다. 따꿍! 따꿍! 총소리가 밤하늘을 바삭바삭 깨뜨려버렸다. 판술이의 몸뚱어리는 힘없이 풀썩 꺾어지며 아윽! 외마디 비명소리와 함께 눈구덩이에 곤두 박혀버리고 마는 것이었다.

판술이가 내던진 풍금을 인배가 짊어져야 했고, 종이뭉치는 시계와 함께 달수의 차지가 되었다.

휘몰아치는 눈보라 속으로 미끄러지고 자빠지며 길도 없는 산등성이를 타고 끌려가는 인배와 달수는 마음속까지 얼어붙는 듯 그저 아득하고 멍멍하고 심란하기만 하였다. 인배는 곧장 콧물을 훌쩍거렸고, 달수는 목구멍이 따갑도록 기침이었다. 발가락과 손가락이 차츰 감각을 잃어갔다. 이제 학교도 마을도 보이지 않았고, 천지는 다만 무심하게 앵앵 소리를 지르기만 하였다.

휘날리는 눈송이가 그들의 행방을 모르게끔 발자취를 깨끗이 묻어가고 있었다.

지서의 높다란 초소에서 감시를 하고 있던 의용경찰대원이 망원경을 눈에 붙인 채로 목줄기를 뽑아 올렸다.

"적정 발견!"

씻은 듯 맑은 하늘에는 겨울의 아침 태양이 싱싱한 과일처럼 떠올랐고, 먼 산줄기에는 안개가 자욱이 서려 있었다. 안개의 장막 위로 연기가 한 줄기 가느다란 실오리처럼 하늘을 향해 서서히 뻗어오르고 있는 것이 아닌가.

육안으로는 잘 보이지 않았으나, 망원경의 동그란 시야에는 옛날이야기 속에 나오는 심심산중의 숯 굽는 연기처럼 그것이 분명히 비쳤던 것이다.

현관에 서서 입에 거품을 물고 불룩불룩 양치질을 하고 있던 안 순경은 적정 발견이라는 소리에 귀가 번쩍하였다. 입 안의 것을 구루룩 내뱉기가 바쁘게 칫솔을 집어던지고 초소 계단을 뛰어올랐다.

"어디 어디?"

"저 천왕봉 옆을 보이소."

망원경을 받아 든 안 순경은 감시원이 가리키는 방향을 더듬었다. 과연 그것은 수상쩍은 연기가 아닐 수 없었다.

"보이지예?"

"음—"

간밤에 공비들의 습격을 당한 메안골 국민학교의 정보를 받고 있는 터이라, 그 연기는 조금도 의심할 여지가 없는 것이었다.

안개가 끼어 있는 것을 기화로 놈들이 안심하고 한데서 밥을 짓고 있는 것이 분명하였다. 바람이 없을라치면 연기는 안개를 뚫고 위로 솟아오르는 법인데, 그런 조그마한 이치도 모르고 있는가보다.

안 순경은 감시원에게 경찰대원 전원 비상소집의 사이렌을 울리게 하고, 계단을 쪼르르 굴러내려 사무실로 뛰어들었다. 그리고 때르릉 때르릉…… 본서로 이어진, 경비전화의 벨을 마구 잡아 돌렸다.

오웅 오웅 오웅— 초소에서는 노리갯감 같은 사이렌이 아침 공기를 흔들기 시작하였다.

하룻밤 사이 보숭하게 부어오른 발등을 어루만지며 인배는 동굴

바깥으로 하염없는 눈길을 보내고 있었다. 희뿌연 안개 속으로 아침 햇빛이 송홧가루처럼 자욱하게 내려앉고 있는 바깥세상은 꼭 물속인 것만 같았다. 밥을 짓느라고 서성거리는 사람들의 그림자도 어느 먼 딴 세상에서 움직이고 있는 듯하였다.

가벼운 꿈결 같은 것에 젖어들던 인배는 달수의 다시 계속되는 신음소리에 퍼뜩 정신이 들며 무거운 절망감에 짓눌리었다. 간밤의 일을 생각하면 등뼈가 서늘하였고, 앞으로 도대체 어떻게 처리될 것인지, 그리고 신음소리 틈틈이 뇌까리는 달수의 넋두리는 폐부를 찌르고도 남았다.

"김 선생! 도망가도 혼자만 도망가지 마세이. 아야야— 나만 내버리고 혼자 가면, 김 선생, 아흐흐—."

인배가 아니라 꼭꼭 김 선생이었고,

"어머니 환갑이 내달인데— 아야아!"

개롱개롱*('가르랑가르랑'의 방언) 곧 자지러지면서도 어머니의 환갑잔치 걱정이었다. 혹은 새끼들의 이름을 차례차례 불러나갔고, 판술이가 불쌍하다고 목 메이기도 하였다. 인배는 잠바의 깃을 치세우며 얼굴을 돌려버렸다.

인배가 그들의 아지트 본부로 불려간 것은 해가 중천을 향해 기어오르고 있을 무렵이었다. 간밤에 곧잘 총대를 절그럭거리던 전투모의 뒤를 따라 동굴을 나서자 눈이 부셨고, 골이 핑 돌았다. 휘청거리는 발길을 가누고 본부라는 굴 안으로 들어서니 후끈하고 구리터분한 공기 속에서 삐빼 삐빼…… 풍금소리가 나고 있었다. 아무데나 꾹꾹 눌러대는 일종의 소음에 불과하였으나, 인배는 약간 반가운 생각이 가슴 속을 흘렀다.

서서 풍금을 누르고 있는 것은 단발머리의 여자였고, 그녀의 아랫배는 아무래도 산월(産月)이 가까워 있었다. 후줄근한 군복바지에 가랑이를 끼고 있는 꼬락서니이고 보니 꼭 개구리를 삼킨 뱀처럼 징글맞았다.

그 곁에 사내놈이 셋 있었다. 단발머리의 엉덩이에 붙어 서서 소리 나는 물건을 신기한 눈으로 내려다보고 있는 치는 붉은 수건을 목에 질끈 동이고 있었고, 화롯불 앞에 앉아서 이를 잡고 있는 작자는 도리우찌였다. 인배를 힐끗 거들떠보더니 그냥 계속해서 눅눅한 옷 속을 뒤적거렸다. 큰대자로 벌떡 드러누워서 담배를 뻑뻑 빨아대는 자가 아마 두목인 성싶었다. 방한모를 눌러쓴 얼굴에는 번들번들 기름기가 흘렀고, 눈썹은 검고 코는 날카로운 독수리코였다.

독수리코가 으으윽! 일어나 앉으며 기지개를 켜자, 풍금소리도 멎고, 이를 잡던 도리우찌의 손도 멈추어졌다. 불빛을 받아 독수리코의 얼굴은 무섭도록 이글거렸다. 빨고 있던 담배꽁초를 썩 비벼 던지고 눈을 부릅뜨자 전투모는 인배의 다리를 툭 차며,

"꿇어앉으란 말이야, 쌍!"

하였다. 퍽 무릎을 꿇은 인배를 향해서 독수리코는 이제부터 인민의 이름으로 너의 심판을 시작하는 것이라고 소리를 질렀다. 그리고 대뜸 묻는 말이,

"출신성분이 뭐야?"

라는 것이었다. 출신성분이라니, 그게 무슨 말인지 도무지 짐작도 가지 않는 소리여서 인배는 독수리코를 멍청히 쳐다보기만 하였다.

"출신성분이 뭐난 말이야! 귀가 먹었어?"

"모르겠심더."

"흐, 이 새끼, 출신성분이 뭔디두 몰라? 이런 치가 교원이가?"

그러자 옆에서 도리우찌가 한마디 입을 내밀었다.

"자기의 출신성분 말이야. 뭐하는 집에 태어났느냐, 그 말이야."

그제야 인배는

"농업입니다."

하였다.

"출신성분이 농업이라. 허허, 이 새끼, 농민이믄 농민이디, 농업이 뭐야. 그럼 어더런 농민이야?"

이번엔 얼른 그 묻는 뜻을 짐작하고 재치 있게 대답을 하였다. 자작농이었다. 그러나 그는,

"소작농입니다."

하였다.

"음—, 소작농이라……."

그리고 독수리코는 아버지의 일을 도와서 손에 흙을 묻힌 일이 있느냐는 둥, 학교 선생님에게 반감을 가지거나 혹은 반항한 일이 있었느냐는 둥, 이런 도무지 하잘것없는 시시한 과거사를 이것저것 뒤져 묻는 것이었다. 인배는 소작농입니다, 식으로 입에 침을 싹 바르고 눈치껏 대답해 나갔다. 마침내 독수리코는 인배를,

"동무!"

하고 부르며 풍금을 잘 탈 줄 아느냐는 것이었다. 그렇다고 하니, 그럼 어디 빨치산의 노래를 한 번 타보라는 것이다. 출신성분이 뭣인지도 모르는 인배가 그런 따위의 노래를 알고 있을 터가 만무

하였다. 듣기는 들었는데 잘 익히지 못했다고 하니, 그럼 아무 것이라도 한 번 타보라는 것이다. 인배는 일어나 조심조심 풍금 앞으로 다가갔다. 단발머리가 반질거리는 눈으로 인배의 얼굴을 바라보았다.

이네들의 비위에 거슬리지 않을 노래를 멋들어지게 한바탕 들려주어야만 된다는 생각이 무슨 영감처럼 번쩍 머리를 스치자, 인배는 크게 숨을 들이쉬었다.

울밑에 선 봉선화야…… 애절한 하소연인 듯 처량하게 풍금이 울리자 모두들 귀를 기울였다. 단발머리는 분명 마음이 설레고 있었다. 그러나 독수리코의 얼굴은 무감각하고 뚝뚝하기만 하였다. ……어여쁘신 아가씨들 너를 반겨 놀았도다. —어두침침한 굴속에 여음을 남기며 곡이 끝나자, 단발머리는 가느다란 한숨을 내쉬었고, 도리우찌와 붉은 수건도 음— 하며 고개를 끄덕이었다. 허나 독수리코는 못마땅한 듯 이맛살을 찡그리며,

"너무 감상덕이야. 건설덕인 걸 해보라우!"

하였다. 인배는 가슴이 철렁 하였다. 총을 둘러메고 서 있는 전투모도 아무런 감동이 없었다. 이번엔 아리랑을 택하여 보았다. ……나를 버리고 가시는 님은…… 신나게 휘둘러 멋들어지게 고개를 넘었다. 절로 어깨가 우쭐거렸다. 독수리코가 이번에는,

"도오타!"

는 것이다. 한 번 더 하라는 것이다.

인배는 다시 아리랑을 치고 나서 청하지도 않는 도라지타령가지 내리 뽑았다. 비굴한 느낌이 없는바 아니었으나, 목숨과의 흥정이라는 생각을 하면 그만한 수치심쯤 아무것도 아니었다. 그렇지만

잠시 후 꼼짝없이 잠바를 벗어주고 낡아빠진 인민군 군복에 팔뚝을 꿰야 했을 때는 눈앞이 캄캄해지지 않을 수 없었다. 수치심 정도가 아니라, 분함과 무서움과 혹은 절망 같은 강력한 충동이 함께 뒤범벅이 되어 온몸을 후두둘 떨리게 하였다. 이제 죽은 거나 다름이 없었다.

인배의 두툼한 잠바를 빼앗아 입고 난 독수리코는 누우런 잇바디를 쑥 내밀며,

"그것 참 뜻뜻하구 도쿤!"

하였다. 그리고 부동의 자세로 서 있는 전투모에게 다가가서 덥석 그 똥색 같은 벙거지를 벗기더니 그것을 인배의 머리 위에 갖다 푹 씌워주며,

"허허허…… 교원 동무!"

하고 불쑥 손을 내밀었다. 악수를 하자는 것이다. 울상이 다 된 인배는 그러나 그 무서운 손을 잡지 않을 수 없었다. 인배의 손을 두어 번 거칠게 흔들고 난 독수리코는 한 사람 마저 데려오라고 부동자세를 돌아보았다. 전투모를 벗기우고 맨대가리가 된 부동자세는 그러나 순순히,

"옛!"

하고 돌아서 나갔다.

한쪽 다리를 절룩거리면서 맨대가리의 뒤를 따라 들어오는 달수의 얼굴은 꼭 해골 같았다. 두 눈자위가 형편없이 꺼졌고, 구부정하게 내뽑은 모가지에서는 곧장 그르릉그르릉 가래가 끓었다. 맨대가리가 다리를 툭 차자, 휘청 꺾어지며 절로 무릎이 꿇어졌다. 인배는 어처구니없는 옷을 입은 채 등신처럼 서서 달수의 을씨년스

런 꼬락서니를 바라보다가 슬그머니 그만 외면을 해버렸다.

심문은 시작되었다. 물론 출신성분부터였다. 인배가 모르는 그것을 달수라고 알 까닭이 없었다. 애원의 빛이 넘치는 비굴한 눈으로 독수리코를 우러러보다가 그만 큭큭큭 자지러지며 으흐흐…… 앓는 소리를 하였다. 콧구멍에서 뜨끈한 열이 훅훅 내뿜었다. 잠바 포켓에 두 손을 꾹 찌르고 떡 버티어 선 독수리코는 눈꺼풀이 파르르 떨리며,

"출신성분!"

꽥 소리를 질렀다. 달수의 이마에서 싸늘한 물이 한 줄기 흘러내렸다.

"이 새끼도 출신성분이 뭔디 모르는군. 어더런 일 해먹는 집에 생겨났냐 말이야. 쌍!"

"농사짓는 집에…… 크크윽!"

끓어오르는 가래를 다스리느라고 말끝을 흐려버렸다.

"어더런 농사?"

어더런 농사라니, 달수는 잠시 눈만 껌적거리다가 독수리코의 충혈된 시선과 마주치자 가슴이 섬뜩하여 얼른,

"쌀과 보립니더."

해버렸다. 그러자 단발머리는 손을 입으로 가져가며 킥! 하였고, 도리우찌와 붉은 수건도 허허 웃었다.

"에잇 쌍! 개새끼."

발끈 뿔이 돋은 도리우찌는 포켓에서 손을 빼기가 무섭게 달수의 낯바닥을 냅다 후려갈겨버렸다. 모가지가 옆으로 비틀어지며 달수는,

"으윽! 흐흐흐……."

곧 넘어가는 시늉이었다. 이어 발길이 덜덜 떨리는 턱주가리를 사정없이 내질렀다. 달수는 피거품을 물고 뒤로 벌떡 넉장거리를 쳤다.

"이런 밥통 같은 새끼가 교원이야? 없애 버렷!"

간단하였다. 무서운 선고가 너무나도 간단하게 떨어지고 말았다. 오래간만에 한 마리 걸려들었다는 듯 맨대가리는 얼른 달려들어 달수의 옷을 훌렁 벗겨내었고, 붉은 수건은 굴 밖으로 뛰어나가더니 손가락 두 낱을 입에 물고 괴상하게 큰 휘파람을 휙! 휙! 불어젖혔다. 인배는 이 일을 어떻게 했으면 좋을지 몰라 애꿎은 두 눈만 대고 끔벅거렸다.

씻은 듯 안개가 걷히어 간 백설의 골짜기에 눈을 뒤집어쓴 소나무가 그림처럼 드문드문 서 있었다. 해는 어느덧 중천에 와 있었고, 구름 한 점 없는 하늘은 퉁기면 쨍! 하고 소리가 날 것 같았다.

헝겊 한 쪼가리 걸치지 아니한 달수의 몸뚱어리가 소나무에 발끈 묶이었고, 그 앞 눈밭에 지저분한 인간들이 반원을 그리며 늘어섰다. 스물은 실히 되었다. 거기 단발머리도 섞여 있었고, 인배도 나와 서 있었다. 인배는 혼이 뜬 사람처럼 먼 산봉우리 어느 한 점을 하염없이 바라보고 있었다.

터북터북 눈에 무릎을 묻으며 독수리코가 나타났다. 허리에 두른 혁대에는 단검이 매달렸고, 도리우찌와 붉은 수건이 뒤를 따랐다. 잠바 포켓에 두 손을 찌른 독수리코는 달수를 등지고 버티어 서더니 우선 위압적인 시선으로 일동을 주욱 한 번 둘러보고 나서 인민의 해방을 위해 싸우는 영용한 빨치산 동무 여러분! 하고 짖기 시작하였다. 괴상한 억양의 목소리로 내뱉는 말에 의하면 달수가 이만저만한 반동분자가 아니었다. 인배는 어처구니가 없어 절로 입이 딱 벌어졌다. 늘어선 인간들은 필요 이상 험상궂은 얼굴에 실감이 나지도 않는 노기를 띠고 그 소리를 듣고 있었다.

"우리는 이런 악질 반동을 무자비하게 숙청해야겠소. 어떻소?"

"옳소!"

골짜기가 쩡 울렸다. 인배는 얼른 옆을 돌아보았다. 단발머리의 아가리도 분명히 짝 벌어졌다가 다물리었다. 인배는 칵 슬픈 생각이 등골을 흘렀다.

"이 영웅적인 우리들 빨치산 투쟁에 반대하는 동무는 없소? 그런 동무가 있으믄 손을 들어 보시오!"

독수리코는 무섭게 어금니를 물었다. 아무도 손을 드는 사람은 없었다.

인배는 손을 들지 않으면 안 된다고 생각하였다. 손을 들지 않는다면 그것은 독수리코의 말을 시인하는 것이 되며, 달수의 학살에 찬동을 하는 것이 되고 말지 않는가? 있을 수 없는 일이었다. 어떠한 일이 있어도 손을 들어야 된다고 생각하였다. 그러나 어찌된 영문인지 손이 올라가질 않고 달달달 떨리기만 하였다.

독수리코의 쏘아보는 눈알과 마주치자 인배는 그만 시선을 밑으로 떨어뜨리고 말았다. 숨이 막힐 것 같은 고통이 가슴을 짓눌렀다.

빳빳이 세워진 채 나무에 묶인 달수의 몸뚱어리는 시퍼렇게 얼어들고 있었다. 초점을 잃은 두 개의 눈망울이 허공을 향해 열리었고, 그것이 이따금 끔적거렸다. 신음소리와 함께 사지가 꿈틀거리기도 하였다.

"그러믄 이제로부터 투쟁을 시작하갔는데, 물론 총알을 사용해선 아니 되겠고, 요전보다 더 무자비한 투쟁이라야 되겠소. 그러믄 자아, 한 사람씩 차례차례 시작하시오!"

명령이 떨어지자, 맨 가의 한 놈이 앞으로 걸어 나오더니 잠시 사나운 눈초리로 달수의 몸뚱어리를 쏘아붙였다. 고깃덩이를 노리는 짐승의 앞발과 흡사히 놈은 두 손의 손톱을 시퍼렇게 세웠다.

"에잇!"

기합술이라도 연출하는 듯 꽥 소리를 지르며 앞으로 달려 나가 그만 달수의 머리카락을 잡아 낚아채 버렸다. 모가지가 쭉 늘어지며 달수는 찢어지는 듯 비통한 소리를 질렀다. 두 옴큼의 머리카락이 뭉청*(뭉텅) 묻어 나오고, 벌건 피가 번졌다.

놈들 모두 예사로 이 광경을 바라보고 있었다. 그런 일쯤이야 그들의 눈에는 이미 만성이 된 지 오래였고, 또한 그것이 그네들의 영웅적인 투쟁인 것이었다. 독수리코의 얼굴에는 잔인한 미소가 떠올랐고, 붉은 수건은 두 어깨를 치솟으며 씽긋 웃었다. 단발머리만은 목을 움츠리며 외면을 하였다. 인배의 겨드랑 밑으로는 싸늘한 것이 줄줄 흘러내렸다. 어금니가 떨리어 견딜 수가 없었다. 두 눈을 질끈 감아버렸다.

다음 차례는 맨대가리였다. 놈은 뚜벅뚜벅 걸어 나가더니 앞으로 떨어진 달수의 얼굴을 치켜 올려서 주먹으로 쾅쾅 마구 두들겨 붙이는 것이 아닌가. 눈, 코, 입 할 것 없이 온 낯바닥이 떡이 되는 것이었다. 달수는 목구멍에 턱턱 걸리는 숨을 넘기느라고 컥컥거릴 뿐, 크게 소리를 지르지도 못하였다. 입이 터지고, 코가 터지고,

눈두덩이 깨어져서 상판대기에 온통 피가 낭자하였다.

이번에는 붉은 수건이 한 손에 칼을 번쩍이며 나섰다. 이슬이 뚝뚝 흐르는 연장을 가지고 어디를 어떻게 요리할 것인지 자못 흥미로운 듯 숨들을 죽였다. 성큼성큼 다가간 붉은 수건은 더러운 물건에 손을 대듯 두 개의 손가락으로 달수의 한쪽 귀를 잡아 쭉 당겼다. 그리고 칼로 그것을 쌉박! 간단하게 베어버리는 것이었다. 다른 쪽도 역시 쭉 잡아당겨 쌉박 베어버렸다. 손가락 끝에 대롱거리는 빨간 고깃점을 무슨 신기한 것이나 되는 듯 흔들어 보였다. 와— 환호성이 골짜기를 흔들었다.

머리카락을 뽑히고 얼굴이 떡이 되고 게다가 이제 양쪽 귀까지 떼어버린 달수의 몸뚱어리는 여지없이 축 늘어져서 굳어져 갔다. 그러나 사람의 목숨이란 어쩌면 이렇게도 모진 것일까? 분명 아직 숨만은 끊이지 않고 이따금 한 번씩 가슴팍이 부풀어 오르곤 하였다.

인배는 속에서 훅! 치밀어 오르는 불길을 감당해낼 수가 없었다. 삶에 대한 미련 따위 치사스러운 것들은 죄다 이 불길에 훌훌 타버리고 말았다. 두 주먹에 절로 힘이 불끈 쥐어졌다.

와— 환호성이 일어나자 붉은 수건은 흡족한 얼굴로 휙! 휙! 괴상한 휘파람을 날렸다.

그러자 차례도 없이 이번에는 독수리코가 훨씬 더 통쾌하고 무자비한 투쟁방법을 보일 생각으로 유유히 달수를 향해 갔다. 여유만만 한 이리의 거동과도 흡사하였다.

골짜기는 죽음처럼 고요하였고, 인간들은 모두 독수리코의 일거일동을 주시하고 있었다. 그 누구보다도 더 충혈된 눈으로 독수리코를 쏘아보고 있는 것은 인배였다. 눈까풀이 파르르 떨고 있었고, 숨은 목구멍에서 칵 멈추어져 있었다.

달수의 몸뚱어리 곁으로 다가간 독수리코는 일동을 한 바퀴 휘둘러보며 코언저리에 웃음을 흘렸다. 그리고 그의 손아귀가 가서 덥석, 거머쥔 것은 다름이 아니라 달수의 사타구니에 달린 시꺼먼 물건이었다. 그것을 거머쥔 손이 쭉 당겨지자 단발머리는 그만 아윽! 하며 뒤로 돌아서버렸다. 시꺼먼 그것이 늘어질 대로 늘어졌을 때 독수리코는 이것 보라는 듯이 일동을 향해 또 한 번 누런 잇바디를 내밀며 히죽 웃었다. 그리고 손이 허리의 단검에 가는 것이었다.

순간 이익! 인배는 자기도 모르게 가슴에서 솟구친 불길이 입 밖으로 확 터져 나오고 말았다. 온몸이 그냥 그대로 불덩어리였다. 총알 같이 날아간 그는 독수리코의 목덜미를 그만 아가각! 깨물어 뜯었다. 눈 깜짝할 사이의 일이었다.

독수리코는 옆으로 픽 쓰러지며 단검을 쑥 빼들었다.

바로 이 순간이었다. 하늘이 마구 흔들렸고, 와그르르 산이 무너져 내리기 시작하였다. 기적과 같은 사실이 일어나고야 말았던 것이다. 빠뺑! 팡팡팡팡……. 까르르 까르르 콰광! 빠뺑! 요란한 총소리가 천지를 뒤집어놓기 시작한 것이었다. 기습작전이었다. 양켠*(양쪽) 산등성이에서 이 용서할 수 없는 골짜기를 향해 일제히 불을 퍼부어대기 시작한 것이다. 참으로 뜻밖의 일이 아닐 수 없었다.

떼거리들은 혼비백산하여 거미 새끼 흩어지듯 죽어라 하고 뛰었다. 독수리코도 빼어 든 단검을 떨어뜨리기가 무섭게 뿔뿔뿔 기어 내려가다가 그만 궁둥이를 하늘로 불끈 쳐들며 눈구덩이에 팍 처

박혀버렸고, 도리우찌도 붉은 수건도 메뚜기 못잖게 들고튀다가 보기 좋게 낭떠러지에 몸을 내던지고 말았다. 단발머리 역시 배때기를 하늘로 치올리며 나가떨어졌다. 맨대가리고 뭐고 할 것 없이 모두가 보기 좋게 거꾸러져 갔다.

달수는 소나무에 그냥 묶인 채 온몸에 총알의 세례를 받으며 차라리 시원하게 숨을 거두었고, 인배 역시 어쩔 수 없는 목숨이었다. 산다는 생각도 죽는다는 생각도 이미 없었다. 그저 몸뚱어리가 굴러 내리는 대로 힘껏 내달을 따름이었다.

퍽! 하고 옆구리를 쥐어박는 듯한 충격을 느꼈을 때는 그는 어느새 손을 하늘로 높이 쳐들고 있었다.

"윽!"

잇바디는 혓바닥을 물고 있었다. 한마디 뭐라는 말도 없이 눈알을 뒤집어 까며 비실 무너져 내렸다. 인민군 옷을 입고 인민군 전투모를 쓴 채 벌떡 드러누워서 그는 조용히 굳어져가는 것이었다. 옆구리에서 터지는 피가 하이얀 눈을 딸기물처럼 곱게 물들여가고 있었다.

총성은 멎었다. 이제 일은 될 대로 다 된 것이다. 산등성이로부터 눈 비탈을 타고 경찰대원이 까아맣게 쏟아져 내려왔다. 재빨리 미끄러져 내린 대원들은 동굴의 시꺼먼 아가리 속으로 까르르 까르르 기관총을 갈겨대기도 하였고, 여기저기 흩어진 시체를 발길로 툭툭 차고 다니기도 하였다. 혹시 시체가 움찔이라도 할라치면 쾅! 대가리를 바수어버리는 것이었다.

"안 순경님! 여기 김 선생도 있심더."

안 순경은 나무에 묶인 참혹한 시체 앞에서 이맛살을 찡그리다

가, 부르는 소리 쪽으로 뛰었다

"익! 이게 웬일이고?"

인민군 복색으로 누워 있는 인배의 시체를 내려다보는 안 순경의 두 눈은 휘둥그레지지 않을 수 없었다.

"음—, 이거 정말……."

안 순경의 얼굴은 차츰 심각해져 갔다.

"김 선생이 정말 이런 줄은 몰랐는데, 음—."

놀라운 사실이 아닐 수 없다는 것이었다.

"그러니까 천 길 물속은 알아도 사람 속은 모른다 안 캅니꾜."

"평소에도 좀 수상한 점이 있는 것 같았심더."

재빨리 요따위 주둥아리를 놀리는 치도 있었다.

어느 결에 까아만 회오리바람을 일으키며 하늘가에 까마귀 떼가 떠올랐다.

산골의 봄은 산새들의 울음소리로부터 오는가 본 지, 비비비 뱃종뱃종…… 혹은 후루루 후루루 하고 새들이 지저귀기 시작하자, 골짜기에 쌓였던 눈들이 쫄쫄쫄 녹아내렸다. 양지바른 기슭에는 어느덧 고사리 순이 돋아 올랐고 진달래가 뿌듯하게 봉오리를 맺었다.

메안골 마을에도 봄빛은 기울어져 왔다. 눈이 말끔 녹아버리자, 학교 뒤 산비탈에 지난해까지는 볼 수 없던 벌건 무덤이 두 개 나란히 드러났다. 달수와 판술이의 무덤이었다. 인배는 공동묘지의 한쪽 음달에 있는 듯 없는 듯 아무렇게나 묻혀 있는 것이었다.

고을 군수와 서장의 발기로 전몰 군경민 합동위령제가 거행된 것도 어느 화창한 봄날이었다. 겨울 동안 공비 소탕전에 혁혁한 공훈을 남기고 전사한 군인과 경찰을 비롯해서, 놈들에게 무참히 죽음을 당한 양민도 함께하여 그 영령들의 명복을 비는 것이었다.

물론 달수와 판술이는 거기 한몫 끼였다. 그러나 인배는 제외되었다. 김인배는 놈들과 같은 뱃속이라는 것이었다. 그런 이유로 인배가 제외된 채 위령제는 수많은 조위객들이 모인 가운데 한마디 이의도 없이 성대히, 그리고 무사히 거행되었다.

《사상계》(1958. 10)

해설

작고 약한 것들의 위대함, 따뜻한 이해와 연민

송주현(한신대 교수)

1

「수난이대」의 작가로 하근찬을 떠올리는 대중들에게 『일본도』의 표제를 달고 있는 본 작품집은 다소 낯설다. 왜냐하면 많은 이들에게 하근찬은 「수난이대」만의 작가이기도 하기 때문이다. 한 작가에게 등단작이 곧 대표작이 된다는 것은 큰 상(賞)이기도 하지만 넘어야 할 하나의 큰 산(山)이기도 하다.

「수난이대」가 한국전쟁의 역사적 질곡을 고스란히 보여주는 수작(秀作)임은 부인할 수 없다. 실제로 하근찬 역시 '전쟁'이라는 테마로부터 자유로울 수 없다. 실제로 그는 한국의 근대사, 그것도 전쟁이라는 가장 큰 소용돌이 한복판에 있었기 때문이다. 그가 태어난 1931년에는 만주사변이 일어났고, 일곱 살이 되던 해 1937년에는 중일전쟁이 발발했다. 그가 국민학교 4학년이 되던 해, 1941년 태평양전쟁의 회오리가 아시아 전역을 휩쓸었다. 4년 후 우리 민족은 해방을 맞이했으나 1950년에는 6 · 25가 발발했다. 이 무렵 스무 살의 하근찬은 어느 산골 국민학교에서 교편을 잡으며 혼자서 문학수업을 시작했다. 의도한 것도 원한 것도 아니지만, 그는 자신의 태생으로부터 삶의 원초적 경험과 무늬들을 만들어가는 유년과 소년시절을 한국 근현대사의 가장 큰 굴곡진 전쟁의 소용돌이 속에 내던지게 되었다고 해도 과언이 아니다. 더군다나 그의 작품에는 아버지가 자주 등장하는데 실제 하근찬은 한국전쟁 중 처절한 아버지의 죽음을 목도한다.*

1957년 한국일보 신춘문예로 등단, 작고하기 10년 전인 1997년까지 부단한 작품 활동을 했던 그의 작품 세계는 크게 셋으로 나누어볼 수 있다. 첫째는 6·25를 소재로 한 작품들(「수난이대」, 「나룻배 이야기」, 「흰 종이수염」, 「위령제」, 「홍소」, 「분」, 「왕릉과 주둔군」, 「산울림」 등)로 1950년대 후반부터 1960년대 초반까지의 작품이다. 이때의 전쟁은 순진무구하고 소박하게 살아가는 착하디착한 시골 사람들의 삶을 훼손하는 방식으로 표상되고 작동한다. 둘째는 일제에 의해 징용과 강제동원, 훈육되는 소년들의 이야기, 교사 체험을 다룬 이야기들(「족제비」, 「그 해의 삽화」, 「일본도」, 「죽창을 버리던 날」, 「삼십이매의 엽서」, 「조랑말」, 「필례 이야기」, 「너무나 짧은 봄」, 「기울어지는 강」, 「노은사」, 『야호』 등)로 1960~70년대에 쓰인 작품이다. 여기에는 작가의 자전적 체험이 고스란히 담겨 있다. 셋째는 70년대 이후의 작품들(「후일담」, 「남행로」, 「고도행」, 「성묘행」, 「공예가 심 씨의 집」, 「조상의 문집」, 「바다 밖 2제」, 「가랑비」, 「이국의 신」, 「화가 남궁 씨의 수염」, 「남한산성」, 『금병매』 등)이다. 이 시기로부터 하근찬은 기존의 '전쟁'에 대한

* 졸고, 「하근찬 소설 연구」, 『이화어문논집』 47, 2019, 127~128쪽 참조.

관심으로부터 한발 물러나 문학과, 삶에 대한 사유를 보여준다.

이번에 출간된 전집 3권에 담긴 총 12편의 단편은 주로 두 번째와 세 번째 작품의 경향을 뚜렷이 보이고 있다.

2

먼저 「일본도」를 필두로 한 작품들로 들어가 보자. 3권에 실린 12편의 작품 중 절반에 해당하는 6편의 작품(「오동 열매」, 「위령제」, 「그해의 삽화」, 「일본도」, 「원 선생의 수업」, 「필례 이야기」)들은 일제 말기 강제 동원되고 훈육되는 소년들의 이야기가 나온다.

이들에게 전쟁이란 어떠한 것인가?

그림으로나 이야기로만 수없이 보고 들은 B29였다. 그 B29가 지금 눈앞을 지나가고 있는 것이다. 그런데 그렇게 무섭고 가증스럽게 여겨지던 B29를 막상 눈으로 보니 무섭기는 고사하고 가증스러운 생각도 조금도 일지가 않았다. 오히려 무슨 진귀한 물건이나 되는 듯 오래오래 바라보고 있고만 싶었다. 은빛으로 반짝거리는 비행기도 비행기지만, 그 꼬리에서 자꾸 내뿜어지는 듯한 기다랗고 하얀 구름 같은 것이 한없이 신기하고 곱게만 보였다.

아이들은 모두 그 희한한 광경에 넋을 잃고 있었다. 이런 것이 공습이라면 매일 좀 공습이 있었으면 좋겠는 것이었다. B29가 서서히 하늘을 가로질러 사라져가는 것이 몹시 안타깝기만 했다.

—「일본도」

어린 아이들에게 전쟁은 아직 역사적인 실체로 경험되지 않는다. 그것은 푸른 하늘에 하얗게 떠가는 신기하고 낭만적인 대상인 것이다. 전투기가 날아가는 모습이 못내 아쉬울 만큼의 그것은 식민—피식민의 구도 하에 만들어진 관계들을 사유할 틈을 허락하지 않는다. 그렇기에 「그해의 삽화」에서 보듯 사춘기에 접어든 소년에게 아름다운 일본인 여선생은 흠모와 동경의 대상이자 첫사랑과 순정의 대상이 될 뿐이다. 소년에게 식민치하의 역사적 상황, 학교에서 벌어지는 차별에 대한 인식은 없다. 가슴을 설레게 하는 아름다운 선생만이 소년의 눈에 포착될 뿐인 것이다.

그런데 하근찬 소설에서 우리가 흥미롭게 읽을 수 있는 것은 이 아이들이 일제치하의 식민지적 상황을 경험하는 양상이다. 그것은 철저한 구별 짓기와 차별의 양상으로 드러난다.

> 두 개의 국민학교가 있었다. 하나는 북쪽에 자리 잡고 있다 해서 북국민학교라고 했고, 하나는 남쪽에 놓여 있다 해서 남국민학교라고 불렀다.
>
> (중략) 우리 학교 운동장에는 이백 미터의 트랙선이 여유 있게 그려져 있는데 비해서 이 학교에는 육십 미턴가 칠십 미터짜리가 간신히 그려져 있는 것이었다. 그러나 운동기구와 놀이기구는 우리 학교보다 여러 가지가 잘 갖추어져 있었다. 철봉을 비롯해서 평행봉, 사다리틀, 미끄럼틀, 그리고 그네와 시소까지 마련되어 있었다. 우리 학교에는 그네와 시소가 없었다. 우리는 내심 그게 여간 부럽지가 않았다.
>
> –「오동 열매」

그런데 우연히 엄청나게 많은 책을 발견하게 되었다. 정말 놀랍도록 많은 분량의 책이었다. 그 많은 책들이 거의 예외 없이 내가 늘 읽고 싶어 하던 그런 종류의 책이 아닌가.

그 많은 책을 발견했을 때의 나의 놀라움은 이루 말할 수가 없었다. 조그마한 가슴이 걷잡을 수 없이 뛰었다. 그때의 그 가슴 두근거림을 생각하면 지금도 절로 미소가 지어진다. (중략)

그 학교 교실에 내가 그토록 읽고 싶어 하던 책들이 무진장으로 눈부시게 진열되어 있던 것이다.

일요일이면 남국민학교의 교문은 으레 굳게 닫혀 있기 마련이었다. 일요일뿐 아니라, 여느 날도 해질녘이 되면 교문은 닫혀졌다. 마을의 아이들이 들어와 노는 것을 막기 위해서였다. 마을의 아이들이란 말할 것도 없이 우리 조선 아이들이었다.

—「간이주점 주인」

이러한 모습은 부르디외가 말한 구별 짓기의 목적을 상기시킨다. 부르디외는 "나의 문화적 취향이 곧 내가 속한 계급을 말해준다"라는 말로써 산업사회의 계층형성의 과정을 말한 바 있다. 물론 부르디외의 이러한 분석은 1960년대 프랑스 사회를 대상으로 한 것이지만, 이는 자발적 구별 짓기의 과정이 보여주는 지배 권력에 대한 욕망을 가늠해볼 수 있는 하나의 준거가 된다. 일제식민 통치 말기에 일본은 내선일체(內鮮一體), 혹은 일선동조(日鮮同祖)의 그럴듯한 논리를 내세우지만 거기에는 식민통치를 정당화하고 지배자로서의 우위를 고착화하려는 욕망이 숨어 있다. 이러한 욕망이 구체적으로 구현되고 내면화하며 자발적으로 승인하게 하는 곳이 바로 학교였고, 하근찬 소설 속의 아이들은 이러한 학교에 순응하고 복종할 수밖에 없는 상황들을 보여준다.

더 나아가 이 아이들의 학교 교육의 목적이 어디에 있는가를 살펴보자. 이들은 '학교'라는 이름을 내건 군대에서 전시동원 체제 하에 강제 동원되는 소모품일 뿐이다.

> 그 무렵은 학교편성까지가 군대 편제와 마찬가지였던 것이다. 학년은 중대고, 학급은 소대였다. 그리고 학교 전체는 연대라고 했다. 대대만 없는 셈이었다. 그러니까 교장은 연대장이고, 학년 주임은 중대장, 학급 담임은 소대장인 것이었다.
>
> —「원 선생의 수업」

학교는 군대요, 기숙사는 이 전쟁의 포로이자 노예를 관리 감독, 수용하는 곳에 불과하다. 아이들이 경험하는 것은 극심한 배고픔이며, 학교에서 하는 것은 공부가 아닌 장작 나르기와 소나무 뿌리 캐기 등의 노동, 고향집에 돌아가 강요되는 것은 곡식과 종자를 가져다 학교에 바치는 일이다. 하근찬 소설 속에서 소년들이 경험하는 이 모든 모습은 만주사변을 시작으로 태평양전쟁을 도발하며 침략전쟁을 정당화했던 일본의 정책과 방향 그 자체다.

더 나아가 이러한 지배와 권력을 체험하는 방식에 집중해 보자. 소년들은 이 지배의 권력을 상상의 '공포'로서 경험한다는 점에서 문제적이다.

교장 선생이 부부싸움 끝에 일본도를 빼들고 부인을 뒤쫓다가 매화나무를 잘랐다는 소문은 곧 아이들 사이에 퍼졌다. (중략)

처음 급사 아이의 입에서는 매화나무 '가지'가 대번에 쌍뚱 잘리더라고 사실대로 나왔으나, 그 말이 이리저리 굴러감에 따라 가지는 어느새 '줄기'로, 그리고 '밑동'으로 바뀌어 있었다. 교장 선생의 일본도에 매화나무 줄기가, 혹은 밑동이 단번에 무처럼 쌍뚱 잘려버리더라는 것이다.

매화나무 줄기가, 혹은 밑동이 단번에 잘려버리다니, 아이들은 입이 딱 벌어지지 않을 수 없었다. 짱꼴라의 모가지보다도, '기찌꾸베이에이'의 몸뚱어리보다도 훨씬 매화나무가 단단할 텐데 말이다. 일본도란 그렇게 겁나는 것일까 싶으니, 아이들은 바짝 더 입에 침이 도는 것이었다.

—「일본도」

일본인 교장이 휘두르는 이 서슬 퍼런 일본도(日本刀)는 실체라기보다는 규율과 지배의 상상된 공포다. 그러나 이것의 폭력성과 영향력은 실체보다 더 무섭다. 불가해한 대상이기에 그 위력은 더욱 커지는 것이다. 이는 미셸 푸코가 『감시와 처벌』에서 지적한 바, 신체형(身體刑)으로서의 직접적 처벌보다 감시로서의 비가시적 처벌이 더 막대한 통제와 권력행사의 방식이 된다는 것을 알려준다. 공포로서 행사되는 폭력과 권력의 영향력은 해방 후에도 지속된다. 이에 "참 이상한 것이었다. 해방이 되어 온통 세상이 우리 세상이 되었는데, 아직도 일본도를 집에 감추어 둔 사람이 있다니, 정말 알 수 없는 일이었다. 겁나는 일이었다(「일본도」)"라는 진술처럼 물리적 폭력이 끝난 후에도 그것을 경험한 이들의 내면에 얼마나 지속적이고도 커다란 어떠한 흔적을 남기는가 확인할 수 있는 것이다. 아이들이 경험한 식민지배, 전쟁의 폭력은 실체보다 더 무서운, 불가해한 폭력인 셈이다. 하근찬 소설이 의미 있는 것은 소년들의 이야기를 통해 규율에 길들여진 폭력과 지배의 방식이 어떻게 경험되는지 매우 구체적인 대상과 사물들을 통해 매우 상징적으로 드러내고 있다는 점에 있다.

물론, 전쟁과 식민지배에 대한 아이들의 저항은 참으로 소박할 수밖에 없다. 아이들이 할 수 있는 것이란 기껏해야 대상을 놀린다거나(「일본도」, 「원 선생의 수업」, 「필례 이야기」), 유리창을 깨거나 돌멩이 던지는 정도다(「오동 열매」, 「일본도」). 혹은 내가 사랑한 여선생을 데려간 장교에게 화를 낸다거나(「그해의 삽화」), 하근찬 소설에서 자주 발견되는 '배설'의 모티프로써 대상을 희화화하는 정도(「위령제」)다. 물론, 위의 소설보다 앞서 발표된 「산중 고발」(1958)의 경우는 역사적 비극에 대한 성인들의 체험을 담은 것으로 이에 대한 경험과 저항에의 기록 또한 매우 처절하기는 하다. 그러나 소년들의 전쟁에 대한 체험의 폭이 성인의 그것과는 다른 만큼 그들의 저항은 실로 소박하고 작을 수밖에 없다. 이는 모든 이들이 투사가 될 수 없고 역사의 현장으로 나아가 대중들을 계몽할 수는 없는 것이기 때문이다. 이러한 모습은 소설을 통해 역사를 바로 잡고 대중을 선도하려는 계몽적 소설을 기대하는 이들에게는 다소 실망스러울 수도 있다. 그러나 모든 역사적 실체는 교과서적인 당위로써, 크고 무거운 정책과 이에 대한 전면적 저항으로써만 경험되는 것은 아니다. 그리고 소설은 크고 무거운 역사와 현실이 작고 구체적인 한 개인에게 경험되는 다양한 무늬를 그려내는데 그 생명력이 있는 것이다. 그러한 점에서 하근찬 소설은 그 어떤 역사와 사회를 다룬 기록보다 더 역사적이고 사회적이다.

3

이제 나머지 작품들에 눈을 돌려보자. 이제 하근찬은 전쟁이라는 테마에서 한발 물러나 문학과 삶에 대한 성찰을 담담히 그려내기 시작한다. 「서울 개구리」, 「간이주점 주인」, 「모일 소묘」가 문학한다는 것의 초라함과 서글픔을 드러낸 것이라면 「너무나 짧은 봄」, 「남을 위한 땀」의 경우는 작가의 교사체험을 바탕으로 일상적 느낌의 편린들을 드러냈다고 볼 수 있다.

특히 주목해 볼 작품은 「간이주점 주인」인데, 이 작품은 일제 말기 소년 시절을 경험한 내가 현재는 간이주점 주인이 된 문학도 하야시(임일로)와의 추억과 만남을 담은 작품이다. 가난했던 조선인에게 허락되지 않은 진학, 그리고 문학에의 꿈. 그것이 어떻게 굴절되고 현재의 쓸쓸한 삶을 가져왔는가, 그럼에도 불구하고 초라할지언정 자신의 이름을 내건 글을 쓴다는 것이 얼마나 눈물겹고도 절절한 것인가를 그려낸 작품이다. 학생시절 문학청년의 꿈을 안고 살았던 임일로는 이제 어느 산자락 간이주점을 운영하며 문학과 글에 대한 미련을 기껏해야 지방 신문 독자란에 투고하며 그 의지를 애처롭게 이어가는 안쓰러운 생활인에 불과하다. 누가 보아도 이제는 단념할 법한, 문운도 재능도 없는 사람이지만 나에게 그가 눈물겨운 대상이 되는 것은 그가 가진 우직함 탓이다. 때로는 미련하고도 때로는 착잡하기까지 한 이러한 삶의 태도는 「남을 위한 땀」에 나타난 교사 옥미조 씨가 보여주는 잔잔한 감동과도 상통한다. 이들에게 중요한 것은 문학가로서의 위대한 성취, 혹은 교사로서의 성과와 명예가 아니다. 현실적인 면에서 오히려 그들은 한없이 무능하며 답답하기까지 하다. 문학인으로서는 물론 평범한 중년을 살아가는 생활인으로서도 변변치 못한 임일로나, 모두들 꺼리는 섬마을이나 산골의 불우한 환경을 찾아다니며 정작 자신의 인생은 챙기지 못하는 옥미조 씨나 바라보면 코허리가 찡해지는 애틋한 대상일 뿐이다.

> 큼지막한 보따리를 어깨에 둘러메고 땀을 흘리며 걷던 옥미조 씨. 네모진 상자를 받쳐 들고 땀을 흘리며 승객을 찾고 있는 저 사람. 나는 가슴에 무엇이 가득히 고이는 듯한 느낌이었다. 그리고 코허리가 찡해지며 핑 눈물이 도는 것을 어쩌지 못했다.
>
> —「남을 위한 땀」

이러한 우직한 삶, 세속적 의미에서의 잘 먹고 잘 살기를 벗어난 삶은 한창 근대화 프로젝트가 가동되고 있던 당대의 주류적 삶과는 상당한 거리가 있다. 발전과 진화의 신화와 이데올로기를 바탕으로 한국의 근대화 프로젝트가 가동되고 있던 한국의 1960~70년대에는 개인의 일상적 삶 역시 출세와 성공의 욕망에 포획되어 있었기 때문이다. 그럼에도 불구하고 하근찬이 그려내는 인물들은 이러한 삶의 논리와 질서에 비껴나 있다. 하근찬 소설이 독보적인 것은 바로 이러한 점에 있다. 이러한 것이 가장 상징적으로 드러난 것이 바로 「서울 개구리」다. 이제 중견작가로서의 삶을 살고 있는 '나'를 찾아온, 이제 막 상경한 신참 작가 R씨. 그의 서울행은 당시 많은 사람들이 출세를 위해 도시로 떠난 것과는 다르다. 어떻게든 붓으로 살 수 있겠다는 희망으로 서울을 찾은 순진하고 대책 없는 R을 보며 나 역시 가진 것 없이 막연히 서울로 올라와 가정을 꾸리고 이럭저럭 작가로서의 삶을 다해 온 것이다. 물론 나의 삶 역시 그리 녹녹한 것은 아니다. 「모일 소묘」에서 드러나듯 원고료로 살아가는 삶이란, 병원비가 없어 임신 중인 아내에 대한 응급 처치도 변변히 할 수 없는 그런 삶이다. 그런 내게 R의 무모하고도 대책 없는 용기와 문학에의 투신은 참으로 경이롭지만 또한 안타까운 것이다.

> 내가 R씨에 대해서 많은 관심을 가지게 된 첫째 까닭은 그가 사십을 바라보는 중년이라는 사실에 있었다. 문학이란 대체로 이십대에 머리를 싸매고 덤비는 법으로 삼십을 넘고, 사십이 가까워지면 자식들도 크고, 마누라도 두려워지고 해서 절로 구질구질한 살아가는 일에 묻히게 되어, 시니 소설이니 하는 그런 것과는 멀어져버리기 마련인 것인데, 결코 R씨는 그게 아닌 것이었다. 온몸에 문학에 대한 열정 같은 것이 배어 있어 보였다. 기어이 소설로 몸을 세우고야 말겠다는 결의라 할까, 의욕이라 할까 그런 것이 후끈하게 전달이 되어오는 듯했다.
>
> ―「서울 개구리」

나 또한 문학에의 막연한 꿈으로 그럭저럭 이만큼의 위치를 차지하게 되었지만, 대책 없이 상경한 그를 보며 느끼는 것은 한없는 서글픔이다. 지방 사람들이면 모두가 동경하는 서울행을 택했지만 R의 선택지는 서울 중에서도 외곽으로 밀려 밀려난 곳, 칠흑 같은 어둠 속에서 산과 들과 내가 펼쳐지는 곳, 시골에 살 때도 듣지 못했던 개구리가 바글바글 울어대는 곳이다.

> 세를 든 집이 바로 논 가까이에 있어서 밤이면 방 안에까지 개골개골개골…… 곧잘 개구리 우는 소리가 들려온다는 것이다. (중략)
>
> "이 사람아, 서울 와서 깨구리 우는 소리는 원 없이 듣는구만."
>
> (중략)
>
> 굴길을 지나 들길로 나서자, 그날 저녁도 개구리가 울고 있었다. 개골개골개골……. 개구리 우는 소리가 귀에 들려오자 나는 빙그레 웃었다. 그리고 중얼거렸다.
>
> "서울에는 개구리도 많구나—"
>
> –「서울 개구리」

서울이라는 곳은 휘황찬란한 곳인 줄만 알았는데, 세속적 출세와 성공을 좇지 않는 이러한 우직한 삶이 선사하는 것은 시골에서도 듣지 못했던 개구리 울음소리다. 이토록 서글픈 아이러니라니! 작가는 이러한 바보 같은 삶을 그려내면서 이것이 주는 슬프고도 잔잔한 감동들을 전한다. 어쩌면 이러한 여운들이, 하근찬 소설이 주는 가장 큰 힘이 아닐까 한다. 어찌 보면, 인생과 문학에 대한 이러한 성찰은 작가가 「수난이대」로부터 문학을 통해 지속적으로 견지해 온 바가 아닐까 한다. 하근찬의 관심은 대상이 갖는 어떤 위대한 성취와 업적과는 상관없는 자리에 있다. 작고 약하나 어떻게든 살아보려고, 자신의 성공이나 영달을 위해서가 아닌 다른 무언가를 위해 살아보려 애쓰는 이들에 대해 갖는 이 한없는 애정과 연민. 이것이 바로 작가 하근찬이 삶의 성찰과 문학하기를 통해 보여주고자 하는 바다.

4

다시 처음의 문제의식으로 돌아가 보자. 우리에게 하근찬은 「수난이대」의 작가다. 그러나 다시 한 번 묻는다. 그래서 우리에게 이를 '넘어서는' 수사가 필요한가? 결론부터 말해보자. '그럴 필요 없다.' 왜냐하면 작가는 처음부터 끝까지, 크게 다르지 않은 문제의식으로 우리의 삶과 문학에 질문했고 대답했기 때문이다.

하근찬이 「수난이대」의 작가라는 점은 등단작 「수난이대」 이후의 작품들이 등단작에 미치지 못하기 때문이 아니다. 어찌 보면 그의 작품세계는 「수난이대」에서 보여준 문제의식을 더욱 정교하게, 또한 섬세하게 직조해낸 결과물일 뿐이다. 우리는 하근찬 문학을 통해 질문했다. 역사와 사회라는 거대하고도 거센 물결이 그 시대를 살아가는 한없이 작고 약한 한 개인들에게 어떠한 파장을 그려내는가? 그리고 답했다. 그 파장은 결코 힘없이 당하는 이들의 절규가 아니라, 자신이 선 자리에서 할 수 있는 최선의 방법으로 자신의 삶을 살아내는 방식으로 나타난다.

하근찬 전집 3권 『일본도』에서는 힘없고 소리 없는 자들의, 주류로부터 벗어난 이야기들이 그 어떤 이야기들보다 더욱 세밀하게, 또한 섬세하게 고백된다. 얼핏 보면 소품처럼 보이는 이것들이 빛을 발하는 것은 어쩌면 이것이 바로 문학, 소설의 임무이자 과제를 수행한 결과이기 때문이 아닐까?

하근찬은 평범하고도 힘없는, 작고 약한 어린아이, 가장 건강하나 가장 약했던 당시의 평범한 삶을 누구보다도 구체적으로 그려낸 작가다. 또한 그는 추상적 요설, 사변과 현학의 언어가 아니라 삶 그 자체에 밀착한 언어로 접근한다. 하근찬이 전후(戰後) 작가의 계보에서 그 거리를 확보할 수 있는 것 또한 여기에 있다. 그는 전쟁을 사유하고 삶을 성찰하지만, 지식인적 사명에 압도되지 않는다. 대중, 혹은 민중에 대한 계몽적 의지로써 현학적 세계에 도취되지 않는다는 것이다. 그 이유는 그의 관심 자체가 거대담론으로서의 사회와 역사에 있지 않기 때문이다. 그의 관심은 삶 자체를 살아가는 사람들의 구체적 모습 자체에 있는 것이다. 그 과정에서 발견되는 건강한 화해와 치유의 세계는 참으로 따스하다. 이는 지금 이 시대를 살아가는 우리에게도 다시금 하근찬 소설이 읽힐 수 있고 논의될 수 있는 이유이기도 하다. 문학과 소설이라는 것이 철학이 아닌, 역사가 아닌, 이론이 아닌 이유는 여기에 있다. 삶을 사랑하고 약한 자들의 연대를 기대하며, 뜨끈한 위로와 연민의 감정을 정갈한 언어로 선사하는 하근찬의 소설. 그렇기에 문학과 소설의 존재 의미가 희미해진 이 시대, 하근찬의 소설은 지금 그리고 여기에서도 변함없이 빛을 발하는 것은 아닐까?